KB082999

내 여자의 열매

한 강은 1970년 겨울 광주에서 태어났다. 1993년『문학과사회』 겨울호에 시「서울의 겨울」외 네 편을 발표하고 이듬해『서울신문』 신춘문예에 단편소설「붉은 닻」이 당선되어 작품 활동을 시작했다. 소설집『여수의 사랑』『내 여자의 열매』『노랑무늬영원』, 장편소설『검은 사슴』『그대의 차가운 손』『채식주의자』『바람이 분다, 가라』『희랍어 시간』『소년이 온다』『흰』『작별하지 않는다』, 시집『서랍에 저녁을 넣어 두었다』 등을 출간했다. 오늘의 젊은 예술가상, 이상문학상, 동리문학상, 만해문학상, 황순원문학상, 김유정문학상, 김만중문학상, 대산문학상, 인터내셔널 부커상, 말라파르테 문학상, 산클레멘테 문학상, 메디치 외국문학상, 에밀 기메 아시아문학상 등을 수상했으며, 노르웨이 '미래 도서관' 프로젝트 참여 작가로 선정되었다. 2024년 한국 최초 노벨문학상을 수상했다.

한강 소설집
내 여자의 열매

초판 1쇄 발행 2018년 11월 9일
초판 9쇄 발행 2024년 10월 23일

지 은 이 한   강
펴 낸 이 이광호
편   집 이민희 조은혜 박선우 김필균
펴 낸 곳 ㈜**문학과지성사**
등록번호 제1993-000098호
주   소 04034 서울 마포구 잔다리로 7길 18(서교동 377-20)
전   화 02)338-7224
팩   스 02)323-4180(편집) 02)338-7221(영업)
전자우편 moonji@moonji.com
홈페이지 www.moonji.com

ISBN 978-89-320-3482-9 03810

이 도서의 국립중앙도서관 출판예정도서목록(CIP)은 서지정보유통지원시스템 홈페이지(http://seoji. nl.go.kr)와 국가자료공동목록시스템(http://www.nl.go.kr/kolisnet)에서 이용하실 수 있습니다. (CIP제어번호: CIP2018031576)

내 여자의 열매

한 강 소설집

문학과지성사

차례

내 여자의 열매

1

아내의 몸에서 피멍을 처음 본 것은 늦은 오월의 일이었다. 관리실 옆 화단의 모란은 잘린 혀 같은 꽃이파리들을 뚝뚝 뱉어대고, 노인정 어귀의 보도블록에는 문드러진 흰 라일락꽃들이 행인들의 구두 밑창에 엉기던 봄날이었다.

정오가 가까웠다.

무른 복숭아살 같은 햇볕은 무수한 모래 먼지며 꽃가루들이 제 몸에 달라붙도록 내버려둔 채 거실 바닥으로 물컹물컹 쏟아져 들어오고 있었다. 그 들큼하고 미지근한 볕을 흰 러닝셔츠 바람의 등짝으로 받으며, 아내와 나는 말없이 일요일 자 조간신문을 나누어 읽고 있었다.

지나간 한 주는 그 앞의 다른 주들과 마찬가지로 고단하였다. 휴일에만 허락되는 늦은 아침잠에서 나는 수분 전에야 눈

을 뜬 참이었다. 모로 누인 노곤한 몸을 이따금씩 뒤틀어 편안
한 자세를 만들어가며, 나는 가능한 한 가장 느린 속도로 활자
들을 훑어 내려가고 있었다.

"참, 당신이 한번 봐줄 테야? 왜 이렇게 멍이 가시지 않는지
몰라."

아내의 이야기를 이해했다기보다는 단지 그 어디쯤에서 정
적을 깨뜨리는 소리가 들려왔기 때문에, 나는 다소 방심한 시
선을 그녀가 있는 쪽으로 쳐들었다.

나는 허리를 곧추세워 앉았다. 신문 갈피를 손가락 사이에
끼운 채 손바닥으로 눈자위를 비볐다. 러닝셔츠를 브래지어
께까지 들추어 올린 아내의 등허리와 배에 제법 깊은 멍 자국
이 있었다.

"어떻게 다친 거야?"

아내는 잠자코 상체를 외틀더니 주름치마의 뒷지퍼를 엉치
뼈 있는 곳까지 내려 보였다. 갓난아이의 손바닥만 한 연푸른
피멍들이 마치 날염(捺染)한 듯 또렷이 얹혀 있었다.

"응? 어떻게 다친 거냐구?"

재차 다그치는 내 날카로운 목소리가 십팔 평 아파트 거실
의 적요를 찢었다.

"몰라…… 나도 모르게 어디서 뒹굴었는지…… 괜찮아질
줄 알았는데 외려 멍이 점점 커져."

"아프지는 않고?"

아내가 마치 잘못을 들킨 아이처럼 황황히 눈길을 피했으

므로, 꾸짖는 듯했던 좀 전의 내 태도가 약간 미안하게 생각되어 나는 말씨를 누그러뜨렸다.

"욱신거리거나 하지는 않는데, 멍든 부분에 감각이 없어. 그게 더 무섭지 뭐야."

죄스러워하던 조금 전의 표정은 온데간데없이, 이야기하는 내용에 걸맞지 않게 입가에 생글생글 미소를 띄우더니 아내는 "병원에 가볼까?" 하고 물었다.

문득 나는 서먹서먹한 마음이 되어 아내의 동안(童顔)을 찬찬히 뜯어보았다. 사 년째 한집에서 살아온 사람이라는 것이 실감되지 않는 낯선 얼굴이었다.

나와 세 살 터울이 지는 아내는 올해 스물아홉 살이 되었다. 결혼 전에는 함께 거리를 걷기가 부끄러울 만큼 어려 보였던—화장을 하지 않은 날에는 여고생으로 오해하는 이들도 있었다—아내의 얼굴에는 천진한 이목구비에 어울리지 않는 피로의 흔적이 역력했다. 이제 어디에 가도 여고생이나 여대생이라는 오해를 받을 것 같지 않았다. 오히려 나이보다 늙게 보는 사람도 있을 듯했다. 붉은 물이 오르기 시작한 풋사과 같던 아내의 뺨은 주먹으로 꾹 누른 것처럼 깊이 패었다. 연한 고구마 순처럼 낭창낭창하던 허리, 보기 좋게 유연한 곡선을 그리던 배는 안쓰러워 보일 만큼 깡말라 있었다.

마지막으로 밝은 곳에서 아내의 알몸을 본 것이 언제였던가 하고 나는 기억을 더듬어보았다. 올해가 아닌 것은 분명했으며, 지난해였는지도 확실하지 않았다.

하나뿐인 식구의 몸에 저만큼 깊은 멍이 든 것을 모르고 지냈을까. 동그랗게 올려 뜨고 있는 아내의 눈 옆에 가늘게 팬 주름들의 수효를 헤아려보다가, 나는 아내에게 옷을 모두 벗어보라고 말했다. 살이 빠진 탓에 흉하게 두드러져 보이는 광대뼈 언저리를 붉히며 아내는 항의했다.

"누가 보면 어쩌려고 그래?"

맞은편 아파트를 정면으로 마주 보고 있는 다른 집들과 달리 이 집의 베란다는 동부간선도로에 연하고 있었다. 간선도로와 중랑천 너머 가장 가까운 아파트 단지까지의 거리가 세 블록이니 성능 좋은 망원경이 아니고서야 이쪽을 훔쳐볼 수 없을 테고, 고속도로를 질주하는 자동차 안에서 십삼층 아파트의 거실을 들여다볼 수도 없을 일이었다. 그러니 "누가 보면 어쩌려고 그래?"라는 아내의 항의는 나에 대한 부끄러움 말고는 별 뜻이 없는 것이었다. 신혼 무렵의 휴일이면 다름 아닌 이 거실에서, 팔월의 무더위를 견디느라고 베란다의 안쪽 유리문과 바깥쪽 창문까지 죄다 열어젖힌 채 한낮에도 몇 차례씩 서투른 사랑을 나누다가 녹초가 되곤 하지 않았던가.

일 년쯤 지나자 우리는 더 이상 사랑에 서투르지 않게 되었으나, 녹초가 되도록 사랑하는 일에도 차츰 열중하지 않게 되었나. 아내는 초저녁잠이 유난스럽게 깊었다. 내 귀가가 늦으면 어김없이 먼저 잠들어 있곤 했다. 혼자서 열쇠로 현관문을 따고 들어와 손발을 씻고 불 꺼진 안방으로 들어가면, 잠들어 있는 아내의 고른 숨소리가 적막했다. 그 외로운 마음을 달래

보려고 아내를 안으면, 잠에 흠뻑 취한 눈을 반쯤 뜬 아내는 거부하지도, 그렇다고 뜨겁게 되안아주지도 않은 채 내 몸의 움직임이 멈출 때까지 잠자코 내 머리털을 쓸어주고 있을 뿐이었다.

"전부 다? 다 벗으라구?"

터져 나오는 웃음을 간신히 참는다는 듯 잔뜩 찌푸린 얼굴로, 아내는 벗은 속옷을 둘둘 공처럼 말아 쥐고는 그것으로 음부를 가렸다.

참으로 오랜만에 밝은 곳에서 보는 아내의 알몸이었다.

그러나 나는 욕망을 느낄 수 없었다. 둔부뿐 아니라 옆구리며 정강이, 흰 허벅지의 안쪽 살에까지 연두색 피멍이 든 꼴을 보니 와락 화가 치밀었고, 화가 가시자 까닭 모를 쓸쓸한 마음이 들었다. 방심하기 쉬운 성격의 이 여자는 어느 밤거리에선가 초저녁잠에 취한 얼굴로 걸어가다가 서행하는 차에 부딪혔거나, 불 꺼진 아파트 비상계단에서 발을 헛디뎌 굴러떨어져놓고는 잠결에 그 기억마저 잃어버린 것이나 아닐지.

쏟아져 들어오는 늦봄 햇살을 등에 지고 두 손으로 음부를 가린 채 오두마니 서서는 "병원에 가볼까?" 하고 다시 자문을 구하는 아내의 모습이 그지없이 한심하고 가엾고 서글퍼서, 나는 참으로 오랜만에 애틋한 마음이 되어 아내의 깡마른 몸을 꼭 한번 끌어안아주었을 뿐이었다.

2

괜찮아질 줄 알았다. 그렇게 생각했기 때문에 그 봄날 아내의 마른 몸을 안으며 "통증이 없다니까 금세 가실 거야. 어디, 당신이 제 몸 못 가눠 여기저기 상처 내는 게 어제오늘 일이야?"라고 너털웃음 섞인 면박을 주었던 것이다. 제법 열기를 품은 바람이 키 큰 플라타너스 잎사귀들과 그 속에서 껌벅이는 가로등의 충혈된 눈들을 끈적끈적한 뺨으로 비벼대던 초여름밤, 식탁 맞은편에 앉아 늦은 저녁을 함께 먹던 아내가 소리 내어 숟가락을 내려놓을 때까지 나는 그녀의 멍을 까마득히 잊고 지냈다.

"아무래도 이상해서 그래…… 당신이 다시 한번 봐."

아내는 반소매 아래 드러난 앙상한 두 팔을 쳐들더니 티셔츠와 속옷을 한꺼번에 벗었다. 나는 짧은 신음을 뱉고 말았다.

지난봄만 해도 갓난아이 손바닥만 했던 피멍들이 이제 큼직한 토란 잎처럼 부풀어 있었다. 게다가 멍의 색깔이 그때보다 진해졌다. 봄날의 연푸른 실버들 가지가 여름 들면서 짙게 푸르러진 것 같은 둔탁한 녹색이었다.

마치 타인의 몸을 만지듯이 떨리는 손을 뻗어 아내의 멍 든 어깨를 쓸어보았다. 얼마나 아프게 다치면 이런 멍이 드는 것일까.

그러고 보니 이날 아내의 얼굴은 납물이 든 것처럼 푸르스름하게 지질려 있었다. 제법 윤기가 있었던 머리카락은 마른 시래기처럼 푸석푸석했다. 눈의 흰자위는 새하얗다 못해 엷은 쪽빛이 났는데, 그 때문에 유난스레 검어 보이는 눈동자가 물기를 머금고 번쩍이고 있었다.

"내가 요즘 왜 이럴까. 자꾸만 밖으로 나가고 싶고, 밖에만 나가면…… 햇빛만 보면 옷을 벗고 싶어져. 뭐랄까, 마치 몸이 옷을 벗기를 원하는 것 같아."

기이해 보일 만큼 비쩍 마른 상체를 벌거벗은 아내가 맞은편 의자에서 일어섰다.

"그저께는 발가벗고 베란다로 나가서 빨래 건조대 옆에 서 있어보기도 했어. 창피한 줄도 모르고…… 누가 볼지 모르는데…… 영락없이 미친 여자처럼 말이야."

쥐고 있던 젓가락 두 짝의 모서리를 초조하게 만지작거리며, 나는 아내의 앙상한 몸이 나에게 다가오는 것을 바라다보고만 있었다.

"배도 고프지 않아. 물은 예전보다 많이 마시는데…… 하루에 밥은 반 공기도 못 먹어. 그렇게 안 먹으니까 위액이 잘 분비되지 않는 것 같아. 억지로 먹어도 소화가 안 되고, 자꾸만 아무 데서나 토악질을 해."

아내는 허물어지듯 무릎을 접더니 내 넓적다리에 얼굴을 묻었다. 설마, 우는 것일까? 내 트레이닝복 바지가 미지근하게 젖었다.

"하루에도 몇 번씩 토하는 기분이 어떤 건지 알아? 맨땅 위에서 멀미를 하는 사람처럼, 허리를 펴고 걸을 수가 없어. 머리가…… 오른쪽 눈이 후벼파는 것같이 아파. 어깨가 나무토막처럼 딱딱해지고, 입에 단물이 고이고, 노란 위액이 보도블록에, 가로수 밑동에……"

촉이 닳은 형광등이 벌레 우는 소리를 내고 있었다. 그 음음한 전등 빛 아래, 등짝에 피멍이 든 아내가 입술을 물어 흐느끼는 소리를 죽이고 있었다.

"병원에 가봐."

아내의 얼굴을 들어 올리며 나는 말했다.

"내일 당장 내과에 가봐."

아내의 얼굴은 볼썽사납게 젖어 있었다. 마른 시래기 같은 그녀의 머리채를 손갈퀴로 빗어내리며, 나는 이를 드러내어 웃어 보였다.

"그리고, 제발 나다닐 때 조심 좀 해라. 다 큰 사람 몸에 이멍이 다 뭐냐? 어린애도 아니고."

눈물방울이 고여 있던 입술을 힘없이 벌리며 아내의 젖은 얼굴이 웃었다.

3

아내에게 원래 눈물이 많았던가? 그렇지 않았다. 상계동 아파트에 사는 건 싫어, 라고 말하며 처음 눈물을 흘렸을 때 아내는 스물여섯 살이었다. 처녀 적의 아내는 웃음이 많았고, 목소리에도 언제나 나직한 웃음의 기운이 밝은 배경색처럼 깔려 있었다. 동안인 데 비하여 어른스럽고 차분한 그 목소리를 처음으로 떨며 아내는 말했었다.

인구 칠십만이 모여 산다는 거기서 천천히 말라 죽을 것 같아. 수백 수천 동 똑같은 건물에, 칸칸마다 똑같은 주방에, 똑같은 천장에, 똑같은 변기, 욕조, 베란다, 엘리베이터도 싫어. 공원도, 놀이터도, 상가도, 횡단보도도 다 싫어.

왜 갑자기 어린아이처럼 그래.

이야기의 내용보다는 그 목소리의 부드러움에만 가만히 귀를 기울이고 있다가 나는 어린아이를 달래듯이 말했었다.

살아보지도 않고서 왜 그런 말을 해. 사람이 많은 게 왜 싫다는 거야.

나는 약간 정색한 얼굴로 아내의 눈을 들여다보았다. 선한 눈이었다.

일부러라도 나는 번화가가 가까운 곳에서만 자취방을 얻곤 했어. 인파가 득시글거리고, 시끄러운 음악이 거리를 쾅쾅 울리고, 혼잡하게 도로를 메운 차들이 경적을 뱉어대는 곳으로만 옮겨 다녔어. 그러지 않고는 배겨낼 수가 없었어.

그 선한 눈에서 거짓말 같은 눈물이 굴러떨어졌다.

그러지 않고는 혼자서 버텨낼 수 없었다구.

아내는 그 눈물을 손바닥으로 닦더니, 계속해서 흘러나오는 눈물을 마치 세수하듯 두 뺨에 거푸 문질렀다.

……시름시름 앓다가 죽어갈 것 같단 말이야. 그 십삼층에

서 내려오지 못할 것 같단 말이야. 빠져나올 수 없을 것 같단 말이야.

왜 그렇게 끔찍한 소릴 해. 별나기도 하구나, 정말.

이곳 상계동 아파트에 집을 얻어 살기 시작한 첫해에 아내는 과연 자주 잔병을 앓았다. 산동네 자취방의 추위에 익숙해 있던 아내는 밀폐된 아파트의 중앙난방에 적응하지 못했다. 가파른 비탈길을 잰걸음으로 오르내리며 박봉의 출판사를 개근하느라 최대한으로 단련되어 있었던 그녀의 몸은 쉽사리 원기를 잃었다.

그러나 아내가 직장을 그만둔 것은 결혼 때문은 아니었다. 내가 구체적인 결혼 이야기를 꺼낸 것은 아내가 직장을 그만둔 지 얼마 되지 않았던 때였다. 아내는 그동안 저축했던 월급과 퇴직금, 그리고 주말에 두어 건의 과외 아르바이트를 뛰어 모아둔 돈을 죄다 털어서 이 나라를 떠날 생각을 해오던 참이었다.

떠나서 피를 갈고 싶어, 라고 아내는 말했었다. 줄곧 가방에 넣어 가지고 다니던 사직서를 마침내 직속 상사에게 올렸던 날 저녁이었다. 혈관 구석구석에 낭종(囊腫)처럼 뭉쳐 있는 나쁜 피를 갈아내고 싶다고, 자유로운 공기로 낡은 폐를 씻고 싶다고 아내는 말했다. 자유롭게 살다가 자유롭게 죽는 것이 어릴 적부터의 꿈이었다고, 여건이 되지 않아 줄곧 미루어만 왔지만 이제 얼마간의 돈을 모았으며 자신감도 생겼으므로 그것을 실현할 수 있게 되었다고 했다. 일단 떠나서 육 개월쯤

한 나라에 머물다가 다른 나라로 떠나고, 그곳에서 다시 몇 달을 머무르다가 또 다른 나라로 떠날 것이라고 했다.

죽기 전에 말이야, 라고 아내는 말하며 나직하게 웃었다.

그렇게 세상 끝까지 가보고 싶어. 가장 먼 곳으로, 지구 반대편까지 쉬엄쉬엄.

그러나 세상의 끝으로 떠나버리는 대신 아내는 그 얼마 안되는 자금을 이 아파트의 전세금과 결혼 비용에 털어 부었다. "아무래도 헤어질 수가 없어서"라는 짤막한 한마디로 아내는 자신의 행동을 설명했다.

아내가 꿈꿔왔다는 자유라는 것은 얼마만큼의 실제적인 의미를 갖는 것이었을까. 그렇게 쉽사리 포기할 수 있었던 것을 보면 그다지 대단한 것은 아니었으리라고 나는 짐작했다. 그것을 위해 그녀가 세웠던 계획이라는 것들 역시 어린아이 같은 것, 비현실적이고 낭만적인 몽상이었으리라고 나는 생각했다. 그 점을 아내가 뒤늦게 깨달은 것이며, 그 깨달음은 어쩌면 나로 인한 것이었으리라는 자부심 섞인 추측에 이르렀을 때 나는 일말의 감동을 느꼈다.

그러나 몸이 자주 아픈 탓이었겠지만, 좁은 어깨를 시든 배춧잎처럼 늘어뜨린 채 베란다 유리문에 뺨을 붙이고 서서 질주하는 차들의 모습을 내려다보고 있는 아내를 보면 가슴이 내려앉곤 했다. 마치 누군가의 투명한 팔이 아내의 어깨를 결박하고 있는 듯이, 보이지 않는 사슬과 묵직한 철구(鐵球)가 발과 다리를 움쭉달싹하지 못하게 하고 있는 것처럼, 그녀는 숨소리도 크게 내지 않은 채 거기 서 있었다.

깊은 밤과 새벽이면 한산한 도로를 과속으로 질주하는 택시며 오토바이 들의 굉음에 아내는 깜짝깜짝 깨어 몸을 떨곤 했다. 차들이 아니라 도로가 달리고 있는 것 같다고, 도로와 함께 이 집도 어디론가 떠내려가고 있는 것 같다고 아내는 말했다. 굉음이 멀리 사라진 뒤에야 다시 혼곤한 잠에 빠져드는 아내의 귀염성 있는 얼굴은 산 사람 같지 않게 창백했다.

저것들, 다 어디서 왔을까.

그러던 어느 날인가, 들릴 듯 말 듯한 쉰 목소리로 아내는 꿈결처럼 물은 적이 있다.

……다들 어디로 저렇게 달려가는 거야?

4

다음날 밤 내가 현관문을 따고 들어섰을 때, 아내는 거실을 서성거리다가 내 발소리를 들었는지 현관 쪽으로 나와 있었다. 그녀는 슬리퍼도 양말도 신지 않은 맨발이었다. 제때 손질하지 않은 흰 발톱들이 둥글게 휘어 있었다.

"병원에서 뭐라고 해?"

아내는 대답하지 않았다. 구두를 벗는 내 모습을 잠자코 지켜보다가, 윤기 없는 머리카락 한 올이 뺨으로 흘러내린 것을 귓바퀴 뒤로 쓸어 넘기고는 고개를 옆으로 돌렸다.

저 옆얼굴이었다고 나는 생각했다. 처음 아내를 소개받던 날, 중개 역할을 해준 직장 선배가 느지막이 자리를 피해주자 잠시 정적이 흘렀고, 아내의 얼굴에 떠오른 저 비밀스러운 표정에 나는 당황했었다. 마치 어딘가 먼 곳을 헤매고 있는 듯한, 그러나 그곳이 어디인지 아무에게도 가르쳐준 적 없는 듯한 눈길이었다. 언뜻 밝고 사랑스럽게만 느껴졌던 얼굴에서 마치 다른 사람의 것 같은 외로움을 읽었기 때문에, 순간 나는 아내가 나를 이해하리라고 생각했다. 나는 평생을 외롭게 살았습니다, 라고 내친김에 술기운을 빌려 고백했을 때 스물여섯 살의 아내는 여전히 저렇듯 쓸쓸하다 못해 차가운 옆얼굴로 먼 곳을 응시하고 있었다.

"병원에 가긴 간 거야?"

아내는 옆으로 돌린 고개를 미미한 동작으로 끄덕였다. 아내가 고개를 돌리고 있는 것은 나쁜 안색을 숨기기 위한 것일까, 혹은 나의 어떤 행동에 대한 불만을 표하는 것일까.

"얘기를 좀 해봐. 의사가 뭐래?"

"괜찮대."

숨을 몰아쉬듯이 그녀는 말했다. 무섭도록 차분한 말씨였다.

아내를 처음 만났을 때 가장 마음에 들었던 것은 그녀의 목소리였다. 턱없는 비유겠지만, 공들여 옻칠을 하고 유약을 바른 다과상 같은 음성이라고 나는 생각했었다. 아껴두었다가 귀한 손님이 올 때만 꺼내게 되는, 가장 좋은 차와 다기를 올려놓고 싶어지는 단아한 찻상 말이다. 그날, 불안정하게 떨려서 나온 내 고백에 조금도 동요되지 않은 채 아내는 예의 차분한 목소리로 심상하게 대꾸했었다. 나는 평생을 정착하지 않고 살고 싶어요,라는 것이 그녀의 대답이었다.

그때 나는 화초 이야기를 했었다. 나의 꿈은 아파트 베란다에 큼직한 화분들을 들여 거기다 파랑 상추랑 들깨를 심는 거라고 말했다. 여름이면 깨꽃이 눈처럼 하얗게 필 거라고도 했다. 화초와 채소에 대한 이야기가 내 체구에 어울리지 않는다는 듯 말끄러미 나를 바라보던 아내는, 부엌에서 콩나물도 길러 먹고 말입니다, 하고 덧붙인 내 마지막 말에 비로소 어렴풋이 웃었다. 그 가느다랗고 천진한 웃음의 끝에 매달려 나는 다시 말했다. 나는 평생을 외롭게 살았어요.

결혼한 뒤 나는 약속대로 베란다에 화분을 들여놓았지만 두 사람 모두 솜씨 좋은 관리자가 되지 못했다. 물만 부어주면 잘 자라리라고 생각했던 채소들은 어쩐 일인지 한 번의 수확도 거두지 못한 채 시름시름 죽어갔다.

누군가는 고층 아파트라서 땅의 기운을 받지 못하는 거라고 이야기했고, 누군가는 물과 공기가 나빠서라고 했다. 키우는 사람들의 성의가 부족한 탓이라는 질책도 받았으나 그것은 사실이 아니었다. 식물에 대한 아내의 정성은 예상 밖의 것이었다. 상추나 들깨 한 포기가 말라 죽으면 한나절 내내 울적한 기색이었고, 한 포기가 살아나는 듯싶으면 듣기 좋은 콧노래를 나직하게 흥얼거렸다.

어떤 까닭이었든 이제 베란다에 남은 것은 메마른 흙이 채워진 직사각형의 화분들뿐이었다. 그 죽은 화초와 채소 들은 다 어디로 갔을까 하고 나는 생각했다. 비가 오는 날이면 창틀에 화분을 올려놓으며 차가운 빗속에 손을 적셔보곤 하던 날들은, 젊었던 날들은 다 어디로 갔을까.

그러는 나를 보며 아내는 말했었다.

차라리 먼 데로 가, 우리.

잎사귀 가득 기운찬 빗줄기를 받아들이며 잠시나마 우쭐우쭐 되살아나는 채소들과는 달리 아내는 더욱 음울하게 시들어가고 있는 것처럼 보였다.

여기서는 답답해서 살 수가 없어. 콧물도 가래침도 새까매.

아내는 상춧잎 위로 여윈 손바닥을 내밀어 비를 받았다가 이내 베란다 밖으로 뿌렸다.

더러운 비야.

아내는 동의를 구하는 눈빛으로 나를 보았다.

잠깐 살아나는 것처럼 보일 뿐이야.

마치 '이 나라는 죄다 썩었어!'라고 술좌석에서 외치는 사람처럼 적의에 찬 목소리로 아내는 내뱉었다.

잘 자랄 리가 없잖아? 이렇게 시끄러운 곳에서…… 이렇게 답답한 곳에 저희들끼리 갇혀서!

그때 나는 더 이상 견딜 수 없다고 느꼈다.

뭐가 답답하다는 거야?

내 짧고 아슬아슬한 행복을 함부로 깨뜨리는 아내의 예민함을, 자신이 말한 대로 낡은 우울질(憂鬱質)의 피가 흐르는 그녀의 깡마른 몸뚱이를 더 이상 참을 수 없었다.

말을 해봐.

나는 두 손바닥 가득 받은 빗물을 아내의 얼굴에 끼얹었다.

뭐가 그렇게 시끄럽다는 거야?

소스라치며 얼굴을 씻는 아내의 입에서 나직한 신음이 새어 나왔다. 아내의 젖은 손이 거칠게 허공을 저었다. 차가운 빗물이 창문 안쪽에, 내 얼굴에 튀었다. 창틀에 얹어둔 화분이 그 서슬에 아내의 발등을 찍으며 베란다 바닥에 나동그라졌다. 성난 파편과 흙덩이 들이 아내의 옷과 맨발에 흩어졌다. 허리를 ㄱ 자로 접어 다친 발등을 두 손으로 움켜쥐며 아내는 아랫입술을 물었다.

결혼 전부터 아내에게는 내가 역정을 내며 소리침과 동시에 입술을 무는 버릇이 있었다. 잠시 입을 다물었다가 생각을 정리한 뒤에 조목조목 이야기를 시작하곤 했다. 그러나 그날 이후 아내는 입을 다문 뒤 다시 이야기를 시작하는 일이 없어졌다. 그날 이후 우리는 단 한 번도 싸우지 않았다.

"아무 이상 없대?"

나는 격한 피로와 외로움을 느끼며 양복 재킷을 벗었다. 아내는 그것을 받아 들지 않았다.

"아무 이상도 못 찾겠대."

아내는 짧게 대답했다. 여전히 고개를 옆으로 돌린 채였다.

5

아내는 차츰 말수를 잃어갔다. 나에게 무슨 말도 먼저 건네지 않았으며, 내가 무엇인가를 물으면 고갯짓으로만 대답했다. 대답하라고 소리치면 글쎄…… 하는 듯한 눈길로 다른 곳을 바라보는 것으로 그만이었다. 아내의 얼굴색이 나빠지고 있는 것을 이제 어두운 형광등 불빛 아래에서도 확연히 알아볼 수 있었다.

의사의 진찰이 아무 이상도 찾지 못했다면 아내는 위장이 아프다기보다 단지 마음이 괴로운 것인지도 몰랐다. 하지만 대체 무엇 때문에 괴롭다는 것일까.

지난 삼 년은 나에게 가장 따뜻하고 평화로운 시간이었다. 힘에 버겁지도 못 미치지도 않는 직장 일, 다행히도 무심하여 전세금을 올려 받지 않는 집주인, 만기가 가까워 오는 아파트 청약금, 별다른 애교가 있는 것은 아니지만 나에게 충실한 아내까지, 모든 것이 적당히 덥혀진 욕조의 온수처럼 찰랑거리며 내 고단한 몸을 어루만져주고 있었다.

아내의 문제는 무엇일까. 어떤 괴로움이 심인성(心因性)의 장애까지 불러일으킨 것인지 나는 이해할 수 없었다. 이 여자가 이렇게 나를 외롭게 해도 되는 것인지, 무슨 권리로 나를 외롭게 하는 것인지 의아해질 때마다 막막한 염오감이 오래된 먼지처럼 켜를 이루어가는 것을 느낄 뿐이었다.

육박 칠일간의 해외 출장을 다음날로 앞둔 일요일 아침, 거의 살갗 전체에 푸른 피멍이 앉아 흰 부분이 반점처럼 보이는 두 팔로 베란다에서 빨래를 털고 있는 아내를 보았을 때 나는 숨이 막히는 것을 느꼈다. 빈 빨래 통을 안고 거실로 들어오는 아내의 걸음을 막으며 나는 옷을 벗어보라고 했다. 반항하는 아내의 티셔츠를 벗기자, 둔탁할 만큼 진한 푸른 빛깔을 한 아내의 어깨가 드러났다.

나는 비척비척 뒤로 물러서며 아내의 몸을 노려보았다. 숱 많던 겨드랑이 털은 반나마 빠졌고, 말랑말랑하던 갈색 유두는 희끄무레하게 탈색되어 있었다.

"안 되겠어, 내가 장모님께 전화를 해야겠어."

"아니야, 내가 할게. 그러지 마."

혀를 씹는 듯 불분명한 발음으로 아내는 다급히 외쳤다.

"병원에 가, 알았어? 피부과에 가. 아니, 그럴 게 아니라 종합 병원에 가봐."

아내는 고개를 끄덕였다.

"내가 같이 가려고 해도 짬을 낼 수 없는 거 알잖아. 자기 몸은 자기가 알아서 챙겨야 할 거 아냐?"

아내는 다시 고개를 끄덕였다.

"장모님도 부르고. 내 말 들어."

입술을 문 채 아내는 계속해서 고개를 끄덕이고 있었다. 내 말을 들으면서 고개를 끄덕이는 것일까? 아무도 귀 기울여 듣지 않은 내 말이 싸구려 과자 부스러기처럼 거실 바닥에 흩어지는 소리를 나는 들었다.

6

엘리베이터의 문은 덜컹거리는 소리와 함께 한차례 되닫힐 뻔한 뒤 완전히 열렸다. 묵직한 여행 가방을 끌며 어두운 복도의 끝까지 걸어가 벨을 눌렀다. 응답이 없었다.

나는 선득한 철제 현관문에 귀를 댔다. 두 번, 세 번, 네 번. 아득히 먼 곳에서 울려오는 듯한 초인종 소리를 확인하며 계속해서 벨을 눌렀다. 가방을 문에 기대어놓고 손목시계를 보았다. 오후 여덟 시였다. 아무리 초저녁잠이 깊은 아내지만 이것은 좀 심했다.

나는 지쳐 있었다. 저녁도 먹지 못했다. 오늘만은 열쇠로 현관문을 따고 싶지 않았다.

혹 아내는 내 말대로 장모를 불러 병원에 갔거나 친정이 있는 고향으로 내려간 것일까? 그러나 현관에 들어서자 아내의 단벌 구두와 운동화, 슬리퍼가 무질서하게 흩어져 있는 것이 한눈에 보였다.

구두를 벗으며 나는 유난히 집 안 공기가 싸늘하다고 느꼈다. 슬리퍼를 신고 몇 발짝 걸어가기 전에 역한 냄새를 맡았다. 냉장고 문을 열자 호박이며 오이 따위의 찬거리들이 말라비틀어진 채 등허리부터 썩어가고 있었다. 전기밥솥 속에는 오래전에 해놓은 밥이 반 공기쯤 말라붙어 있었다. 묵은 밥 냄새가 뜨거운 김과 함께 코를 찔렀다. 설거지도 되어 있지 않다. 세탁기 위에 놓인 플라스틱 대야에는 잿빛 비눗물에 담가

놓은 세탁물들이 썩는 냄새를 풍기고 있었다.

안방에도, 화장실에도, 다용도실에도 아내는 없었다. 나는 아내의 이름을 소리 내어 불렀다. 아무 대답도 들리지 않았다. 출장 떠나던 아침 내가 보다가 그대로 펼쳐놓은 조간신문과 오백 밀리리터들이 빈 우유 팩, 우유 방울이 하얗게 응고된 유리컵과 아내가 뒤집어 벗어놓은 흰 양말 한 짝, 빨간 가짜 가죽 지갑 따위가 거실 여기저기에 어지럽게 널려 있을 뿐이었다.

차 소리가, 간선도로를 거센 속력으로 질주하는 엔진음들의 불쾌한 울림이 집 안의 단단한 적막 위로 칼금을 긋고 있었다.

허기와 피로 때문에, 밥 떠먹을 깨끗한 숟가락 하나도 남김없이 싱크대의 개수통 안에서 썩어가고 있는 식기들 때문에 나는 외로움을 느꼈다. 그렇게 먼 곳에서 돌아왔는데 아무도 없다는 것 때문에, 긴 비행 시간 동안 겪은 소소한 일들과 이역의 기차에서 본 풍경에 대해 이야기하고 싶었기 때문에, '피곤해?'라고 물어주는 사람이 없기 때문에, '괜찮아'라고 강인하고 참을성 있게 대답할 수 없기 때문에 나는 외로웠다. 외로움 때문에 화가 났다. 내 몸이 보잘것없어 세상의 어떤 것도 나에게 엉겨붙지 않는 듯한 느낌, 어떤 옷으로도 가릴 수 없는 한기, 무엇으로도 누구로부터도 위로받을 수 없다는 당연한 사실을 용케 스스로에게 숨겨왔을 뿐이라는 생각 때문에 화가 났다. 언제 어디에서나 혼자이며 아무도 나를 사랑하지 않는다면 이미 나는 존재하지 않는 것이나 다름없는 것이다.

가냘픈 대답이 들려온 것은 그 찰나였다.

소리 나는 쪽으로 몸을 돌렸다. 아내의 음성이었다. 정확히 알아들을 수 없는 웅얼거림이 베란다로부터 들려오고 있다.

"거기 있으면서 왜 대답도 안 했어?"

나는 발소리를 크게 울리며 걸었다. 강한 적막감이 순식간에 안도감으로 바뀌는 것을 느끼며, 이어 상대를 만난 짜증이 왈칵 혀끝으로 틀어 올라오는 것을 느끼며 베란다 문을 열어젖혔다.

"이 살림은 다 뭐야? 도대체 뭘 먹고 살았어?"

그때 나는 아내의 알몸을 보고 말았다.

아내는 베란다의 쇠창살을 향하여 무릎을 꿇은 채 두 팔을 만세 부르듯 치켜올리고 있었다. 그녀의 몸은 진초록색이었다. 푸르스름하던 얼굴은 상록 활엽수의 잎처럼 반들반들했다. 시래기 같던 머리카락에는 싱그러운 들풀 줄기의 윤기가 흘렀다.

초록빛 얼굴 속에서 두 눈이 희미하게 반짝였다. 뒷걸음질 치는 나를 향하여 아내는 몸을 일으키려 했다. 그러나 일어날 수도 걸을 수도 없다는 듯이 다리께를 움찔 경련했을 뿐이었다.

아내는 고통스러운 몸짓으로 낭창낭창한 허리를 좌우로 흔들었다. 새파란 입술 속에서 퇴화된 혀가 수초처럼 흔들렸다.

이빨은 이미 흔적도 남아 있지 않았다.

……물.

아내의 희끗한 입술이 오므라들며 신음에 가까운 외마디가 새어 나왔다.

나는 홀린 듯이 싱크대로 달려갔다. 플라스틱 대야에 넘치도록 물을 받았다. 내 잰걸음에 맞추어 흔들리는 물을 왈칵왈칵 거실 바닥에 쏟으며 베란다로 돌아왔다. 그것을 아내의 가슴에 끼얹은 순간, 그녀의 몸이 거대한 식물의 잎사귀처럼 파들거리며 살아났다. 다시 한번 물을 받아와 아내의 머리에 끼얹었다. 춤추듯이 아내의 머리카락이 솟구쳐 올라왔다. 아내의 번득이는 초록빛 몸이 내 물세례 속에서 청신하게 피어나는 것을 보며 나는 체머리를 떨었다.

내 아내가 저만큼 아름다웠던 적은 없었다.

7

어머니.

이제 어머니께 편지를 쓸 수 없게 되었어요. 어머니가 두고 가신 스웨터를 입어볼 수도 없게 되었어요. 지난겨울 여기 올라오셨다가 깜빡 잊고 두고 가신 자주색 털 스웨터 말예요.

그이가 출장 간 다음날, 아침부터 오한이 들길래 그 옷을 입어보았어요. 제때 빨아두지 않았던 덕분에 묵은 반찬 냄새며 어머니 살냄새가 그대로 배어 있었어요. 다른 날 같으면 빨아 입었을지도 모르지만 너무 추워서, 또 그 냄새를 오랫동안 맡고 싶어서 그냥 입고 잠들어버렸어요. 다음날 새벽까지 오한은 멈추지 않고, 어머니, 얼마나 춥고 목말랐는지, 마침내 아침 햇빛이 안방 유리창에 비칠 때 나는 소리를 죽여 울었답니다. 그 따뜻한 빛을 좀더 깊숙이 받아들이고 싶어서 베란다로 나가 옷을 벗었어요. 벌거벗은 살에 내리박히는 햇빛이 꼭 어머니 살내 같아서, 그 자리에 무릎을 꿇고 앉아 어머니만 불렀어요.

얼마의 시간이 지났을까요. 며칠일까, 몇 주일일까, 아니면 몇 달일까요. 제법 대기가 뜨거워지는가 싶더니 어느새 열기가 가시고, 그 뒤로 조금씩 쌀쌀해지는 것을 느낄 수 있을 뿐이에요.

멀리 중랑천 너머 아파트의 창문들은 지금쯤 주황빛으로 밝혀졌겠지요. 거기 사는 사람들은 나를 볼 수 있을까요. 간선도로에서 헤드라이트를 내쏘며 달려가는 차들은 나를 볼 수 있을까요. 나는 지금 어떻게 생겼을까요.

*

그이는 무척 친절해졌답니다. 커다란 화분을 구해 와서 거기 나를 심어주었어요. 일요일이면 오전 내내 베란다 문턱에 걸터앉아 진딧물도 잡아줘요. 내가 수돗물을 싫어한다는 것을 기억하고는, 그렇게 피곤해만 하던 사람이 아침마다 물통 가득 뒷산 약수를 길어 와서 내 다리에 부어준답니다. 얼마 전에는 기름진 새 흙을 한 아름 사 와서 갈아주었어요. 비가 내린 다음날, 오랜만에 도시의 공기가 깨끗해진 새벽녘이면 창문과 현관문을 활짝 열어 공기를 바꾸어준답니다.

*

이상하지요 어머니. 보는 것, 듣는 것, 냄새 맡고 맛보는 것이 없어도 모든 것이 더욱 생생하게 느껴져요. 간선도로를 거칠게 미끄러져 가는 차들의 질주를, 그이가 현관문을 열고 나에게로 다가오는 발소리의 미세한 울림을, 비 내리기 전이면 비옥한 꿈에 젖어 있는 대기를, 안개를 품은 새벽하늘의 회부연 빛을 나는 느껴요.

가깝고 먼 곳에서 싹이 돋고 잎이 피는 것, 애벌레들이 알을 깨고 나오고, 개들과 고양이들이 새끼를 낳고, 옆동 노인의 맥박이 멈출 듯 멈출 듯 멈추지 않고, 윗집 주방의 냄비에 시금치가 데쳐지고, 아랫집 전축 위에 놓인 항아리 가득 허리 잘린 국화 다발이 꽂히는 것을 느껴요. 낮이나 밤이나 별들은 유연한 포물선을 그리고, 해가 뜰 때마다 간선도로변 플라타너스들의 몸은 간절히 그쪽으로 기울어집니다. 내 몸도 따라서 그쪽으로 활짝 펼쳐져요.

이해할 수 있으세요? 이제 곧 생각할 수도 없게 되리라는 걸 알지만 나는 괜찮아요. 오래전부터 이렇게 바람과 햇빛과 물만으로 살 수 있게 되기를 꿈꿔왔어요.

*

어렸을 때 생각이 나요. 부엌으로 달려가 어머니 치마에 얼굴을 묻으면 아, 그 맛난 냄새. 참기름 냄새, 볶은 깨 냄새. 내 손에는 언제나 흙이 묻어 있었지요. 흙 묻은 손으로 어머니 치맛자락을 더럽히곤 했어요.

몇 살 때였을까요, 보슬비가 뿌리던 봄날 아버지가 모는 경운기에 실려 바닷가를 따라 달렸던 기억이 나요. 그때 나를 향해 웃어주시던 우비 차림의 어른들, 젖은 머리카락이 이마에 찰싹 붙어서는 깡충깡충 뛰며 손 흔들어대던 아이들의 얼굴이 팔랑개비처럼 맴돌아요.

어머니한테 세상은 그 바닷가 빈촌이지요. 그곳에서 태어나 그곳에서 자라셨지요. 그곳에서 아이를 낳고 그곳에서 일하고 그곳에서 늙어오셨어요. 언젠가는 그곳의 선산 기슭에 아버지와 나란히 누우실 거예요.

어머니, 어머니처럼 될까 봐 나는 멀리멀리 여기까지 떠나왔어요. 열일곱 살 때였지요, 무작정 집을 나와 달포 넘게 헤매 다녔던 부산, 대구, 강릉의 시가지들을 잊을 수 없어요. 일식당에서 나이를 속여 홀 심부름을 하고 저녁이면 독서실에서 새우잠을 자면서도 나는 그곳이 좋았어요. 시가지의 휘황

한 불빛, 시가지의 화려한 사람들이 좋았어요.

어머니. 낯선 사람들로 가득한 이 거리를 늙고 망가진 얼굴로 떠돌게 될 줄을 그때는 몰랐어요. 고향에서도 불행했고 고향 아닌 곳에서도 불행했다면 나는 어디로 가야 했을까요.

나는 한 번도 행복했던 적이 없었어요. 어떤 끈질긴 혼령이 내 목을, 팔다리를 옥죄며 따라다녔을까요. 아프면 울고 꼬집히면 소리치는 어린아이처럼, 나는 언제나 달아나고만 싶었어요. 울부짖고 싶었어요. 세상에서 가장 착한 얼굴을 하고 버스 뒷좌석에 웅크리고 앉아, 어머니, 주먹으로 유리창을 박살내고 싶었어요. 내 손등에 흐르는 피를 게걸스럽게 핥아먹고 싶었어요. 무엇이 나를 그토록 괴롭혀서, 무엇으로부터 달아나겠다고 나는 지구 반대편까지 가려고 했을까요. 왜 가지 못했을까요, 병신처럼. 왜 훌훌 떠나 이 지긋지긋한 피를 갈지 못했을까요.

*

내 내장 속에서는 아무런 소리도 들리지 않는다고 했어요. 먼 바람 소리 같은 것만 쏴쏴 메아리친다고 했어요. 손가락 끝으로 청진기를 두들기며 그 늙은 의사가 중얼거리는 것을 들었어요. 청진기를 탁자에 올려놓은 의사는 초음파 검사기의 흑백 모니터를 틀었어요. 누워 있는 내 배에 희고 차가운 유액을 바르고는, 막대기처럼 생긴 차가운 기구로 명치에서 아랫배까지 살갗을 차근차근 문질러 내려갔어요. 그것을 통해서 내장들의 모습이 모니터에 나타나는 모양이었어요.

노말인데.

쯧, 하고 입맛을 다시며 의사가 중얼거렸지요.

지금 보이는 게 위장인데…… 아무 이상 없어요.

모든 것이 '노말'이라고 그분은 말했어요.

위, 간, 자궁, 콩팥 모두 정상인데.

그것들이 모두 서서히 사라지고 있는 것을 그는 왜 보지 못했을까요. 클리넥스를 몇 장 뽑아 유액을 대충 닦아주더니, 일어나려고 하는 나에게 다시 누워보라고 하고는 별반 아프지 않은 배 이곳저곳을 꾹꾹 누르기만 했어요. 아파? 하고 대뜸 반말로 묻는 그의 안경 쓴 얼굴을 쏘아보며 나는 연신 고개를 흔들었어요.

여기도 괜찮고?

여기도 안 아프고?

안 아파요.

주사를 맞고 돌아오는 길에 다시 토악질을 했어요. 지하철 구내의 차가운 타일 벽에 등을 대고 쪼그려 앉았어요. 통증이 멈추기를 기다리며 숫자를 세었어요. 마음을 편하게 가지라고 그 의사가 말했거든요. 모든 것이 마음 탓이라고 스님 같은 말을 했어요. 마음을 편하게, 마음을 평화롭게, 하나, 둘, 셋, 넷, 토하고 싶을 때는 숫자를 세면서, 한없이 평화롭게…… 기어이 눈물이 솟구칠 때까지 통증은 멈추지 않고, 거푸 위액을 게워낸 뒤 엉덩이를 깔고 주저앉았어요. 흔들리는 지상이 제발, 멈추어주기를 기다렸어요.

그것은 얼마나 먼 날의 일이었을까요.

*

어머니, 자꾸만 같은 꿈을 꾸어요. 내 키가 미루나무만큼 드높게 자라나는 꿈을요. 베란다 천장을 뚫고 윗집 베란다를 지나, 십오층, 십육층을 지나 옥상 위까지 콘크리트와 철근을 뚫고 막 뻗어 올라가는 거예요. 아아, 그 생장점 끝에서 흰 애벌레 같은 꽃이 꼬물꼬물 피어나는 거예요. 터질 듯 팽팽한 물관 가득 맑은 물을 퍼올리며, 온 가지를 힘껏 벌리고 가슴으로 하늘을 밀어 올리는 거예요. 그렇게 이 집을 떠나는 거예요. 어머니, 밤마다 그 꿈을 꾸어요.

*

하루가 다르게 추워지고 있어요. 오늘도 세상의 땅에는 얼마나 많은 잎사귀가 떨어졌는지, 얼마나 많은 풀벌레가 죽어갔는지, 얼마나 많은 뱀이 허물을 벗었고 어떤 개구리들은 일찌감치 겨울잠에 들었는지요.

자꾸만 어머니 스웨터 생각이 나요. 어머니 살냄새가 잘 기억나지 않아요. 그이더러 그 옷으로 내 몸을 덮어달라고 말하

고 싶지만 말할 길이 없어요. 어쩌면 좋을까요. 그이는 말라가
는 나를 보면서 울기도 하고, 화를 내기도 해요. 아시지요, 그
이한테 가족은 나뿐이었어요. 그이가 부어주는 약수에 따뜻
한 눈물이 섞이는 것을 느낄 수 있어요. 불끈 쥔 주먹이 겨냥
할 곳 없어 허공을 휘저어대는 것을 느낄 수 있어요.

*

어머니, 무서워요. 내 사지를 떨구어야 해요. 이 화분은 너
무 좁고 딱딱해요. 뻗어 나간 뿌리 끝이 아파요. 어머니, 겨울
이 오기 전에 나는 죽어요. 이제 다시는 이 세상에 피어나지
못하겠지요.

8

출장에서 돌아온 날 밤 내가 세번째 대야의 물을 끼얹었을
때 아내는 노란 위액을 꾸역꾸역 토해냈다. 빠른 속도로, 내
눈앞에서 아내의 입술이 오그라붙었다. 떨리는 손으로 그 희
끗희끗한 입술을 더듬어보았을 때 나는 마지막으로 알아들을
수 없는 가냘픈 음성을 들었다. 다시는 아내의 목소리를, 신음
소리조차 듣지 못했다.

그녀의 허벅지에서 흰 잔뿌리가 무성하게 돋아 나왔다. 가

슴에서는 검붉은 꽃이 피었다. 끝은 희고 아랫부분이 노르스름한 도톰한 꽃술이 유두를 뚫고 올라왔다. 치켜올린 손에 약간이나마 힘을 줄 수 있었을 때 아내는 내 목을 끌어안고 싶어 했다. 아직 어렴풋한 빛이 남아 있는 눈을 마주 보며 나는 그녀의 동백 잎 같은 손이 내 목을 잘 안을 수 있도록 엉거주춤 허리를 숙이고 있었다. 괜찮아?라고 나는 물었다. 잘 익은 포도알 같은 아내의 눈이 희미하게 웃었다.

그 가을 내내 나는 아내의 몸이 맑은 주황빛으로 물들어가는 것을 보고 있었다. 창을 열면 아내의 뻗어 올린 두 팔은 바람의 결을 따라 조금씩, 매우 조금씩 부드럽게 흔들렸다.

가을이 끝나갈 무렵 하나둘 잎이 지기 시작했다. 주황빛이었던 몸뚱이는 서서히 다갈색으로 변해갔다.

아내와 마지막 잠자리를 함께한 것이 언제였을까 하고 나는 생각했다. 그때 아내의 아랫도리에서는 체액의 시큼한 냄새 대신 낯설고 향긋한 냄새가 났다. 나는 그저 그것을 아내가 비누를 바꾸어 쓴 모양이라고, 혹은 남는 향수를 심심풀이 삼아 두어 방울 떨어뜨려본 모양이라고만 생각했었다. 그것은 얼마나 오래전의 일이었을까.

이제 아내의 몸에는 한때 두 발 동물이었던 흔적이 거의 남아 있지 않았다. 포도알같이 맺혀 있던 눈동자는 다갈색 줄기 속에 차츰 파묻혀갔다. 아내는 이제 볼 수 없었다. 줄기의 끝도 까딱할 수 없었다. 그러나 베란다에 들어서면 형언할 수 없는 아련한 느낌이 아내의 몸에서 나에게로 미미한 전류처럼 흘러들어 오는 것을 느낄 수 있었다. 한때 아내의 손과 머리카락이었던 잎사귀들이 남김없이 떨어져 내리고, 입이 오그라붙었던 자리가 벌어지면서 한 움큼의 열매가 쏟아져 나왔을 때 그 실낱같은 느낌은 끊어졌다.

석류알처럼 한꺼번에 쏟아져 나온 자잘한 열매들을 한 손에 받아 들고 베란다와 거실을 연결하는 새시 문턱에 걸터앉았다. 처음 보는 그 열매들은 연두색이었다. 맥줏집에서 팝콘과 함께 곁들여져 나오는 해바라기씨처럼 딱딱했다.

나는 그중 하나를 집어 입안에 머금어보았다. 매끈한 껍질에서는 아무런 맛도 냄새도 나지 않았다. 나는 그것을 힘주어 깨물었다. 내가 지상에서 가졌던 단 한 여자의 열매를. 그것의 첫맛은 쏘는 듯 시었으며, 혀뿌리에 남은 즙의 뒷맛은 다소 씁쓸했다.

다음날 나는 여남은 개의 조그맣고 동그란 화분을 사서 기름진 흙을 가득 채운 뒤 열매들을 심었다. 말라붙은 아내의 화분 옆에 작은 화분들을 가지런히 배열한 뒤 창문을 열었다. 창밖으로 상체를 내밀고 담배를 피우며, 아내의 아랫도리에서 와락 피어나던 싱그러운 풀냄새를 곰곰이 곱씹었다. 쌀쌀한 늦가을의 바람이 담배 연기를, 내 길어난 머리카락을 헝클어뜨렸다.

봄이 오면, 아내가 다시 돋아날까. 아내의 꽃이 붉게 피어날까. 나는 그것을 잘 알 수 없었다.

해질녘에 개들은 어떤 기분일까

1

해질녘에 개들은 어떤 기분일까. 해질녘에 아이는, 여관방 창 너머로 아스라이 사위는 바다를 향해 걸어가고 싶어진다. 흙펄을 핥는 파도의 거품이 흰빛인지 황금빛인지 가까이서 보고 싶어진다.

그러나 아이는 그렇게 해본 적이 없다. 늦은 겨울의 창백한 햇덩이가 수평선으로 비끼기 시작하면 아이는 베개 두 개를 창틀 밑에 겹쳐놓고 올라선다. 갓 갈아놓은 먹 같은 어둠이 붉은 저녁 바다를 흥건히 덮을 때까지, 아이는 짱구진 이마를 창유리에서 떼지 않은 채 눈을 빛내고 있다. 창유리의 아랫부분에는 오래전 창틀을 칠하면서 묻었을 회청색 페인트 자국이 있고, 아이가 내쉬는 콧김이 그 위로 희부옇게 번져 있다.

아이가 묵는 방은 삼층짜리 슬래브 여관 건물의 이층 복도 끝에 있다. 창으로 고개를 내밀면 여관 앞 이 차선 도로 맞은편으로 늘어선 슈퍼마켓이며 철물점 제과점 따위 단층 건물들이 내려다보인다. 그 뒤편으로는 야트막한 주황색과 암록색 기와지붕들이, 더 뒤로는 빈 겨울 밭이, 더 멀리 시선을 던지면 거기 연한 복숭아살 빛깔의 흙펄과 바다가 있다. 바다로 통하는 길은 여관 맞은편 골목에서 시작해 밭 가운데로 뻗어가는데, 무슨 까닭인지 중간께에서 시멘트 포장이 끊어져 있다.

이 외진 소읍에 머물기 시작한 지 사흘째 되던 날 오후, 아이는 혼자서 그 밭둑길을 따라 바다까지 걸어가보기로 마음먹었었다. 장판 바닥에 이마를 박고 엎드린 아빠의 등짝을 눈여겨보며 아이는 여관방을 빠져나왔다. 발소리를 죽여 콘크리트 층계를 내려갔다.

여관에서 백 미터쯤 떨어진 약국 앞으로 신호등 없는 횡단보도가 그려져 있긴 하지만 굳이 그리 건너려 애쓰는 사람들은 없었다. 사람들이 아무 데로나 건너다니기 때문에 차들도 속력을 내지 않았다. 그러나 아이는 급할 것이 없었으므로, 눈에 띈 콜라병 뚜껑 하나를 딸기색 운동화 부리로 굴리며 횡단보도까지 걸어갔다. 횡단보도를 건너기 전에 아이는 그것을 냅다 걷어찼다. 그것은 가냘프게 쟁그랑, 소리를 내며 멀찌감치 두 줄 황색 중앙선 사이에 떨어졌다. 아이는 앞만 보고 길을 건넜다. 맞은편 인도에 이르러서는 마치 길바닥에 버려진 어린애를 훔쳐보듯 재빨리 뒤돌아봤다. 윤나는 잿빛 배를 드러내고 누운 병뚜껑을 일별한 뒤 고개를 돌려버렸다.

조악한 기와지붕이 앞쪽에만 모양으로 얹힌 슬래브 주택 넉 채를 지나자 밭둑길이 시작됐다. 오 분쯤 걷자 포장된 구간이 끝났다. 붉은 흙길을 아이는 한참 더 걸어갔다. 여관방 창으로는 볼 수 없었던 이 차선 도로가 나타났다. 해안을 따라 난 도로였는데, 멀리 만이 끝나는 부근에 포클레인 따위가 보이는 것을 보면 아직 완공되지 않은 모양이었다.

그 도로에서 뛰어내리기만 하면 흙펄이었다. 문제는 바로 그 지점이었다. 묵은 밭이 끝나는 곳에 해안도로변을 따라 허물어져가는 무허가 주택들이 들쭉날쭉 늘어서 있었고, 마른 풀들이 웃자란 공터에는 줄에 매이지 않은 커다란 개들 댓 마리가 어슬렁대고 있었다. 아이보다 키가 크고 덩치가 송아지 같은 그것들이 삽시간에 아이의 길을 막아섰다. 고막이 떨어지도록 짖어댔다. 들짐승들처럼.

아이는 뒤돌아섰다. 뛰어선 안 된다는 생각이 본능처럼 아이의 머리를 스쳤다. 아무 일 없다는 듯 걸음을 내디뎠다. 자꾸만 무릎이 떨리며 내려앉았다. 밭둑길의 포장된 구간에 이르자마자 뛰기 시작했다. 마침 차가 없는 도로를 내처 달려 건넜다. 여관 층계를 단숨에 뛰어 올라갔다. 할딱이며 문을 잠갔다. 보조 자물쇠까지 채웠다.

방은 고요했고 역한 냄새가 났다. 좀 전에 아이가 빠져나갔던 모습 그대로였다. 아빠는 두 팔을 양옆으로 뻗은 채 엎어져 있었다. 반나마 비운 소주병과 바닥을 드러낸 고량주병이 아빠의 머리맡에 놓여 있었다. 겨자 냄새 때문에 아이가 질색하는 중국요리가 삼 분의 일쯤 남은 일회용 접시는 얼마간 내용물이 엎질러진 채 허리께에 밀쳐져 있었다. 아빠의 황토색 코르덴 바지는 빨지 않아서인지 탈색되어서인지 몇백 년쯤 낡은 것처럼 보였다.

아이는 아빠의 발치에 책상다리를 하고 앉았다. 아직 숨이 골라지지 않은 아이의 어깨가 들먹거렸다. 빨갛고 흰 체크무늬의 깡뚱한 치마 사이로 스타킹의 허벅지 안쪽에 뚫린 단풍잎만 한 구멍이 드러났다. 아이는 허리를 접어 넓적다리에 두 팔꿈치를 얹은 뒤 양손에 턱을 고였다. 검은색 플라스틱 재떨이 옆의 장판지가 아빠의 담배꽁초에 흉터처럼 우그러든 모양을 골똘히 살폈다.

멀리서 통통배의 모터 소리 같은 것이 들려왔다고 아이는 생각했으나, 잘 들어보니 길 건너편 어디쯤에서 못질하는 소리였다. 비음이 섞인 아빠의 숨소리가 그 사이사이 규칙적으로 교차되고 있었다.

지겨워.

아이는 엄마가 버릇처럼 뱉곤 하던 말을 중얼거렸다. 아이의 음성은 물밑 같은 적요 속으로 흔적 없이 빨려 들어갔다.

……지겨워, 진저리가 나.

엄마의 찡그린 이맛살을 흉내 내며, 아빠의 대답 없는 등짝을 바라다보며, 아이는 나지막이 그 말을 되풀이했다.

그날 오후 아이는 일몰을 봤다. 먼 하늘로부터 드리워진 붉은빛이 창유리를 환하게 물들였다. 개들에게 놀란 마음이 완전히 가시지 않은 아직 굳은 얼굴로 아이는 창을 향해 다가갔다. 석양을 품은 구름장들은 이 세상의 것 같지 않게 은밀하고 부드러운 몸놀림으로 말없이 살을 포개고 있었다.

아이는 개들의 등 뒤로 얼핏 봤던 흙펄을 떠올렸다. 물기를 머금어 마치 곱게 빻은 유릿가루 같던 그 펄에 비칠 황금빛 구름의 무늬를 상상하자, 아이의 가슴은 좀 전까지의 놀람이 아닌 이상한 설렘으로 뛰기 시작했다.

저 하늘 안에 무엇이 있어서 저런 빛이 배어 나오는 걸까. 저렇게 잠깐 동안만 빛을 내보내곤 사라져버리는 걸까.

바다까지 걸어가면 그걸 알 수 있을까, 하고 아이는 생각했다. 저 빛이 어디서 나와서 어디로 들어가는지 볼 수 있을까.

그러나 그 뒤 일주일이 지나도록 아이는 바다에 다시 나가보지 못했다. 그저 차가운 유리창에 얼굴을 붙인 채 바깥을 내다보며, 해질녘에 개들의 기분은 어떨까 생각해보곤 했다.

아이가 개들을 만난 것은 오후 두 시경의 일이었다. 하지만 해질녘이 되면 그 개들도 흰 흙펄에 비친 석양을 보고 싶어 하지 않을까? 아이를 에워싸고 커다란 이빨을 드러내며 짖어대는 대신 잠자코 아이와 함께 걸어가지 않을까? 일렬로 바다 쪽을 향해 앉아 꼼짝 않고 일몰을 지켜보지 않을까? 이맘때가 되면 언제나 그것이 궁금해지는 것이다.

2

이곳에 온 뒤 일주일 내내 여관방에 웅크리고 앉아 중국음식을 안주로 술을 들이켜대던 아빠는 그저께부터는 혼자 나가서 늦도록 돌아오지 않았다. 이날도 그랬다. 하오의 햇빛이 여관 앞 동백나무의 마른 가지들 사이로 비스듬히 걸쳐질 즈음, 아빠는 아이에게 배달 주문 스티커들이 닥지닥지 붙은 화장대 거울을 가리키며 넉넉히 만 원권 지폐 두 장을 쥐여주었고, 문 잠그고 있으라는 한마디를 남기고는 야전 점퍼 안주머니에 플라스틱 열쇠대를 찔러 넣으며 나가버렸다.

아이는 지난밤의 아빠 생각을 하며 눈살을 찌푸린다. 아빠는 걸음도 제대로 못 가누며 들어와선 양변기에다 지독한 냄새 나는 걸 잔뜩 토해놓았다. 잠결에도 아이는 아빠가 질색으로 미워져서, 마치 몇십 년쯤 더 나이를 먹은 여자처럼 지겨워, 지겨워, 하고 아빠의 등을 향해 내뱉었다. 엄마가 떠난 건 모두 아빠 때문이라고, 얼마나 지겨웠으면 엄마가 그랬겠는가고 아이는 생각했다.

그러나 이제 이 고요한 방에 혼자 있자니 아이는 그렇게 지겨운 아빠라도 곁에 있었으면 싶다. 연신 일회용 종이 잔을 비우며 우두커니 앉아 있어도 좋고, 앞이빨로 아랫입술을 짓씹으며 이 연놈들을…… 하고 뇌까려대도 좋다.

아이는 반쯤 문을 열고 층계 쪽을 내다본다. 두 시간 전에 내놓았던 돈가스 접시를 분식집 아저씨가 가져갔는지 확인해

본다. 올라오는 발소리가 들리지 않았으니 사람이 다녀갔을 리 없다. 서툴게 싼 신문지 틈으로 흰 속살을 드러낸 플라스틱 접시를 아이는 내려다본다. 여러 번 사용한 기름에 튀긴 돈가스의 색깔은 탁했고 고기는 질겼고 마카로니는 너무 차가웠고 얇게 썰어 두 쪽 곁들인 오이는 습기가 말라 종잇장 같았었다.

아이는 소리 내어 문을 닫는다.

뒷짐을 졌다가, 지휘자처럼 두 팔을 아래위로 흔들어보다가, 벽을 손으로 짚으며 방 안을 빙글빙글 돌아보다가, 아이는 소형 냉장고에서 생수병을 꺼내 입술을 축여보기도 하고, 단벌 체크무늬 치마를 올리고 보풀이 잔뜩 돋은 진회색 스타킹을 걷어 내린 뒤 양변기 위에 앉아 있어보기도 한다. 그때마다 자신이 목도 마르지 않고 오줌도 마렵지 않다는 것을 깨닫는다.

다시 해가 진다.

아이는 겹쳐놓은 베개들 위로 올라간다. 창틀에 팔꿈치를 얹고 턱을 괸다. 세상은 차츰 어두워질 것 같지만, 그렇게 어두워지고 말 것 같지만, 해가 사라지기 직전 마지막 순간에는 깜짝 놀랄 만큼 환해진다. 마치 꿈속같이, 그 순간만큼 세상이 아름다운 때는 없다.

해질녘에 그 커다란 개들은 어디 있을까, 아이는 생각한다. 어두워지고 나면 그것들은 어디로 가나. 어둠 속에서 하얗게 빛나는 들짐승 같은 이빨들을 상상하다가 아이는 숨죽여 진저리를 친다.

3

이곳에 온 첫날 아빠가 아이를 두고 나가버리자 아이는 종일 낯선 방에 혼자 갇혔다. 그날 아이가 먹은 것은 전날 아빠가 고속도로 휴게소에서 사 들고 왔던 호두과자의 남은 반 봉지뿐이었다. 조금씩 떼어 물어 반달을 만들었다가, 초승달과 그믐달을 만들었다가 하며 아껴 먹었으나 기름 묻은 종이 봉지는 이십 분도 안 돼 비워졌다. 그때부터 아이는 창밖만 내다봤다. 아빠와 비슷한 체격을 한 남자가 보이면 창문을 열어젖혔다. 아빠, 하고 냅다 부르기도 했다. 그러나 그때마다 다른 남자인 것을 그들보다 먼저 알아차리곤 했다.

어두워졌을 무렵에야 아빠는 돌아왔다. 생일에도 먹어본 일이 없는 생크림케이크 상자를 들고 왔는데, 열어보니 흰 케이크가 이리저리 쓸려 모서리가 죄다 뭉개졌다.

차 팔았다 태련아.

초저녁부터 아빠는 혀가 꼬부라져 있었다. 벽에 기대 주저앉는 아빠의 입에서 소주 냄새가 역했다. 한데 이상하게도 눈의 초점은 풀리지 않았고 외려 또렷했다.

……차 팔았으니까, 이젠 우리 아무 데도 안 가도 된다.

아빠가 팔았다고 한 차는 여름에는 아이스크림 통이며 와

플 빵틀이며 빙수 기계를, 겨울에는 닭꼬치 판, 호떡 판, 붕어 빵 틀 따위를 싣고 다니던 소형 트럭이었다. 그 차를 국립 공원 앞이나 전철역 근처 번화가 한켠에 세워놓고 아빠와 엄마는 뒤편 짐칸에서 장사를 했다. 주말이면 아이는 오후 내내 운전석 옆자리에 혼자 앉아 숙제를 했다. 지겨워지면 뒤로 나갔다. 엘피지 통 옆에 놓인 빨간색 플라스틱 삼발이 의자에 앉아 발끝을 축으로 맴을 돌았다. 일손이 바쁠 때면 아이도 닭꼬치를 뒤집어가며 양념을 발랐다. "어서 오세요" "안녕히 가세요" 목청을 돋워 인사도 했다. 불속에서 오래 방치돼 거뭇거뭇 지느러미가 타버린 붕어들은 아이 차지였다. 붕어 속의 단팥에 물린 아이는 다른 간식을 먹고 싶다고 엄마를 조르곤 했다.

그 트럭을 팔아버리다니?

아이는 얼굴이 잠시 어두워졌지만, 일단 배가 고팠으므로 케이크에 혀부터 댔다. 흰 크림을 핥는 아이에게 아빠는 버럭 화를 낼 줄 알았는데 웬일인지 가만 앉아서 보고만 있었다.

크림은 혀로, 크림 속의 카스텔라는 손가락으로 양껏 파먹었지만 삼 분의 일밖에 먹지 못했다. 끈적끈적한 손가락을 치마에 닦았다. 허기가 달래진 아이는 그제야 좀 전의 트럭 걱정으로 돌아갔다.

엄마가 집을 나간 뒤 아이는 아빠와 함께 그 차를 타고 한 달 가까이 떠돌았다. 아빠는 아이를 앞서 걷다가, 뒤따라오는 아이의 손을 잡아끌었다가, 번쩍 아이의 몸을 들쳐 업었다가

해가며 무수한 골목과 낯선 집들을 헤매 다녔다. 아빠의 손에는 흰 쪽지가 들려 있었는데, 거기 검정 사인펜으로 적혔던 주소들은 하나씩 하나씩 지워져나갔다. 종내에는 접은 자리가 닳아 나달나달해졌다. 밤이면 잠을 자고 세 끼니를 컵라면이나 빵 따위로 때우던 그 차는 아이에게 안방이었고 부엌이었다. 그걸 타고 여기까지 왔는데 팔아버리다니, 아이는 막막해졌다. 그럼 어떻게 서울로 돌아가나.

벽에 기대앉아 있던 아빠의 눈은 어느 사이 좀 전의 또렷한 기운이 사라지고 게게 풀리기 시작했다. 조금씩 어깨가 미끄러져 내려오더니 고개가 앞으로 꺾이고 가슴께에서 상반신이 접혔다.

아이는 온 힘을 다해 아빠의 윗몸을 벽에서 끌어 내렸다. 꺾인 고개를 펴서 바닥에 뉘었다. 개키는 대신 화장대 쪽으로 밀쳐만 뒀던 이불을 끌어다 아빠의 가슴 위로 덮어주며 다시 트럭에 대한 걱정에 잠겼다.

골골 앓는 소리를 하는 형광등을 올려다보다가, 아이는 창틀 밑의 베개 두 개를 양손으로 끌고 왔다. 하나를 아빠의 고개 밑에 밀어 넣고 다른 하나는 품에 안고 누웠다.

어둠이 싫은 아이는 불을 켜놓은 채 잠을 청했다. 잠이 오지 않을 것 같아 걱정이었는데, 그 걱정인 마음 때문인지 정말 잠이 오지 않았다. 하나부터 숫자를 세기 시작했지만 이백이 넘어가도 숫자 세기는 끝날 것 같지 않았다. 아이는 다시 하나부터 세기 시작했다. 그 숫자 역시 영원히 멈추지 않을 것 같았다. 트럭에 대한 걱정이 머리를 스칠 때마다 자신이 세고 있는 숫자로 덮으려 애쓰며, 아이는 밤늦도록 몸을 뒤척였다.

4

서울을 벗어나 고속도로를 달리다가 국도로 접어든 뒤, 생강같이 비비틀린 소로를 따라 올라가 그들이 처음 찾았던 곳은 나목으로 가득한 과수원이었다.

여기가 외갓집이야?

진짜 여기가 엄마 살던 데야?

아빠의 무릎에 매달린 채 연신 물어대는 아이의 뺨을, 외할 아버지라는 노인은 까끌까끌한 손바닥으로 쓸어내렸다. 저승 꽃 무성한 손에서 살비듬 냄새가 났다. 그는 말했다.

나는 모르네. 자네가 허락도 없이 데리고 살았던 애 아닌가. 나헌텐 그동안 전화 한 통 없었네.

외할아버지가 억지로 쥐여준 꼬깃꼬깃한 만 원권 지폐를 만지작거리며, 아이는 한결같이 하늘을 향해 메마른 팔을 치 켜든 나무들을 의심스런 눈으로 올려다봤다. 엄마가 이야기 해주던 그곳이 이런 곳이라고는 믿을 수 없었다.

봄이면 하얗게 배꽃이 피고…… 사과꽃이 피고…… 천지가 하얗게, 밤에도 온통 불을 켜놓은 것같이……

아빠가 자정 넘도록 돌아오지 않는 밤이면, 아이와 둘이서 트럭을 몰고 돌아온 엄마는 아이의 머리카락을 귀 뒤로 쓸어 넘겨주며 그 과수원 풍경을 자장가처럼 읊조렸다. 그 순간이 행복해 아이는 밤새 그렇게 깨어 있고 싶었다. 하지만 어느 사이 잠들어버리고 말아, 눈떠보면 희붐한 아침이곤 했다.

그런 아침이면 나지막이 머리맡에서 다투는 소리가 들려왔다. 아이는 도로 눈을 감고 계속 자는 시늉을 했다. 간혹 엄마의 음성이 또렷또렷 높아지다 가늘게 떨렸다. 아빠는 말하는 동안에도 자꾸만 입술을 악물곤 해서 내용을 알아듣기 어려웠다.

지겨워…… 지겨워, 정말.

엄마는 아빠의 불분명한 변명을 토막 자르며 내뱉곤 했다.

아빠가 아이를 운전석 옆에 올려 앉히고는 커다란 소리를 내며 문을 닫았기 때문에, 멀찌감치 뒷짐을 지고 서 있는 외할아버지에게 손을 흔들기는커녕 시선 한번 주지 않는 눈치였기 때문에 아이는 침묵을 지켰다. 아빠는 폭발할 것이다. 조그만 옷핀 끝으로만 건드려도 풍선처럼 터져버리고 말 것이다.

침묵 속에서 차가 출발했다. 엄마처럼 키가 훌쩍 크고 이마가 네모진 외할아버지의 깊숙한 눈이 줄곧 심각하게 아이와 눈을 맞추고 있었다. 아이는 아빠 몰래 가슴께까지 끌어올린 손을 작은 동작으로 흔들었다.

차츰 멀어진 외할아버지의 모습이 더 이상 보이지 않았을 때 아이는 엄마가 들려주던 이야기를 곱씹었다. 엄마가 얘기

해준 과수원은 다른 곳에 있는 거라고 아이는 생각했다. 내일이라도 거기를 찾아간다면 복사꽃들이 만발하고 햇살이 찬연한 곳에 다다를 수 있을 거라고 생각했다. 아빠가 엄마를 찾아내지 못한 건 그 진짜 과수원에 가지 않았기 때문이라고 생각했다. 엄마는 배꽃 환한 그늘 아래 앉아서 아이를 향해 두 팔을 벌릴 거라고, 그 가슴팍에서 향긋하고 끈끈한 과즙 냄새가 날 거라고 생각했다.

5

나의 살던 고향은 꽃 피는 산골, 복숭아꽃 살구꽃 아기 진달래.

다시 수요일인가?

아이는 이불 속에서 몸을 일으킨다. 아빠가 베개를 베고 잠들어 있으므로, 제가 끌어안고 잤던 베개 하나만 창 밑에 놓고 올라선다. 깨금발을 하고 밖을 내다본다.

명랑한 경음악 「고향의 봄」이 고요한 바닷가 소읍을 뒤흔들고 있다.

오늘은 재활용품 수거의 날입니다. 재활용품 수거 차량이 여러분의 집 앞에 와 있습니다.

초록색 대형 트럭이 도로 가장자리를 달팽이처럼 굴러가다가 제과점 앞에 멈춰 선다. 한 중년 여자가 신문 뭉치를 노끈으로 묶어 들고 트럭 쪽으로 다가선다. 바람이 몹시 부는 게다. 머리카락이며 옷자락이 세차게 날린다. 주황색 야광 옷을 입은 청소부들이 신문 뭉치를 받아 든다. 여자는 추워 죽겠다는 듯 점퍼를 여미며 골목 속으로 종종걸음 쳐 사라진다.

아이는 베개를 들고 좀 전까지 누웠던 자리로 돌아온다.

흐린 날씨다. 방은 저물녘처럼 어둡다. 나직한 휘파람 같은 바람 소리가 창틀 사이로 파고든다. 아이는 모로 눕는다. 잠든 아빠의 등을 바라본다.

이 방의 문은 밖에서 잠긴 게 아닐까, 하고 아이는 문득 생각한다. 모든 사람들이 아이와 아빠가 여기 있는 걸 잊어버리면 어떻게 하나. 아빠가 저렇게 영영 깨어나지 않으면 어떻게 하나.

아이는 마른침을 삼킨다. 정말 죽어버린 것 같은 아빠의 뒷모습이 섬뜩해, 장판 바닥의 온기로 따뜻이 달궈진 베개를 끌어안아본다.

아이는 반듯이 눕는다. 화장대 위에 걸린 벽시계를 올려다본다. 참을성 있게 계속 지켜보고 있으면 검은 분침이 움직이는 모습을 볼 수 있지 않을까.

시간은 흐른다. 은색 초침은 쉬지 않고 돌아간다. 아이가 시계를 뚫어지게 바라보는 동안 분명히 분침이 한 바퀴를 돌았지만, 결국 아이는 분침의 움직임을 보는 데 실패한다.

정오가 지나서 깨어난 아빠는 점퍼를 걸치고 나간다. 전화를 하러 간다고, 금세 돌아온다고 한다. 아이는 그 말을 믿지 않는다. 기다리기로 마음먹으면 시간의 속력이 더 느려지는 것을 안다.

아이는 흐린 날이 싫다. 아침부터 어둡던 하늘은 석양 없이 저물어버린다. 창 앞에 서 있던 아이는 심술궂게 베개를 짓이 기다가 발끝으로 몰고 벽까지 가본다. 엎치락뒤치락 베개를 안고 뒹굴다가 이불 속으로 몸을 묻는다.

깜박 꿈결에 아이는 트럭을 타고 달리고 있다. 아빠가 사준 카스텔라와 우유를 먹고 있다. 트럭이 급정거하는 바람에 우유를 스웨터에 쏟는다.

놀라 깨어나자 밤이다. 아이는 불 꺼진 방을 둘러본다. 아빠가 아직 돌아오지 않은 것을 확인한다.

아이는 일어서서 형광등 스위치를 올리고 다시 눕는다. 눈을 감지만 잠이 오지 않는다. 도로 일어나 앉는다. 냉장고 문을 열어본다. 비어 있다. 마지막 남은 피자 쪽을 먹어버린 게 해 지기 전이었다. 화장대 위에 놓인 생수병을 들어본다. 비어 있다.

6

그 건달 애랑 같이 없어진 게 확실해요?

붉은빛에 가까운 갈색으로 머리를 염색한 젊은 아줌마는

책상다리를 한 아빠 앞에 커피 잔을 내려놓고는 다시 부엌 쪽으로 잰걸음을 걸어갔다. 희고 섬세한 무늬를 그리며 잔에서 김이 피어올랐다. 향이 고소했다. 나한테도 커피를 줬으면, 아이는 생각했다.

조금 차분히 기다려보시지 그래요. 어린 자식이 있는데 언제가 됐든 돌아오지 않겠어요?

커피와 크림 통을 싱크대 아래 칸에 들여놓으며 조심스럽게 말을 이어가던 아줌마는 아이를 향해 물었다.

애들은 커피 마시면 머리 나빠지는데, 우유 마실래?

아이의 대답을 기다리지도 않고 아줌마는 냉장고에서 기다란 우유 팩을 꺼냈다. 냉장고 문을 닫으며 말했다.

그냥 동생같이 친하게 지낸 거겠죠. 괜한 의심을 하신 거 아네요?

아줌마는 아빠와 눈이 마주치자마자 말끝을 흐렸다.

……어쨌든 전화가 오기만 하면, 꼭 연락처를 알아놓을게요.

그녀의 얼굴은 주근깨인지 기미인지 알 수 없는 거뭇한 점들로 뒤덮여 있었다.

침묵 속에서 성글게 이어지는 어른들의 대화에 지루해진 아이는 주위를 둘러보았다. 냉장고 위로 식탁보에 가려진 바나나 뭉치를 발견했다. 창피해서 다른 데를 보고 싶은데 자꾸만 그리로 눈이 갔다. 아줌마의 시선이 아이를 향하는 듯해 얼른 고개를 수그렸다. 아줌마는 우유 잔을 아이 앞에 내려놓은 뒤 한쪽 무릎을 세우고 앉았다. 우유 팩을 만져 선득한 손을 뻗어 아이의 귀 뒤로 잔머리털을 넘겼다.

아빠를 닮았나, 엄마를 닮았나?

아줌마는 마치 아이가 가여워 죽겠다는 듯 측은한 웃음을 지었다. 그것이 아이는 싫었다.

딸은 아빨 닮는다는데, 얘는 엄말 더 닮았구나.

볼을 만지작거리는 찬 손을 피하려고 아이는 얼굴을 뒤로 뺐다. 그러자 아줌마는 이번에는 아이의 머리핀에 손을 얹으며 물었다.

이거, 누가 사줬니? 엄마가 사줬니? 원, 그렇게 꽃을 좋아하더니 핀이고 블라우스고 다 꽃무늬구나. 누가 과수원 집 딸 아니랄까 봐?

벌어진 앞니를 드러내며 웃음을 머금는 아줌마의 말을 막은 사람은 그적까지 침묵을 지키고 있던 아빠였다.

정희 씨도 아시겠지만, 나.

아빠는 잠시 말을 끊었다.

나, 그 사람 때문에 마음잡은 사람 아닙니까.

아이는 생각 없이 아빠의 얼굴을 봤다가 숨을 멈췄다. 아빠의 턱 주위가 파르르 경련하고 있었다. 눈에서 파란 불이 이는 것 같았다. 아이는 얼른 아줌마의 눈치를 살폈다. 아줌마도 놀란 것 같았다. 입가에서 웃음기가 가셔 있었다.

이것만은 알아두십시오. 나, 이 세상에서 더 바라는 것 없는 놈입니다. 미련도 없는 놈입니다.

그날 아이를 운전석 옆에 앉힌 뒤 아빠는 시동을 걸려다 말고 아이의 얼굴을 쏘아봤다. 손을 내뻗더니 아이의 양쪽 귀 뒤에 꽂힌 핀들을 뽑아버렸다. 그러잖아도 며칠 빗지 않은 아이의 긴 머리칼이 부세부세 헝클어져 내려왔다. 아이는 처음으로 울음을 터뜨렸다. 엄마가 떠난 뒤에도, 느닷없이 아빠의 손에 끌려 집을 떠나던 아침에도 울지 않았던 아이였다.

시야가 눈물로 흐려진 바람에 아이는 아빠가 그 핀을 어떻게 했는지 보지 못했다. 우는 동안 차가 출발했다. 울다가 맥이 빠진 아이는 저도 모르게 잠들었다.

꿈결에 아이는 엄마를 봤다. 엄마의 모습이 선명해질수록 아이의 잠이 얇아진 걸 보면 아마 실제로 있었던 일이었나 보았다.

국립 공원 입구로 장사 가던 눈부신 늦봄 아침이었다. 트럭을 세워놓고 엄마는 주택가 골목 벽돌담으로 흩어져 내려온 흰 라일락 꽃가지를 끊었다. 아이가 다섯 살 즈음이었던 것 같다. 업기에는 무겁고 걸리기에는 성에 안 차는 아이의 엉덩이를 한 손으로 받쳐 업은 채였다. 꽃가지를 귀에 꽂으며 엄마는 아이가 알지 못하는 곡조를 흥얼거렸다. 향긋한 땀냄새가 피어오르는 등판을 타고 엄마의 콧소리가 아이의 귀로 울려왔다. 맵싸한 꽃향기가 아이의 머리를 먹먹하게 했다.

아이가 깨어나자 날이 저물어 있었다. 트럭은 고속도로를 세차게 질주하고 있었다. 눈물이 아직 속눈썹에 맺혀, 반대편에서 오는 차들의 흰 불빛이 저마다 길게 세로로 번져 보였다.

아이는 아빠의 옆얼굴을 살폈다. 납덩이처럼 차갑고 딱딱한 얼굴이었다.

엄마는 어떻게 아빠 같은 남자와 결혼했을까.

아이는 엄마의 향긋한 목덜미를 생각했고, 머리칼에서 풍겨 나오던 라일락 냄새를 생각했고, 정말이지 엄마를 이해할 수 없다고 생각했다.

……어느 날 아빠가 몹시 울었지. 바늘로 찌르면 바늘 자국만 나는 사람인 줄 알았는데, 그렇게 서럽게 울더라. 그래서 아빠가 좋아졌단다.

언제였던가, 아이가 엄마에게 왜 아빠를 좋아하느냐고 물었을 때 엄마는 대답했었다. 그때 아이는 자신이 전날 오후 문지방에서 넘어져 무릎에 피가 났을 때 악을 쓰고 울어댔던 것을 기억했고, 엄마가 아이의 무릎을 빨아줬던 것을 뒤이어 떠올렸으며, 우는 것과 좋아지는 건 뭔가 분명한 관계가 있는 거라고 결론 내렸었다.

배고프냐?

아빠가 쉰 음성으로 물었다. 옆을 보지도 않는 눈치였는데 아이가 깨어난 걸 어떻게 알아챘을까.

아이는 말없이 고개를 저었다.

배 안 고프냐?

아이의 고갯짓을 못 본 아빠는 다시 물었다. 운전대를 쥔 채 앞을 응시하는 아빠의 소매는 팔뚝까지 걷어 올려져 있었다.

아빠는 엄마와 살게 된 뒤부터 여름에 반팔 옷을 입지 않게 됐다고 했다. 오른쪽 팔뚝 앞부분에 그려진 저 감청색 용 때문이라고 했다. 엄마가 함께 있었다면 저 소매를 풀어 내려 단추를 채워줬을 거다. 아이스크림을 팔던 여름날, 덥다고 아빠가 소매를 걷을 때마다 엄마는 웃으면서 다시 그것을 내려주곤 했었다. 아빠가 무안해할까 봐 얼굴을 찡긋할 때, 엄마의 콧잔등에 그어지던 잔주름들이 고왔다고 아이는 기억했다. 미소를 머금은 채 그윽이 아빠를 올려다보던 엄마의 이마에 송글송글한 땀방울이 맺혀 있었다고 기억했다.

배고프냐고?

아이가 여전히 대답 없이 고갯짓만 하자 아빠의 음성이 높아졌다. 아빠가 고개를 돌렸다. 아이는 그의 눈에서 다시 파란 불이 일까 봐 겁을 먹었는데, 뜻밖에도 몹시 지친 얼굴이었다. 악물었던 입술은 처졌고 눈빛은 초점 없이 흐렸다.

아빠는 전조등 빛을 반사하는 키 큰 표지판들을 올려다봤다. 이번 휴게소에서 쉬어 가자, 하고 무뚝뚝하게 말했다.

안전벨트를 풀고 차 문을 열려던 아빠의 눈길이 아이의 헝클어진 머리털에 멎었다. 아빠는 점퍼 안주머니에 손을 넣었다. 그가 내민 두꺼운 손바닥을 보자마자 아이의 눈에서 빛이 났다. 거기 보석처럼 웅크리고 있는 꽃핀들을 향해 아이는 주춤주춤 손을 뻗었다.

7

누군가의 손이 아이를 흔들어 깨운다. 지난밤 늦게까지 아빠를 기다리다 잠들었던 아이는 무거운 눈꺼풀을 벌리려 안간힘을 쓴다.

여기가 어딘가?

아이의 망막에 아빠의 얼굴이 맺힌다. 그 얼굴의 배경으로 갈색 천장 벽지가 시야에 들어온 뒤에야 아이는 제가 있는 곳이 어디인지 안다. 서울의 지하 방이 아닌 것을 안다.

읍내에 십일장이 섰단다, 가자.

아직 열 시도 되지 않았을 텐데, 언제나 열한 시는 지나야 일어나던 아빠는 점퍼까지 차려입고 있다.

십일장이 뭐야?

서울내기인 아이가 잠 덜 깬 음성으로 묻는다. 아빠는 대답 없이 일어서서 바지 호주머니에 두 손을 찌른다.

재차 묻고 싶지만 아이는 참는다. 아빠가 저렇게 얼굴을 수그리고 서 있을 땐 아이가 묻는 말을 알아듣지 못한다는 걸 아이는 안다. 응? 뭐라고 그랬니?라고 묻거나, 번들번들한 눈으로 물끄러미 아이를 내려다보고는 그만일 것이다.

아빠는 아빠 자격도 없어, 라고 아이는 이불을 밀어내며 생각한다. 어른 자격도 없다고, 엄마라면 그게 뭔지 설명해줬을 거라고 생각한다.

아이는 전날 조무락조무락 빨아서 윗목에 널어놓은 보풀투성이의 스타킹을 신는다. 허벅지의 구멍도 구멍이지만 발뒤꿈치까지 곧 동그랗게 뚫어지려고 가로 올이 다 풀어지고 세로 올만 가느다랗게 남아 있다.

스타킹을 사야겠구나.

아이를 보고 있는 줄 몰랐는데, 아빠의 퉁명스러운 음성이 들려와 아이는 놀란다. 아빠가 한 말이라는 게 믿기지 않아 올려다본다. 그러잖아도 마른 편인 그의 얼굴은 몇 달 사이 광대뼈가 튀어나온 데다 면도까지 하지 않아, 마치 변장한 것같이 낯설다.

아빠는 아이의 스타킹과 빨간 장화를 산다. 새 스웨터와 치마, 모자 달린 반코트도 산다. 아이더러 인형까지 골라보라고 한다. 일렬로 늘어선 말라깽이 흰 얼굴의 인형들을 제치고, 아이는 머리털이 복실복실하고 통통한 헝겊 인형을 고른다.

정말 이게 마음에 드는 거냐?

아빠가 묻는다. 아이가 그 인형을 고른 것은 그것이 안으면 따스할 것 같은 유일한 것이었기 때문이다. 다른 까닭은 없다. 자신의 몸 절반만 한 인형을 안고, 아이는 얼마간 어색해진 기분으로 이날따라 이상한 아빠 뒤를 따라 잰걸음을 걷는다.

아빠는 중국집에 들어가더니 메뉴판의 비싼 요리들을 가리키며 골라보라고 한다. 도대체, 차 팔고 난 돈을 다 이런 데다 쓸 생각인가. 아이는 짜장면을 먹겠다고 의젓하게 말한다. 금세 고함이라도 지를 듯 험상궂은 아빠의 표정에 고개를 숙인다. 아빠는 쇠고기 탕수육과 양장피를 짜장면과 함께 시킨다.

코를 막고 입으로 숨을 내쉬어라.

아이는 아빠가 시키는 대로 후후 입으로 숨을 쉬며 양장피를 먹어본다. 아무 맛 없이 맵기만 하다. 탕수육은 맛이 있다. 살금살금 반나마 먹어 배가 부르다. 문득 아빠를 건너다보니, 또 엉망으로 취해버릴 셈인지 고량주 잔을 단숨에 비워대고 있다. 밉다.

맛있냐?

……또 먹고 싶은 거 없냐?

아이의 시선을 의식한 아빠는 불쾌해진 뺨으로 묻는다. 반투명한 고량주병이 어느새 바닥을 드러낸 걸 아이는 본다. 그게 미워서 아이는 대답하지 않는다. 하지만 짜장면은 맛이 있고, 고량주를 더 주문하는 대신 아무 말 없이 아이를 지켜보는 아빠에게 아이는 자꾸만 화가 풀어지려고 한다.

중국집을 나온 아빠는 솜사탕을 파는 중년 남자 옆에 멈춰 선다. 요술 지갑처럼, 아빠의 까만 가짜 가죽 지갑에서는 끝없이 만 원권 지폐가 나온다. 아이는 하늘색 솜사탕을 골라 든다. 시장통 중간쯤에 서 있는 중국식 호떡집을 지날 때 아이는 걸음을 멈춘다. 손님이 뜸할 때면, 뜨거운 흑설탕물에 아이의 입천장이 데지 않도록 후후 입김으로 식혀 엄마가 건네주곤 하던 호떡이다. 막 손을 들어 사달라고 하려는데 아빠의 발걸음이 빨라진다. 아빠의 옆모습은 마치 화난 사람 같다. 보폭이 큰 그를 따라잡기 위해 아이는 거의 뛰다시피 한다. 아빠가 걸음을 멈춘다. 아이더러 기다리라고 하더니 약국 안으로 사라진다.

무슨 약 사게?

아빠, 어디가 아파?

아이의 질문에 아빠는 고개를 두어 번 주억거리는 시늉을 했을 뿐이다.

아빠는 꽤 오래 걸린다. 하얀 가운도 걸치지 않은 늙수그레한 약사와 이야기하고 있는 뒷모습만 보인다.

약국 옆 과일 가게의 천막 쇠기둥에 매어진 개 한 마리에게 아이의 시선이 멈춘다. 몸집이 자그마하고 털이 군데군데 동전 모양으로 빠진 똥개다. 대뜸 큰 소리로 짖는 서슬에 물러섰던 아이는 마음을 고쳐먹고 개의 갈색 눈을 들여다본다. 개도 지지 않고 아이의 눈을 올려보며 짖어댄다. 아이는 개의 목을 묶은 줄을 눈여겨보면서, 그것이 팽팽하게 펴지더라도 안심일 만큼 거리를 두고 서서 차분히 개의 얼굴을 관찰한다. 저렇게 짖을 때 개의 기분은 어떤 것인지 알고 싶어서다. 언제까지 저렇게 짖어대는지, 언제 이빨을 드러내고 달려들기 시작하는지 시간을 재볼 생각이다.

목청껏 짖어대던 개의 눈시울이 움찔움찔 경련한다. 아이는 그것이 이상해 더욱 유심히 개의 눈을 들여다본다. 저런 표정을 지을 때 개는 어떤 기분일까?

짖는 소리가 자지러진다. 개의 어깨가 소스라치더니 떨기 시작한다. 다리에 힘이 없는지 무릎이 오그라들며 꼬리가 숨는다. 개의 연한 갈색 눈에 어린 공포를, 잦아드는 울음소리를 아이는 똑똑히 보고 듣는다.

나 때문에?

제 시선의 위력에 아이는 놀란다. 아이는 개가 무서웠다. 그런데 저 개도 날 무서워하나?

까맣게 잊고 있었던 아빠가 약국과는 반대편 방향에서 걸어온다. 오른손에 전화 카드를 사 들고 있다. 아이에게 눈짓도 하지 않은 채 과일 가게 옆의 공중전화에 카드를 밀어 넣는다.

또 사방에 전화질을 해대는 게다. 트럭을 팔지 않았을 때도 그랬다. 휴게소에서 쉬어 갈 때마다 공중전화 부스에 들어가 버튼을 눌러댔다. 유리문 밖에서 보면 아빠의 모습은 무언극을 하는 사람처럼 우스꽝스러웠다. 전화 받는 쪽에서 손동작이 보일 리 없는데 열심히 손을 저어 설명을 하고, 언성을 높이는지 목울대가 꿈틀거리고, 이따금은 애원하는 듯 간절한 얼굴이 되었다. 간혹 머리털을 거칠게 쓸어 올릴 때 아빠의 얼굴은 무섭도록 지쳐 보였다.

아빠는 수화기를 내려놓는다. 접은 자리가 반쯤 찢어진 낯익은 백지를 주머니에 구겨 넣는다. 아빠의 바짓가랑이는 마치 속에 아무것도 들지 않은 것처럼 하느작거린다.

가자.

아빠는 퉁명스러운 한마디를 남기고 앞서 걸어간다. 아이가 몸을 돌리자마자, 그때까지 납작하게 몸을 엎드리고 있던 개가 반짝 살아나 아이의 뒤통수를 향해 짖어대기 시작한다. 아이가 돌아보자 이내 소스라치며 물러선다.

　나를 무서워한다.

　아빠의 뒤를 따르며, 아이는 개 짖는 소리가 커질 때마다 한 번씩 고개를 돌린다. 그때마다 소리가 잦아드는 것을 확인한다.

　정말이다. 날 무서워한다.

　아이는 속으로 되뇐다. 아이의 입꼬리가 웃는다. 찬바람에 튼 붉은 뺨 위로, 제대로 꽃핀에 꽂히지 않은 잔머리가 흩어져 있다.

8

　금박 글씨 '클럽 와이키키'가 수놓아진 검은 중절모에 검은 머플러, 검은 재킷과 바지, 검은 롱부츠 차림을 하고 번개는 흰 이를 드러내며 웃었다. 날카로운 휘파람 소리와 함께 오색 종이 혀가 튀어나오는 장난감을 불어 행인들을 놀라게 했다. 어떤 날은 알루미늄 풍선을 수십 개 들고서 누님! 누님! 큰 소리로 불러대며 길 가는 여자들에게 건네주기도 했다. 그러지 않은 날은 '와이키키'와 '번개'가 크게 적히고 '나이트클럽'이라는 글씨와 삐삐 번호는 작게 찍힌 명함들을 나눠 줬다. 행인들이 걸어 나가며 즉시 내버린 흰 명함들이 보도블록에 뒹굴며 밟혔다.

누가 시키지 않아도 저녁 무렵이면 번개는 고장 난 것 같은 로봇 춤을 추곤 했다. 춤추고 나서 귀밑까지 기른 앞머리를 큰 동작으로 쓸어 올리는 것까지는 좋은데, 생각났다는 듯 카악, 목구멍을 돋워 전봇대를 향해 가래침을 뱉곤 했다. 말끔하게 차려입은 번개가 뱉어낸 가래침 덩어리가 흉물스러워 그때마다 아이는 이맛살을 찌푸렸다.

어느 날 아빠가 설탕을 사러 간 사이 번개는 붕어빵 기계 앞으로 다가왔다. 아이는 빨간 플라스틱 의자에 앉아 한 발로 트럭 짐칸의 바닥을 찍어가며, 한 손으로 엘피지 통을 짚어가며 맴을 돌고 있던 중이었다. 번개가 뭘 사 먹으려나 궁금해 아이는 멈췄다. 돌기를 막 멈춰 아찔해지는 순간이 아이에게 가장 즐거운 때였다.

누님! 부르며 번개가 싱글거렸다.

저희 업소에 공짜로 들어온 표예요.

번개의 손에는 두 장의 영화표가 들려 있었다. 어지럼 치는 번개의 두 뺨에 흰 솜털이 돋아 있었다. 가까이서 보니 흰 얼굴에 코와 입술의 선이 섬세하니 곱고 입술 오른쪽으로 거무스름한 점이 박혔다. 잘 닦은 까만 장롱 같은 눈동자가 장난기를 머금고 반짝였다. 엄마는 손사래를 쳤다.

우리가 언제 영화를 보러 가겠어, 노는 날에 여자 친구랑 보러 가.

엄마는 아빠가 구워놓고 간 붕어빵들을 봉지에 담아 건

넸다.

마음이라두 고마워.

목장갑 낀 엄마의 손이 흰 연미 장갑 낀 번개의 손과 허공에서 만났다. 옛날 꽃집 처녀였을 때 그랬을까 싶게 엄마의 얼굴은 발그스름해져 있었다.

아빠는 엄마 얼굴이 자꾸만 붉어지는 게 좋았다고 했다. 아빠가 시다로 있던 레스토랑은 엄마가 일하던 꽃집 위층이었는데, 테이블마다 한 송이씩 꽂아놓을 카네이션을 사기 위해 아빠가 새시 문을 열고 들어가자마자 엄마는 대뜸 얼굴부터 붉혔다고 했다.

스무 살 난 엄마가 아이를 가진 것도 그 꽃집에서였다고 했다. 엄마는 임신 중독증이라는 것에 걸려 온몸이 두부같이 부었다고 했다. 손은 고무장갑 낀 것처럼 부풀어, 다른 쪽 손가락으로 누르면 그 들어갔던 자리가 다시 나오지 않았다. 그 손으로 엄마는 장미 가시를 자르고 꽃 양동이를 날랐다. 스물일곱 살 난 아빠는 그때 뭘 했냐면, 이 레스토랑 저 레스토랑의 주방 시다로 이 주, 삼 주, 길어야 한 달씩 버티고는 싸움 끝에 뛰쳐나오곤 해서 어린 엄마의 속을 썩였다. 아빠와 다툴 때마다 엄마가 눈언저리를 훔치며 끄집어내는, 그러나 정작 아빠는 듣는지 마는지 딴 곳만 보고 있다가 "그만하지" 한마디 하고 마는 얘기였다.

태련아, 번개 아저씨 뜨거운 국물 한잔 드릴까?

엄마의 소프라노 목소리가 아이의 머리 위로 굴러떨어졌

다. 아이는 일어섰다. 연두색 플라스틱 그릇에 오뎅 국물을 퍼 번개에게 건넸다. 아이가 두고 마시는 종이컵에도 한 국자 펐다. 두 손으로 컵을 감싸면 그 온기로 온몸이 함께 덥혀지는 것 같은 기분이 아이는 좋았다. 번개는 그런 기분도 모르고, 뜨겁지도 않은지 그릇을 순식간에 비워버렸다. 아아, 시원합니다, 하고는 흰 떡니를 드러내며 또 웃었다. 눈웃음을 짓느라고 까만 장롱 같은 눈동자가 보이지 않았다. 바지 호주머니에 두 주먹을 찌른 채 양쪽 어깨를 번갈아 앞뒤로 돌리며 번개가 말했다.

빨리 봄이나 왔으면 좋겠어요.

종일 서 있으려면 춥지? 우리야 불이 가까이 있으니까 괜찮지만.

추운 것도 추운 거지만, 젠장, 나무에 이파리 한 장이라도 붙어 있으면 숨 쉴 맛이 나겠어요. 햇볕이 좀 따뜻해지면 북한산에 올라가서 넓적한 바위 하나 차지하고는 두 다리 뻗고 드러눠서 실컷 잠이나 잤으면 좋겠는데…… 옛날에 쬐끄맸을 때 시골 살았었거든요. 그때 봄이면 누나랑 자주 가던 바위가 있었는데.

번개의 유난히 흰 얼굴이 붉어지는가 싶더니 귀밑까지 빨갛게 물들었다. 뭐가 갑자기 창피해서 그럴까?

그런데 누님, 알아요?

뭘?

누님, 우리 누나랑 닮았어요.

닮다니? 내가?

엄마가 하얗게 웃었다.

웃는 모습이 비슷해요.

번개의 얼굴에서 웃음이 걷혔다. 꼭 무슨 자두꽃 같은 게, 하고 들릴 듯 말 듯한 목소리로 덧붙였다. 여전히 귓불을 붉힌 채 그는 정색을 하고 엄마의 얼굴을 바라봤다.

9

아직 해도 지지 않았는데 아이는 형광등을 켜놨다. 욕실의 백열등도 켜고 욕실 문을 활짝 열어놓고 그 앞에 두 무릎을 안고 앉았다.

곧 황혼이 내릴 것이다.

왜 하루 중 이맘때가 되면 혼자란 생각이 들곤 하는 걸까 하고 아이는 생각한다. 바다에 나가보고 싶다고, 그러나 그 길이 싫다고, 그 개들이 무섭다고 생각한다. 과일 가게 앞에 매어져 있던 작은 개를 생각하자 아이의 마음은 복잡해진다. 그 복잡한 마음 밑바닥에서 똬리를 틀고 있는 감각은 필경 무서움이다. 그 무서움이 왜 자꾸만 부끄러움을 불러일으키는지, 자신의 몸뚱이를 친친 동여매는 것같이 느껴지는지 아이는 모른다.

조금씩 서쪽 하늘이 붉어지기 시작한다.

아이는 별안간 격한 동작으로 일어선다. 창으로 걸어가 색바랜 커튼을 쳐버린다. 가까이 가서 볼 수도 없는 석양을 지켜보는 것도 이젠 지겨워졌다고 생각한다. 방 가운데 드러누워 이불을 뒤집어써버린다.

어둠 속에 아빠가 잠들어 있는 모습이 보인다. 언제 돌아온 걸까. 지금은 몇 시쯤 됐을까.

규칙적인 숨소리에 귀를 기울이자 아이의 마음이 푸근해진다. 아이는 애벌레처럼 배로 바닥을 기어 아빠 쪽으로 다가간다. 가만히 그의 팔을 베어본다.

조금 있다가 아빠의 팔이 꿈틀한다. 으으음, 신음이 코에서 흘러나온다. 별안간 후려치듯 아이의 머리를 밀어낸다.

이…… 연놈들, 이 연놈들, 연놈들……

아빠의 고개가 좌우로 흔들린다. 흐어엄, 험, 하고 불분명한 잠꼬대가 이어 나온다.

너 죽고 나 죽는 거야! 씨팔 새끼들.

갑자기 목소리가 또렷해지는가 싶더니 아빠의 몸뚱이가 용수철처럼 튀어오른다. 야전 점퍼를 꿰어 입는 그의 눈에 언젠가 보았던 파란 불이 고양이처럼 번득인다. 잠이 달아난 아이는 그사이 날쌔게 벽에 바싹 붙어 아빠를 살피고 있다. 무릎을 안고 그 안에 얼굴을 숨긴다. 아이의 눈에서 나오는 빛이 아빠의 눈에 띄지 않을까. 그것이 이 순간 아이의 가장 큰 불안이다.

10

엄마와 아빠가 아이의 머리맡에서 나지막이 싸우는 일이 잦아졌다. 아니, 나지막하던 음성도 차츰 높아져, 더 이상 아이가 자는 시늉을 할 수 없을 만큼 시끄러워졌다.

솔직히 말해. 그 자식이랑 어디까지 갔어?

그게 무슨 말이야?

난 눈이 삔 놈인 줄 알아? 눈칫밥으로 배 채워가면서 큰 놈인 거 몰라?

태련이 아빠!

말 못 해?

태련 아빠, 정말 날 의심하는 거야?

어서 말 못 해?

아이가 일어나 앉았다. 자신이 일어나면 싸움이 그치곤 하는 것을 아이는 알고 있었다. 그러나 이날 그들은 아이의 움직임을 의식 못 하는 것 같았다.

정말, 웃겨. 내가 태련일 어떻게 키웠는데? 내 눈물 반으로 키웠는데…… 그동안 그렇게 속 썩인 것도 모자라서, 웃겨, 인젠 의처증까지야? 어디까지 가다니? 입이라고 붙었으면 아무 말이나 해도 돼?

엄마의 카랑카랑한, 그러나 뒤로 갈수록 가늘게 떨리는 음성을 막으며 아빠가 외쳤다.

어서, 어서 말 못 해!

라디오가 선반에서 내팽개쳐졌다. 아이가 와아 울음을 터뜨렸다. 엄마가 아이를 끌어다 안았다. 탁상시계가, 화장품 병들이 연달아 굴러떨어졌다.

그날 아빠는 집을 나가 돌아오지 않았다.

세 식구가 함께 트럭 짐칸에서 장사하고 있으면, 외출했다가 마을버스를 타고 들어가던 주인집 할머니는 풀빵을 팔아주며 "아유, 비둘기 집 같네?" 하곤 했었다. 그러나 그날 주인집 할머니가 나타났을 때 엄마는 혼자 서서 닭꼬치에 고추장 양념을 바르랴, 호떡 누르랴, 붕어빵 틀을 때맞춰 뒤집어주랴 바삐 손을 움직이고 있었다. 아이는 엄마가 한 짝 벗어준 하얀 목장갑을 끼고 군복 입은 아저씨들에게 오뎅 국물을 퍼주고 있었다.

원, 새벽에 나간 사람이 아직도 안 들어온 게야?

쯔쯔 입맛을 다시던 할머니가 이번에는 아이에게 물었다.

태련이 춥지 않냐?

아이는 못 들은 척 손을 뻗어 다 익은 붕어들을 꺼내기 시작했다. 엄마는 닭꼬치를 은박지로 싸서 무스탕 코트 차림의 파마머리 아줌마한테 건네는 참이었다.

꼬챙이로 붕어빵 틀을 들출 때마다 노릇노릇하게 익어 있는 물고기들을 아이는 지느러미 끝을 잡고 끄집어냈다. 아직 희끗한 붕어들의 뚜껑은 도로 덮어놓았다. 태어나려면 그 뜨거운 틀 속에서 더 견뎌야 했다. 옆엣것들과 똑같이 견디지 않고는 그 안에서 빠져나올 수 없었다.

붕어를 다 꺼낸 다음에는 틀들을 세로로 세워둬야 한다. 어느 한쪽으로 눕혀놓으면 그 부분이 너무 달궈져서 반죽과 고물을 붓고 나면 그쪽만 타버린다.

아이는 동그랗게 열을 지어 세워놓은 빈 틀들을, 그 앞 철망에 누워 있는 붕어들을 골똘히 내려다봤다. 틀의 얼굴 모양이 그렇게 돼 있기 때문에 붕어들은 하나같이 웃는 입꼬리를 하고 있었다. 제가 웃고 싶어서 그런 게 아니라 그렇게 만들어져 있기 때문이다.

태련이, 착하구나. 엄마를 이렇게 잘 도와주고.

엄마가 싸주는 호떡 천 원어치를 받아 드는 할머니를 향해 멋쩍은 웃음을 지으며, 아이는 제가 붕어들처럼 할 수 없이 웃고 있다고 생각했다. 그렇게 안쓰러운 눈길로 바라보느니 얼른 돌아가줬으면 좋겠다고, 여전히 웃음을 머금은 채 생각했다.

11

아빠는 아이의 팔을 끌고 셔터 내려진 제과점 앞 공중전화로 걸어간다. 유리 부스에는 문이 없어 아빠가 외치는 말이 고스란히 들린다.

아버님, 접니다.

접니다! 김서방입니다.

정희 씨, 접니다, 그년한테서 소식……

아빠가 수화기를 내려놓을 때마다 부서지는 소리가 터져나오는 바람에 아이는 깜짝깜짝 뒤로 물러선다.

전화 카드를 뽑아 들다 말고 아빠는 느닷없이 전화기를 주먹으로 친다. 유리 벽의 안쪽 면에 이마를 짓찧는다.

씨발, 씨발 새끼들.

낮게 숨죽인, 그러나 망치질하듯 한 음절 한 음절 또렷한 목소리가 인적 없는 거리의 어둠 위로 대못처럼 박힌다.

다 죽여버릴 거야…… 씨발 새끼들.

그의 쏘는 듯한 시선이 아이의 얼굴에 꽂힌다.

아빠는 미친 걸까. 날 알아보지 못하는 걸까.

내복 위에 노란 누비 외투만 걸치고 나온 아이는 턱을 떨며 아빠의 성난 얼굴을 올려다본다. 마치 아이의 등 뒤에 다른 사람이 있는 것같이, 아빠는 아이가 서 있는 쪽을 향해 이를 악물며 중얼거린다.

네가 이럴 수 있니?

아이는 뒷걸음질을 친다.

……어떻게 네가 나한테 이럴 수 있어?

12

엄마가 앓아누웠다. 어디가 아프냐고 아빠가 물으면 특별히 아픈 데가 없는데 꼼짝을 할 수 없다고 했다. 엄마는 일을 나가지 않았다. 밥도 하지 않았다. 밥하러 부엌에 나가기가 귀찮다고 했다. 아이가 배고프다고 보채면 몸을 일으키는 시늉을 하다 말았다. 일단 방바닥에 손을 올려놓으면 그 자리에서 한 뼘 옮겨 짚기도 귀찮다고 했다.

아빠, 무병이 뭐야?

그러던 어느 날 아침, 쌀을 씻는 아빠에게 아이가 묻자 그의 얼굴이 굳어졌다.

누가 그런 얘길 하든?

주인집 할머니가 철희네 엄마한테 그러던걸, 엄마가 아무래도 그거 같다고. 아픈 데도 없는데 맨날 누워 있다고.

아빠는 대답 없이 쌀을 소리 내어 문질렀다.

응, 무병이 뭐야?

아이의 입을 틀어막듯 아빠는 닫힌 방문을 향해 이봐! 고함을 질렀다. 아이는 흠칫 입을 다물었다.

오늘도 못 나가?

아빠가 문을 열어젖혔다.

못 나가느냐구?

한낮에도 지하 방은 늪 속처럼 어두웠다. 수초 같은 어둠이 탁한 공기 속에서 흐물흐물 흔들리고 있었다. 구겨놓은 신문지 같은 엄마의 몸뚱이가 캄캄한 이불 속에 묻혀 있었다.

　아빠가 또 폭발했다. 부엌의 접시들을 깨고 안방으로 들어오더니 창틀에 세워놓은 가족사진을 집어던지고 텔레비전을 걷어찼다.

　말해봐!

　아빠의 악물었던 입술이 악을 질렀다. 번쩍, 지하 방의 어둠이 섬광으로 갈라지는 것 같았다.

　그 애새끼 때문에 지금까지 죽상을 하고 있는 거야? 그 애새끼가 거기서 쫓겨난 게 내 탓이다 이거야?

　고함을 지르는 아빠의 입가에 조그만 흰 거품들이 일었다. 더 부술 물건을 찾는 듯 번쩍이는 눈동자가 불안정하게 흔들렸다.

　개새끼, 그날 운수 좋았어. 거기 종업원 놈들이 걸어 말리지만 않았어도 대갈통 날아갔어. 나쁜 새끼…… 얻어맞으면서 웃기는 왜 비실비실 웃어!

　침을 뱉듯 아빠가 소리쳤다. 구슬 같은 목울대가 아래위로 흔들렸다. 부르쥔 손아귀 사이로 쇠붙이도 으스러질 것 같았다.

　아니라면 왜 말을 못 해? ……아니란 말을 왜 못 했느냐구!

　……이렇게는 못 살아!

　엄마가 악을 쓴 것은 그때였다.

　달포 가까이, 목소리 낼 힘도 없다는 듯 고갯짓도 하다 말던 엄마의 몸에서 그렇게 큰 소리가 터져 나온 것에 아이는 아빠의 광포에보다 더 놀랐다.

하루이틀도 아니고, 한 달 두 달…… 아니 일 년 이 년도 아니고, 평생을 이렇게 어떻게 살아? ……여태까지 살아온 게 기적이야, 알아? 기적이라구.

엄마의 입술이 떨렸다. 헝클어진 앞머리가 움푹한 눈두덩으로 흘러내렸다.

……이렇게는 못 살아, 정말이지 이가 갈려서 못 살아! 이놈의 집구석도 이젠 지긋지긋해!

아이는 자신의 몸을 구부렸다. 그들의 눈에 띄어서는 안 될 것 같아 좀더 동그랗게 구부렸다. 바람벽에 바싹 붙은 아이의 몸은 아무리 구부려도 더 이상 작아지지 않았다.

13

비가 내린다. 여기는 서울보다 남쪽이라 눈 대신 비가 오는 거라고 아빠가 그랬다. 그렇다면 이때쯤, 아이가 살던 지하 방 앞마당에는 한 뼘 눈이 쌓였을까.

여관 앞 건물의 슬레이트 지붕으로 비 듣는 소리에 아이가 눈을 떴을 때 아빠는 머리맡에서 돈을 세고 있었다. 차를 팔고 온 다음날 아침 아빠가 점퍼 안주머니에서 꺼냈던 봉투에는 수북이 만 원권 지폐가 가득했는데, 그게 다 없어지고 얄팍해진 봉투를 보니 그러잖아도 빗소리 때문에 울적하던 아이의 마음은 더 어두워졌다.

아빠는 나갔다 오겠다고 한다. 또 자정 넘어서야 들어오겠구나 했는데, 조금 있다가 투명한 비닐봉지에 소주 팩이며 땅콩, 튀긴 감자 따위를 잔뜩 사 들고 들어온다. 아빠가 봉지에서 그것들을 꺼낼 때 아이는 그의 소맷자락 밑에 드러난 용을 본다. 저 푸른 먹은 왜 지워지지 않을까. 성난 듯한 핏줄들이 움직일 때마다 함께 꿈틀거리며 금방이라도 살갗을 뚫고 나올 것 같은 짐승을 아이는 경계의 눈빛으로 쏘아본다.

아빠는 아이를 보지 않는다. 무엇인가 잘 들리지 않는 말을 천천히 웅얼거리기도 하고, 손을 멈추고 생각에 잠기기도 한다. 그러는 동안 뜯다 만 과자 봉지가 손에서 툭 굴러떨어진다.

떨어진 과자 봉지를 내려다보고 있는 아빠의 얼굴이 검다. 얼핏 보면 햇볕에 그을린 것 같고 자세히 보면 오래 씻지 않은 사람 같다. 사람의 얼굴이 저렇게 가죽처럼 단단해질 수 있을까. 옛날에 유리병을 씹어서 핏물과 함께 뱉어내곤 했다는 그의 얼굴을 아이는 숨죽인 채 살핀다. 이태쯤 전이었던가, 그때 대면 이제는 사람 된 거야, 라고 아이의 머리맡에서 우물우물 변명하던 그의 목소리를 떠올린다.

그래도 그렇지, 어떻게 술만 마시면 미쳐, 당신은?

미쳐도 그나마 곱게 미치잖어, 인젠 당신 덕에…… 내 피가 끓는 걸 어떡해? 내가 어쩔 수 없는 걸 어떡해?

버럭 고함치던 아빠의 날 선 목소리를 아이는 떠올린다.

알어? 인제는 나도 옛날 같지 않어…… 세상 천지에 겁날게 없었던 내가 씨발, 겁쟁이가 됐다구. 공사 현장 밑을 지나면 벽돌이 떨어져서 머릴 찍을까 봐 찝찝해. 화물차라도 거칠게 끼어들면 등가죽에 식은땀이 나. 그게 왠지 알아? 너 때문이야, 알기나 해? 니가 날 겁쟁이로 만들었다구. 모든 게 변해버렸다구.

14

엄마가 다시 일하러 나갔다. 예전처럼 아빠는 간밤에 토막쳐 썰어놓은 닭을 꼬챙이에 끼웠고 엄마는 호떡을 누르고 풀빵을 뒤집었다. 다만 달라진 것이 있다면 엄마가 아이에게 종종 화를 냈다는 것이다. 한번 화가 나면 허공을 후려치듯 거칠게 손짓을 했다. 금방이라도 아이를 때리거나 아무거나 부숴댈 기세였다.

엄마는 키가 백칠십 센티미터에 허리가 길었다. 낡은 옷을 입고 있어도 몸짓 어딘가에 리듬 체조 선수처럼 우아한 데가 있었다. 피부가 희어, 립스틱만 살짝 발라도 엄마의 얼굴은 봄나비처럼 화사해졌다. 그러나 이제 엄마는 화장을 하지 않았다. 화를 낼 때 엄마의 몸짓은 무시무시한 마녀 같았다. 아이가 할 수 있는 일은 그때마다 몸을 동그랗게, 가능한 한 가장조그맣게 구부리곤 하는 것뿐이었다.

지겨워, 지겨워.

엄마는 아이에게 자꾸만 지겹다고 했다. 아이가 호떡을 먹다가 설탕물만 흘려도, 넘어져서 무릎에 흙과 연탄재를 묻혀오기만 해도 지겹다고 했다.

어느 날 밤, 아빠가 세면장에서 닭을 손질하는 동안 엄마는 얼굴에 로션을 바르다 말고 돌아앉아 아이의 눈을 들여다봤다.

……지겨워, 눈은 영락없이 그 인간이네.

아이가 눈을 꿈벅꿈벅하는 동안 엄마는 아이의 가슴에 서늘한 금이 그어지도록, 그래서 그만 눈물이 날 만큼 매몰차게 아이의 어깨를 떠밀고는 돌아앉아버렸다.

15

소주 팩 두 개를 뚝딱 비우고 아빠는 바람 빠진 풍선처럼 납작하게 누워 있다. 튀긴 감자로 아침을 때운 아이는 아빠가 누워 있는 모습을 내려다보며 이불 속에 웅크리고 있다. 간밤에 아빠가 아이의 손을 거칠게 잡아끌고 나가 이리저리 미친 사람처럼 전화를 걸어댔던 일이 떠오른다. 어둠 속에서 아이를 노려보던 아빠의 푸르스름한 검은자위가 떠오르자 아이는 눈을 질끈 감았다 뜬다.

아빠는 이제는 외출을 않고 방 안에서만 마시려는 모양이다. 그럴 줄 알았다고, 그동안 얼마나 돈을 써댔길래 벌써 이렇게 된 건가 하고 아이는 생각한다.

아빠의 코고는 소리를 신호로 아이는 내복 바람의 몸뚱아리를 이불 속에서 꺼낸다. 새로 산 스타킹과 원피스는 곱게 화장대 위에 개켜둔 채 낡은 스웨터와 치마를 입는다. 아빠가 사준 분홍색 반코트 대신 헌 누비 외투를 걸치고 헌 스타킹을 신는다. 우산이 없고, 밖에 나가고 싶고, 새 옷을 망치기 싫기 때문이다.

꼭 다문 입술로 아이는 여관 골목을 빠져나온다. 추적추적 내리는 비에 머리카락이 금세 젖어 이마에 달라붙는다.

아이는 횡단보도를 향해 걸어간다. 남매로 보이는 애들이 등에 멘 책가방 위로 연보라색 우비를 입고 마주 걸어오다가 아이를 본다. 학교에 다녀오는 모양이다. 벌써 개학을 했나 보다. 아이는 자신도 학교에 가야 한다고 생각한다. 하지만 차가 없으니 어떻게 서울로 돌아가나.

그 애들은 아이가 누군지 궁금한 얼굴이지만 아이에게 말을 붙이지 않는다. 우산을 받고 골목에서 걸어 나온 아줌마가 애들의 머리 위로 여벌의 우산을 씌워준다. 여자애가 우비에 달린 보사를 빗는다.

아이는 여전히 꼭 다문 입술로 그 앞을 스쳐 지나간다. 아줌마가 아이를 돌아보며 뉘 집 애냐, 눈으로 묻는 것 같은 얼굴을 한다. 그 질문을 듣기 싫어 아이는 걸음을 더욱 빨리한다.

시선을 제 장화 앞에 내리꽂은 채다.

너, 어디 사냐?

뉘 집에 놀러 왔냐?

사람들이 물어올 때마다 아이는 고개를 흔들었다. 이름이 뭐냐, 몇 학년이냐, 물어도 대답 없이 뒷걸음질을 치곤 했다.

점심때가 지난 시각이라 약국 옆 분식집에는 손님이 없다. 주말 연속극이 재방송되는 텔레비전 앞에 앉아 있던 파마머리 아줌마는 아이에게 물잔을 주며 다행히 아무 말도 묻지 않는다. 며칠 전에 왔을 때 어디서 왔니? 하는 물음에 아이가 아무 말도 대답하지 않았던 것을 기억하는지, 호기심 어린 눈매로 아이의 얼굴을 뜯어볼 뿐이다.

여기, 곤로 가까운 데 앉지 그러냐?

괜찮아요, 입속으로 중얼거리며 아이는 얼른 고개를 수그려버린다.

국물 속에 풀어진 계란 덩어리들과 잘게 동강 난 라면 가락들을 마지막까지 추려 먹는 데 꽤 오랜 시간이 걸린다. 분식집을 나온 아이는 바다로 통하는 밭둑길을 따라 걸어간다. 따뜻한 라면 국물로 배를 채우니 빗발이 아까만큼 차갑지 않다. 아이는 식당 안에서 움츠리고 있었던 어깨를 조심스럽게 펴본다.

이런 날엔 석양을 볼 수 없다는 것을 아이는 알고 있다. 다만 비가 내리는 날에도 그 개들이 해안을 서성이고 있는지 궁금할 뿐이다.

밭둑길의 포장이 끝나자 찰진 진흙이 아이의 장화 바닥에 엉겨붙기 시작한다. 빗발이 차츰 거세어진다. 멀리 점처럼 보이는 큰 개 한 마리가 빗속에 어슬렁거리고 있다.

아이는 돌아선다. 어깨가 자꾸만 처지려는 게 싫어 걸음을 빨리한다. 푸르게 질린 입술이 떨린다. 다 젖었다. 속옷까지 젖어버렸다.

16

날 보던 눈, 그 눈이 똑같이 그 새끼를 보고 있다고 생각하면.

아빠는 취해 있었다. 딴사람처럼 들리는 목쉰 음성으로 외삼촌을 향해 나직이 말했다.

아이는 부르스타 위에서 구워지는 삼겹살을 보고 있었다. 돼지기름이 흘러 프라이팬 구석에 놓인 양파와 통무 바닥으로 스며들고 있었다.

살갗에서 기름이 흘러나온다.

문득 아이는 그것이 끔찍해졌다. 외삼촌이 나무젓가락으로 뒤적일 때마다 붉은 핏자국이 거무레해지는 고깃점들이 끔찍해졌다. 그래서 외숙모가 상추에 쌈을 해서 주는 것들을 그때마다 입에 넣었다가 몰래 휴지에 뱉아 노란 누비 외투 주머니

안에 넣고 넣고 했다.

날 보고 웃던 얼굴, 그 얼굴로 똑같이 그 새끼를 향해 웃고 있다고 생각하면…… 눈, 그 눈을 생각하면, 씨팔, 그 생각만 하면……

이마까지 새빨개진 아빠의 얼굴이 체머리를 떨고 있었다. 아빠의 손이 소주병을 쥐었다. 그것이 바닥에 내리쳐져 깨어지고 말 것 같아, 아빠의 이빨이 짐승처럼 그것을 씹기 시작할 것 같아 아이는 고개를 돌렸다.

다 죽이고 나도 죽어버릴 겁니다. 태련이도 죽고 지도 죽고 나도 죽는 거요, 다, 모조리 다!

외삼촌 집을 떠나던 날 이른 새벽에는 싸락눈이 내렸다.

눈길에, 동도 아직 안 텄는데 괜찮겠어, 매제? 아직 술이 덜 깼을 텐데.

아빠는 다정하지도 기쁘지도 않은 이상한 미소를 외삼촌에게 지어 보이고는 아이의 손을 잡아끌었다.

서민 연립 주택 앞의 전봇대에는 붉은 페인트로 '주차 금지'라고 씌어져 있었다. 트럭은 그 앞에 보란 듯이 서 있었다. 엄마와는 달리 키가 자그마한 외삼촌은 아빠가 뿌리치는 차가운 서슬에 팔을 놓았다. 외삼촌보다 더 키가 작은 데다 살이 제법 붙어 눈사람처럼 동글동글한 외숙모가 아이의 손에 억지로 지폐를 쥐여주었다.

왜 어른들은 자꾸만 아이에게 돈을 주는 것인지 아이는 알 수 없었다. 내키지 않는 것을 억지로 쥐여주고, 안 받으려고 달아나면 쫓아와서 호주머니에 찔러 넣어버리곤 하는 까닭을 알 수 없었다.

서울로 가게.

외삼촌은 아이를 안아서 트럭 위로 올려주며 아빠에게 소리쳤다.

돌아가서 살아봐야지 않겠나? 태련이 생각도 해야지.

대답을 기다리는 외삼촌의 얼굴을 빤히 내려다보면서도 아빠는 악이라도 올리려는 듯 침묵을 지켰다.

돌아가서 전화하게.

못내 미심쩍은 얼굴로 외삼촌이 차 문을 닫았을 때에야, 아빠는 아이에게도 간신히 들릴 만큼 작은 목소리로 내뱉었다.

……어디로 돌아가라는 거야, 씨팔.

아빠가 트럭 앞 유리의 와이퍼를 작동시키자 흰 과일 껍질 같은 눈이 벗겨지며 세상이 보였다.

고요하게, 희고 조그만 화선지 조각 같은 눈송이들이 분분히 앞 유리에 내려앉았다가는 와이퍼에 밀려 사라지곤 했다. 아빠는 전조등을 켰다. 어둠 때문에 보이지 않았던 골목 끝까지, 불빛이 비치는 허공의 길을 따라 자잘한 눈송이들이 눈부시게 반짝이고 있었다.

안전벨트를 매지 않은 채 아빠는 그 눈발을 노려보았다. 그의 눈두덩은 아픈 사람처럼 거무스름한 청색이었다.

손 흔들어, 아빠.

아이는 후락한 현관 앞에 서 있는 외숙모의 얇은 홈드레스를 걱정스레 바라보다 말고 아빠의 옆구리를 찔렀다. 아빠는 잠에서 깨어난 사람처럼 어깨를 흠칫했다. 손을 흔드는 대신 외숙모를 향해 까닥 목례를 했다. 아이가 손을 흔드는 동안 아빠는 시동을 걸었다. 조끼 파카 밖으로 드러난 어깨의 살집을 자신의 손으로 문질러대며, 눈사람 같은 외숙모가 눈발 속에서 발을 구르고 있었다.

……태련아.

연립 주택 골목을 빠져나와 큰길로 들어섰을 때 아빠는 아이를 불렀다. 아이는 아빠의 음울한 옆얼굴을 보았다. 숭숭 푸르스름한 수염들이 뚫고 올라온 턱을 치켜든 채 아빠는 정면을 응시하고 있었다.

……아빠랑 같이 죽어버릴까?

마치 자신에게 묻는 듯이 그는 응? 하고 거듭 물었다.

씨팔 더러운 세상, 둘이 같이 죽어버릴까?

17

아이는 머리를 감는다. 따뜻한 물을 받아 알몸에 끼얹는다. 구석구석 비누칠을 한 뒤 헹구어내려 한다. 비눗기가 잘 씻기지 않는다. 이가 부딪치게 춥다. 아이는 수건으로 물기와 비눗기를 함께 닦아내버린다.

욕실을 나온 아이는 젖은 헌 옷들을 방바닥에 널고 새 옷을 입는다. 새 옷에서 소독약 냄새가 난다. 아이는 화장대 앞으로 간다.

엄마를 닮았구나.

부산에서 만났던 엄마 친구라는 아줌마의 목소리를 떠올리며 아이는 거울 속의 제 얼굴을 찬찬히 살핀다. 앞짱구 뒤짱구 진 아이의 고집 센 얼굴은 아무래도 엄마와 닮은 것 같지 않다. 그렇다고 아빠를 닮은 것 같지도 않다. 그러자 자신의 얼굴이 낯설게 느껴진다.

아이는 살 굵은 여관 빗으로 빗질을 시작한다. 빗이 긴 머리 끝까지 내려갈 때마다 차갑고 굵은 물방울들이 어깨로 떨어진다. 옷과 함께 널어놨던 수건을 집어 머리칼을 다시 꼭 짠다.

아이는 머리를 양갈래로 땋아본다. 잘 땋아지지 않는다. 엄마가 해주던 것처럼 힘 있게 되지 않는다. 어차피 젖은 머리다. 젖었을 때 머리를 땋으면 안 된다고 엄마가 그랬다. 아이는 애써 땋은 머리를 도로 풀어버린다.

어느 날 아침 엄마의 얼굴이 환했던 것을 아이는 기억한다. 종일 작은 신경질 한번 부리지 않았다. 장사 나가기 전 아침나절에는 아이를 데리고 도매점에 가서 초록색 쓰리세븐 책가방을 사줬다. 일 학년 때 산 가방이 있긴 했지만 삼 학년에 올라가는 아이에게는 좀 작았던 터였다. 엄마는 미소를 지으며 말했다.

개학하면 이걸 메고 다녀.

장사를 마치고 함께 돌아와 아빠가 세면장에서 발을 씻는 동안 엄마는 아이의 머리를 땋아줬다.

금방 잘 건데?

아이의 다정한 물음에 엄마는 "으응, 그래도 예쁘게 자면 좋지" 하고 대답했다. 정성스럽게, 대접의 물을 발라가면서 엄마는 아이의 긴 머리를 찰지게 땋았다.

다음날 아이가 잠에서 깨었을 때 엄마는 없었다. 아이는 울지 않았다. 엄마가 떠났다는 것에 대한 실감이 없었고, 그렇다고 아주 떠난 게 아니라 곧 돌아올 것이라고도 희망하지 않았다. 언젠가부터 아이는 모든 일을 받아들이는 데 익숙해져 있었다. 그저 생겨난 일대로 숨소리를 크게 내지 않고 견디는 데 익숙해져 있었다.

어둡다.

아빠한테서 멀리 떨어져 누워 아이는 잠을 청한다. 헝겊 인형을 가슴에 안은 채다.

혼자 있을 때 아이는 반드시 불을 켜놓고 자곤 했다. 자다 깨어보면 불이 꺼져 있는데 그러면 아빠가 왔다는 것이었다. 어둠 속에 아빠의 등이 보이면 안심이었다. 자정녘쯤 깨어 형광등이 여전히 켜져 있는 순간이 아이에게 가장 싫은 순간이었다. 자다 일어나 더욱 낯설어 보이는 방 안에, 모든 것이 잠들기 전과 똑같이 정적에 잠겨 있는 모습을 확인하는 것이 아이는 싫었다.

그래서 아이에게는 이날 처음으로 아빠가 오후 외출을 하지 않은 것이 다행스럽고 고맙다. 아이는 어둠을 싫어하지만 그쯤 괜찮다. 어른들은 아이와 반대인 것을 아이는 안다. 어두우면 무섭지 않고 오히려 잠이 빨리 온다는 것을 안다.

아이는 이불을 눈 위까지 끌어 올린다. 이불 밖에는 불이 켜져 있다고 상상한다. 이불을 걷으면 을씨년스러운 어둠이 아니라 형광등 불빛이 있다고, 아니, 밝은 햇빛이 가득 들어와 있다고 상상한다.

꿈속에서 아이는 다시 트럭에서 흔들린다. 깨었다가 잠들자 겨울 나목으로 가득한 과수원 뒤뜰에 혼자 있다. 지느러미가 바슬바슬 타버린 붕어들이 흙바닥에 널려 있다. 손을 뻗자 물고기들은 진저리 치며 허공으로 떠오른다. 잡으려 한다. 잡히지 않는다. 물고기들이 이히히 입꼬리를 치켜든다. 손을 내젓는다. 잡히지 않는다.

아이는 이상한 소리를 듣고 눈을 뜬다. 누군가가 가쁜 숨을 몰아쉬고 있다. 그것이 아빠가 흐느끼는 소리라는 것을 안 것은 아이가 더 이상 무서움을 견딜 수 없어 이불을 젖혀버렸을 때다. 아빠는 저녁에 잠들었던 대로 자세 한번 바꾸지 않은 채 모로 누워 있다.

비가 내려서 밤이 더 어두운 모양이다.

숨을 죽여 흐느끼는 소리가 끊길 듯 끊길 듯 이어진다. 아이는 이불자락을 가만히 끌어 귀를 막는다. 아빠의 울음이 영원히 끊어질 것 같지 않다. 이 어둠이 영원히 없어질 것 같지 않다.

이 방의 문이 밖에서 잠긴 거 아닌가, 하고 아이는 다시 생각한다. 이 어두운 방 안에 아빠와 자신이 있는 걸 모든 사람들이 잊어버리는 거 아닌가. 아이가 누운 방바닥이 한없이 아래로 가라앉는 것 같다.

아이는 소리 없이 일어나 앉는다. 어둠 속에 부옇게 드러난 사물들을, 그사이 울음이 그치고 정말로 죽어버린 시체처럼 미동도 없이 누워 있는 아빠의 뒷모습을 본다.

꿈이었나.

아이는 자신이 들은 소리를 의심한다. 찝찔한 엄지손톱을 씹으며 아빠의 등을 유심히 바라본다.

……꿈이었나 보다.

18

왜 그러냐? 왜 그래?

아이는 제가 고개를 힘껏 저으며 소리친 것을 모른다. 금방이라도 울음을 터뜨릴 듯한 얼굴로 아이는 눈을 비빈다.

낮잠을 깊이 잤구나. 꿈을 다 꾸고.

아빠의 가라앉은 목소리가 아이의 이마에 고드름 조각처럼 흩어진다.

비는 아침나절에 그쳤나 보다. 아랫목을 지나 창 반대편 벽까지 해가 들어와 있다. 아빠는 아이의 머리맡에 앉아 있다. 담배 냄새와 찬바람이 아이의 얼굴에 끼쳐온다. 아빠는 아이가 자는 사이 나갔다 온 모양이다. 오른손께를 보니 밀감과 제과점 빵 봉지가 보인다. 땅콩버터 통도 보인다. 저것들을 사온 게다. 이제는 저런 것들을 먹을 돈밖에 남지 않은 게다.

개들……

아이는 중얼거린다. 앓은 것처럼 잦아든 음성이다.

개라니?

아이는 일어나 앉는다.

개들 때문에……

아빠는 여전히 못 알아듣겠다는 얼굴을 하고 있다. 설명하기를 포기한 아이는 여전히 잠 덜 깬 목소리로 속삭인다.

아빠, 배고파요.

아이는 아빠의 눈이 번들거리고 있는 것을 본다.

아빠, 어디 가?

아빠가 빵 봉지와 땅콩버터 통을 들고 화장실로 들어가는 것을 보면서 아이가 묻는다. 먹을 걸 들고 화장실에 들어가는 게 이상해서다. 아빠는 아이를 돌아본다. 웃는다고 웃는데 좀 이상하다. 눈언저리가 실룩실룩 경련하고 있다.

뭐 해, 아빠?

아빠는 대답하지 않고 고개를 돌려버린다.

아이는 깔고 앉았던 베개에서 미끄러져 내려와 바닥에 앉는다. 비닐봉지에 남은 귤을 집어 까기 시작한다. 아빠의 무릎 나온 황토색 코르덴 바지가 보기 흉하다고 아이는 생각한다. 몇백 년쯤 낡은 것 같다고, 그게 엄마 입버릇대로 지겹다고, 진저리가 난다고 생각한다.

19

아빠 손이 떨린다. 모래알이 들어간 것처럼 눈 흰자위가 뻘겋다. 아이는 그 떨리는 손에서 샌드위치를 받아 든다. 아이는 그걸 먹어야 할지 말아야 할지 모르겠다. 입맛이 싹 달아났다. 하지만 아빠가 그렇게 노려보고 있으니 안 먹을 수도 없다.

아빠는? 아빠는 안 먹어?

아빠는 등 뒤에 쥐고 있던 샌드위치를 내밀어 보이며 아이가 먹은 뒤 먹겠다고 한다. 옥수수 식빵을 두 쪽 겹치고 그 사이에 땅콩버터를 바른, 엄마가 만들곤 하던 샌드위치다. 붕어빵과 호떡에 신물이 난 아이가 간식을 졸라댈 때 엄마는 하나는 딸기잼, 하나는 땅콩버터, 하나는 포도잼 하는 식으로 고루고루 식빵에 발라서는 자잘한 세모꼴로 잘라 아이에게 줬었다. 아빠는 아이가 그중에서 땅콩버터를 가장 싫어했고 늘 딸기잼 바른 것부터 골라 먹곤 했던 걸 모르는 게다.

하지만 배가 고프고, 아빠가 모처럼 만들어준 음식이라고 아이는 생각한다. 두 손으로 샌드위치를 쥐고 아빠의 충혈된 눈과 시선을 맞춘다. 미소를 지어본다.

그때다. 아이가 막 한입을 깨무는데 아빠가 샌드위치를 낚아챈다. 아이의 어깨를 억세게 거머쥐고 화장실로 끌고 간다. 아이의 얼굴을 세면대에 처박는다. 수돗물을 튼다.

아빠가 날 죽이려는구나.

아이의 가슴이 내려앉는다. 겁이 나 입술을 깨문다.

입 벌려, 벌려!

반항하는 아이의 코를 막으며 아빠는 악을 쓴다. 아이가 입을 벌리자마자 차가운 수돗물이 밀려 들어온다.

먹지 말고, 뱉어. 뱉어 이 멍충아.

뱉어! 뱉어 어서!

그러나 아이는 저도 모르게 물을 삼킨다.

아빠가 손가락을 아이의 목구멍으로 집어넣는다. 아이는 토한다. 좀 전에 까먹은 귤 한덩이가 주황색 암죽으로 게워져 나온다.

아파서 죽을 것 같다. 달아나지만 몇 발짝 못 가 다시 붙잡힌다. 아빠가 다시 손가락을 입속에 집어넣는다. 이제 아이는 너무 겁이 나 달아날 힘도 없다. 샛노란 위액까지 꾸역꾸역 토해낸 뒤 기진해서 주저앉는다. 아이의 어깨를 거머쥔 아빠의 손에서 그제야 힘이 빠진다.

아빠는 다리를 떨고 있다. 옷을 입은 채 변기 위에 걸터앉는다. 아이는 그의 얼굴이 젖은 것을 본다. 물일까, 땀일까? 아빠가 쥐었다 놓은 아이의 어깨가 욱신거린다. 아이는 타일 바닥에 주저앉은 채 그를 올려다본다. 그의 얼굴이 낯선 사람처럼 일그러지는 것을, 처음 듣는 목울음이 어흑어흑 터져 나오는 것을 본다.

내가 잘못했다 태련아…… 내가 잘못했다!

아이에겐 울 힘이 없다. 그 무시무시한 울음소리를 들으면서 아이는 막연하게 죽고 싶다고 생각한다. 차라리 정신을 잃어버리고 싶다고 생각한다. 꼭 쥐었다 놓은 것처럼 거북한 배, 금세라도 다시 토할 것 같은 위장으로부터, 제 토사물의 역한 냄새로부터, 어둠침침한 욕실 백열등으로부터, 이 외진 소읍의 여관방으로부터 영원히 벗어나고 싶다고 생각한다.

20

아이는 노란 누비 외투를 여미며 여관 건물을 빠져나온다. 토사물에 젖은 스웨터를 소매로 문질러 닦는다. 무작정 길을 건너려다 주춤 뒤로 물러선다. 거대한 트럭이 지진처럼 도로를 흔들고 지나간다. 아이는 좌우를 두리번거리며 길 아닌 곳으로 건넌다.

해가 지고 있다. 물든 구름들이 일렁인다. 그 구름들이 에워싼 빛의 가운데를 향해 흙길이 나 있다. 아이는 그 길을 따라 걸어간다.

구름은 전체 모습을 알아볼 수 없는 거대한 황금빛 새의 날개 같다. 광선의 움직임 속에 그 날개가 소리 없이 퍼덕이고 있는 것 같다. 돌아보니 소읍 뒤로 섰는 산은 평소와 다른 모습을 하고 있다. 등성이의 발가벗은 나무들이 옴죽옴죽 빛을 향해 피어오르는 것 같다. 마른 가지들을 빛 쪽으로 벌리고 서서히 다가오는 것 같다.

얼마만큼 걸어왔는지 아이는 모른다. 시멘트 포장이 끝나는 지점을 언제 지나쳤는지 모른다. 고요한 구름장들이 차츰 가까워진다. 꽃나무들이 남실대는 것 같다. 수천 가지의 과일 꽃들이 일제히 대궁째 떨어져 내리는 것 같다.

아빠의 손가락이 헤집어놓은 목구멍이 빠근하게 아파온다. 하지만 이상하게도 아이는 아빠가 밉지 않다. 대신 아빠가 목놓아 울던 모습을 생각하자 가슴이 서늘하게 저며온다. 그 낯선 통증이 아이의 발을 자꾸만 땅에 끌리게 한다.

아이는 어느 날 아빠가 많이 울어서 엄마가 그를 좋아했다는 말을 떠올린다. 아이의 상처 난 무릎을 빨아주며 엄마의 얼굴에 어리던 헤아릴 수 없는 근심을 떠올린다.

엄마가 말하려고 했던 것은 그것이었을까, 아이는 생각한다. 어린애처럼 들먹이는 아빠의 어깨를 올려다보면서 괜찮아요, 라고 말해주고 싶던, 그 찢어지는 것 같던 마음이었을까 하고 생각한다. 이 마음을 계속해서 갖고 있는 것이 괴로와서 엄마는 이 마음을 버렸을까, 그래서 우리 둘을 떠나버린 것일까 하고 생각한다. 어쩌면 그동안 아빠는 아이보다도 더 무서워하고 있었는지도 모른다고, 그렇게 줄곧 무서움을 참고 있었기 때문에 혼자서 더욱 무서웠는지도 모른다고 생각한다.

바닷바람이 아이의 옷 속으로 파고든다. 오그라드는 가슴을 펴려 애쓰며 아이는 계속해서 걸어간다. 무허가 주택들의 들쭉날쭉한 담벼락들이 흐린 시야 속에서 겹쳐진다. 해질녘의 개들이 어떤 기분일지 아이는 궁금하지 않다. 너무 아팠기 때문에, 오래 외로웠기 때문에, 아이에게는 이 순간 두려운 것이 없다.

까끌까끌한 바람이 아이의 빨갛게 젖은 얼굴을 훑어 내린다. 꽃핀 아래 흩어진 머리털이 석양에 물들며 헝클어진다.

아기 부처

1

아기 부처의 꿈을 꾼 것은 이월이었다. 동남아시아 어디쯤
인 것 같기는 한데 이름을 알 수 없는 먼 나라에 가 있는 꿈이
었다. 그 나라에서 아름답기로 소문났다는 아기 불상을 보기
위해 나는 버스를 타고 어디론가 달려가고 있었다. 정류장에
내려보니 탁 트인 벌판에 오딧빛의 처음 보는 꽃들이 흐드러
져 있고, 먼 구릉 위로는 황갈색 구름장들이 섬세한 나선(螺
線) 문양을 그리며 피어오르고 있었다. 조금 걸어가다 보니 가
장자리의 흰 페인트가 벗겨져 피얼룩 같은 녹이 드러난 표지
판이 눈에 띄었는데, 이상한 것은 그 표지판에 적힌 안내문이
었다. 내가 가려는 그곳은 그냥 불상만 보고 오는 곳이 아니라
고 했다. 약수를 뜨는 작은 동굴 속에 진흙으로 빚어진 아기
부처가 있는데, 그걸 자신의 손으로 주물러서 만들어진 얼굴

을 보고 오는 것이라고 했다.

그렇다면 자기가 만든 얼굴을 보기 위해 거기까지 간다는 건가? 의아하기도 하고 그 안내문이 퍽이나 어리석게 느껴지는데, 어디서부터 걸어온 사람들인지 색색의 옷을 차려입은 수십 명의 남녀들이 줄을 이어 동굴을 향해 걸어가고 있었다. 나는 그 줄의 끝에 섰다.

앞사람을 따라 몇 걸음 옮기기 무섭게 갑자기 사위가 어두워졌다. 어느새 나는 약수 뜨는 동굴 앞에 다다라 있었다. 고요했다. 나뭇잎 스치는 소리도 들리지 않았다.

그 많던 사람들이 다 어디로 사라졌나.

나는 허리를 굽히고 캄캄한 동굴로 들어갔다.

흔들리는 촛불 아래 한 얼굴의 형상이 진흙 바닥에 어렴풋이 드러나 있었다. 남자인지 여자인지는 분명하지 않았으나 성숙한 어른의 얼굴인 것만은 분명했다. 마치 살아 있는 듯 나를 빤히 올려다보고 있었다.

이걸 왜 아기 부처라고 했을까.

눈꼬리가 위로 찢어진 데다 음흉하게 입꼬리를 들어 올린 그 얼굴이, 결코 부처는 아니었다. 나는 손을 뻗어 진흙 얼굴을 주무르기 시작했다. 빤히 올려다보는 듯한 눈을 지우고 다시 빚으려 했으나, 빚으면 빚을수록 눈초리는 더 날카로워졌다.

내가 보려고 한 것은 이것이 아니었다. 이것을 보려고 여기까지 왔단 말인가?

나는 고개를 저으며 일어섰다.

이게 뭣들 하는 짓이야?

얼굴을 든 순간 비명이 터져 나왔다.

동굴은 사라지고 없었다. 가없이 펼쳐진 모래벌판 가운데 나 혼자 서 있었다. 아뜩한 빛이 눈을 아리게 했다. 모든 사물의 그림자까지 태워버릴 것 같은, 하얀 소금 가루만 남겨놓고 나를 몸뚱이째 증발시켜버릴 것 같은 뙤약볕이었다.

눈을 뜰 수 없었다. 나는 더듬더듬 앞을 향해 걸어 나갔다. 어떻게든 눈을 떠야 했다. 이 벌판에서 벗어날 길을 찾아야 했다.

눈을 떠라.

눈을 떠!

누운 채로 고개를 저으며 베개를 짓이기다 말고 나는 눈을 떴다.

아직 동트기 전이었다. 불투명한 창문으로 스며드는 푸르스름한 새벽빛을 받아, 벽에 걸린 내 긴 외투가 고적하게 어깨를 웅크리고 있었다.

나는 몸을 일으켜 앉았다.

그는 깊이 잠들어 있었다. 그의 짙은 눈썹과 콧날과 입과 턱을, 쪽빛 차렵이불 위로 윤곽만 드러난 몸을 나는 마치 타인을 보듯 찬찬히 내려다보았다.

내가 운동복으로 갈아입는 동안 그는 가볍게 몸을 뒤척였다. 그 바람에 이불이 흘러내리며 그의 어깨가 비어져 나왔다.

방문을 열려다 말고 나는 그것을 물끄러미 건너다보았다.

귀족적이라며 특히 여자들이 좋아한다는 그의 희고 매끄러운 살갗은 쇄골 바로 아랫부분부터 빨갛게 일그러져 있었다. 뒤쪽의 흉터는 좀더 위쪽까지 올라가 있어, 와이셔츠를 입고 고개를 숙이면 흰 칼라 위로 드러났다. 물론 브라운관에는 그 부위가 비칠 일이 없으나, 방송국 동료들을 비롯한 그의 주변 사람들은 그의 목덜미에 화상 자국이 있는 것을 알고 있었다. 그러나 그 흉터가 그의 얼굴과 목의 앞부분과 두 손을 제외한 몸뚱이 전체를 뒤덮고 있는 것은 알지 못했다. 그의 알몸이 얼마나 붉은지, 배 아랫부분부터 살까지 돋은 음모들이 그 붉게 뒤틀린 피부에 대조되어 얼마나 검은지 아는 사람은 나 외에 없었다. 사고 후 퇴원한 사춘기 초입의 그를 옷 갈아입힐 때마다 아랫입술을 악물곤 했다는 시어머니는 사 년 전 세상을 떠났다. 키가 훌쩍 크고 입매가 야무진 그녀의 모습을 나는 사진첩에서만 보았다.

완벽한 분이셨지.

결혼 전 그는 담담한 얼굴로 자신의 어머니를 회상하곤 했었다.

난 평생 어머니의 반의반을 따라갈 수 없을 거야.

그러나 그는 거의 완벽했다. 실수라 해봤자 거개가 사소한 것이었다. 문제는 그가 그것을 용납하지 못한다는 것뿐이었다.

전날 밤에도 그는 기분이 언짢아서 돌아왔다. 넥타이를

풀면서 곧장 냉장고를 향해 걸어가더니 내가 잠이 오지 않을 때마다 마시곤 하는 캔 맥주를 꺼냈다. 텔레비전 앞에 놓인 소파에 앉아 그것을 단숨에 들이켜더니, 그러고도 마음이 안 풀렸는지 "배럴당 유가가 대폭으로 상승함에 따라", "배럴당 유가가 대폭으로 상승함에 따라" 하고 욕실에서, 이부자리에 누워서까지 오래된 엘피판 튀듯 똑같은 억양으로 되뇌었다. 그 대목은 그날 아홉 시 뉴스에서 그가 말을 씹었던 부분이었다.

그가 말을 더듬은 그 순간에 나는 거실 바닥에 신문지를 깔아놓고 발톱을 자르고 있었다. 기사가 나가는 동안 발톱을 자르고, 데스크의 그가 나오면 손을 멈추고 그의 얼굴을 마주 보는 일을 반복하고 있었다. 신문지 바깥으로 튀어나간 발톱들을 쓸어 담기 위해 내가 상체를 옆으로 기울였을 때 그는 문제의 실수를 했다. 나는 반사적으로 고개를 들었는데, 그는 전혀 당황하지 않은 듯 여전히 당당하고 신뢰감 넘치는 얼굴로 말을 이어가고 있었다. 그러나 그의 눈 속에 희미하게 스쳐간 동요를 나는 알아보았다.

그쯤 괜찮아.

나는 브라운관 속의 그를 향해 속삭였다. 마치 그 말에 대답하듯, 삼 년간 이마를 맞대고 살아온 내가 듣기에도 매력적일 만큼 당당한 어조로, 얇고 선이 뚜렷한 입술에 느긋한 미소를 머금은 채 그는 취재 기자의 이름을 불렀다. 그러나 그에게 '그쯤 괜찮은' 것은 존재하지 않는다는 것을 나는 알고 있었다. 그 하찮은 실수를 두고 그가 얼마나 자신을 괴롭힐 것인지도, 그 철저한 성격이 젊은 그를 프라임 타임 앵커의 자리까지 끌어올려주었다는 것도 알고 있었다.

제법 깊어진 기침을 뱉어내며 나는 가스레인지에 물을 올렸다. 유자 재어놓은 유리 단지를 냉장고에서 꺼내 머그잔 두 개에 세 숟가락씩 덜었다. 감기에 걸리지 않기 위해 그는 일 년을 하루같이 유자차를 마셨다. 덕분에 겨울이 다 지나가도록 별탈이 없었는데, 정작 매일 유자차를 타주던 내가 목감기에 걸렸다.

어쩌자는 거야, 내가 생방송 중에 기침하면 좋겠어? 당장 병원 가서 주사 맞아.

처음 내가 기침을 시작한 날 밤 그가 뱉은 말이었다.

좀 있어보면 낫겠지 뭐.

걱정해주는 그가 고마워 웃으면서 입을 맞추려던 나는 흠칫 놀라 물러섰다. 그가 뒤로 얼굴을 빼며 언성을 높였기 때문이다. 그의 얼굴에는 진정으로 내 행동을 혐오하는 기색이 역력히 드러나 있었다.

미련하게 버티지 말고 병원 가라니까?

그제야 약간 미안했는지 그는 얼굴을 찡그리는 듯 웃었다.

당신도 좀 조심해줘야지. 보통 여자들같이 그러면 어떻게 해?

그러더니 그는 욕실에 들어가 문을 열어놓은 채 한 시간 전에 했던 양치질을 다시 했다. 일단 보통 칫솔로 닦고 나서 부드러운 모의 칫솔에 액상 치약을 발라 구석구석 잇몸까지 마사지하고 구강 청정액으로 입과 목젖을 헹군 뒤에야 그의 양치질은 끝나곤 했다. 오한 때문에 팔짱을 단단히 끼고 서서, 나는 그날따라 더욱 길고 세밀한 그 공정을 지켜보고 있었다. 욕실을 나오며 그는 재차 다짐했다.

당장 내일 병원에 가, 알았어?

그때 그가 조금만 웃어주었다면, 마치 그 일에 모든 것을 건 사람처럼 진지하지 않았다면, 나 자신이 병원체를 품은 숙주처럼 느껴지지는 않았을 것이다. 그러나 그랬다면 그답지 않은 일이었으리라.

머그잔을 들고 신 유자 향을 맡으며 나는 언제나처럼 망설였다. 나는 유자차를 좋아하지 않았다. 차는 물론 달았고, 저며진 유자는 더욱 달았다. 이마를 찌푸리며 꾸역꾸역 한 움큼의 유자 건더기를 씹어 삼킨 뒤 뜨거운 차를 세 번에 나누어 들이켰다.

식탁 앞 의자에 걸쳐뒀던 파카를 입고 철제 현관문을 열었다. 네 가지 조간신문들이 제각기 층계참에 팽개쳐져 있었다. 일면의 큰 글자들만 읽어내린 뒤 모두 현관 안으로 던져놓았다. 덩어리진 잿빛 먼지가 굴러다니는 콘크리트 층계를 밟아 내려갔다.

자그마한 빌라들이 모여 있는 주택가 골목에서 삼 분만 걸어 나가면 숲이 나왔다. 사실 내가 부르는 이름이 좋아 숲일 뿐 나무 이십여 그루가 심어진 산책로에 불과했다. 산책로 옆

철조망의 허술하게 찢어진 틈으로 들어가 등성이 길을 따라 올라가면 북한산 등산로에 이를 수 있지만, 나에게는 이 볼품없는 산책로가 오히려 제 모양대로 편안했다.

어두운 하늘에 닿으려고 몸을 길게 뻗어 올린 나무들의 뼈대를 올려다보며 나는 천천히 걸었다. 무슨 음악 같은 오랜 침묵이 그들을 에워싸고 있었다. 청랭한 공기에는 부식된 겨울 낙엽 냄새가 배어 있었다.

간이 약수터와 목조 정자가 있는 곳에 이르러 나는 멈췄다. 일찍부터 물을 긷는 노인들의 느릿느릿한 대화를 들어가며 맨손 체조와 제자리뛰기 삼백 번을 한 뒤 날이 밝을 때까지 정자에 앉아 있는 것으로 내 일과는 시작되곤 했다.

그러나 나는 그날 체조도 제자리뛰기도 하지 않았다. 늦겨울 새벽의 추위에 떨면서, 이따금씩 속 깊은 기침을 오랫동안 뱉어내면서 정자에 웅크려앉아 있었다. 좀 전에 꾸었던 꿈의 무엇인가가 집요하게 내 마음을 언짢게 하고 있었다.

난데없이, 아기 부처라니.

저마다 날카로운 잎사귀들이 검질긴 살을 뚫고 파랗게 돋아 올라온 소나무들을 나는 쏘아보았다. 바람도 없는 침묵 속에서, 그들은 철조망 너머 얼음으로 뒤덮인 계곡을 우두망찰 내려다보고 있었다.

공교롭게도 그날 뜻밖의 전화들을 받았다. 태교책의 삽화를 그려 불과 이틀 전에 갖다줬던 출판사에서 이번에는 아동의 언어 장애 치료에 관한 책에 들어갈 삽화 마흔네 컷을 청탁해왔다.

"신선했어요. 여태까지 우리 유아 신서 삽화가 좀 따분한 편이었는데, 젊은 감각으로 그려주니까 저자도 좋아하더라구요."

가만 있으면 새침한 소녀같이 입을 내밀고 있는 것처럼 보이는 단발머리 편집장의 목소리는 유쾌했다.

뒤이어 저녁 무렵에는 재작년 가을에 바람을 맞고 쓰러졌던 어머니가 마침내 지팡이 없이 걸을 수 있게 되었다는 오빠의 전화가 걸려왔다.

"이제는 운동장 돌 때 내 손 안 잡아도 된다면서 기뻐하시는구나."

새벽마다 어머니의 손을 붙들고 집 근처 고등학교 운동장을 세 바퀴씩 달팽이걸음으로 돈 뒤 출근하곤 했던 오빠의 목소리는 한 음조 높아져 있었다.

그의 뉴스 시간이 가까웠을 때 다시 전화벨이 울렸다.

어머니인가?

어머니의 성격으로 보아 그럴 리 없는데도 어쩐지 기꺼운 마음이 되어 수화기를 들었다. 성우처럼 아름다운 목소리의 여자가 내 이름 석자를 정확히 발음했다. 전데요, 대답하자 여자는 자신의 이름을 밝혔다. 모르는 이름이었다.

여자가 물었다.

"그분이 얘기 않던가요?"

이 여자가 '그분'이라고 부르는 사람이 누군지 나는 의아해졌는데, 더욱 의외의 말이 수화기 저편에서 건너왔다.

"그분하구 저, 내일로 꼭 육개월이 돼요."

고백하자면 그때 나에게 정작 놀라웠던 것은 그 여자의 말보다, 그것에 이끌려 나온 내 마음의 반응이었다.

'뭐가 육개월이 된다는 건가' 하는 어리석고 멍한 의문이 있었고, 이어 '그랬었구나' 하는, 잘 맞추어지지 않던 퍼즐 조각이 마침내 들어맞는 순간과 같은 작은 쾌감이 일었다. 방송만 끝나면 집으로 곧장 돌아오던 그가 몇 달째 종종 늦었던 까닭, 늦은 이유를 설명해놓고는 시간을 두고 내 반응을 살피는 기색이었던 까닭, 들떴다가 침울했다가 유달리 감정의 기복이 심했던 까닭이 한 가지 답으로 모아진 것이다. 뒤이어 나에게 엄습해온 것은 더욱 뜻밖의 것으로, 마치 강한 파도가 가슴을 치는 듯한, 여름 한낮에 한 바가지 냉수를 뒤집어쓴 것 같은 후련함, 후련하다 못해 일말의 자유까지 느끼게 해주는 통쾌함이었다.

여자와의 통화가 끝난 것은 아홉 시를 알리는 시그널이 끝난 때와 일치했다. 아마 그것은 우연이 아니었을 것이다. 브라운관에서 눈을 떼지 않은 채 나는 수화기를 내려놓았다.

그는 언제나처럼 진지하게, 그 진지함에 일생을 건 사람처럼 간절하게 인사말을 했다. 이편을 그윽이 응시하는 그의 눈을, 실은 프롬프터에 비친 자신의 원고를 읽고 있을 잘생긴 눈매를 바라보다가 나는 피식 웃었다. 입가로 비어져 나왔던 웃음이 얼굴로 번지는가 싶더니, 급기야 발바닥 가운데가 간질 간질한 듯한 감각이 몸 전체로 번져갔다. 웃음이 그쳤다가도 그의 얼굴만 나오면 다시 발작적으로 터져 나왔다. 숨을 헐떡 이며, 생리적인 눈물을 닦으며, 여전히 킥킥대며 나는 리모컨 의 오프 버튼을 눌렀다.

형광등을 켜지 않았던 데다 텔레비전이 꺼지자 거실은 어 둡고 고요했다. 어둠 속에서 들리는 것은 내 불규칙한 숨소리 뿐이었다.

심호흡 세 번을 한 뒤 나는 일어서서 베란다로 다가갔다. 불 투명한 안쪽 유리창을 열자 바깥 유리 너머로 이 빌라의 맞은 편 동이 건너다보였다. 바깥 유리창까지 열자 얼굴을 쏘는 듯 한 바람이 밀려들어 왔다.

저 불 켜진 창들 안쪽에서, 모두 뉴스를 보고 있나.

변두리 산밑 주택가의 밤은 고요했다. 바람은 성에같이 차 가웠다. 건너편 어느 집에선가 환기를 시켜놓고 설거지를 하 는지 달그락거리는 소리가 새어 나오고 있었다. 어렴풋이 고 등어 굽는 냄새가 흘러왔다.

"빨리 가자."

"왜 빨리 가?"

"감기 드니까 빨리 가야지."

"왜 감기 들어?"

"네 옷이 얇으니까! 그걸 말이라고 자꾸 대꾸를 하니?"

빌라 앞 주차장에서 젊은 엄마가 신경질적인 어조로 아이를 재촉하고 있었다. 타닥타닥 운동화를 끄는 아이의 발소리가 고스란히 울려왔다.

그때였다. 눈을 깜박이지도 않았는데 마치 암전되듯, 아니, 암전이라면 어두워지는 것일 텐데, 반대로 어둠이 꺼지고 날카로운 빛이 두 눈을 찔렀다. 마치 정수리에 벼락이라도 맞은 것 같았다. 동굴 속에서 나를 올려다보던 일그러진 얼굴이 그 빛 속에서 양각(陽刻)처럼 도드라졌다.

환영은 사라졌다. 바람은 여전히 선득하게 내 얼굴을 훑고 있었다.

왜 그걸 아기 부처라고 했나?

마치 생시에 본 부조리한 것들에 대해 의문을 품듯 나는 눈살을 찌푸렸다. 기침이 게워져 나오기 시작했다. 창문을 닫고 뒤돌아서자, 내 검은 그림자가 어두운 거실 바닥을 지나 맞은편 벽까지 길게 구부러져 있었다.

2

다음날 그가 점심 약속이 있다며 열 시 반쯤 집을 나서는 것을 보고 나도 출판사로 갔다. 그의 출근 시간은 오후 두 시지만, 아홉 시쯤 늦은 아침을 먹은 뒤 늘 그 시간에 차를 몰고 나가곤 했다.

"최선희 씨, 혹시……"

삽화가 들어갈 유아 신서 초교지를 받아 드는 나에게 단발머리 편집장은 유난히 뜸을 들이며 미소를 흘렸다. 삼십대 중반의 그녀는 제주도의 우도 태생이라고 했다. 그래선지 명쾌한 일솜씨나 도전적인 어투에도 불구하고 이따금씩 풋살구 같은 섬 소녀의 얼굴이 반짝 튀어나왔다가 사라지는 것처럼 보이곤 했다.

"혹시, 앵커 이상협 씨가 남편 되세요?"

나는 어정쩡한 미소를 지으며 그렇다고 했다.

"그랬었구나! 소문이 맞았구나. 나, 이상협 씨 외신부 기자 할 때부터 팬이에요."

설레는 어린아이처럼 편집장의 눈이 빛났다. 내가 어색해하는 것을 마치 눈치채지 못한 듯 그녀는 "도대체 어떻게 만나신 거예요?" 하고 채근하듯 물었다.

언제나 사람들의 질문 순서는 비슷했다. 어떻게 만났느냐, 누가 프러포즈를 했느냐, 결혼 생활은 어떠냐, 아이는 아직 없느냐, 왜 없느냐, 안 가지는 거냐 못 가지는 거냐. 그렇게 물을 때 사람들은 내 평범한 얼굴과 키며 몸매를 유심히 살피는 기색이었다. 별 유명세 없는 예술전문대를 나온 내 이력이나 평범함에도 못 미치는 집안을 아는 사람들이면 더욱 그랬다. 어쩌다가 그와 어깨를 나란히 하고 거리를 걷다 보면 수군대는 소리가 들려왔다. "실물이 낫다, 그치?" "키도 굉장히 크다…… 화면에선 보통으로 보였는데." "에이, 여자는 그냥 그렇다." "화장도 안 했네?"

편집장은 차 한잔을 권했으나, 예의 호기심 어린 질문들을 받고 싶지 않아 나는 사양하고 나왔다. 평일 낮 시간인데도 붐비는 전철역 입구에서 나는 잠시 망설였다. 불광동으로 행선지를 정했다. 이런 날, 지팡이 없이 걷는 어머니의 모습을 보고 들어가는 것도 나쁠 것 같지 않았다.

어머니는 눈도 들지 않고 "왔냐" 했다. 그녀는 볕이 들어오는 거실 한쪽에 신문지를 깔아놓고 먹을 가는 중이었다. 깊은 먹내가 고즈넉이 현관까지 번져 있었다.

나는 손가방을 메고 원고 봉투를 두 팔로 안은 채 어머니를 내려다보았다. 목이 가늘고 허리가 구부정해 두루미 같은 내 체형은 젊은날의 어머니를 닮았다고들 했다. 이제 노년의 태가 완연하다고는 하지만, 마치 나도 그림을 그릴 때 저럴까 싶게 고개를 길게 수그리고 먹을 가는 어머니의 모습이 내 가슴에 옹이처럼 박혔다.

"뭘 하세요, 어머니?"

"몰랐어, 불화 시작하신 거? 한 달도 더 됐는데."

오빠보다도 세 살 많으니 나와는 나이 차이가 제법 나는 새언니는 언제나 나에게 다정하고 솔직한 반말을 했다. 내가 왔다고 특별하게 대접을 하는 법도 없었다. 그걸 욕하는 친척들도 더러 있다고 들었지만 사실 나는 그편이 훨씬 좋다고, 오히려 모든 여자들이 그렇게 했으면 좋겠다고 생각하고 있었다.

"불화라니요?"

"우리 현석이 말이야, 삼월이면 학교 들어갈 녀석이 좀 주의가 산만해야지? 그래 정신 집중 삼아 같이 그려보자고, 신문사 문화 센터에서 민화 배운다는 친구한테서 받아왔거든. 그런데 어머님이 더 좋아하시네."

"현석이는 어디 갔어요?"

"그 녀석이 어디 집에 붙어 있는 거 봤어? 점심때 됐으니 배고프면 제 발로 들어오겠지."

마침 우유값 수금 온 남자를 새언니가 상대하는 동안 나는 어머니 곁에 책상다리를 하고 앉았다. 내가 갈 때까지도 입을 떼지 않으려는 듯 무거운 침묵을 지키고 있던 어머니는 새언니가 영수증을 받아 들고 총총히 부엌으로 사라진 뒤에야 입을 열었다. 한약을 마신 지 얼마 되지 않았는지 들큼한 감초 냄새가 풍겨왔다.

"……혼자 초를 그리게 되기까지는, 이렇게 삼천 장을 그대로 베껴야 된단다."

먹 갈기를 멈추고 어머니가 보여주는 흰 팔절지에는 길게 주름져 바닥까지 끌리는 중국식 옷차림의 노인이 검고 가는 선으로 그려져 있었다.

"시왕(十王)이다."

내가 자세히 보려고 고개를 빼자 어머니는 감색 주름치마 뒤켠에 놓아뒀던 몇 장의 그림들을 건네주었다. 첫번째 그림은 둥근 얼굴형의 두상이었다. 곱슬곱슬한 머리털 주변으로 꽃 장식이 화려했고 이마 가운데 조그만 불상이 얹혀 있었다.

"이건 보살초다."

"그리고 이건, 부처님이네요?"

낯익은 석가모니불이 가부좌를 틀고 있었다.

"그래, 이건 여래초…… 그렇지만 이걸 그리려면 먼저 이 앞엣것들부터 삼천 장씩 그려야 된다. 내일 오십 장 더 그리고 모레 오십 장 마저 그리면 시왕초는 끝나니까, 하루도 안 빠지고 그린다 쳐도 두어 달은 더 있어야지."

그것들이 다인 줄 알고 내려놓으려던 나는 마지막 그림을 발견하고 미소를 지었다.

"이것부터 그리지 그러세요, 고운데요."

고요한 여인의 얼굴이 비스듬히 발치를 내려다보고 있었다. 봉오리 진 연꽃 가지가 그녀의 손에 가볍게 들려 있었다.

"그건 관음초다. 맨 나중에 그리는 거다."

나는 어머니에게 잠깐 붓을 주어보라고 했다. 새 화선지를 펴고 세필에 먹을 묻혀 그 관세음보살의 모습을 그렸다.

"……재주가 있기는 있구나, 하지만."

찬찬히 내 그림을 들여다보더니 어머니는 고개를 저었다. 나무라듯 그녀는 말했다.

"그렇게 해서는 안 되는 거다. 부처님 앞에 절하듯이 한 장 한 상 그대로 베끼기부터 해야 되는 거야. 주름 하나 어깨선 하나 다르지 않게 하려면 그렇게 해선 안 된다."

어머니는 시왕초 위에 화선지를 올려놓은 다음 자세를 단정히 했다. 붓에 먹을 묻힌 뒤 직각으로 세워 정확한 자세로 붓질을 시작했다. 곡선을 따라 정성스럽게 옷을 그리고, 얼굴을 그리고, 마지막으로 눈을 찍은 뒤 한 장을 반듯이 옆에 놓았다. 다시 자세를 바로 하고는 새 화선지를 깔고 같은 그림을 처음부터 베끼기 시작했다. 어머니의 얼굴은 사뭇 진지했다.

나는 언제나처럼 조용한 거리감을 느끼며 물러앉아 있었다. 어머니는 늘 그랬다. 깊은 산같이 속내를 알 수 없고 어려웠다. 일찍부터 아버지 노릇까지 겸한 탓이라고 당신 스스로 고백한 적이 있긴 했지만, 어린 시절 친구 집에 갔다가 사근사근하고 따스한 엄마들을 보면 부럽고도 낯설게 느껴졌다. 꼭 필요한 말이 아니면 할 줄 모르는 내 성격은 어머니로부터 배운 것이리라.

어머니는 심지어 눈물 흘릴 줄도 몰랐다. 어쩌다가 내가 눈물을 보이면 두껍고 거친 손바닥이 날아오곤 했다. 나는 어머니 이상 손때가 매운 사람을 알지 못한다. 매를 맞으며 아파서 울면 더 세차게 손바닥이 날아왔다. 어깨에, 등짝에, 허리에.

눈물로 세상을 버티려고 하지 마라.

때리는 사람도 힘들었던지 호흡을 고르며, 그러나 당신의 매질에 감정이 없었다는 것을 보이려는 듯 침착하게 가라앉은 음성으로 어머니는 되뇌곤 했다.

눈물 따위로 버틸 생각은 처음부터 하지 마.

평생 힘들다는 말 한마디 없이, 늦도록 새벽부터 밤까지 한복 짓는 일로 생계를 잇고 두 남매를 가르친 그녀는 무슨 예감이 있었는지 바람을 맞기 전날 며느리에게 말했다고 했다.

내 살아온 동안 쌓아온 것들이 고스란히 내 병이야…… 이제 와서 보니 후회가 되는구나, 한평생 칼을 품고 살아왔던 것 같으니.

"이러고 있으면 마음이 편안해진다. 한 장 더 그릴 때마다 붓이 그만큼 가벼워진다."

어머니는 벼루에 물을 조금 붓고 다시 먹 갈기를 시작했다. 염색물이 빠져 희끗희끗한 가마가 어머니의 팔동작에 따라 흔들렸다. 저렇게 똑같은 그림을, 정말 삼천 장씩 베껴낼 생각인가.

"……이 서방은 어떠냐? 매일 텔레비전으로 문안 인사 받으니 잘 있겠거니 한다만."

내 얼굴을 보지 않은 채 어머니는 물었다.

"네, 잘 지내요."

어머니도 나도 침묵했다.

붓질을 하는 동안 어머니는 잠시 이 세상을 떠나 있는 것 같았다. 그 그림 속으로 어머니의 말과 생각, 바람 빠진 무 같은 몸뚱어리까지 빨려들어 가 있는 것 같았다.

새언니가 슬리퍼를 끌고 부엌에서 나왔을 때 나는 코트를 들고 일어섰다.

"왜 이렇게 금세 가? 점심 먹고 가, 금방 현석이도 올 텐데."

"가서 일해야 돼요."

"아까 들으니까 간혹 가다 기침도 하던걸, 내가 콩나물국 끓여줄게."

"일이 밀려서 정말 가봐야 돼요."

화선지에서 눈을 떼지 않은 채 어머니가 말했다.

"살펴 가라. 안 나가마."

지팡이 없이 걷는 어머니를 보러 갔던 나는 끝내 어머니가 일어서는 모습을 보지 못하고 집으로 돌아왔다.

열두 시를 조금 넘기고 들어온 그의 얼굴을 나는 언제나처럼 낯선 눈으로 올려다봤다. 그날 밤 뉴스를 보지 않아 더 낯설어 보였는지도 모른다. 파르스름하게 면도한 턱, 감각 있게 맞춰 입은 넥타이와 와이셔츠, 깎은 듯 잘생긴 콧날을 보며 나는 내가 배신감 따위 느끼지 않았다는 것을, 오히려 그가 연애 중이라는 사실을 신선하게 받아들이고 있다는 것을 깨달았다.

"다 같이 술 한잔했어."

그의 입에서 엷은 맥주 냄새가 났다. 평소 같으면 "전화 한 통쯤 해주지 그랬어"라고 했을 것을, 나는 잠자코 있었다.

그는 넥타이를 풀고 셔츠를 벗었다. 붉은 맨팔을 드러낸 채 언제나처럼 욕실 문을 열어놓고 긴 양치질을 했다. 그는 네 가지 치약을 놓고 썼다. 죽염이 든 한방 치약과 불소가 든 치약과 항균 성분이 강화됐다는 신제품, 그리고 액상 치약이 그것들이었는데, 제각기 다른 좋은 성분들이 들어 있으므로 돌아가면서 앞의 세 가지 치약으로 닦아주는 것이 좋고 액상 치약으로는 치간에 낀 치석까지 제거할 수 있다는 것이 그의 설명이었다.

　세면대 거울에 비친 그의 얼굴은 진지하게 양치질에 몰입해 있었다. 나를 보고 있지 않은 그의 눈을 향해 지나가는 말을 하듯 물었다.

　"……그 여자가 알아?"

　입술 위로 넘친 치약 거품을 물고 거울 속의 그가 나를 보았다. 칫솔질을 멈춘 그의 손등으로 흰 거품이 흘러내렸다.

　나는 긴장하고 있었다. 그에게 상처를 줄 것이 분명한 말을 꺼내기 위해 나는 망설였다.

　말해야 한다.

　나는 다짐했다.

　망설이지 말고 지금 물어야 한다.

　그는 머금었던 거품을 세면대에 뱉었다. 그게 무슨 말이야, 라고 하는 대신 그는 눈으로 묻고 있었다. 그는 실수하고 싶지 않은 것이다. 내 말을 정확하게 이해할 때까지는 섣불리 대응하고 싶지 않은 것이다. 나는 천천히, 마치 아무렇지도 않은 듯, 그러나 온몸의 신경이 빳빳이 긴장하는 것을 느끼며 물었다.

　"당신 몸, 그 여자가 알아?"

　그의 눈시울이 미세하게 경련했다. 입술가에 흰 거품을 묻힌 채, 타액과 치약이 함께 흘러내리는 칫솔을 거머쥔 채 그는 나를 쏘아보았다.

　나는 눈을 피하지 않았다. 그가 먼저 고개를 수그리고 양치

컵에 물을 받아 입을 헹구었다. 얼굴을 수건에 닦은 뒤 고무 슬리퍼를 벗고 걸어 나왔다. 빠듯한 간격으로 내 옆을 스쳐 지나갔다. 그의 몸이 스치는 순간, 액상 치약의 박하 냄새와 함께 섬뜩한 한기가 끼쳐왔다.

"전화하겠다더니, 했군."

소파에 앉으려다 말고 그가 중얼거렸다. 내 쪽으로 몸을 돌리더니 덧붙였다.

"그 앤 당신과 달라."

침착한 얼굴이었지만, 마치 오랫동안 억눌러왔던 이야기를 꺼내듯 그의 말끝에는 힘이 들어가 있었다. 그 여자는 그를 그분이라고 하고 그는 그 여자를 그 애라고 하는구나, 나이 차이가 그렇게 많은가, 하고 나는 생각했다.

"당신같이 이중적이지 않아. 내 모든 걸 다 좋아할 거야."

조금 있다가 나는 다시 물었다.

"그럼, 아직 몰라?"

별안간 그의 주먹이 벽을 내리쳤다. 그 소리가 어마어마하게 들린 것은 밤의 정적 때문이었을 것이다. 숨이 찬 사람처럼 그의 어깨가 들먹거렸다. 그는 의식적으로 음성을 낮추고 있었다.

"말했잖아, 그 애는 당신 같지 않을 거야."

"……나 같은 게 어떤 건데?"

그가 마침내 고함을 질렀다.

"그걸 꼭 내 입으로 말해야겠어!"

그의 얄따란 입술이 경련했다. 단정한 콧구멍이 흥분으로 벌름거렸다.

이 사람은 화를 낼 때 입이 왼쪽으로 약간 틀어지지. 그걸 한동안 잊고 있었어.

나는 망연히 그런 생각을 하고 있었다.

"난 바라는 게 없어."

그의 흥분이 식기를 기다려 나는 말했다.

"그래서 그 사람더러, 바라는 대로 하라고 했어."

그는 대답 없이 내 눈을 똑바로 쏘아보았다. 이 순간 그의 눈에서 번쩍이는 것이 무엇일까. 증오일까, 경멸일까, 분노일까. 나는 말없이 그의 얼굴을 올려다보고 있었다.

3

성우같이 부드럽고 아름다운 목소리로 여자는 나에게 말했다.

두 분 사이에 애정이 없으시다고 들었어요. 같은 이불을 덮고 자긴 하지만 각방을 쓰는 거나 마찬가지라고 하던데요.

그녀는 마치 쪽지에라도 적어두었던 것처럼 정확한 논리로 그녀가 전화한 이유를 설명했다.

그분은 자신에게 이런 일이 생긴 것을 괴로워하시는 것 같아요. 아시겠지만 완벽주의자시잖아요…… 그래서 얘길 꺼내는 걸 꺼리시는 것 같아요. 그래서, 그분 모르게 제가 전화한 거예요.

그녀는 그를 사랑한다고 했다. 아니, 그녀의 말씨로 미루어 보자면 존경한다는 표현이 더 어울렸을 것이다. 사랑하는 사람들끼리 사는 게 좋지 않느냐고, 만일 내가 그에게 애정이 없다면 더 이상 같이 사는 게 무슨 의미가 있느냐고 그녀는 말했다. 전화로 이런 이야기 하는 거나 듣는 거나 편치 않으니 한번 만나자고도 했다.

만날 필요가 있나요, 라고 나는 말했다. "저는 바라는 게 없어요. 그쪽이 바라는 대로 하세요"라는 말은 마치 오래 준비해두기라도 한 것처럼 순순히 내 입에서 흘러나왔다.

그녀의 말마따나 완벽주의자이고 때로 독단적인 그의 성격이, 권위적인 것이나 틀에 박힌 것을 싫어하는 내 성격과 잘 들어맞지 않는다는 것을 나는 처음부터 알고 있었다. 그의 지나치게 화려한 직업도 마음에 들지 않았다. 그렇다고 해서 진심으로 그를 사랑한다, 헤어져서는 살 수 없을 것 같다는 것도 아니었다. 세간의 조명을 한 몸에 받는 남자가 나처럼 평범한 여자에게 관심을 가진 데 대한 놀라움이 오히려 더 큰 비중을 차지하고 있었을 것이다. 그러니만큼 두 사람의 미래를 묶어서 생각한 적 없고, 혹여 그런 말이 나온다 해도 짐짓 화제를 돌리곤 하던 내가 결혼을 결심하게 된 것은 그가 살던 오피스텔을 처음으로 방문한 뒤였다.

식탁을 사이에 두고 함께 커피를 마시며 담소를 나누다가, 무슨 말인가를 꺼낼 듯 말 듯 망설이던 그는 찻잔을 내려놓고 일어섰다. 곁으로 오려는 건가, 의아해하는 나를 건너다보며 그는 와이셔츠 단추를 풀기 시작했다.

중학교 때, 집에 불이 났어.

마지막 단추를 풀기 위해 와이셔츠를 바지에서 꺼내며 그는 말했다.

큰불이었어. 다행히 죽거나 불구가 된 식구들은 없었지. 아버지가 공무원이어서 도움도 제법 받았고, 뿔뿔이 친척집으로 흩어졌던 식구들은 몇 년 뒤 마련한 전셋집에서 다시 시작할 수 있었어.

그가 와이셔츠를 다 벗기 전에 나는 이미 숨을 죽이고 있었다. 러닝셔츠를 벗고 바지를 벗고 팬티만 걸친 채 그는 내 앞에 우뚝 섰다. 식탁 위에 매달린 삼십 와트 백열등이 그의 붉게 일그러진 알몸을 비스듬히 비추었다.

이제 알겠지, 내가 여름에도 긴 셔츠만 입는 이유를?

농담을 가장한 그의 목소리가 떨고 있었다.

수영장에 안 가는 이유, 와이셔츠 윗단추를 풀지 않는 이유를 알겠지?

침 덩어리를 삼키는 그의 목울대가 경련했다. 그의 눈은 헤아릴 수 없는 용기와 두려움을 함께 담은 채 번들거리고 있었다.

나는 일어서서 그에게 다가갔다. 실룩이는 뺨을 쓸어준 뒤,

떨고 있는 그의 입술 위에 입술을 포갰다.

나는 그의 흉터와 용기를 함께 받아들이기로 했다. 아니, 바로 그 흉터가 나에게 안겨준 충격 때문에, 평생 숨기고 싶었을 알몸을 보여줄 만큼 나를 신뢰해준 데 대한 고마움 때문에 그를 받아들였다는 편이 옳을 것이다.

결혼을 준비하면서 우리는 몇 가지 공통점을 서로에게서 발견했다. 강한 성품의 어머니 밑에서 외롭게 자랐다는 것, 그닥 넉넉하지 않은 집안의 태생이라는 것, 피차 누군가로부터 재정적인 도움 받기를 죽기보다 싫어한다는 것. 그러나 보물찾기처럼 발견해낸 그 귀중한 공통점들에도 불구하고, 결혼 초부터 우리의 관계는 삐걱거렸다.

치밀한 성격의 그는 예상치 못했던 사소한 일로 평정이 무너져버리곤 했다. 그 무섭도록 철저한 성격의 내면에 어떤 불안이 도사리고 있었기에 그랬을까. 일단 이성을 잃으면 그는 자신의 감정을 자제하지 못했다. 나에게 싹수없고 기껏 남 좋은 일이나 하고 있다며, 무슨 보람으로 그까짓 일에 매달리는지 모르겠다고 내 작업을 비난하기도 했다. 깊은 밤이면 예전에 서너 번 만난 적이 있었을 뿐이라는 여자에서부터 광적인 여고생 팬까지 촉촉이 술에 젖은 목소리로, 혹은 울먹이는 음성으로 전화를 걸어오곤 했다.

여느 신혼의 부부들처럼 우리는 종종 다투었다. 단지 다른 점이 있다면, 다투고 난 뒤면 내 마음이 이상스러울 만치 냉정해졌고, 살의를 품지 않은 서늘한 마음으로 차라리 그가 죽어버렸으면 하고 바랐다는 것이다. 방송을 끝내고 돌아와야 할 시간이 한 시간쯤 지나면 그가 사고라도 당했기를 바라는 자신을 발견하며 놀라곤 했다. 상복을 입은 내 모습을 상상하면 어쩐지 마음이 편해졌다.

언제부턴가, 아니 어쩌면 처음부터 나는 그의 흉터가 몸에 닿는 것이 괴로웠다. 가슴에 닿는 감촉이 싫어 몸을 섞을 때면 상의를 벗지 않으려 했고, 그나마 나도 모르게 될 수 있으면 잠자리를 피했다. 그가 안으려 하면 잠에 취한 척하며 돌아누웠다. 그가 손을 뻗으면 잠결인 척 밀어내버리곤 했다.

싸움은 횟수를 거듭할 때마다 조금씩 격렬해졌다. 그가 화를 내면 나도 함께 화를 냈다. 시작이 어려웠을 뿐, 감정의 폭발이라는 것도 시간이 흐름과 함께 습관이 되었다. 머리가 뜨거워지며 이성이 마비되고, 분노가 끓어넘치는 대로 온몸이 그 폭발에 반응하는 순간, 그 불꽃 튀는 순간들이 지나고 나면 나는 허탈감에 잠긴 채 작업실에 주저앉아 시간을 보내곤 했다. 이따금 나는 속으로 중얼거렸다.

하루하루를 인내하고 있는데, 네 몸을 견디며 살아주고 있는데, 어떻게 네가 나한테 이럴 수가 있니.

사람들은 미처 눈치채지 못했을지 모르지만, 나는 내 그림에서 무엇인가가 급속히 떨어져 나가고 있는 것을 느낄 수 있었다. 그것은 다름 아닌 여유였다. 나와 세계 사이의 고요한 공간, 그 공간 속에서 한번 몸을 뒤틀었다 나오던 미소였다.

그러던 어느 일요일 아침, 몸이 찌뿌드드해 운동이 필요하다는 그와 함께 집을 나섰다. 무더위가 시작되던 즈음이었다. 산책로의 철조망이 길게 찢어진 틈으로 들어가 북한산 등산로를 탔다. 말없이 오르막길을 오르다가 나는 멈춰 섰다.

왜 안 오는 거야?

위쪽 둔덕에 서서 짜증을 내는 그에게 나는 말했다.

딱따구리……

뭐?

참딱따구리를 봤어.

이렇게 천천히 걸어서 무슨 운동이 되겠어?

주먹만 한 딱따구리가 나무둥치를 쪼고 있었다. 새끼인지 부리가 연하고 작아, 바지런히 쪼아대도 나무껍질은 까딱하지 않는 것처럼 보였다.

그를 따라잡았을 때 그는 여전히 찡그린 얼굴을 하고 있었다. 그를 여남은 발짝 앞세우고 나는 걸었다. 그때, 좁다란 등산로 반대편에서 걸어오는 남자를 봤다. 남자라기보다는 남자애라고 불러야 할, 기껏해야 스물한두 살밖에 되지 않았을 앳된 얼굴이었다. 연하게 물이 빠진 청바지를 입은 그 애는 상체에 아무것도 걸치지 않고 있었다.

눈부시게 흰 몸이었다. 근육이 붙은 것은 아니지만 군살이 없었고, 그렇다고 마르지도 않았다. 지극히 평범한 그 반라의 몸에서 나는 눈을 뗄 수 없었다.

온몸의 핏방울들이 머리끝으로 몰려 올라와 곤두섰다. 그 남자애의 가슴을 만지고 싶었다. 그 매끄러운 살갗에 젖가슴을 비비고 싶었다. 내 매끄러운 몸이 그 애의 몸에 스치는 느낌, 부드러운 살끼리 찰지게 문질러지는 느낌을 맛보고 싶었다.

길이 좁았으므로 남자애의 어깨는 내 어깨를 가볍게 스쳐 지나갔다. 새빨갛게 귓불을 물들인 채 나는 눈을 내리깔고 숨을 몰아쉬고 있었다.

오르막길이 끝났다. 전망이 트인 벼랑에 다다르자 예닐곱 명의 등산객들이 옹기종기 앉아 오이를 깎아 먹거나 수통의 물을 마시고 있었다. 그의 옆모습도 보였다. 그는 여전히 찡그린 얼굴로 벼랑 저편의 바위산을 건너다보고 있었다. 나는 그에게 다가가 곁에 섰다.

그는 소매가 손목까지 내려오는 흰 폴로셔츠에 베이지색 면바지를 입고 있었다. 유난히 땀이 많은 체질이지만 그는 라운드 티를 입지 못했다. 폴로셔츠에 붙은 칼라는 와이셔츠보다 낮아 목덜미의 흉터가 더 넓게 드러났다. 바위 위에 걸터앉은 중년 남자들이 그것을 내려다보며 무엇인가를 수군대고 있었다. 그들은 진작 그의 얼굴을 알아봤고, 그 흉터에 대해 이야기하고 있는 것이었다.

벼랑 밑으로 빽빽이 우거진 나무들을 나는 굽어보았다. 무섭도록 둔탁한 초록색이었다. 그 무성한 잎사귀들이 마치 열대의 밀림처럼, 거대한 육식 동물처럼 대지를 집어삼키고 있는 것 같았다.

내가 디딘 땅이 서서히 사선으로 기울었다. 무엇인가가 벼랑 아래에서 내 몸을 흡입하는 것 같았다. 언쟁 끝에 그와 함께 말없이 차를 타고 달리던 어느 날, 그가 잡은 핸들을 힘차게 틀어 중앙선을 넘고 싶었던 충동처럼, 두 사람의 운명을 일시에 끝장내버리고 싶었던 무서운 욕망처럼, 나는 인정하고 싶지 않은 충동을 느끼고 있었다.

왜 그래?

나도 모르게 몸을 떨고 있었던 모양이었다. 그는 이맛살을 찌푸린 채 재차 물었다.

왜 그렇게 떨어, 그 끝에서 불안하게?

항자외선 크림을 바르고 흰 챙모자를 쓴 그의 얼굴은 갓 다려 입은 폴로셔츠 위로 보얗게 피어나 있었다.

그의 셔츠를 찢고 싶은 충동이 치민 것은 그때였다. 그의 추한 몸뚱이를 햇빛 아래 고스란히 발가벗기고 싶었다. 아까부터 그를 힐끔대는 중년 남자들을 향해 내보이며 소리치고 싶었다.

그 상상으로부터 물러서듯 나는 뒷걸음질 쳤다.

……괜찮아. 피곤해서 그래.

그날 집으로 돌아올 때까지는 괜찮았다. 그는 먼저 씻으러 욕실로 갔다. 나와 그가 쓰던 챙모자를 들여놓으려고 안방 문을 열자마자 나는 주저앉았다.

앞이 보이지 않았다.

나는 무릎걸음으로 기어 안방을 빠져나왔다. 차가운 거실 바닥에 모로 누워 눈을 감았다. 열이 오르고 있었다. 무엇으로 지지는 것처럼 정수리가 뜨거웠다. 마치 보이지 않는 짐승의 흡반이 그 지진 자리에 달라붙어 의식을 빨아들이는 것 같았다.

따끔따끔한 감각을 뺨에 느끼며 나는 깨어났다.

어떻게 된 거야.

그의 목소리가 들렸다. 이어 그의 얼굴이 시야에 들어왔다. 방금 때린 뺨을 어루만지려 하는 그의 흰 손을 밀어냈다. 고개를 돌려 안방을 보았다.

보였다. 여덟 자 원목 장롱이 보이고, 그와 함께 누워야 할 마직 이부자리가 보였다.

들어가, 들어가서 누워.

그는 내 몸을 일으켰다.

그가 허리를 붙안고 이끄는 대로 안방에 들어선 순간 다시 사물의 윤곽이 지워졌다. 내렸던 열이 이마로 솟구쳐 올라왔다. 토할 것처럼 명치께가 일렁였다.

놔!

나는 안간힘을 다해 그의 손을 뿌리쳤다.

제발 이거 놔.

물에 빠진 사람처럼 두 팔을 허우적대며 나는 벽을 붙들었다.

나가야겠어.

그는 놀란 것 같았다.

어딜 간다는 거야?

잠깐만,

나는 헐떡이며 말했다.

잠깐만 쉬었다가 나갈 거야.

눈을 감았다 떴다. 여전히 안 보였다. 스트레스와 같은 정신적 이유로 이런 증상이 일어날 수 있다는 말을 언젠가 들은 기억이 있었다.

침착해.

나는 자신에게 속삭였다. 심호흡을 했다.

괜찮아, 침착해.

너는 저 방에 들어가지 않아, 라고 다시 속삭였다.

평생, 다시는 저 이부자리에 눕지 않을 거야. 그러니까 침착해.

조금씩 밝아졌다.

빛은 빛끼리, 어두운 것은 어두운 것끼리 엉기며 사물들이 차츰 제 모습을 찾아갔다.

어딜 가는 거야, 그 몸으로?

어깨를 붙드는 그의 얼굴을 외면하며 나는 거칠게 현관문을 닫았다. 필사적으로 벽을 짚으며 층계를 내려갔다.

갈 곳이 없었다. 불광동 오빠네로는 가고 싶지 않았다. 결혼한 대부분의 친구들은 휴일이니 남편과 함께 있을 것이었다. 간혹 혼자 사는 친구들은 대부분 지방에 내려가 교편을 잡고 있었다.

저녁이 내리는 산책로를 따라 허전허전 걸어갔다. 계란 속

껍질같이 희끗하고 맨질한 것이 눈자위 위로 어른거렸다. 땅 위에 무엇이 있는지, 내 발이 무엇을 밟고 가는지 알 수 없었다. 이따금씩 철책을 짚으며 쉬었다가 기력을 차린 뒤 다시 발을 내디뎠다.

노인들과 중년 여자들이 옹기종기 모여 있는 정자에 다다랐다. 거기 나무 기둥에 기대 걸터앉았다.

무성한 갈참나무 숲이 내 앞에 펼쳐져 있었다. 계곡에 물 흐르는 소리, 아이들이 서로 물을 끼얹으며 질러대는 소리가 휴일 숲의 오후를 채우고 있었다. 풀벌레 소리가 지척에서 들려왔다.

그 소리들에 귀를 기울이며 숨을 고르는 동안 시야가 차츰 맑아졌다. 온전히 사물들이 또렷해졌을 즈음, 나는 내가 돌아갈 곳이 집뿐이라는 당연한 사실을 확인하고 있었다.

매우 중요한 진실 하나가 계시처럼, 마치 누군가 내 귀에 속삭인 것처럼 떠올랐다.

나는 처음부터 그를 사랑하지 않았다.

믿기지 않는 일이었지만 나는 그의 흉터 때문에 그를 사랑한다고 생각했고, 이제 그 흉터 때문에 그를 혐오하고 있었다. 그의 흉터가 다만 한 겹 얇은 살갗일 뿐이라는 것을 나는 분명하게 알고 있었다. 그러나 그 안다는 것이 내 마음의 얇은 한 겹까지 벗겨내주지는 못했다.

그것은 그의 잘못이 아니었다. 죄가 있다면 모두 나의 것이었다.

삶이 얼마나 긴 것인지 몰랐던 죄. 몸이 시키는 대로 가지 않았던 죄. 분에 넘치는 정신을 꿈꿨던 죄. 분에 넘치는 사랑을 꿈꿨던 죄. 자신의 한계에 무지했던 죄. 그러고도 그를 증오했던 죄. 마음 깊은 곳에서부터 가학했던 죄.

내가 현관으로 들어서자 그는 침통한 얼굴로 말없이 내 얼굴을 살폈다. 나는 타인처럼 서먹서먹하게 그의 얼굴을 보았다. 자신도 모르는 사이 버림받은 소년의 얼굴, 깊숙이 흉터를 숨긴 얼굴로 그는 오두마니 서 있었다.

그날 이후 우리의 관계는 바뀌었다.

나는 타인의 그것처럼 그의 흉터를 보았다. 타인에게 호의를 베풀듯이 그에게 호의를 베풀었다.

세계가 다른 방식으로 보이기 시작했다. 나는 모든 것을 낯설게, 그리고 오래 바라보았다. 선한 것과 악한 것, 의무와 책임과 방기, 진실과 거짓 따위가 내 눈앞에서 경계선을 무너뜨려갔다. 나는 그 혼란에 더 이상 놀라거나 당혹스러워하지 않았다. 다만 잠자코 바라보았다. 그 간격이 나를 구해주었다.

우리는 더 이상 싸우지 않았다. 나는 더 이상 그를 미워하지 않았다. 다시 평화가 찾아오자 나는 다시 작업에 열중할 수 있었으며, 예전보다 더욱 내 일을 사랑하게 되었다. 어머니가 그랬듯 나는 평생 동안 손을 움직여 작업하며 살아갈 것이었다. 작업실에 온종일 틀어박혀 있으면 나는 자유로웠다. 몰입만큼 자유를 주는 것이 어디 있는가?

작업에 충실하기 위해서는 건강을 관리해야 했다. 매일 아침 운동을 하고 작업 중간중간 스트레칭을 하고 영양소를 고려해 요리를 해 먹었다. 그와도 좋은 관계를 유지하려 노력했다. 항시 시한폭탄을 운반하는 사람 같은 그의 성마른 성격이 자신의 흉터로부터 되도록 멀리 상승하려는 몸부림 때문이라는 것을 이해했고, 그 긴장을 더 이상 감당할 수 없을 때 폭발한다는 것도 알게 되었다. 화면으로 보기에 그의 얼굴은 편안하게만 보이지만 그의 귀에 꽂힌 이어폰으로는 뉴스 룸의 아우성이 끊임없이 뛰어든다는 것을, 매일 치르는 전쟁과도 같은 뉴스를 마친 뒤 몰려드는 피로에 대해서도 알게 되었다. 온 세계에서 벌어지는 사건들을 움켜잡아 도로 던져놓을 뿐 결국 손아귀에는 아무것도 남지 않는 허탈함도 이해했다.

가끔 뉴스 룸에 앉아서 물고기처럼 입만 달싹거리는 꿈을 꿔…… 아무리 입을 움직여도 목소리가 안 나와. 일곱 시 뉴스 할 때가 좋았어. 프라임 타임은 힘들어. 칸칸이 불 켜진 아파트 창문들을 생각하면 어지러워. 그 사람들이 모두 날 보고 있다고 생각하면.

시간이 흐르자 기분이 좋을 때면 어린아이와 입 맞추듯 그에게 소리 내어 키스할 수 있었다. 농담을 건네고 함께 웃기도 했다. 그의 몸이 추하게 느껴질 때마다, 내가 품은 혐오를 보상하기 위해 더욱 친절하게 대했다. 아주 이따금씩이었지만 불 꺼진 방에서 몸을 섞기도 했다.

그렇게 조금씩 정을 붙이며 살아나갈 수 있으리라고, 어떻게든 견디어갈 수 있으리라고 나는 믿었다.

"사랑하지 않는 사람들끼리 사는 것은 시간 낭비잖아요"라고 그 여자는 말했다. 그런가, 나는 시간을 낭비해온 건가.

그 여자의 전화를 받은 이월에 나에게 일어난 가장 큰 변화는 뾰죽한 것에 대해 비정상적으로 예민해진 감수성이었다. 이를테면 베니어판 문에 사진엽서를 붙였다가 엽서만 떼고 압정은 안 빠져서 그대로 둔 것이 있었는데, 어느 날 아침 그것을 뜻 없이 바라보다가 문득 찔린 나무의 고통을 느꼈다. 실제로 내 뒤통수 어느 부분의 피부가 아팠다. 사과 꼭지를 도려내다 말고 과도 끝이 얼마나 날카로운가에 몸서리를 치기도 했으며, 끝부분이 부러진 라디오 안테나를 보면 눈이 시렸다.

시간 낭비.

작업에 몰두해 있다가도 문득문득 와이셔츠 핀처럼 머리에 꽂히는 여자의 말에 나는 고개를 젓곤 했다.

4

삼월 들어 유난히 자주 체를 한다 싶더니 급기야는 하루걸러 한 번씩 토악질을 했다. 오십 킬로그램 주변을 오르락내리락하던 체중이 두 주 사이 사십삼 킬로까지 떨어졌다. 슈퍼마켓이나 세탁소 아낙들은 호기심 어린 얼굴로 나에게 임신했느냐고 물었다. 그런 가능성은 없었다. 위 내시경 검사를 받아

봤지만 위장에는 이상이 없었다.

"백옥 같네."

내시경 모니터를 보고 있던 젊은 의사가 간호사를 향해 중얼거렸다. 마취 주사 때문에 칼칼해진 목을 다듬으며 탈의실에서 나온 나에게 의사는 말했다.

"한의학으로 치료를 받아보세요. 아니면 정신 치료를 받아보시든가."

나는 한의원에도 정신과에도 가지 않았다. 중한 병에 걸린 것만 아니라면 됐다. 정신적 이유야 내가 알 만한 것이었으니 상황에서 벗어나오면 몸도 나을 것이었다.

나는 끝을 기다리고 있었다. 매일 조금씩 짐을 쌌다. 마지막까지 작업을 하기 위해 화구 일습만 남겨놓을 생각이었다. 건강 때문에 미뤄놓은 일이 쌓여 있었다. 언어 장애 아동 치료서에 넣을 삽화는 거의 끝나가고 있었지만, 혼자 생활하게 되면 아무래도 생활이 불안정할 터여서 알음알음으로 일거리들을 수소문한 탓에 동화 일러스트부터 에어로빅 책자까지 맡아만 놓고 손도 대지 않은 상태였다. 그동안의 저축으로 작은 원룸 아파트를 얻을 비용은 되었지만, 내 일에 안정성이 없는 만큼 여유 자금이 있는 것이 좋을 듯해 단독 주택 이층의 방 한 칸을 계약했다. 이삿날은 사월의 둘째 일요일이었다.

그는 거의 매일 밤 자정 넘어까지 들어오지 않았다. 한데 오히려 피로를 덜 타는 것 같았다. 아침이면 예전보다 일찍 일어났고 얼굴에는 생기가 반짝였다.

여자는 그가 일하는 방송국 교향악단의 바이올리니스트라고 했다. 음대 대학원을 갓 졸업해 지난해 입단했으니 나이는 어리지만 맏딸이라 성숙한 성격이라고 했다. 아버지가 명문 대학의 경제학 교수에 어머니는 정신과 의사, 남동생은 의대생이라고 했다. 그에게 어울리는 사람을 이제야 찾은 것임을 나는 알았다.

그는 초라한 것을 싫어했다. 머뭇거리는 태도를 싫어했고 가난한 동네를 싫어했다. 그는 화려한 것, 아름다운 것, 깨끗하고 쾌적한 것들을 향해 나아가고 있었다. 그는 뒤돌아보는 것을 싫어했다. 그를 후진시킬 수 있는 어떤 실수도 용납하지 않았다. 그의 내면에는 불이 있었다. 모순되는 말 같지만 바로 그 불 때문에 그는 냉정할 수 있었다. 크렘린이니 포커 페이스니 하는 방송국에서의 그의 별명은 바로 그 불에서 비롯된 것이었다.

언젠가 그는 말했었다.

고등학교 때 생각했어, 대학 입시에 성공하면 내 모든 것이 보상되는 거라고. 대학 졸업반 때는 방송국에 입사하면 모든 것이 보상된다고 생각했지. 실없어 보이는 친구들과는 어울리지 않았어. 시시한 연애도 하지 않았어. 나는 더 높이 올라갈 생각이었으니까. 아주 높이 올라간 상태에서 뒤돌아봤을 때 후회될 만한 짓들은 하고 싶지 않았어.

불과 냉정함이 함께 있듯, 그에게는 또한 제스처와 진실이 함께 있었다. 때로 그의 진지한 표정을 브라운관에서 보며, 나는 그가 정말 자신이 하는 말에 저토록 모든 것을 걸고 있을지 의심하곤 했다. 그는 지나칠 만큼 단순하게 상승을 욕망했으며, 동시에 지나치게 복잡하게 계산하고 의심하고 이미지를 관리했다. 그 일견 모순되어 보이는 면들이 그의 안에서 자연스럽게 용해돼 있었다.

그는 가을 학기부터 모교의 대학원에서 신문방송학을 공부할 계획이었고, 학기가 시작하기 전까지 방송가 이야기를 써서 넘기기로 출판사와 계약을 맺은 상태였다. 일단 목표가 생기면 그는 최선을 다했다. 지금 그가 책을 쓰는 것보다 여자를 만나는 데 많은 시간을 소비한다는 것은 그녀를 얻기 위해 그가 최선을 다하고 있다는 것을 뜻했다. 예전에 나를 만날 때 그랬던 것처럼 그는 완벽한 애인일 것이다. 그녀를 얻고 나면 다시 자신의 계획에 철저히 충실할 것이다.

"그분을 사랑해요"라고 그 여자가 말했을 때 나는 그녀를 반쯤만 이해했다. 방금 카탈로그에서 빠져나온 것처럼 훤칠한 키에, 협찬으로 옷을 빌려 입을 필요가 없을 만큼 자신이 직접 고르고 사는 일을 즐기는 세련된 차림은 눈에 띄게 매력적이었을 것이다. 내가 매혹됐던 것처럼 그녀도 매혹되었을 것이다. 진실한 눈길에 끌리고 정확한 말법에, 은은히 스며 나오는 사향(麝香)에 끌렸을 것이다. 그러나 매혹에서 사랑까지의 거리는 얼마만큼일까. 왜 나는 "그분을 사랑해요"라고 아무에게도 말한 적이 없었고, 그녀는 그토록 쉽게 그 말을 몸 밖으로 내보낼 수 있었을까.

나는 그가 잠들 때까지 작업실에 틀어박혀 있다가 두 시쯤 거실 소파에 누워 담요를 덮었다. 그것이 오히려 편안해, 한 번도 깨지 않고 아침까지 꿈 없이 잤다. 그런데 왜 자꾸만 위장이 탈을 일으키는 것인지, 그것만이 알 수 없는 일이었다.

삼월 중순의 밤에 나는 그 여자의 얼굴을 보았다. 위장이 조금씩 달래지고 다시 작업에 몰입하기 시작하던 즈음이었다. 그는 방송을 끝내고 바로 들어왔는데, 그간 집에서 입을 여는 일이 없었던 그는 그날에야 내 얼굴을 자세히 살핀 모양이었다.

"얼굴이 왜 그렇지?"

"……내 얼굴?"

"백지장 같은데. 어디 이상이 있는 거야?"

"위 내시경을 찍어봤어."

"뭐래?"

"백옥 같대. 아무 이상 없대."

"다행이군."

고개를 끄덕이면서도 그는 당혹스러운 얼굴을 했다.

"그럼 어디가 이상이라는 거야?"

"이상 없대. 마음의 병이래."

그는 멍한 눈으로 물었다.

"마음이, 괴로워?"

마치 나에게 마음이라는 것이 있다는 것을 처음 알았다는 듯 그의 어조는 강한 의심을 드러내고 있었다.

그의 휴대전화가 울렸다. 그는 더욱 당혹스러운 얼굴로 나에게 등을 보이며 안방으로 들어갔다. "응, 응, 바로 나갈게" 하는 소리가 문 안쪽에서 들리더니 그는 트렌치코트를 도로 걸치고 나왔다.

"잠깐 나갔다 올게."

나는 현관문을 잠갔다.

까닭 없이 마음이 안정되지 않아 거실을 서성거리다가 나는 거울 앞에 멈췄다. 나에게 무심한 그가 발견해냈을 만큼 축난 얼굴을 들여다봤다. 사람의 얼굴이 짧은 기간에 얼마나 달라질 수 있는 것인지, 코는 두드러지고 눈두덩도 뺨도 꺼져 생명의 빛을 찾아볼 수 없는 낯선 얼굴이 거기 있었다.

문득 나는 거울에서 물러섰다. 막연하게 몸을 이끄는 느낌에 의지해 거실 창문을 열었다.

외등이 환하게 비치는 주차장 입구에 트렌치코트를 입은 그가 서 있었다. 신형 모델의 갈색 소형차 앞문에 기대서서 한 여자가 그를 마주 보고 있었다. 길고 풍성한 갈색 머리가 곱슬곱슬하게 허리까지 흘러내린 키 큰 여자는 연회색 슈트 차림이었다. 외등이 정면으로 그녀를 비추는 데다 내가 내다보는 창에서부터 직선거리가 얼마 되지 않아, 나는 그녀의 뚜렷한 이목구비를 알아볼 수 있었다.

목소리만큼이나 아름다운 얼굴을 한 여자였다. 눈물에 젖은 뺨이 불빛에 반짝였다. 내용은 알아들을 수 없었지만 그들은 언쟁을 하고 있었다. 여자가 무엇인가를 하소연했고 그는 변명하는 것 같았다. 두 사람의 음성이 조금씩 높아졌다.

"……조금만 더 참고 기다려 봐."

고요한 밤공기를 타고 우렁우렁 그의 목소리가 울려왔다.

그는 여자의 어깨를 가볍게 두어 번 두들기더니 양팔로 안았다. 그에게 안긴 그녀의 얼굴이 그의 어깨 위로 보였다. 비록 울고 있었지만, 그녀의 얼굴에는 멀리서도 똑똑히 알아볼 수 있는 빛이 있었다. 그것은 사랑에 빠진 사람의 광채였다.

나는 창문을 닫았다. 부엌 쪽으로 걸어가다 말고 거울 앞에 다시 섰다.

내 얼굴은 조금 전과 똑같았다. 놀라지도 괴로워하지도 않았다. 그러나 그 평온한 얼굴에는 어딘가 균열이 가 있는 것처럼 보였다. 오랜 인내와 자책으로 조금씩, 아주 조금씩 금이 벌어지고 귀퉁이부터 허물어져온 것처럼 보였다.

그 순간 왜 나는 분노를 느꼈던 것일까.

나에 대한 미안함보다 자신의 행복할 권리를 주장하는 그에게 분노하는 것이 아니었다. "지난 삼 년 동안 한 번이라도 기꺼이 나와 몸을 섞은 적이 있었는가"고 한 달 전 그는 떨리는 목소리로 물었었다. "더러운 벌레 피하듯 몸을 피하곤 했던 사람이 누구였느냐"고, "그럴 때마다 내가 남모르게 얼마나 비참하게 느껴졌는지 아느냐"고도 했었다.

그 애는 날 원해. 상대방이 날 원한다는 걸 느낀다는 게 얼마나 행복한 건지, 까마득히 잊고 지냈어.

나는 그의 말을 부인하지 않았다.

그렇다면 뭔가.

열두 살 즈음이었다. 멀쩡하게 천장에 매달린 형광등이 내 몸 위로 떨어질까 봐 강박적으로 겁을 먹은 적이 있었다. 어머니와 함께 자는 방은 비좁아, 떨어질지도 모르는 형광등을 피하려면 벽에 몸을 붙여야 했다. 그렇게 잠을 청하고 있으면 어머니가 씻고 들어와 내 몸을 가운데로 밀어주곤 했다. 어머니가 잠들기를 기다려 나는 다시 벽에 몸을 붙였다. 형광등이 어머니에게 떨어지는 것은 괜찮았다는 것은 아니다. 형광등은 떨어지지 않을 것이고 내 걱정이 다만 이상스런 불안일 뿐이라는 것을 나는 알고 있었다. 알고 있는데도 그 마음을 멈출 수 없었다. 내가 잠들어버린 사이 어머니가 내 몸을 끌어 형광등 바로 밑자리에 옮겨놓을까 봐, 나는 밤새도록 깊은 잠에 못 들며 작은 소리에도 흠칫흠칫 눈을 뜨곤 했다.

그렇게 초조한 마음으로, 나는 그에게서 되도록 멀리 몸을 피하기 위해 장롱에 바싹 붙어 잠을 청하곤 했다. 그의 손길이 내 가슴으로 뻗어올 것을, 그의 몸이 내 몸 위로 포개어질 것을 겁내며 선잠에 들었다.

그렇게 삼 년이 흘러갔다.

내가 분노한 것은 바로 그렇게 몸뚱이를 둥글게 말고 누워 있었던 나 자신에게였다. 나를 그렇게 만든 것은 나 자신이었다. 만일 그것이 타인이었다면, 나는 그 사람을 용서할 수 있었을까.

거울 속의 나는 아무런 동요 없는 사람의 침착한 모습으로 꼿꼿하게 서 있었다.

나는 작업실로 들어갔다.

내가 이제 마지막으로 그려야 할 컷은 좀처럼 말을 하려 하지 않는 아이를 위해 말타기 놀이를 하는 아버지의 모습이 담긴 다섯 컷 만화였다. 출판사에서 준 대본은 다음과 같았다.

'나는 말입니다. 이히힝.'

아빠가 몸을 엎드리고 말한다. 아이, 까르르 웃는다.

'나는 말입니다, 타세요.'

아이, 아빠의 등에 올라탄다.

'이히힝, 무거워요.'

아이, 미소를 지으며 가만 있는다.

'가자, 해야 가지요. 빨리 가요. 가자, 가자, 가자!'('가자' 글씨는 뒤로 갈수록 커진다.)

아이, 까르르 웃는다. 처음으로 입을 열어 외친다.

'가자!'

아빠의 등에 올라탄 아이가 처음으로 말을 뱉으며 두 팔을 번쩍 올리게 할지, 두 손을 아빠의 어깨에 얹고 엉덩이를 하늘로 쳐들게 할지를 고민하며 나는 갱지에 이리저리 윤곽을 그려보았다. 아이의 까르륵 숨 넘어가는 웃음이 나를 위로해주었다. 첫 삽화에서부터 줄곧 아이를 위해 눈물겹게 노력해왔던 젊은 아버지의 기쁨이 나를 위로해주었다.

아이의 손을 번쩍 들게 하고 엉덩이도 약간 띄워서 아이가 펄쩍 날아오르는 것처럼 해야겠다. 아빠의 뼘까지 함께 날아 오르려는 것처럼 해야겠다.

선을 그려가는 동안 그가 열쇠로 현관문을 따고 들어오는 소리를 들었다. 오랫동안 욕실을 쓴 그가 안방으로 들어가는 소리에 귀를 기울이며, 나는 검지손가락 끝이 얼얼해질 때까지 펜을 거머쥔 채 기다리고 있었다.

고요해진 뒤 나는 거실로 나왔다.

불을 끄자 희고 서늘한 빛이 소파 위로 어렸다. 커튼을 치기 전에 창밖을 내다보자, 열하루쯤 되었을 달이 거대한 은색 거미줄 같은 빛으로 뒷숲을 에워 감고 있었다.

나는 겉옷을 입은 채 소파 위에 몸을 누이고 담요를 목까지 끌어 올렸다. 벽시계의 초침 소리가 누군가의 발소리처럼 머리 위에서 저벅거렸다. 피로가 밀려오는데도 잠이 오지 않아, 시간 반 가까이 뒤척인 뒤에야 눈을 붙일 수 있었다.

그날 밤 다시 아기 부처의 꿈을 꾸었다. 캄캄한 동굴 속에서 흔들리는 흰 초의 불빛 아래 얼굴은 음산하게 웃고 있었다.

나는 손을 뻗었다. 얼굴 주변의 붉은 진흙을 떠 그 위에 덮 었다.

널 묻어버릴 거야.

묻어버리겠어.

흙을 덮고 힘차게 밟아 도독한 무덤을 만들었는데, 발을 떼 고 나자 오히려 더욱 선명하게 살아난 얼굴이 나를 올려다봤다. 일그러진 이마, 입꼬리를 슬쩍 치켜올린 웃음, 차갑게 빈정대는 듯한 눈꼬리가 또렷이 도드라져 있었다.

나는 무릎을 꿇고 엎드렸다. 양손으로 얼굴 주변의 흙을 갈퀴질했다. 붉고 끈적끈적한 흙덩이를 떼어 그 얼굴 위로 뭉갰다. 일어서서 운동홧발로 짓이겼다.

묻어버리겠어.

나는 가쁜 숨을 몰아쉬고 있었다.

지겨운 것, 지긋지긋한 것.

신발을 뗄 때마다 얼굴은 보란 듯이 되살아나 있었다. 땀 흘리는 나를 빈정대듯 입꼬리를 치켜들고 있었다. 마치 내 운동화 바닥에 그 얼굴이 새겨져 있는 것 같았다. 그래서 내 발로 짓뭉갤 때마다 흙무덤 위로 그것이 찍히는 것 같았다. 나는 신을 벗어 내던졌다. 땀에 젖어 뺨에 달라붙은 머리카락을 거칠게 쓸어 올렸다. 맨발꿈치에 몸무게를 실어 얼굴을 짓이겼다.

내 몸이 앞으로 고꾸라진 것은 그때였다.

발이 떼어지지 않았다. 발바닥에 엉긴 찰진 흙이 떨어지지 않았다. 나는 아랫입술을 악물었다. 네발로 엎드린 채 다리를 뒤틀었다.

떨어져, 당장 내 몸에서 떨어져.

몸부림치면 칠수록 흙은 외려 더 찰지게 엉겼다.

아니야.

고함치려 했으나 목구멍이 돋워지지 않았다.

아기 부처가 아니야.

입을 움직일 수 없었다. 한 번도 말을 떼어보지 않은 어린 애처럼 나는 입술을 다문 채 체머리를 떨고 있었다. 숨이 막혔다. 무엇인가가 목을 죄어오는 것 같았다. 나는 진흙으로 범벅이 된 오른손을 들어 올렸다. 입술을 거머잡았다. 온 힘을 다해 당겨 떼었다.

동굴이 사라졌다. 무수한 창(槍) 같은 빛살이 모래벌판 위로 내리꽂혔다.

5

"그 스님이 그러더라. 관세음보살은 내 속에 있다고. 내 몸이 용서하는 마음으로 그득해지면 그게 바로 관세음보살이라더라."

다섯 장째 관음초를 베끼는 나에게 어머니가 말했다. 어머니는 이날따라 말씀을 제법 많이 하고 있었다.

나는 어머니가 베끼는 보살초를 보았다. 고작 몇 주 사이 어머니의 붓질은 과연 더 가벼워져 있었다. 여전히 공들여 베끼기는 하지만 속력이 빨라졌고 붓놀림이 자유로워졌다.

용서라니. 마지 쇠붙이로 만들어진 사람처럼 평생을 꼿꼿이 살아온 어머니는 어디에 용서하고 말고 할 것들을 쌓아두고 있었나.

후회가 된다…… 다 후회가 돼.

이틀 만에 의식을 되찾았던 재작년 가을, 입원실 침대맡에 모여 앉은 자식들에게 어머니가 처음으로 던진 말이었다. 뭐가요 어머니, 하고 오빠가 거푸 물었으나 어머니는 대답 없이 눈을 감아버렸었다.

어머니가 후회한 것은 무엇이었을까. 삼천 장씩 불화를 베끼는 것으로 무슨 마음을 달래보려고 하는 걸까.

그 가을과 겨울 동안 재활원을 통원하면서 어머니는 느린 속도로 몸을 회복해갔다. 이따금 불광동을 찾는 나에게 어머니는 우리말로 번역된 불경들을 읽어달라고 하곤 했다. 눈을 지그시 감고 귀를 기울이다가 이따금 어머니는 코를 풀었다. 우시는가, 싶어 놀란 나는 그때마다 읽기를 멈췄으나, 어머니의 눈가가 말라 있는 것을 확인한 뒤 계속해서 읽어가곤 했다.

어머니가 지팡이에 의지해 걸을 수 있게 된 것은 지난해 봄이었다. 재활원 통원 대신 오빠와 함께 운동장 돌기를 시작한 것도 그때부터였다.

나 같은 사람도 죽어서 다시 사람으로 태어날 수 있다면……

늦은 봄날 아침, 운동장 세 바퀴를 다 돈 뒤 집으로 돌아오던 길에 어머니는 오빠에게 말했다고 했다.

……그때에는 나도 수도를 하고 싶구나.

관음의 몸을 다 그렸으니, 이제 목 위부터 마저 베껴야 할 얼굴이 화선지 아래 아련히 드러나 있었다.

어디서 이 묵묵한 인내가 나오나.

붓에 먹을 묻히며 나는 생각했다.

어떻게 이토록 고요한 얼굴인가.

관음의 입술은 보일 듯 말 듯한 미소를 머금고 있었다. 귀가 퍽이나 예민한 이인가 보았다. 빗소리를 듣다가 깨달음을 얻었고, 늘 세상 사람들의 소리를 관(觀)하고 있어 괴로이 부르는 음성을 듣는 즉시 곧 구제해준다고 어머니는 말했다. 그이가 든 연꽃은 사람이 본래 갖추고 있는 불성을 나타낸다고도 했다. 그 꽃이 핀 것은 불성이 드러나 성불한 것을 뜻하고, 봉오리는 불성이 번뇌에 물들지 않고 장차 필 것을 나타낸다고 했다. 그러니까 내가 그리는 연꽃 봉오리는 아직 번뇌에 물들지 않은 것이었다.

얼마 전 관음재 날 아침 어머니와 새언니는 집에서 가까운 반야사에 갔었는데, 법회가 끝나고 절뚝절뚝 걸어 나온 어머니는 총무처에 들러 초파일 연등을 접수하면서 관음보살이 들고 있는 연꽃이 뭘 뜻하는 것인지 물었다고 했다. 마침 주위에 다른 스님이 없어 그랬는지, 접수계를 맡은 앳된 사미승이 차근차근 설명을 해주었다고 했다. "그러면, 관세음보살님이 내 맘에 연꽃을 시들지 못하게 해주는 거랍니까?" 하고 어머니가 묻자 사미승은 귓불을 붉히며 "그건 시들거나 죽거나 하는 게 아니라고 알고 있습니다" 하고 대답했다고 했다.

"그 스님, 너보다도 네댓 살쯤 어려 보이더라마는."

말이 길어져 숨이 찬지 어머니는 탁 하니 감초 냄새 섞인 한숨을 뱉었다.

몸속 비밀스러운 곳에 차곡차곡 엎드려 있던 어둠이 더 견디지 못하고 뛰쳐나오는 것 같은 저 소리를 나는 오래전부터 들어왔다. 바늘귀에 실을 끼우고 나서, 동정을 달다가, 골무를 만들다가, 마고자에 호박 단추를 달다 말고 어머니는 저렇듯 깊은 숨을 내쉬곤 했다. 실밥을 뭉치고 놀며 옆에서 뒹굴던 어린 나는 그때마다 어쩐지 내 몸의 기운까지 다 빠져나가는 듯해 거꾸로 숨을 들이쉬어보곤 했다. 허공에 토해져 나온 어머니의 몸속 어둠이 도로 내 목구멍 속으로 몰캉몰캉 삼켜지는 것 같은 기분은 딱히 좋지도 싫지도 않은 야릇한 것이었다.

어머니는 새 화선지를 보살초 위에 얹었다. 허리를 바로 세우고 붓질을 시작했다. 나는 관음의 턱과 갸름한 얼굴선을, 미소를 머금은 입술을 베꼈다.

"아직 끝나려면 멀었어?"

마당에 묻어둔 김치를 꺼내가지고 들어오던 새언니가 물었다. 나는 붓질을 멈췄다.

"김치 좀 가져갈래?"

"아니요."

"몇 포기만 가져가. 더 시어지기 전에 냉장고에 넣어놓고 먹어."

새언니의 주황색 고무장갑에 묻은 빨간 김칫물이 금방이라도 거실 바닥에 떨어질 듯했다.

"정말 괜찮다니까요."

"뭘 준다고 하면 '그럼, 그럴까?' 하고 좀 받어. 원, 주는 사람 성의도 생각해야지!"

그녀의 얼굴은 진심으로 서운한 기색을 드러내고 있었다.

이날 오전, 마감 기한에 겨우 맞춰 출판사에 도착한 나는 원고만 건네주고 바로 거리로 나왔었다. 앓기 시작한 뒤 시내에 나온 것은 처음이었다. 길고 스산했던 겨울이 어느 사이 끝나가고 있었다. 여자들의 옷은 얇아져 있었고, 대기에는 은밀한 기쁨의 기운이 번져 있었다. 아직 나무들은 앙상하게 말라붙어 있었고 푸른 것들은 어디에도 없었지만, 무엇인가가 달라진 것만은 분명했다. 철 지난 겨울 코트 주머니에 두 주먹을 찔러 넣은 채, 나는 부신 듯 눈살을 찌푸리며 인도 가운데 서 있었다.

내가 연락도 없이 불광동 대문 앞에 다다랐을 때, 마침 쓰레기를 내놓으러 나왔던 새언니는 내 얼굴을 보고 "뭐야!" 하고 흡사 비명 같은 소리를 질렀다. 그리고는 혹시 임신한 게 아니냐며 가게 아낙들과 똑같은 질문을 했고, 그 아낙들과 똑같이 실망했다.

"큰 병원에 가서 제대로 종합 검진을 받아보든지 하지, 이게 무슨 일이야?"

함께 현관에 들어서며 그녀는 언성을 높였다.

"의료보험료는 괜히 내? 이럴 때 쓸려구 내는 거 아냐."

나는 웃었다.

"다 나은 거라니까요, 아무렇지도 않은데 병원에 가서 뭐하게요."

표정이 잘 드러나지 않는 어머니는 수초간 내 얼굴을 물끄러미 바라보았을 뿐 눈을 내리깔고 불화 그리기를 계속했다. 내가 어머니 옆에 나란히 신문지를 깔고 먹을 갈기 시작하자 새언니는 근심스러운 얼굴로 뒷짐을 지고 서서 나를 내려다봤다. 한참 있다가 그녀는 누그러진 어조로 말했다.

"……진달래 꽃눈 나왔던데, 그림 다 그리면 바람 쐴 겸 어머니 모시고 능선 따라 천천히 가봐. 어머니 요새는 산길도 잘 다니셔."

산길은 외지고 질척질척했다. 어머니의 희끗희끗 센 머리털을 보며 나는 따라 걸었다. 십팔 개월 전 바람을 맞아 절뚝거리는 어머니도, 체중이 한꺼번에 빠진 나도 느리기는 마찬가지여서, 꽉꽉한 걸음으로 한 발 한 발을 힘겹게 내딛고 있었다.

"이 길을 따라서 계속 가면 너 사는 동네가 나온다더라만. 이렇게 걸어서는 닷새가 걸릴지 엿새가 걸릴지 모르겠구나. 되돌아가려고 하면 꼭 산 저쪽에 너를 남겨두고 가는 것 같아서 마음이 짠할 때도 있었다."

나무 등걸을 잡고 쉬는 나를 돌아보며 어머니는 뜻밖의 말을 했다.

"집에서도 이 산을 보고 있으면, 저 뒷자락에 네가 살고 있으려니 싶었으니…… 이 산이 너를 나하고 이어주는 것 같아 고맙기도 하고, 더 커 보이기도 하더라."

평생 딸에게 곰살궂은 말을 건네본 적이 없는 어머니였기에 나는 어떻게 대답해야 할지 몸 둘 바를 알 수 없었다. 어머니가 북한산을 볼 때마다 내 생각을 하리라고는 상상조차 하지 못했다.

"어머니두, 별말씀을 다 하시네요."

나는 땀을 닦는 척 어머니의 눈길을 피했다.

계곡을 따라 오르며 길은 점점 가팔라졌다. 질척한 흙바닥에서는 썩은 낙엽 냄새라고만은 할 수 없는 독특한 흙내가 피어오르고 있었다. 새로운 계절의 냄새였다. 냄새를 깊이 마셔보려고 잠시 걸음을 멈췄을 때, 어머니는 돌아보며 나를 향해 조용히 웃어 보였다.

자신도 힘들면서 지어 보여주는 그 웃음을 나는 오랫동안 보아왔다. 그것은 너무도 강인하고 속내가 깊어, 오히려 보는 사람을 한 발짝 밀어내는 것 같은 표정이었다. 그래서였을까, 중학교에 들어갈 때까지 나는 내가 어머니의 친딸이 아닐지도 모른다는 의심을 품곤 했었다. 친엄마라면 저렇듯 나를 쓸쓸하게 할 수 없으리라는 생각을 했었다. 그런 의심을 더 이상 하지 않은 것은, 내 이목구비나 체형이 어머니를 고스란히 빼닮았다는 것을 객관적으로 알 수 있는 나이가 된 뒤부터였다.

'조금 더 천천히 걸으세요, 어머니도 힘드실 텐데' 하고 혀끝까지 치밀어 오른 말을 삼키며 나는 후들거리는 걸음을 재촉했다. 겨드랑이만 땀에 젖었던 것이 이제 등허리까지 젖었다. 이마에 맺혔던 땀이 귓가를 타고 내려와 목덜미로 떨어졌다.

이 산행에서 나는 어머니에게 말할 참이었다. 그와의 관계가 끝나가고 있는 것을 새언니가 듣지 않는 곳에서 간략하게나마 털어놓고 싶었다. 어머니가 까닭을 묻는다면, 처음부터 그렇게 되었어야 했던 것을 어리석게 버텨왔을 뿐이라고 대답할 생각이었다.

그러나 어떻게, 무슨 말로 그 이야기의 처음을 끄집어내야 할까.

한 얼굴이 불현듯 눈앞의 진흙 바닥에 나타났다.

눈을 비볐다. 선명하게 드러났던 그 얼굴은 흔적도 없이 사라졌다.

긴 얼굴에 치켜올라간 눈, 빈정대는 입매. 탐욕과 증오에 찬 표정. 빚으면 빚을수록 냉혹하게 굳어가던 얼굴. 마치 생시에 보았던 것처럼 또렷한 얼굴이었다.

"어떻게, 늙고 병든 나보다 더 못 오는 거냐?"

열댓 발짝쯤 위에서 돌아보고 있는 어머니의 구부정한 몸을 올려다봤다. 커렁커렁한 그녀의 음성이 이명처럼 귓속에서 울렸다.

바람이 일었다. 마른 오리나무 가지들이 흔들렸다. 어디선가 솔 향이 날아왔다. 서늘하게 흔들리는 나목들의 뼈대를 나는 봤다.

"먼저 가세요, 어머니."

"조금만 더 가면 약수터가 나온다. 거기서 물만 떠먹고 내려가면 된다."

"금방 따라갈게요."

어머니의 모습이 시야에서 사라지는 것을 올려다보며 나는 서 있었다.

어머니는 냉정한 사람이었다. 누군가가 고통을 호소하는 것을 용납하지 않았다. 어린 내가 덥거나 춥다고 칭얼댈 것 같으면 "너는 참을성이라고는 없구나" 하고 정색으로 나무랐다. 그녀는 내 어리광을 받아준 적이 없었다. 아이가 한 잘못이라고 해서 특별히 용서해주지도 않았다. 혀를 쏙 빼거나 손톱을 질겅질겅 씹는 것으로는 아무것도 해결되지 않았다.

아홉 살쯤이었나, 열이 끓어 어머니와 함께 소아과에 갔을 때 주사를 맞기 싫어 내가 뒷걸음질을 치자 어머니는 "겁내지 마라"고 무뚝뚝하게 타일렀다. 마치 아이가 아닌 어머니 또래의 여동생에게 말하듯이 어머니의 목소리는 무겁게 가라앉아 있었다.

……지나가는 아픔 하나 견디지 못하면 어떻게 하겠다는 거냐?

나는 흙바닥에 쪼그려 앉았다.

이렇게 체력이 떨어질 수도 있나.

내 얼굴을 보며 백지장 같다고 하던 그의 목소리가 떠올랐다. 기둥 빛을 받아 반짝이던 그 여자의 얼굴이 떠올랐다. 그 여자를 힘껏 끌어안던 그의 뒷모습이, 하루하루 눈에 보이게 활기를 띠어가고 밝아져가던 그의 표정이 떠올랐다.

나는 행복할 거야, 라고 그는 말했다.

우리는 행복할 거야, 그 앤 당신과 달라.

당신하고 수속이 끝나는 대로 곧 그 애를 아버지께 보일 생각이야.

나는 고개를 수그렸다. 바짝 마른 내 몸뚱이가 마치 공중에서 조감하듯 눈앞을 스쳤다. 나는 한갓 짐승이었다. 땀에 젖어 산비탈에 엎드린, 누더기 같은 한 겹 가죽만 남은 병약한 짐승이었다. 그 가죽 안에서 악취 나는 거품처럼 부글거리고 있는 것은 오래 묵은 분노와 후회와 증오, 억울함과 자책과 부끄러움이었다. 그것들이 내 살을 속에서부터 조금씩 조금씩 부식시켜왔다.

"선희야."

무성한 마른 나뭇가지에 얼굴이 가려진 어머니가 등성이 위에서 나를 불렀다.

"……선희야?"

내 얇은 마음 한 겹, 누덕누덕 기워진 죄와 후회 들을 짊어진 채로는 더 올라갈 수 없다는 것을 그때 나는 알았다. 그것들이 쇠로 만든 추처럼 내 몸에 올라타고 있었다. 내 허리를 굽게 하고 허파를 쭈그러들게 하고 등짝을 식은땀으로 적셨다.

아까부터 내 앞에 서 있었을 키 작은 진달래나무가 눈에 들어왔다. 새언니의 말대로 과연 밝고 붉은 빛이 붓 같은 꽃눈 끝에 맺혀 있는 것이 보였다. 그 옆으로 단단하게 뻗어간 굵은 상수리나무 뿌리를 거머쥐었다.

생각을 하지 마라.

아무 생각도 하지 마.

그러자 발에 힘이 갔다.

그날, 결국 그에 대해 아무런 말도 꺼내지 못한 채 나는 어머니를 앞세우고 산을 내려왔다.

6

사월이 가까웠다. 에어로빅 책자의 컷은 성공이었다. 조악한 그림과 동작 설명에만 의지해, 저마다 다른 미소를 띤 여자들을 힘찬 동작으로 그려 넣었다. 별 기대 없이 빈약한 삽화료로 작업을 맡겼던 작은 출판사의 사장은 흡족해하며 다음 일거리를 예약했다.

올 컬러로 들어가는 동화 일러스트도 내 손을 바쁘게 했다. 환상적인 내용이라 흥미를 끌었으며, 다채로운 색감을 좋아하는 내가 마음껏 창조성을 발휘할 수 있다는 것이 가장 좋은 점이었다.

생각하는 것으로 해결되지 않는 일들에 대해서는 생각하지 않으리라는 단순한 다짐이 내 마음을 가볍게 해주었다. 단순하게 살아갈 것이다, 라고 나는 다짐했다. 규칙적으로 일어나고 밥 먹고 작업에 몰입하며 감정의 기복 없이 살아갈 것이다. 그와의 생활로부터 스며 나왔던 모든 착잡한 감정과도 이제 작별이었다.

살아 있는 동안은 이런 순간이 오지 않을 줄 알았다. 내가 그를 버리지 않는 한 그런 일이 있을 수 없다고, 그리고 나는 누군가를 버릴 만한 인간이 못 되니 이 생활이 끝날 수 없다고 생각했다. 둘 중 한 사람이 죽지 않는 한 영원할 것이라고 믿었다.

나는 얼마나 어리석었나. 그 어리석음으로 서로를 망쳐가면서도 그것을 몰랐나. 그것을 인내라고, 혹은 연민이라고 부르며 믿었으나, 과연 누구를 위한 인내였나.

그와 나는 이미 법률적으로 타인이었다. 당장 다음날에라도 떠날 수 있도록 화구 일습과 옷 몇 벌만 남겨두고 짐을 모두 꾸린 채 이사 일을 기다렸다. 막상 떠나려고 하니 이 동네에 꽤 정이 들어 있었던 것을 나는 깨달을 수 있었다.

저축이 불어가면서 그는 신도시의 아파트로 들어가고 싶어 했었다. 바쁘게 살아가는 그에게 이 동네는 갑갑하고 불편한 곳이었다. 용역 회사를 운영한다는 주인이 집을 담보로 대출해간 돈이 아니었다면 전세가 진작 나갔을 것이고, 그랬다면 아마 일 년 전쯤 이사를 했을 것이다. 한 달 두 달 기다려달라는 주인의 부탁을 거절하지 못해 여태까지 끌려온 것이 그에게는 큰 불만이었다.

그러나 마을버스 한 대가 지하철역으로 연결될 뿐인, 마치 지방의 소읍(小邑)처럼 고요한 이 변두리 동네는 나에게 편안한 공간이었다. 여름날 오후 비포장도로의 모래 먼지 속에서 털털거리며 내려오는 마을버스를 기다리고 있자면 더욱 그랬다. 시내로 외출하면 마치 시골 사람이 오랜만에 대처에 나간 것처럼 피로했다. 탁한 공기며 질주하듯 바삐 걸어가는 사람들이며 도로마다 빼곡이 들어찬 자동차들의 소음이 내 얼을 빼놓았다. 그때마다 나는 이 동네의 적요한 저녁을 생각하곤 했다. 어서 내 방으로 돌아가고 싶다, 그 방에서 하다 나온 작업을 계속하고 싶다는 생각으로, 바쁜 사람들의 대열에 합류해 쫓기듯 종종걸음을 치곤 했다.

동네가 조용한 만큼 이곳에 사는 사람들의 성격도 태평스러운 편이었다. 들락거리는 아이들의 이름을 모두 외고 있다는 것이 자랑거리인 슈퍼마켓 주인 여자, 웃을 때 고춧가루 낀 앞니가 드러나는 세탁소 남자, 늘 빨갛게 튼 뺨을 하고 사십의 나이에도 소녀처럼 말꼬리를 흐리는 채소 가게 여자, 손두부와 비지를 만들어 파는 욕쟁이 노파, 비디오 대여점의 화장기 없는 젊은 여자까지, 지난 삼 년 동안 특별히 정을 들이려 애쓴 바도 없었던 그들이었으나, 다시 볼 수 없을 것이라고 생각하면 혀끝이 씁쓸했다.

나에게는 그렇게 어리석고 약한 면이 있었다. 끝내는 일에 대체로 미숙했다. 친구를 만나면 먼저 일어나자는 말을 못 했고, 피치 못할 사정이 있는 경우에는 드러내지는 않으나 필요 이상 미안한 마음을 가졌다. 쓰지 못하는 물건들을 과감히 버리지 않아 집 안은 어딘가 무질서했고, 옷이나 신을 사면 모양이 변할 때까지 입고 신었다. 그다지 친하지 않았던 사람들의 죽음을 잘 받아들이지 못해, 오랫동안 은밀한 충격으로 그

마지막 모습들을 기억했다. 얼굴도 희미한 아버지를 잃은 나이가 다섯 살이었기 때문일까. 내가 먼저 그를 떠날 수 있다는 생각을 하지 못했던 것 역시 그 우유부단한 습성 때문이었을까.

그를 처음 소개받았던 오후, 채광이 좋은 커피 전문점의 창가 테이블에 두 사람만 남고 나자 그는 "말 없고 착하고 따뜻한 분이라던데…… 실은 그게 제 이상형입니다"라고 말했었다. 그의 표정은 퍽 진지했다. 중개 역할을 맡은 선배의 그 상투적인 소갯말에 이끌려 그는 그 자리에 나온 모양이었다.

"저는 그런 사람이 아닌데요"라고 내가 해명하듯 말하자 그는 웃었다. 느긋한 듯하나 어딘가 예민하고 초조해 보이는, 따라 웃어주지 않으면 안 될 것 같은 웃음이었다.

착하고 따뜻한 게 아니라, 고지식하고 우유부단한 걸 거예요.

글쎄요, 그걸 그렇게 부르는 사람들도 있긴 하겠지요.

약간 긴장한 음성으로, 그러나 정확한 말씨로 그는 대꾸했다. 정색을 한 그의 눈이 어렴풋이 반짝였다. 자칫 못 보고 지나칠 수도 있었을 만큼 희미하게 떠올랐다가 사라진 그 빛은, 연애 감정보다는 희망에 가까운 것이었을까.

"당신, 그런 줄은 알았지만 정말 얼음장 같은 사람이군. 아무리 잠깐이라고 하지만 이런 식으로 같이 산다는 게 끔찍하지도 않아? 내가 나가든 당신이 나가든, 떨어져 있는 게 낫지 않겠어?"

어느 날 그는 출근하려다 말고 나에게 말했다.

"당신은 어떨지 모르지만 난 숨이 막혀, 당신 냉정한 얼굴만 보면."

그는 내 얼굴을 뚫어지게 들여다봤다. 방금 면도한 그의 턱에서 풍겨오는 것은 얼마 전에 바꾼 스킨로션 냄새였다.

그는 내 얼굴에서 무슨 표정인가가 떠오르기를, 그래서 그가 그것을 읽을 수 있기를 바라는 것 같았다. 그의 심각한 표정에는 어떤 종류의 단호함이 어려 있었다. 그는 단정하고 싶은 것이다. 우리 관계의 모든 것이 내 과오였다고 명백히 결론 내리고 싶은 것이다. 아마도 그의 결론은 옳을 것이다.

그 여자는 알까, 하고 나는 생각했다. 그의 이런 면을 알까. 스스로의 논리 속에서 자신의 입장이 완벽해지지 않으면 견디지 못하는 면을 알까. 그것이 그의 내면 깊숙이 숨겨진 약한 마음에서 비롯된 강박인 것을 알까.

나는 대답하지 않았다. '냉정한 게 아니라 단지 당신을 사랑하지 않을 뿐이야'라고도, '이 차가운 마음이 아니었다면 여태까지 버텨오지도 못했어'라고도 변명하지 않았다. '노력했어, 내가 선택한 것이라서 책임도 지고 싶었던 거야'라고도, '어쩌겠어, 그게 내 한계였는걸'이라고도 하지 않았다. 시선으로 사물을 꿰뚫을 수 있다고 믿는 듯이, 그의 얼굴 뒤편에 단단히 버티고 선 철제 현관문을 바라보았을 뿐이다.

그날 밤 여덟 살 난 조카 현석이 전화를 걸어왔다. 마침 오랜만에 일찍 들어온 그를 바꿔달라고 했다. 수화기를 건네받은 그는 계속 "그래"라고만 했다.

"그래."

"그래."

"그럴게."

무선 수화기를 충전기에 꽂아놓은 뒤 그는 팔짱을 꼈다. 뭐래, 라고 묻는 대신 그의 얼굴을 보고 있는 나에게 그는 말했다.

"내가 고모부라고 하니까, 학교 친구들이 사인을 받아달라고 했다는군."

침묵이 흘렀다.

"끔찍하군."

팔짱을 풀어 손깍지를 끼며 그가 중얼거렸다.

"뭐가?"

"당신은 끔찍하지 않아?"

나는 그가 꽂아놓은 무선 수화기에 들어온 두 개의 붉은 불을 보고 있었다. 끔찍하다. 마치 처음으로 들은 뜻 모를 단어인 양 나는 그 말을 오랫동안 곱씹고 있었다.

7

비가 퍼붓고 이따금씩 벼락이 하얗게 창밖 북한산 숲을 뒤
덮던 밤에 그는 돌아오지 않았다. 금요일이었다. 열흘 만에 한
번씩 돌아오는 외신부 당직 근무가 지난주에 지났으니 그에
게는 오랜만에 맞는 주말 휴무였다.

딱히 그를 기다린 것도 아닌데 잠이 잘 오지 않았다. 거친
빗소리에 줄곧 자다 깨다 하다 보니 머리를 창밖에 내놓고 자
는 것 같았다. 빗줄기가 밤새 내 얼굴을 때리는 것 같았다.

다음날 아침에야 빗발은 가늘어졌다. 비 그치고 오후에 나
가보니 봉오리 졌던 진달래들이 일제히 만개해 있었다. 숲에
서 날아온 산까치들이 마당 있는 집 살구나무 위에서 울어댔
다. 붉은 벽돌 담장 위로 목련 송이들이 툭툭 피어나 있었다.

목련은 나무에 핀 연꽃이라 목련(木蓮)이지.

그렇게 생각하며 올려다보자, 하오의 햇살을 받아 반짝이
는 그 봉오리들은 마치 꽃잎 안에 흰 등불들을 감추고 있는 것
같았다.

현관에 들어서자마자 전화벨이 울렸다.

"어떻게 지내나 싶어 전화했어, 통 소식 없길래."

수화기 저편에서 새언니가 생글거리고 있었다.

"많이 바빠?"

"마음만 바쁘죠, 뭐."

갑자기 새언니의 말이 빨라졌다.

"바쁜 거야 알지만 어려운 일 아닌데…… 서방님 사인 말이야. 현석이가 여간 채근을 해야지. 요새 서방님도 많이 바쁜 모양이야. 전에는 그래도 두어 달에 한 번은 왔잖어? 현석 아빠도 궁금해하는데."

나는 말을 돌렸다.

"어머니는요?"

"어머니야 여전하시지. 여전히 불화 그리시고."

"아직도 보살초 그리세요?"

"앞으로 열흘은 더 그려야 삼천 장 채우신다고 그러네. 그건 그렇구……"

식은 밥에 김치와 양파를 넣고 볶아 저녁을 먹고 설거지를 하다가 나는 코피를 흘렸다. 오래전 출판사에서 일하던 때 한 달에 한 번꼴로 코피를 쏟았었는데, 그때 이후로는 처음 있는 일이었다. 고개를 쳐드는 건 좋지 않은 민간요법이라는 것을 알면서도 나는 목을 뒤로 젖혔다. 들큼한 피가 혀뿌리를 적시며 식도를 타고 내려가도록 두었다. 멈춘 듯했던 피는 고개를 수그리자 다시 흘러, 두루마리 휴지 다섯 쪽을 적신 뒤 멎었다.

비명처럼 전화벨이 자지러졌다. 셔츠 자락에 손을 닦으며 거실의 전화기 쪽으로 몇 발짝 걸어가던 중 소리는 끊겼다. 엉거주춤 서 있다가 몸을 돌렸을 때 다시 새된 벨소리가 터져 나왔다.

수화기 저편에서는 아무 소리도 들리지 않았다.

"여보세요."

"여보세요?"

"다시 걸어보세요, 전혀 안 들립니다."

나는 수화기를 내려놓았다. 전화는 다시 걸려오지 않았다.

그는 자정을 넘기고 돌아왔다. 열쇠가 없는지 철제 현관문을 거세게 두들겼다. 옆집을 생각했다면 초인종을 눌렀을 텐데 그답지 않은 일이었다. 문을 열어주고 바로 뒤돌아서려는데, 내 옆얼굴을 향해 그가 침을 뱉듯 말했다.

"날 경멸하고 있군."

그의 혀는 형편없이 꼬부라져 있었다. 토한 술 같은 역한 냄새가 그의 몸에서 뿜어져 나왔다.

"실컷 경멸해. 침이라도 뱉어봐."

내가 그를 향해 몸을 돌리자, 그는 마치 따귀라도 내갈기려는 듯 오른팔을 쳐들더니 이내 맥없이 내려뜨렸다. 그의 눈은 풀렸고 입가에는 하얀 침 자국이 말라붙었다. 그는 쓰러지지 않기 위해 발을 옮겨 디뎌가며 중심을 잡고 있었다.

"씨팔 더러운, 더러운⋯⋯"

말을 채 맺기 전 그의 눈에서 거짓말 같은 눈물이 쏟아져내렸다.

"다 똑같아."

그는 주먹으로 눈을 문질렀다. 꺾일 듯 꺾일 듯 욕실로 향하던 그의 다리가 벽에 부딪히며 고꾸라질 뻔했다.

"여자들이란…… 씨팔, 인간들이란 다 똑같아."

그를 부축하지 않은 채 나는 우두커니 서 있었다.

이상하게도 나는 놀라지 않았다. 오래전 점쳤던 카드들 중 하나가 나왔을 뿐이라는 담담함으로 그의 울고 있는 얼굴을 보았다. 그는 비틀거리며 벽을 짚고 균형을 잡고 있었다. 저렇게 일그러지나. 그토록 조화롭던 얼굴이 저렇게 흉해지나.

바지춤을 끄르고 일도 보지 않은 채 멍하니 변기 앞에 서 있던 그는 도로 지퍼를 올렸다. 세면대에 찬물을 틀어놓고 마개를 틀어막지 않아, 콰르륵콰르륵 소리를 내며 투명한 물이 모조리 흘러내려 갔다.

"당신을 존경한대."

물줄기에 손을 적셔 눈자위를 문지르다 말고 그는 돌연 키득키득 웃었다.

"우스워…… 우스워 못 살겠어. 씨발, 당신한테 자기가 큰 잘못을 했다는군!"

그의 허리가 구십 도로 꺾였다. 중심을 잃어 그런 줄만 알았는데, 그는 두 팔로 세면대 모서리를 붙들었다. 단단한 둥근 면에 머리를 짓찧기 시작했다.

술에 취해 통각이 마비된 것일까. 그는 연신 씨발, 씨발 하고 악을 써댔다. 소리가 커지면서 찧는 힘도 무시무시하게 강해졌다. 나는 욕실을 향해 달려갔다.

"그만해."

입술을 악문 그의 얼굴이 세면대를 향해 달려들었다.

"그만해!"

나도 모르게 손을 뻗어 그의 머리를 감쌌다. 미처 눈치채지 못한 그의 머리가 격렬한 힘으로 내 손등을 세면대에 짓이겼다. 비명이 내 목구멍을 뚫고 뛰쳐나왔다.

제풀에 그의 몸이 타일 바닥으로 나동그라졌다.

나도 모르게 눈이 화끈거렸다. 반사적으로 어머니의 무지막지한 손바닥이 떠올랐다. 아프지 않은 손등으로 젖은 뺨을 문질러 닦으면서 나는 흥분하지 않았다. 그 눈물이 다른 누구도 아닌 스스로를 위한 것이라는 것을, 내가 전혀 불행하지 않다는 것을, 그의 반의반만큼도 불행하지 않다는 것을 나는 알고 있었다.

늘어진 그의 몸뚱이를 힘겹게 밀고 끌어 안방으로 들어갔다. 그의 겉옷과 양말을 벗긴 뒤 이불을 덮어주면서 나는 그의 어머니에 대해 생각했다. 사춘기 초입의 그를 옷 갈아입힐 때마다 그녀는 우는 대신 입술을 물었다고 했다. 자신의 눈물이 그를 더욱 비참하게 할 것을 알았기 때문에 그랬을 것이다.

얼마나 세게 깨물었는지 그의 입술에 핏자국이 맺혀 있었다. 내일 아침이면 암록색으로 물들 것이다. 젖은 앞머리 아래 찢어신 이마에서 피를 닦아내고 과산화수소수를 발랐다. 어차피 이런 얼굴로 방송을 하기도 어려울 테지만, 지워지지 않는 머큐로크롬보다는 나을 것이다.

비상약 상자를 서랍장에 들여놓은 뒤 그의 베개맡에 책상

다리를 하고 앉았다.

그는 오래전 나에게 그랬던 것처럼 그녀 앞에서 옷을 벗었을까. 그의 몸을 봤을 때 그녀의 얼굴이, 그 아름답게 빛나던 얼굴이 어떤 모양으로 일그러졌을까.

손바닥과 손등이 얼얼하게 아파왔다. 중지 마디의 살갗이 까지긴 했지만 피는 흐르지 않았다. 언제나 그랬듯 통증을 외면하며 나는 그 자리에 앉아 있었다.

통증을 달래기보다는 처음부터 없었던 것처럼 여기도록 나는 길러졌다. 어머니의 두꺼운 손바닥 세례를 피하기 위해, 울지도 않고 어떤 허튼소리도 뱉지 않도록 길들여졌다. 어린 딸에게 그만큼 엄정했던 대신, 어머니는 언제나 내 말을 마치 성인의 그것처럼 존중해주었다. 재수를 포기하고 전문대학에 간 것도, 꼬박꼬박 월급이 나오는 출판사 미술부를 그만두고 프리랜서가 된 것도, 어머니는 다만 내 뜻이라는 이유로 한마디의 이견 없이 받아들였다. 그는 물론 잘난 신랑감이었으나, 설령 그렇지 않았다 해도 어머니는 반대하지 않았을 것이다. 사귀는 사람이 있다는 이야기를 내가 처음 꺼냈을 때, 그의 직업이나 학벌, 집안 따위에 대한 이야기를 시작하기도 전에 어머니는 "네가 알아서 할 일이다, 내가 뭘 알겠느냐"고 마치 남의 일처럼 말했다.

넌 어릴 때부터 좀 숙성한 편이었다.

진달래 꽃눈을 보러 갔던 그날, 산을 내려오며 어머니는 뜻밖의 말을 했었다. 그것은 내가 태어나서 어머니로부터 처음 듣는, 칭찬이라면 칭찬이랄 수 있을 말이었다.

……아이들이란 그저 보살핌 받기만 바라는 법인데, 내가 무거운 것을 들고 오면 못 들어줘서 금방이라도 울 것 같은 얼굴이 되고, 내가 바늘에 손톱 밑이라도 찔리면 제 손이 아픈 것같이 어쩔 줄을 모르곤 했다.

나무둥치를 한 손으로 짚으며 바위에서 내려서는 어머니의 얼굴은 쓸쓸히 수그러져 있었다.

난 그게 싫었다…… 네가 그렇게 살아서는 안 된다고 생각했다. 그렇게 약한 마음으로는 세상을 버틸 수 없다고 생각했어. 그래서 언제나 너한텐, 제 앞가림 잘하는 네 오빠한테보다 더 엄해지곤 했던 모양이다. ……네가 덜 웃고, 덜 울고, 덜 상처받길 바랐다.

기억을 더듬는 듯 어머니는 눈살을 모았다.

……그게 가끔 내 마음에 걸린다.

조금 쉬었다 가자, 하며 어머니는 긴 숨을 몰아쉬었다. 각진 바위에 엉덩이를 걸치고, 절뚝이던 왼쪽 무릎을 손바닥으로 문질렀다.

살다 보면 너한테도 언젠가 그런 날이 있을 거다…… 수많은 것들이 한꺼번에 후회되는 날이. 그날이 빨리 오면 좋은 거고, 너무 늦게 오면 후회해도 늦은 거고.

어머니의 우묵한 눈길이 먼 등성이에 우거진 마른 나뭇가지들을 더듬었다. 그녀의 귀밑머리 아래 연한 빛깔의 검버섯들이 자잘하게 박혀 있었다. 주름진 눈두덩 위로 먹빛 눈동자가 번쩍였다.

　……하지만 그걸 말로 남한테 설명할 수가 있나. 자식한테
라고 설명할 수 있겠나. 자기가 느끼지 않으면 절대로 알 수
없는걸. 너희 외할머니가 눈감으시기 전에 나더러 "돌아보기
가 부끄럽다, 부끄러워 어떻게 가나" 하시던 마음을 이제야
알 것 같으니.

　거실 소파에 내던져진 그의 양복 상의를 들다가, 지갑이 휴
대전화와 함께 바닥으로 떨어지는 바람에 허리를 굽혔다. 펼
쳐진 가죽 지갑 안쪽에 엄지손가락 반만 한 팬시 스티커 사진
이 붙어 있었다.

　그와 그 여자가 사진 속에서 머리를 맞대고 있었다. 좀처
럼 너털웃음을 웃지 않는 그의 얼굴은 희고 고른 치열을 드러
낸 채 환하게 빛나고 있었다. 여자의 활짝 피어난 미소는 자목
련같이 우아한 데가 있었다. 사진의 배경으로 그들이 택한 것
은 보리알만 한 눈사람 한 쌍이 어깨를 포개고 서 있는 창틀이
었다.

8

　그날 밤 다시 꿈을 꾸었다. 그것을 아기 부처의 꿈이었다고
해야 할지는 잘 모르겠다.

나는 이름을 알 수 없는 먼 나라를 여행 중이었다. 아름답기로 소문난 아기 불상을 보려고 버스에 실려 하염없이 달리고 있었는데, 정류장에서 내리고 보니 끝 간 데 없이 모래벌판이 펼쳐져 있었다.

아무도 없었다. 내 몸뚱이를 그림자째 증발시켜버릴 것 같은 햇빛뿐이었다.

어느 쪽으로 가야 하나.

멀리 황금색의 거대한 모래 구릉이 있는 쪽으로 걸었다. 걷다 보니 바람이 뒹구는 대로 아득한 모랫길이 뱀 기어가듯 이리저리 휘어지고, 돌아보면 눈을 벌릴 수 없는 모래안개 너머 버스며 정류장은 물론 방금 전에 찍혔을 내 발자국도 사라지고 없었다.

거대한 무덤의 밑바닥 같은 구덩이가 눈앞에 나타났다. 그리로 발을 내려딛자 급사면을 따라 빨려들듯 내 몸뚱이가 굴러내렸다.

고요히 흔들리는 촛불 하나가 구덩이의 둥근 안쪽 면에 내 그림자를 여러 겹으로 술렁대게 하고 있었다.

아무런 얼굴도 보이지 않았다. 나는 주춤거리며 촛불을 향해 다가갔다.

아기 부처가 어디 있나?

아기 불상이 어디 있어?

어둠에 채 길들지 않은 눈을 비비려고 모래 묻은 손을 털자, 손가락째 모래알이 되어 부슬부슬 허물어졌다.

옷을 입은 채 그의 머리맡에서 잠들었던 모양이었다. 푸르스름한 박명이 안방으로 스며 들어와 있었다. 그는 여전히 깊은 잠에 빠져 있었다. 면도를 하루 걸렀을 뿐인 그의 턱은 억센 수염으로 거뭇거뭇했고, 흘러내린 이불 위로 그의 맨어깨와 가슴이 드러나 있었다.

밤사이 그의 이마에는 검푸른 피멍이 익어 있었다. 부어오른 자리를 조심스럽게 쓸어보자 잠결에도 아픈지 고개가 외틀어졌다. 어느 겨를에 다쳤는지 그의 붉은 목덜미에도 상처가 있었다. 무엇인가에 삼 센티미터쯤 베인 자국이 일그러진 흉터 가운데 갈라져 있었다. 응고된 먹피를 향해 나는 손을 뻗었다. 그곳에 내 떨리는 손이 닿은 순간, 가느다란 신음과 함께 그의 어깨가 소스라쳤다.

나의 아침은 언제나와 같았다. 냉장고에서 유리 단지를 꺼내 거기 재어놓은 유자를 머그잔 두 개에 세 스푼씩 덜었다. 한 잔은 뜨거운 물을 붓지 않은 채 탁자에 두고, 남은 한 잔은 눈을 감고 세 번에 나눠 들이켰다. 네 가지 조간신문의 일면 제목들을 훑어 읽은 뒤 현관 안으로 던져 넣었고, 간이 약수터까지 산책로를 따라 올라가 목조 정자에 걸터앉았다.

생강향 같은 나무 냄새가 촉촉이 번져 있었다. 갈참나무들은 아직 헐벗은 나뭇가지들을 허공으로 뻗어 올린 채 침묵에 잠겼지만, 저 검은 나무껍질 속에도 봄 대지의 즙이 흘러 올라와 있을 것이다. 일주일쯤 더 지나면 잎눈이 피어나기 시작할 것이다.

　얼음 풀린 계곡을 향해 허리를 구부린 소나무들을 바라보다가 나는 새로운 사실을 발견했다. 겨울부터 저 날카로운 솔잎들은 초록빛을 띠고 있었다. 그러나 이제 보니 같은 푸른색이지만 분명히 달랐다. 방금 나온 어린 싹 같은 연푸른빛이 생생하게 차올라 있었다.

　겨울에는 견뎠고 봄에는 기쁘다.

　누군가가 속삭여준 듯 문득 떠오른 말을 속으로 되뇌며 나는 그 자리에 앉아 있었다. 새벽빛은 천천히 가셔갔다. 꽁지가 푸른 산까치 한 마리가 마른 울음을 뱉으며 철조망 너머로 날아갔다. 바람이 일 때마다 벌거벗은 나뭇가지들이 몸 스치는 소리를 냈다.

어느 날 그는

1

어느 날 그는 빗방울이 전선에 맺혀 있는 것을 보았다. 그리고 그때까지 살아왔던 방식을 한꺼번에 바꾸었다. 그러니 정말 흥미 있는 이야기는 그 뒤에 비로소 시작되지만, 일단 이 이야기는 그가 전선의 빗방울을 보기 전까지이다.

그의 사층 방 창문 왼편에 세워진 전신주의 꼭대기로부터 그 전선은 뻗어 내려온다. 소로 맞은편 오른쪽으로는 주유소가 서 있다. '불, 불, 불조심'이라는 점선 활자들이 물고기 입처럼 적요하게 달싹거리는 주유소의 구식 전광판 뒤로 전선은 가파른 빗금을 그어 내리고 있다. 덕분에 그가 창을 통하여 보는 풍경은 언제나 절반으로 비스듬하게 잘려 있다.

주유소의 벤치에는 롤러스케이트화를 신은 앳된 남녀 아르바이트생 넷이 일렬로 앉아 대기하고 있다가, 크고 작은 차들이 들어올 때마다 순번대로 민첩하게 일어선다. 그들은 시멘트 바닥을 능숙하게 미끄러져 달려가 앞 차창으로 얼굴을 들이민다.

어서 오십시오!

안녕히 가십시오!

간혹 목청 좋은 녀석이 외치는 소리는 그의 귀에까지 들린다.

그 정경을 굽어보고 있는 이 건물은 지하까지 모두 다섯 개 층으로 이루어져 있다. 지하는 단란주점, 일층은 카센터, 이층은 당구장, 삼층은 헬스클럽이 임대하고 있는데, 어울리지 않게도 사층은 고시원이다. 의자를 책상 위에 올린 뒤 책상 속으로 다리를 뻗고 누우면 꼭 맞는 크기의 방 사십 개가 열 칸씩 네 열로 배열되어 있다. 고시는커녕 대학 입시도 준비해본 일이 없는 그가 이곳에서 얻은 방은 십호실이다.

원생들에게 십호실은 인기 없는 방이다. 건물은 남향이지만, 복도의 서쪽 끝에 위치한 이 방은 서향이다. 블라인드를 내리건 말건 팔월의 불볕더위가 늦은 저녁까지 방 안으로 더운 숨을 뿜어 넣는다. 게다가 창문 아래 소로에서는 불법 복제한 음악 테이프들을 파는 리어카가 저녁마다 볼륨을 최대한 높인 채 질 나쁜 스피커를 울려댄다. 창문을 열면 고막에서부터 정수리까지 신경이 빳빳하게 곤두서고, 창문을 닫으면 왈칵왈칵 숨이 막힌다.

그런 방을 그가 택한 것은 전망 때문이다. 그렇다고 그 시끄럽고 무더운 십호실 창문으로 보이는 풍경이 대단한 것인가 하면 그렇지 않다. 소로 건너편에 주유소가 있고, 그 옆으로 긴 도로가 있고, 대여섯 블록을 뻗어 나간 도로가 우측으로 굽이 트는 주택가 너머에 북한산이 먼발치로 보일 뿐이다. 그가 방을 얻으러 이곳에 온 것은 지난봄의 휴일 오후였다. 십호실에 들어가 창밖을 내다보았을 때, 변두리의 황량한 도로 너머 까마득히 먼 북한산의 바위 봉우리가 눈부시게 희었고 그 아랫도리는 푸르렀다. 그 푸른 빛깔이 이상스럽게 마음에 와 닿아 그는 아무도 들어오려 하지 않는 십호실을 택했다.

열일곱 시간씩의 근무가 있는 평일에는 열한 시 넘어 들어와 잠만 자고, 일요일에는 무더위에 끈적끈적해진 몸을 죄다 벌거벗은 채 틀어박혀 있는 이 방에서 그가 하는 일은 창밖의 풍경을 보는 것뿐이다. 밤이면 캄캄한 산 아래턱까지 꼬물꼬물 기어 올라가 있는 붉고 노란 인가의 불빛들을 보며, 낮에는 햇볕이 바짝 들어 연료 통이 금방이라도 폭발해버릴 것 같은 주유소의 정경을, 차량 통행이 한산한 거리 너머에서 흰 이마를 따갑게 빛내고 있는 북한산을 본다. 아니, 본다기보다는 풍경을 향하여 시선을 둔 채 잠자코 하이테크 의자에 앉아 있다. 선이라도 하는 듯이 반가부좌를 했지만 그의 시선에는 초점이 풀려 있다.

그에게는 읽을 책도, 무엇인가를 끄적거릴 볼펜이나 공책도 없다. 월간지나 흔해빠진 주간지, 조간신문도 없다. 오랜 시간 꿈쩍도 하지 않은 탓에 다리가 저려오면 그는 젖은 솜뭉치처럼 감각이 없는 발을 끌고 창문으로 다가간다. 다리에 피가 돌기 시작하면 다시 의자로 돌아온다.

저녁이 되어도 그는 불을 켜지 않는다. 변두리라고는 하지만 이 건물 앞의 소로는 전철역에 잇닿아 있는 탓에 제법 번화가를 이루고 있다. 가깝고 먼 건물들의 네온사인과 밤새 밝혀놓은 주유소의 조명이 그의 방 구석구석을 음음하게 밝혀준다.

깊은 밤이 되어서야 그는 블라인드를 내린다. 부챗살처럼 풍경이 접힌다. 그의 기민하고 단단한 몸은 두 평이 될까 말까한 사각의 공간에 옴쭉달싹할 수 없이 갇혀버리고 만다. 그는 깡마른 팔을 뻗어 블라인드의 가느다란 틈을 벌린다. 소로를 따라 오가는 취객들, 대낮처럼 밝은 주유소의 풍경, 밤 근무를 맡은 두 명의 아르바이트생이 나란히 벤치에 앉아 롤러스케이트화를 까닥거리고 있는 모습을 묵묵히 내려다보다가 그는 다시 의자로 돌아온다.

블라인드 때문에 아무것도 보이지 않는 창을 바라보며 그는 다시 의자에 앉는다. 이번에는 단정한 자세가 아니라 허물어진 자세로 기대어 앉는다. 졸음과 피로 때문에 그의 고개는 두어 번 앞과 뒤로 꺾인다. 그는 초점 없는 눈을 뜬다. 참담하게 침을 흘려놓은 입기를 손등으로 닦아낸다. 책상 위에 개켜놓았던 군용 담요를 바닥에 깔고 의자를 책상에 올린다. 담요 위로 벌렁 드러누운 뒤, 담요의 남는 면을 뒤집어 배를 가리고 잠드는 것으로 그의 일과는 끝난다.

2

그는 자명종 시계를 맞추어놓지 않는다. 어김없이 다섯 시면 저절로 눈이 떠진다. 자동 인형처럼 상체를 일으킨 뒤 그는 벽의 목제 옷걸이에 걸어두었던 덜 마른 흰 티셔츠와 고동색 면바지를 꿰어 입는다. 십호실 문을 잠그고, 어둑어둑한 층층계를 두 개씩 밟아 내려간다. 건물 앞 인도에 세워둔 오토바이에 열쇠를 꽂을 때까지 그는 아무런 생각도 하지 않는다. 단지 계단을 내려가고 문을 여는 따위의 동작을 기계적으로 진행할 뿐이다.

시동이 걸리는 즉시 그는 적요한 네거리를 향하여 달려 나간다. 그의 동작들 사이에는 틈이 없다. 그는 결코 망설이지 않는다. 무엇인가를 기억하거나 계획하는 따위의 일은 없다. 사무실까지는 쉬지 않고 질주하면 이십 분 만에 다다를 수 있는데, 그동안 그는 오로지 새벽 여름 바람이 자신의 몸을 때리는 것만을 느낀다. 짙은 청색 하늘 아래 앞으로, 왼쪽으로, 오른쪽으로 속도감 있게 뻗어 나간 길들을 본다.

길은 어디에서도 끝나지 않는다. 아직 그는 길이 끝나는 지점에 이르러본 적이 없다. 근무 중 그에게는 오토바이로 인도를 누벼서라도 제시간에 도착해야 하는 수많은 목적지가 있으나, 결국 그곳들 모두 지나가는 길에 지나지 않는다. 만일 이 새벽 그가 사무실로 향하는 대신 계속해서 도로를 따라 달려 나간다면, 서울의 톨게이트를 지나 고속도로와 국도를 타고 마음껏 달려간다면, 종내 육지의 끝에 다다르기는 할 것이다. 하지만 그 끝 역시, 그쯤에서 돌아오고자 하는 바로 그 순간에 고작 길의 일부가 되어버리고 만다. 그러므로 애초에 길이라는 것은 결코 끝나는 법이 없으며 '끝'이라는 것은 사람들이 지어낸 생각일 뿐이라는 것이, 그가 이 직장에 들어와 사년을 지내는 동안 깨달은 사실이다. 끝이라는 것이 지어낸 생각일 뿐이라면 길이라는 것 역시 지어낸 생각일 뿐일까? 아마 그럴 것이라고 그는 짐작한다.

사무실에 다다르면 셔터는 올려져 있을 수도 있고, 아직 아무도 오지 않았을 수도 있다. 대체로는 대머리 서실장이 먼저 와 문을 열어놓고 커피를 타 마시고 있다. 서실장이 늦는 날에는 그가 문을 연다.

반갑네.

매일 아침 만나는데도 서실장의 인사는 늘 똑같은 '반갑네'다. 금으로 땜질한 앞니를 비죽 드러내는 웃음에 엷은 장난기가 배어 있다. 뒤쪽에만 머리털이 남은 탓에 영락없이 오십대처럼 보이지만 아직 마흔도 되지 않았다. 어울리지 않게도 서실장의 아내는 제법 미인이다. 노총각 시절 서실장은 단 하루도 빠짐없이 가발을 쓰고 다녔다고 한다. 스물다섯 살부터 처참히 빠지기 시작하여 광택까지 나게 된 머리통을 아내에게 처음 보여준 것은 신혼의 첫날밤이었다. 꼭 이해해주리라 믿었던 아내는 기겁을 했다.

나랑 약속 하나 해요.

서실장의 아내는 말했다.

평생 이건 나만 아는 사실로 해요. 외출할 때는 반드시 가발을 쓰고 다녀요.

그러나 서실장은 아내의 말을 듣지 않았다. 서실장이 가발을 쓰고 다닌 것은 괜찮은 여자를 만나기 위해서였다. 이제 목적을 이루었는데 답답한 가발을 쓸 필요가 어디 있겠는가? 그 가발 문제로 그들은 꼬박 일 년 동안을 다투었다고 한다. 유치원에 다니는 딸이 둘인 지금은 그 무수한 옛 다툼들을 상기하며 부부끼리 낄낄 웃는 날이 많다고 한다.

서실장은 그 연배치고 애처가다. 집에서 커피를 타거나 과일을 씻어 깎는 일, 그릇을 씻고 쓰레기를 비우는 일은 서실장의 차지라고 한다.

오늘도 커피? 에이, 녹차나 율무차로 하지?

서실장이 커피 통과 잔, 스푼 따위를 다루는 능숙하고 부지런한 동작은 필경 생활에서 배어 나온 진짜배기의 것이다. 그러나 그 살가운 태도에도 불구하고 기실 서실장이 그를 좋아하지 않는다는 것을 그는 알고 있다. 서실장이 그를 바라보는 눈에는 종종 곤혹과 경계가 어리어 있다.

넌 눈이 무섭게 생겼어.

두 사람이 만난 지 얼마 되지 않았을 때다. 저마다 거나하게 취기가 오른 회식 자리에서 서실장은 그에게 말했다.

커다란 구멍이 나 있는 것 같애. 검은자위 속에 아무것도 없다구. 거기 내 얼굴이 비쳐 있는 걸 보면 아주 끔찍해.

경리를 보는 박양은 그가 없을 때 서실장이 건네곤 한다는 험구의 말을 그에게 그대로 전해주었다.

태식이 그 자식, 아무래도 무서운 놈이야. 언젠가 큰 사고를 저지를 거야. 그 눈깔 봤어? 못 봤으면 좀 자세히 봐.

그러나 평소에 서실장은 그에게 그런 내색을 하지 않았다. 오히려 어느 날인가는 곰살궂은 어조로 그에게 말했다.

공부를 해보는 게 어때?

얼른 고개를 끄덕여줄 것을 채근하는 듯, 서실장은 은근히 강요하는 어투로 활달하게 말을 이었다.

방통대는 등록금이 싸니까, 그래저래 해서 한번 다녀보는 거야. 언제까지 이렇게 몸 굴리면서 살 거야?

그는 말없이 서실장의 눈을 올려다보았다. 서실장은 그보다 키가 훤칠했고 체격도 든든했다. 그러나 매서운 데가 없이 황소처럼 크기만 한 눈자위에는 얼마간의 회의가 주저하며 뒷걸음질을 치고 있었다. 눈꺼풀을 꿈벅거리며 시선을 피하는 것으로 미루어, 서실장은 자신이 괜한 말을 꺼냈던 것을 후회하는 것 같았다. 다음날 둘이서 아침을 함께 먹으며 서실장은 말했다.

사실 말야…… 자넨 복서 같은 데가 있어. 몸만 하나 달랑 들고 상경한, 왜 그, 영화 같은 데 나오잖아. 배고프면 피를 팔아서 빵 먹구, 대전료에 몸 팔고 매 맞는 복서. 라이트 플라이급 복서 말이야…… 클클.

서실장은 말끝에 혼자 웃음을 터뜨렸다. 그 웃는 얼굴이 약간 쓸쓸해 보였다. 워낙 웃음이며 말씨에 공허한 데가 있는 사람이었다.

그날 이후 서실장은 그를 복서! 하고 부른다.

복서, 화이팅!

낮 시간에 사무실에서 마주칠 때면 서실장은 여전히 비아냥과 두려움이 섞인 몸짓으로 그의 좁고 군살 없는 어깨를 툭툭 두들긴다. 간혹 샌드백도 없는 허공에 대고 가볍게 잽을 날리는 시늉을 해 보이기도 한다.

복서, 또 커피야? 다른 건 입에 대기도 싫어?

서실장은 그가 늘 커피만을 고집하는 것까지 못마땅하고 불편하게 생각한다. 서실장은 다시 농을 건다.

오래 살기 싫어? 언제까지 청춘일 줄 알고? 녹차로 바꾸는 게 신상에 좋을걸?

그러나 그는 언제나처럼 커피를 마신다. 커피의 맛 따위는 전혀 모른다. 몸에서 잠기운이 완전히 빠져나가고 머리가 맑아질 때까지, 새벽의 사무실에서 마신 커피도 모자라 배달 중에도 틈나는 대로 자판기 커피를 빼 마신다. 그의 위장이 거덜나지 않은 것은 요행한 일이다.

이 회사가 하는 일은 출판사들로부터 각종 신간 서적을 들여와 언론 매체별로 분류해 이박 삼일 안에 직접 배달하는 것이다. 발송된 책이 언론 매체에 소개될 경우 날짜와 면수를 체크해서 팩시밀리로 출판사에 전송하는 일도 업무에 포함된다. 출판사 출신의 젊은 사장이 아이디어 하나로 창업한 회사다. 직원이라고 해봤자 광고·기획·영업을 맡은 서실장, 전화를 받고 경리를 보는 박양, 그리고 그까지 셋뿐이다. 그가 맡은 일은 서실장이 '이 회사의 꽃'이라고 부르는 배달이다. 야구 모자에 청바지 차림을 즐겨 하는 사십대 초반의 사장도 언제나 그의 업무를 치켜세운다.

자네가 어떻게 일해주느냐에 회사의 운명이 달렸어.

웃는 얼굴! 자네 얼굴이 회사의 얼굴이야.

안전, 정확성, 신속성, 이 세 가지를 모두 잊어선 안 돼.

뿔테 안경을 고쳐 쓰며 말하는 사장의 얼굴을 그는 그저 올려다보기만 하는 편이다. 외유내강형인 사장은 아랫사람을 잘 다룬다. 직원 중 누군가가 힘들어할 때면 보너스를 주기도 하고, 호칭만 바뀔 뿐인 승진을 시켜주기도 하고—덕분에 그 역시 대리로 진급하였다—따로 불러 술을 사주며 다독거려 줄 줄도 안다. 친절하고 자상하기 이를 데 없으면서도, 기실은 아무도 자신을 함부로 대하지 못하도록 반드시 일정한 거리를 두고 직원들을 대한다.

서실장의 말마따나 젊은 몸 하나 믿고 상경한 그가 사장을 만난 것은 첫 직장에서였다. 그때 사장은 제법 유서 깊은 출판사에서 편집부 차장으로 있었고, 그는 그 출판사의 창고지기였다. 창고 가득 일목요연하게 책들을 정리하고, 반품을 체크하고, 신간 서적들을 포장하여 도매상으로 발송하는 따위의 일을 했다. 야간 대학에 다니며 아르바이트를 하던 청년이 그를 도왔다. 그는 창고에서 잠을 잤으며, 회사에 딸린 손바닥만

한 구내식당에서 식사를 해결했다. 수당은 많지 않았지만 숙식이 해결되었고, 돈 쓸 줄을 모르는 그의 성격 덕분에 그럭저럭 괜찮은 직장이 되어주었다.

그러던 어느 날 창고에 쌓여 있던 수천 권의 책이 무너졌다. 어처구니없게도, 야간 대학에 다니던 아르바이트생이 즉석에서 압사했다. 마침 그는 제작부에서 부탁한 심부름 때문에 인쇄소에 가 있었다.

다음날 신문 사회면 귀퉁이에 난 다섯 줄짜리 단신 기사를 보며 그는 전율했다. 날마다 불렀던 이름이지만, 활자화된 아르바이트생의 이름은 생경했다.

그날 오후 책을 가지러 내려왔던 편집부의 정차장은 그에게 말했다.

자네, 이곳이 싫지 않나?

책이 필요할 때는 늘 부하 직원들을 내려보냈으므로 정차장이 창고까지 직접 내려온 것은 처음이었다. 더욱이 그와 사적인 대화를 나누어본 적은 한 번도 없었다. 정차장의 의도를 알기 위해 그는 안경알 너머의 눈을 말없이 올려다보았다.

형광등을 밝혔으나 지하 창고는 어두웠다. 오래된 책냄새가 어둠과 섞여 스멀스멀 책꽂이 뒤편의 석회 벽을 기어 다니고 있었다. 포장하고 남은 두꺼운 노끈들, 포장 기계 밑에 어수선하게 널린 골판지와 뜯겨 나간 잡지 표지 따위가 싸늘한 불빛 아래 몸을 뒤틀며 도사리고 있었다.

아르바이트생이 깔린 쪽의 책꽂이는 이날 점심때까지 정리를 했다. 이사장 전용 승용차의 운전기사와 영업부의 젊은 직원 둘까지 힘을 합하여, 수천 권의 무너진 책들을 원상태대로 쌓아올렸다. 아무도 말하지 않았다. 한숨 소리도, 가벼운 '영차' 소리도 없었다. 서로의 얼굴을 외면한 채 그들은 단단히 책을 쌓아올리는 일에 열중했었다.

새로운 일을 해보고 싶은 생각은 없나?

그의 눈을 똑바로 내려다보며 정차장은 재차 물었다.

다음 달에 출판사를 그만둔 정차장은 예전부터 구상했다는 신종 사업을 시작했다. 그도 함께 사표를 낸 뒤, 이제는 정사장이 된 정차장의 한옥집 문간방으로 들어갔다. 정사장이 부모에게 물려받은 유일한 유산이 그 집이라고 했다. 그때까지 지하철 타는 법도 모르는 촌놈이었던 그를 붙들고, 사장은 그 문간방 아랫목에서 대축척 서울 지도를 상세히 짚어가며 일을 가르쳤다. 지난겨울 그가 그 집을 나올 때까지 사장은 그에게서 한 푼의 숙박비도 받지 않았다.

사장은 면밀한 사람이다.

처음 서울에 올라올 때 그의 어렴풋한 계산은 일 년 정도 고생해서 돈을 번 뒤에는 그 돈으로 무엇이든 기술을 배워 자격증을 따는 것이었다. 그런저런 계획들을 접어두고 그가 사 닌 동안 이 회사에 붙박여 있게 된 것은 사장의 주도면밀함 탓이 컸다.

그에게도 이따금은 전망 없는 일에 젊음을 보내고 있다는 어렴풋한 자각이 생길 때가 있었다. 그야말로 어렴풋한 느낌일 뿐, 그 생각에는 뚜렷한 윤곽도 실체도 없었다. 신기한 것은 그가 그렇게 실체 없는 막막함을 느낄 때마다 사장이 보여준 따뜻한 배려였다. 하다못해 다정하게 어깨라도 두들겨주고, 그를 가까운 일식집에 따로 불러 따끈한 정종을 기울여주고, 특별 보너스를 챙겨주고, 옷이나 사 입으라며 용돈을 얹어주었다.

사람의 마음을 꿰뚫어 보는 법을 사장은 어떻게 알게 되었을까. 책을 많이 읽으면 그렇게 되는 것일까. 그런지도 모른다고 그는 생각하곤 했다.

하루의 첫 배달은 신문사 순례다. 러시아워가 되기 전, 승합차에 책들을 싣고 신문사들을 한 바퀴 도는 것이다. 기백 권의 책을 승합차 뒤켠에 싣는 데는 두 사람이 힘을 합해야 한다. 서실장은 기운이 세지 않은 편이다. 허리가 부실한지 책을 나르다 말고 자꾸만 등을 곧게 펴고 주먹으로 척추를 툭툭 두들겨보곤 한다. 반면 그는 망설이거나 요령 피울 줄을 모른다. 잰걸음으로 번쩍번쩍 책을 나른다.

서실장이 운전을 맡고 그는 뒷좌석에 앉는다. 근무 중 그가 쉴 수 있는 유일한 시간이다. 그러나 그는 사지를 늘어뜨리거나 차창에 머리를 기대고 졸지 않는다. 그의 주먹은 단단히 쥐어져 있다. 졸음을 쫓으려 애쓰는 눈에는 핏발이 서 있다. 차창 밖으로 스쳐 가는 한산한 새벽 거리를 그는 말없이 바라본다. 서실장이 무섭다고 말하곤 하는 그의 공허한 눈에 푸르스름한 빛이 배어든다.

이른 시각의 신문사 편집국은 직원들 대부분이 출근 전이다. 서실장이 승합차를 지키며 기다리고 있는 동안 그는 양손에 묵직한 책 뭉치를 들고 로비로 들어선다. 경비실의 나이 지긋한 직원들과 청소하는 아낙들은 거개가 그의 얼굴을 알아본다. 인사를 주고받는 동안 그는 웃는다. 그의 웃음은 마치 급히 마셔 입가로 넘치는 우유처럼 좀 불안해 보인다.

대체로 엘리베이터를 타지만, 너무 일러 엘리베이터가 작동되지 않는 곳도 있다. 그럴 때면 칠층이고 팔층이고 계단을 걸어 편집국으로 올라간다. 편집국에는 온갖 책과 서류철과 메모지 들이 어지럽게 널려 있다. 그러나 정작 사람은 없어 기묘한 적요감을 준다. 팩시밀리를 통해 외신 기사가 삐걱거리는 기계음을 내며 들어오고 있는, 간혹 당직 기자 혼자 텔레비전 앞에서 꾸벅꾸벅 졸고 있는 그곳의 빈 책상들 사이를 지나 그는 문학 출판 기자들의 책상을 찾아 책을 내려놓는다.

그는 매일 자신의 책을 받아보는 기자들을 한 번도 만나본 적이 없다. 다만 책상에 놓인 책들, 컴퓨터 키보드, 방석, 의자 밑의 슬리퍼, 책꽂이에 붙여놓은 가족사진 따위를 보며 그들이 어떤 사람일까를 짐작해볼 뿐이다. 상반신의 무게 때문에 꺼진 방석의 스펀지를 보면서 그들의 몸집을 상상하고, 책상을 정돈한 모양새로 보아 성격을 짐작한다. 물론 그 모든 생각은 기껏해야 이삼 초 안에 이루어진다. 그에게는 들러야 할 곳이 많다.

여덟 시가 지나면 벌써 시내 쪽으로 차량이 밀리기 시작한다. 쨍쨍한 햇빛이 내리비치기 시작하는 거리를 되돌아올 때 서실장은 언제나 서두른다. 늦어도 아홉 시 전에 회사로 돌아가야 간단한 아침 식사나마 여유 있게 할 수 있기 때문이다.

아침 메뉴는 늘 똑같은 청국장집의 정식이다. 예전에는 삼치구이가 나왔지만 이즈음에는 고등어자반도 거를 때가 있다.

재료값이 얼마나 올라대는지요.

주인 여자는 미안한 웃음을 흘린다. 그녀의 앞치마는 더럽고, 슬리퍼 앞으로 비죽 나온 그녀의 발톱은 세균성 무좀으로 반나마 짓물러 들어가 있다.

남는 게 진짜 없다니깐요.

식사를 마치면 서실장은 내근을 시작하고, 그는 바로 오토바이 발송에 들어간다. 새벽을 제외한 전 시간대가 러시아워인 서울의 도로를 신속하게 달려 정해진 시간 내에 책을 배달하려면 오토바이는 유일한 교통수단이다.

책들이 배달되어야 할 잡지사나 주간신문사들은 장충동과 용산을 아우르는 강남 지역, 광화문 지역, 합정·마포·여의도 지역으로 분류되어 있다. 일단 지도를 보고 동선을 정한 뒤, 함석판으로 짠 큼직한 책 상자에 책들을 담아 오토바이 뒤에 싣고 출발한다.

그가 하루에 들르는 언론사들은 모두 오류십 군데다. 점심은 시간에 맞춰 아무 곳에서나 혼자 해결한다. 상자에 실을 수 있는 책의 물량에 한계가 있으므로, 그는 여러 번 회사로 돌아와 책을 싣고 간다. 동선이 긴 강남으로 나가는 날에는 더욱 서둘러야 한다. 하루에 여덟 번쯤 강을 건너는 일도 종종 있다. 도심의 강은 무방비한 몸뚱이를 길게 누인 채 무수한 비늘들을 번쩍이고 있다. 대체로 정체 중인 다리의 빈 곳을 비집고 그는 엔진음을 요란하게 울리며 달려 나간다.

처음 서울에 왔을 때, 산간 출신인 그를 가장 놀라게 한 것은 그 널따란 강이었다. 내륙에 역류해 들어온 바다와도 같이 깊고 검푸른 강줄기를 보며, 마치 새로운 세계의 기쁨이 막 자신의 손아귀에 들어와 쥐어진 듯 그의 가슴은 벅차올랐었다. 그러나 이제 그런 감흥은 잊혀진 것이 되었다. 그는 움푹 꺼진 눈으로 강 수면에서 튕겨져 나오는 무수한 빛줄기를 바라다볼 뿐이다.

속도계가 팔십을 넘어갈 때부터 그는 모종의 쾌감을 느끼기도 한다. 그의 머리털이 사자 갈기처럼 날린다. 흰 티셔츠 자락이 부풀며 펄럭인다. 그의 몸과 오토바이 사이의 간격이 없어진다. 마치 반인반수와도 같이 결합된 민첩한 물체가 격렬한 속력으로 아스팔트를 미끄러진다. 자신의 몸이 하나의 탄환이 되어버리는 그 순간, 과거와 현재와 미래를, 공간까지도 그는 속력 속에서 잊는다.

그러나 쾌감은 오래가지 않는다. 그날 중으로 돌아야만 할 곳들과 가장 효율적인 동선, 빠듯하게 소요될 시간을 머릿속으로 체크하다 보면 강한 초조감이 그의 머리를 채운다. 시간에 쫓겨 인도를 내달릴 때 행인들은 짧은 비명을 지르거나 욕지거리를 퍼붓는다. 그러나 그에게는 그것을 상관할 겨를이 없다. 하루에도 수십 번 시계를 본다. 잠시 틈이 난다고 여겨 뜨거운 자판기 커피를 들이켜는 동안에도 그의 가슴은 초조하게 금 가고 있다.

발송을 모두 마치고 빈 상자로 회사에 돌아오는 시간은 저녁 일곱 시쯤이다. 도심의 먼지로 더럽혀진 데다 햇볕에 그을린 그의 얼굴은 마치 다른 인종과 같은 피부빛을 하고 있다. 그가 사무실에 들어서면 서실장은 예의 흐릿한 눈으로 그와 시선을 맞추며 농을 건다.

수고했습니다, 복서.

그때부터는 책을 분류하고 포장하는 작업이 기다리고 있다. 사장과 서실장, 스무 살 난 박양과 그가 모두 그 작업에 매달린다. 언론 매체를 지역별로 분류한 철제 책꽂이와 일간지용 테이블에 천여 권의 책을 일사 정연하게 꽂고 쌓는다. 중국집에서 배달해온 짜장면과 짬뽕과 볶음밥을 시큼한 단무지와 함께 부지런히 삼켜대는 잠깐의 시간을 제외하면, 다섯 평이 채 안 되는 사무실은 흡사 우체국처럼 소란하고 어수선하다. 작업 시간은 물량에 따라 차이가 있어, 대략 밤 열 시면 끝나지만 자정을 넘기는 경우도 이따금 있다.

고작 일고여덟 시간 후면 다시 올려야 할 철제 셔터를 내리고, 피로에 지친 동료들에게 꾸벅 고개를 숙여 인사한 뒤 그는 오토바이에 몸을 싣는다.

잘 가, 복서.

서실장이 거슴츠레한 웃음을 웃으며 손을 슬쩍 들고 작별을 고할 때, 그는 정말 자신이 두어 푼의 대전료를 받고 늘씬 얻어맞은 싸구려 복서 같다고 느끼기도 한다. 그러나 그것 역시 잠깐의 느낌일 뿐, 더 이상의 비애 따위는 느끼지 않는다.

번화가의 춤추는 불빛들을 옆눈으로 흘려보내며 그는 밤거리를 내달린다. 고시원의 일점오 평 방이 그를 기다리고 있다. 그가 바라는 것은 그곳에서 이룰 죽음 같은 평화와 잠뿐이다. 깨어 있는 시간 동안 그는 결코 쉴 수 없다. 오로지 그 방에 들어선 뒤에만, 입가에 침을 흘리며 잠든 뒤에야만 그의 사지, 헐떡이던 호흡, 초조하게 번뜩이던 눈은 힘없이 늘어지고 조용히 감길 수 있다.

지하 단란주점에서 방음벽을 뚫고 새어 나오는 음악 소리, 악을 쓰는 노랫소리들을 들으며 그는 다리를 끌고 계단을 올라간다. 층층계는 그가 그날 과속으로 헤집고 다닌 서울의 거리를 모두 합해놓은 것만큼 길고 가파르다. 이따금 그는 오르다 말고 멈추어 어두운 벽에 기대선다. 십 초쯤 멈추어 있는 동안, 그는 마치 가루약을 털어 삼킨 뒤 그 쓴맛을 음미하는 것 같은 얼굴로 고개를 쳐들고 있다. 그러다가 다시 계단을 오른다. 계단을 오르는 것이 그 순간 그가 해야 할 일이다. 그 이외의 것은 없다.

3

원생들의 세탁실과 샤워실, 화장실을 겸한 세면장에서 그는 머리를 감는다. 비눗물이 순식간에 검은 구정물이 된다. 코를 풀면 검댕 같은 먼지가 묻어난다. 티셔츠는 매일 빨아 말려 입어야 할 만큼 더럽다. 서울의 공기는 눈에 보이지 않는 속력으로 야금야금 그의 폐를 새카맣게 갉아 먹고 있을 것이다. 오후만 되면 목이 따끔거리는 것도 그 지독한 먼지와 매연 탓이다.

배달을 하는 낮 동안 그는 두 시간에 한 번꼴로 세수를 한다. 조용한 사무실의 문을 열고 들어설 때마다 모두 이상한 눈으로 바라보는 것 같아서다. 이따금 쇼윈도에 비친 모습을 볼 때, 흰자위만 유난스럽게 번쩍거리는 검은 얼굴에 자신조차 놀란다.

민화를 처음 만났던 지난겨울의 어느 날 오후 역시 그가 막 세수를 하고 났을 때였다. 마포 지역을 다 돌고 마지막으로 조그만 주간지 사무실에 다다른 그는 먼저 복도의 화장실에 들러 세수를 했다. 손수건으로 우악스럽게 물기를 닦아낸 뒤 내처 사무실로 바쁜 걸음을 옮겼다. 자주 찬물로 씻은 그의 얼굴은 발갛게 터 있었다. 크게 입을 벌려 웃거나 말할 때면 뺨과 입가가 당기며 쓰라렸다.

책 왔습니다.

문에서 가장 가까운 책상 앞에서 그녀는 컴퓨터 모니터에 얼굴을 바싹 대고 오퍼레이팅을 하고 있었다. 책을 받기 위해 일어선 순간 그녀는 짧은 비명 같은, 그러나 차마 비명으로 새어 나오지 않은 경악의 표정을 지었다.

그는 자신의 뺨을 주먹으로 훔쳐서 무엇이 그녀를 놀라게 했는가를 확인했다. 피였다. 살갗이 텄던 자리가 마침내 터진 것이다. 그는 웃는 듯 마는 듯 얼굴을 일그러뜨렸다. 그녀는 여전히 커다랗게 치뜬 눈으로 그의 얼굴을 들여다보고 있었다.

스물여섯? 스물셋? 스물여덟?

그녀는 좀처럼 나이를 알아볼 수 없는 평범한 얼굴을 하고 있었다. 그 사무실의 어떤 사람보다도 허름한 옷차림이었다. 몹시 마른 체격에 피부는 마치 송이버섯처럼 파리하고 윤기가 없었다.

돌아서서 현관문을 열고 나오는 동안 그는 계속해서 자신의 뒤통수를 향해 있는 그녀의 시선을 느꼈다. 그녀의 시선에 경악 말고 다른 것이 있었던가? 그는 그 저녁 내내 그녀의 시선에 무엇이 있었던가를 되짚으려 애썼다.

이틀 뒤 그 주간지 편집부를 찾았을 때에도 그녀가 우편물을 받았다. 그녀의 얼굴은 여전히 버섯처럼 노릇노릇했다. 다만 다른 점은 이날 그녀의 표정에 경악 대신 친밀감이 깃들여 있다는 것이었다. 반갑다는 듯이 눈썹을 치켜올리며 눈을 크게 뜨더니 얼굴을 활짝 펴는 미소를 지었다. 이상한 힘이 있는 웃음이었다. 옥수수 낱알같이 가지런한 이가 고스란히 드러난 순간 그녀가 입고 있는 옷, 파리한 안색이 모두 한번에 환해졌다.

……얼굴이……

뜻밖에 굵고 낮은 편인 그녀의 목소리에는 힘이 있었고, 모습보다 더 사람을 끄는 데가 있었다. 저렇듯 약하기 짝이 없는 모습으로 이 세상에서 버틸 수 있는 힘은 바로 저 목소리에 있었던 것이리라.

옆얼굴이 멋있으세요.

그녀의 핏기없는 입술 속에서 나온 말은 외모에 어울리지 않게 당돌한 것이었다.

편집국을 나와 그는 화장실에 들렀다. 그는 처음으로 거울에 비친 자신의 옆얼굴을 살폈다. 완전한 옆모습을 볼 수는 없었지만 이마와 코의 선, 입술의 모양새를 곰곰이 뜯어볼 수 있었다. 고개를 옆으로 틀어 좀더 제대로 된 옆모습을 보려고 애쓰다가 그는 피식 웃었다.

낯선 사람이 마음을 비집고 들어오는 데에는 잠깐의 시간이 소요될 뿐이라는 것을 그는 처음 알았다. 그때만 해도 고시원이 아니라 사장 집 하숙방에서 삼 년째 지내고 있을 즈음이었는데, 다음날 새벽 이불 속에서 눈을 뜨자마자 캄캄한 천장의 불 꺼진 형광등 언저리에서 어른거리고 있는 그녀의 얼굴을 보았다. 매연으로 가득한 도심의 공기를 가르며 달리는 동안에도, 돌아와 이불을 덮고 잠을 청할 때까지도 그는 마치 부드러운 수증기의 덩어리와도 같은 그녀의 인상과 함께 있었다.

며칠 뒤 그녀가 일하는 회사가 있는 마포 쪽으로 배달을 가게 되었다. 사무실에 들어서는 순간, 마침 문을 열고 나가려던 키 큰 남자 직원이 그의 책을 받아 들었다. 그는 직원의 어깨너머로 그녀의 책상을 보았다. 오퍼레이팅을 하고 있는 그녀의 뒷모습이 보였다.

사흘 뒤에 다시 마포 쪽으로 나갔다. 이번에는 옆이나 뒤를 보지 않고, 누군가가 책을 받으려고 하건 말건 바로 그녀의 자리 쪽으로 성큼성큼 걸어가리라 다짐하고 사무실에 들어섰다. 이번에는 그녀가 자리에 없었다. 그녀의 옆 책상에 앉아 있던 여직원이 인사를 하며 책을 받아 들었다.

실망한 채 그는 사무실 문을 나왔다. 그때 그녀가 양치 컵에 칫솔을 담아 가지고 복도 끝에서 걸어오고 있는 것을 보았다. 그는 얼어붙은 듯 멈춰 섰다.

치약 거품의 청량한 이미지와 그녀의 마른 목덜미는 잘 어울리는 것이었다. 바로 좀 전까지 그녀의 입속에 가득 담겨 있었을 흰 거품을, 좀더 가까이 얼굴을 댈 수만 있다면 그녀의 입에서 맡아질 정결한 치약 향을 상상한 순간 그는 갑작스러운 욕망을 느꼈다.

그녀의 파리한 입술을 그의 입술로 짓누르고 싶었다. 톡 쏘는 맛이 나는 잇새로 혀를 밀어 넣고 싶었다. 선홍빛 혀를 더듬어, 그 혀뿌리 아래 담겨 있는 찰랑찰랑한 침을 맛보고 싶었다. 한 줌도 안 되는 그녀의 허리를 한 팔로 끌어당기고, 남은 손으로 그녀의 어린 새 같은 가슴을 움켜쥐고 싶었다.

복도에는 아무도 없었다. 그녀가 그를 알아보고 눈인사를 했다. 살짝 벌린 입술 사이로 흰 옥수수 낟알 같은 떡니가 드러났다. 그는 자신의 욕망이 지나치게 구체적이라는 것에, 제어할 수 없는 무시무시한 힘이 금방이라도 그녀를 향해 뛰쳐나가려 하는 것에 두려움을 느꼈다.

아무 일도 일어나지 않았다. 그녀는 고개를 까닥 숙이고, 이십 센티도 채 되지 않는 거리로 그의 옆을 스쳐 지나가 사무실 문을 열고 들어갔다.

그 일요일 내내 그는 사장 집의 하숙방 구석에서 이불을 덮어쓴 채 웅크리고 앉아 있었다. 기름을 아끼느라고 춥게 해둔 데다 한 주일간 쌓인 피로 탓에 휴일들은 언제나 이불 속에서 빈둥거리다가 지나가게 마련이었다.

그때까지 그는 자신의 손으로 배달한 무수한 책들 중 어느 하나도 읽어본 적이 없었다. 그에게 책이란 무게나 크기, 행선지 따위로 분별되는 짐일 뿐, 그 안의 내용으로 판단되는 것이 아니었다. 고등학교를 졸업한 뒤 그는 단 한 권의 책도 읽지 않았다. 심지어 신문 읽는 것도 좋아하지 않았다. 그런 그였지만 그 일요일에는 책을 읽었다. 다름 아니라 그녀가 일하는 회사에서 나온 주간지였다. 그녀의 손으로 옮겨 쳤을 단어들, 한순간이나마 그녀의 머릿속에 머물렀을 사건들을 유추하며 그는 활자를 읽어 내려갔다. 뻔한 연예 스토리와 부정확한 정치 추측 기사들, 시시콜콜하고 더러는 선정적인 건강 상담과 부동산 투자 안내 기사들을 꼼꼼히 곱씹으며, 그 썩 좋지 않은 종이 질의 주간지 안에서 그녀의 얼굴을 만지작거리고 있는 듯한 기분이 되었다.

그다음 주의 일이다. 그녀의 회사에 배달을 갔을 때 그는 대단히 용기 있었다고 기억할 만한 일을 했다. 그녀를 복도로 불러내어 일요일에 단둘이 만날 약속을 청했다. 그녀가 그토록 흔쾌히 시간을 내준 것은 두고두고 그를 뿌듯하게, 한편으로는 복권에 당첨된 것처럼 어리둥절하게 만들었다.

특별한 계획이 있으세요?

그녀는 다만 그렇게 물었을 뿐이었다.

계획을 세워보겠습니다.

그는 특별한 계획도 없이 약속을 청한 자신을 나무라며, 여자와 남자가 처음 만나 할 수 있는 일들 가운데 가장 특별한 계획을 만드는 일에 골몰했다. 마침내 약속한 날이 되었을 때 그는 극도로 긴장한 상태였다. 그녀를 만족시킬 수 있을 만한 특별한 계획은 없었다.

이름이 뭐죠?

민화예요. 이민화.

그들은 통성명을 했고, 차를 마시고, 밥을 먹고, 영화를 한 편 보았다. 그는 아무런 특별한 사건을 만들어내지 못했다. 함께 본 영화도 그녀가 즉석에서 고른 것이었다.

집 앞까지 바래다주겠다는 그의 제의를 민화는 거절하지 않았다. 낡은 청바지에 검정색 스웨터, 그 위에 진회색 낡은 코트를 걸쳤을 뿐이지만 그녀는 사무실에서보다 훨씬 활기차 보였다.

오늘 재미있었어요.

어두운 골목의 가등을 등지고 서서 민화가 말했다. 반지하 월세방으로 통하는 쪽문을 열고 들어가는 민화의 동그란 어깨를, 고동색 머플러를, 질끈 동여맨 머리털과 흰 귓바퀴를 그는 지켜보았다. 욕망이 사람에게 고통을 줄 수도 있다는 것을 그는 그때 알았다.

그들은 보통의 수순에 따라 주말마다 만나 차를 마시고, 밥을 먹고, 영화를 보고, 고궁에 가고, 또 차를 마시고, 밥을 먹고, 영화를 보았다. 그러면서 그는 그녀에 관하여 조금씩 새로운 사실들을 알아갔다.

민화는 신문이나 잡지에 실리는 크로스워드 퍼즐을 좋아했다. 왜 그것을 좋아하느냐고 묻자, 자신이 잘할 수 있는 일이기 때문이라고 했다. 직업과 관련이 있는 것인지, 책 읽기를 좋아하는 취미 탓인지 과연 그녀는 어휘력이 있었다. 그녀가 낸 문제들 가운데 대부분을 그는 쩔쩔매며 맞히지 못했는데, 그녀는 순식간에 가로 열쇠와 세로 열쇠를 모두 풀어내었다. 신통한 일이었다.

더 신통한 점은 그녀가 좋은 것을 발견해내는 능력이었다. 보잘것없고 불쾌한 장소나 사물에서도 민화는 아름다운 구석을 찾아내고 기뻐했다. 그의 때 묻고 빨갛게 튼 얼굴에서 멋있는 부분을 찾아내주었듯이, 아무리 비좁고 더러운 식당에 들어간다 해도 민화는 불평을 하는 대신 "이거, 나무 의자네? 진짜 나무야. 이런 감촉이 나는 좋아"라고 말하며 때가 반질반질 엉겨 있는 의자를 쓰다듬었다. 순간 그녀의 몸에서 뿜어져 나오는 광채와 향내가 고스란히 그 낡은 의자로 옮아가는 것을 그는 경이로운 눈으로 지켜보았다.

저 사람 귀 좀 봐. 조개껍데기 같지 않아?

석유 냄새! 이 집은 석유난로를 쓰네. 난 이 냄새가 좋아. 석유 타는 냄새를 좋아하는 사람은 배 속에 회충이 있다던데.

그는 민화의 몸에서 은은히 풍기는 향기가 실은 그녀가 매일 쓰는 삼천 원짜리 샴푸의 냄새라는 것을 알았고, 피곤할 때 그녀의 입술에서 이따금 쓴 약 같은 단내가 난다는 것을 알았으며, 그녀의 손이 여자 손 중에서도 작은 편이라는 것을, 피부가 약해 쉽게 손등에 멍이 들곤 한다는 것을 알았다. 그가 그녀를 안을 때 그녀는 숨을 쉬지 않은 채 얌전히 서 있었고, 그가 서투르게 입을 맞추면 작고 부드러운 혀를 장난스럽게 그의 입속에 밀어 넣었다.

이따금 민화는 오토바이를 타고 싶어 했다. 그녀는 오토바이 뒤에 타는 것보다 직접 모는 것을 좋아했다. 그는 그녀의 허리에 매달려, 힐끔힐끔 뒤돌아보는 사람들의 시선을 즐기며 도심을 내달렸다. 그녀의 허리는 따뜻했고, 이따금 손을 더듬어 가슴께를 어루만지면 그녀는 모르는 척 계속 속력을 냈다.

그는 자신의 조건이 결혼에 그다지 적합하지 않다는 것을 깨달았다. 적당한 크기의 전세방 한 칸이라도 그의 힘으로 얻어야만 했다. 더군다나 지금과 같이 위험할뿐더러 사생활이 거의 존재하지 않는 직업은 바람직하지 않았다.

그렇다면 이제 어떻게 해야 할까.

여자를 만나야 철이 든다더니, 처음으로 그는 미래에 대하여 진지한 생각을 하게 되었다. 앞으로 기술을 배우든, 조그만 장사를 시작하든 일단은 방을 얻을 돈이 가장 급했다. 그러자면 결국 현재의 직장만 한 곳은 찾을 수 없을 것 같았다. 비록 일은 고되지만, 기술도 경력도 없는 그가 이만한 월급을 받는 것은 감지덕지한 일이었다.

그가 그러한 고충을 털어놓자 민화는 뜻밖의 제안을 했다.

그럼 내 방으로 들어와.

그녀는 아무렇지도 않게 말했다.

좁긴 해도 둘이 살기엔 괜찮을 거야. 잠깐이라도 매일 볼 수 있으니까 지금보다는 좋지 않겠어? 주말마다 시간 내서 만나는 거, 사실 나도 그동안 피곤했어.

그날 오후 그는 민화가 안내하는 대로 그녀의 반지하 자취방에 들어가보았고, 어둑한 창으로 스며드는 햇빛 속에서 처음으로 그녀와 살을 섞었다. 그녀의 몸은 금방 데친 버섯처럼 연하고 말랑말랑하게 그의 몸에 감겼다.

민화와 함께 살게 된 후 그는 그녀에 대해서 좀더 많은 것을 알게 되었다.

그가 가장 좋아하게 된 것은 민화의 잠든 모습이었다. 잠들었을 때 그녀의 표정은 어느 때보다 부드러웠고 아무런 저항이 없었다. 그것은 그가 살아오면서 보았던 어떤 얼굴보다도 순수하고 평화로운 것이었다. 그러나 눈살을 찌푸린 채 자는 때도 있었다. 그럴 때면 그녀의 몸은 뻣뻣했고, 안으려 하면 소스라치며 신음 소리를 흘렸다. 그녀는 꿈을 자주 꾸는 편이었다. 눈살을 찌푸리고 잘 때 그녀는 무슨 흉흉한 꿈에 시달리고 있었을까.

민화는 생활력이 있는 편이었지만, 다른 한편으로는 생김새만큼이나 마음이 약한 구석이 있었다.

어느 날 밤인가, 민화는 삼십 분 동안 바퀴벌레를 죽일까 말까를 망설이면서 세면장 벽에 붙은 바퀴벌레를 노려보고 있었다고 고백했다. 마침내 죽여야겠다고 마음먹은 뒤 그녀는 옆에 있던 신문지를 둘둘 말아 쥐었다. 긴장하며 꿈틀거리는 그 바퀴벌레의 모습 때문에 마지막으로 그녀는 다시 망설였다. 그녀는 신문지로 그것을 분명히 내리쳤으나, 잡는 데에는 실패했다. 민화가 고의적으로 바퀴벌레를 놓쳤다는 것을 그는 짐작할 수 있었다.

그날 이후 그는 세면장에서 민화의 한숨 소리나 짧은 감탄사만 들려와도 바퀴벌레인가? 싶어 달려 나가곤 했다. 그 역시 바퀴벌레를 죽이는 일을 좋아하지 않았지만, 그녀를 위해 수십, 수백 마리의 바퀴벌레를 죽여줄 마음의 준비가 되어 있었다.

민화는 마음뿐 아니라 몸도 약했고, 체력에 비해 일이 고된 편이었다. 그것이 그의 마음을 불편하게 만들었다. 자신에게 좀더 능력이 있다면 그녀가 고된 일을 하지 않아도 좋으리라는 생각이 그를 괴롭혔다.

그러나 종일 활자와 씨름하는 자신의 직업을 민화는 좋아하는 편이었다. 그녀의 말에 따르면 그 수많은 활자들 속에서 갑작스런 기쁨을 느낄 때도 있다고 했다. 아름다운 단어들이 있고 기분 좋은 말들도 있다고 했다. 대체로는 쓰레기 같은 내용이 많지만 말이다. 다만 그녀가 자신의 직업에서 마음에 들지 않아 하는 부분은 햇빛을 볼 수 없다는 것이었다. 사무실의 구석 자리에 웅크리고 앉아 하루 종일 모니터에 얼굴을 들이대고 있는 것이 때로는 숨을 막히게 한다고 그녀는 말했다.

달려 나가고 싶을 때가 있어.

민화는 특유의 나지막하고 강인한 어조로 말했다.

언젠가, 반드시 달려 나가버리고 말 거야.

그럴 때 민화의 얼굴에서는 약한 구석을 찾아볼 수 없었다. 처음에 그를 당황하게 했고 동시에 설레게 했던 성숙함과 당돌함이 느껴졌다.

그러나 민화는 당장은 어디로도 달려 나갈 수 없었다. 그녀는 종종 그에게 견비통을 호소했다.

브이디티 증후군이야.

어깨를 주무르는 그에게 그녀는 투덜거렸다.

긴장을 안 하려고 해도 자꾸 긴장이 돼. 점심때만 되면 어깨가 딱딱해져. 어깨가 이러니, 소화가 안 될 수밖에 없지.

그들에게는 사랑할 시간이 부족했다. 주중에는 그가 지쳐 있었고, 주말에는 민화 역시 일주일간의 노동에 나가떨어졌다. 바깥에서만 만나던 때에는 잘 보이지 않던 지치고 황폐한 표정을 그녀는 주말 내내 짓고 있었다.

지친 민화가 그를 받아들이는 데에는 시간이 걸렸다. 오랫동안 가랑이를 핥고 젖가슴을 주무르고 나면 그녀의 몸이 열렸다. 그녀가 소스라칠 때마다 그는 끝을 보았다. 결코 끝나지 않을 것 같던 모든 길들의 끝에는 죽음과도 같이 격렬한 휴식이 기다리고 있었다.

다시 시작될 전쟁과도 같은 한 주일을 앞두고 그들은 나란히 십육 인치 텔레비전 앞에 앉아 뉴스를 보곤 했다. 불길하도록 고요한 평화가 텔레비전과 그들의 사이를 떠돌았다.

저것 봐.

민화는 언젠가 뉴스를 보다가 그의 옆구리를 질벅거렸다. 나사의 최근 연구 발표에 대한 뉴스였다. 브라운관 속에서는 무수한 별무리가 반짝였다. 토성의 은회색 테와 푸른 지구의 모습이 자료 화면으로 지나갔다.

태양이 없어진대.

그녀의 얼굴은 심각했다. 그는 웃음을 터뜨렸다.

오십억 년 후에 있을 얘기잖아. 벌써부터 걱정할 게 뭐야?

아무튼,

민화는 여전히 심각한 얼굴을 하고 있었다.

아무튼 없어진다잖아. 태양계가 없어지고, 그다음에는 이

우주가 통째로 없어져버린다잖아.

그는 대꾸하지 않았다. 다음 뉴스가 지나가고, 날씨 예보가 끝나고, 주식 시세표와 함께 경쾌한 음악이 흘러나올 때까지 그녀도 침묵했다. 침묵을 깬 것은 민화였다.

그런 거구나.

그녀의 얼굴은 그믐달처럼 파르스름하게 여위어 있었다.

그렇게 다들 없어지는 거구나.

바퀴벌레 한 마리를 죽이기로 마음먹기까지 삼십 분이 걸리던 그녀가 어떻게 그토록 간단히 그를 배반해버릴 수 있었을까. 그를 받아들이는 것이 그만큼 간단했기 때문일까.

그는 그녀에게 사랑한다는 말을 종종 했다. 대부분의 남자들이 쑥스러움 때문에 그 말을 꺼린다는 것을 그는 이해할 수 없었다. 그는 오히려 자신의 애착을 더 강하게 표현할 말이 없다는 것에 불만을 느끼며 사랑해, 라고 반복하여 말했다.

날 사랑해?

그가 물을 때마다 민화는 담담한 어조로 대답했다.

현재까지는.

기실 그녀의 대답에 상처를 받았으나, 겉으로는 아무렇지도 않은 듯한 얼굴을 지으며 그는 물었다.

그럼 앞으로는?

민화는 웃으면서 그의 목을 끌어안곤 하였다. 그 어설픈 몸짓이 자신이 방금 그에게 준 상처에 대한 보상이 된다고 생각하는 듯했다.

언젠가 민화는 이렇게 되묻는 것으로 '날 사랑해?'라는 질문에 대한 대답을 회피했다.

사랑이 뭔데?

그가 할 말을 잃고 있자 그녀는 자신의 생각을 말했다.

사랑이라는 게 만약 존재하는 거라면, 그 순간순간의 진실일 거야. 순간의 진실에 대해서 물은 거라면 당신을 사랑해. 하지만 영원을 믿어? 있지도 않은 영원이라는 걸 당신 힘으로 버텨내려고? 버텨볼 생각이야?

솔직히 말해서, 그는 그녀의 말을 전혀 이해하지 못했다. 그러나 이해하지 못했다는 고백 대신 그는 물었다.

언제부터 나를 사랑하기 시작했어?

당신 얼굴의 피를 봤을 때.

민화는 방금 옷핀 끝으로 티눈을 빼낸 자신의 검지손가락을 빨며 건성으로 대답했다.

그때 당신이 피 흘리고 있지 않았다면 당신을 좋아하지 않았을지도 몰라…… 난 당신의 피와 상처를 좋아해.

그녀의 수수께끼 같은 일면이 그를 불안하게 했다. 이해하기 힘든 사소한 말들, 열면 애정을 확인할 수 없는 무연한 태도 따위에 그는 성이 나고 지쳐갔다.

그는 그녀에게 많은 것을 원했다. 반면 그녀는 그에게 아무것도 별다르게 원하는 것이 없었다.

무심함은 민화의 천성인 듯했다. 그녀에게는 어떤 관계든 지속하고 간직하려 하는 노력이 없었다. 실례로 민화에게는 동기 동창이라는 존재가 없었다. 어찌어찌하여 모두 연락이 끊겨버리고, 친하게 지내는 사람은 현재 다니는 회사의 경리를 보는 미스 노뿐이었다. 머리를 갈색으로 물들이고 자주색 립스틱을 즐겨 바르는 그 아가씨와의 관계 역시 만일 두 사람 중 하나가 회사를 그만둘 경우 곧 끊어질 것이 분명했다. 관계뿐 아니라 그 어떤 것에도 민화는 집착하지 않았다.

함께 지낸 겨울이 가고 나무들에서 잎눈이 돋아날 즈음, 시금치를 넣어 끓인 된장찌개를 나누어 먹으며 민화는 이런 말을 했다.

이 파란색, 참 좋다.

그녀의 약간 수그린 얼굴과 평온한 입 모양에서 삶에 대한 조용한 열의가 느껴졌으므로 그는 반가웠다. 그 표정은 그가 가장 좋아하는 것이었다.

겨울에도 종종 시금칫국을 먹었는데 이 색깔이 좋다는 생각을 하지 못했었어.

참 이상하지?라고 민화는 말했다.

반대로, 아름답게 느꼈던 것들이 어느 날 보면 전혀 아름답지가 않아. 전혀 아름다운 걸 느끼지 못했던 것들은 어느 날 나를 놀라게 하고…… 이를테면 말야, 난 어려서부터 왠지 개나리가 예쁘지 않았어. 진달래가 예쁘다는 건 알겠는데 개나리의 노란색은 도무지 별로였어. 그런데 재작년 봄, 사월 초순쯤이야…… 야근을 마치고 새벽에 집으로 돌아오는 길이었어. 갑작스럽게 닥친 꽃샘추위에, 전날 입고 나온 옷은 너무 얇아서, 할 수 없이 덜덜 떨면서 도로변을 걸어 올라오고 있었어. 진눈깨비가 바람에 마구 휘날리고 있었는데…… 그때, 도로 한편에 섰는 블록 담 위로 일제히 쏟아져 내려와 있는 개나리 무더기를 봤어. 왜 그랬을까? 눈을 맞고 있는 그 노란 꽃들을 본 순간 아, 아름답구나, 하는 생각이 들었어. 처음으로, 이십몇 년 만에 처음으로 말이야.

그녀는 숟가락을 든 채 곰곰이 생각에 잠겨 있었다. 그녀의 얼굴에서는 생기가 걷혔고, 순식간에 삼십 년쯤 나이를 더 먹은 것 같은 표정이 되어 있었다.

……사람도 그렇잖아. 어느 날 어떤 사람이 좋아지지만, 그 순간에는 그것만이 가장 크고 중요한 진실이지만…… 상황이 바뀌거나, 시간이 지나거나 하면 모든 것이 함께 바뀌어버리잖아.

민화는 숟가락을 바로 쥐었다. 입속으로 찌개와 밥을 한 움큼씩 집어넣었다. 음식을 우물거리며 그녀는 미소를 지었다. 잠시 모습을 감추고 있던 광채가 다시 민화의 눈과 웃음 속으로 돌아왔다. 쾌활하게 웃으며 그녀는 말했다.

결국 영원한 건 없는 거야, 그렇지? ……영원한 건 없다는 걸 인정하고 나면 살기가 훨씬 쉬워질지도 몰라.

그때 민화는 그와의 관계를 겨냥해서 그런 이야기를 한 것이었을까. 그는 그렇게까지는 생각하지 않는다. 다만, 그들의 생활이 조금씩 어긋나기 시작한 것이 그 무렵부터였기 때문에 그녀의 머릿속에 그런 일련의 생각들이 떠올랐을 수는 있다.

그들은 어떤 부분들이 맞지 않았을까.

그는 모든 일에 단순하다 못해 거의 맹목적이다시피 한 성실성을 가지고 있었다. 조금의 망설임 없이 그는 자신의 앞에 놓인 일상생활을 해치워 나갔다. 반면 민화에게는 마치 앞으로 천 년쯤 살기로 약속이 되어 있는 사람처럼 느긋한 면이 있었다. 그렇게 느긋한 면이 그녀의 강한 일면이기도 했다.

뭐가 그렇게 급해?

그게 그렇게 중요해?

민화는 종종 그에게 묻곤 했다. 마치 그녀에게는 급하고 중요한 것이 아무것도 없다는 듯한 태도였다.

집착하지 않는 성벽이었으므로, 사랑이란 대체로 집착을 통해 지속되는 것이므로, 그녀의 사랑은 쉽게 식었다. 민화는 자신의 사랑이 식었다는 것을 굳이 그에게 숨기지도 않았다. 숨길 필요도 느끼지 못했을 것이다.

그러나 그의 경우는 달랐다. 민화를 만난 뒤 비로소 그에게는 미래라는 관념이 생겼다.

무엇인가를 계획하고 희망하고 상상한다는 것은 기대 이상으로 달콤한 것이었다. 귀휴 끝에 자유의 냄새를 맡고 돌아온 죄수의 수감 생활은 배로 고통스럽다. 한번 희망의 맛을 알게 된 그는 더 이상 지난날과 같은 삶을 원하지 않았다. 지난날로 돌아가 예전처럼 혼자 살아간다는 것을 생각하는 것만으로도 그는 고통을 느꼈다. 민화를 잃는다는 것은 그의 생명을 위협당하는 것과 같은 일이었다.

언젠가부터 그들은 다투기 시작했다. 대체로 사소한 일들이 발단이 되었다. 그도 그녀도 고집이 센 편이었고, 더구나 두 사람 모두 육체적으로 지쳐 있었기에 싸움으로 발전하기도 쉬웠을 것이다.

그는 자신의 감정을 말로 표현하는 법을 알지 못했다. 문을 거세게 닫고 나가버리거나, 벽을 향해 헛발길질을 하거나, 그릇이나 화분 따위를 던져 깨뜨렸다. 그러한 감정의 표현들이 그에게서 민화를 멀어지게 한다는 것을 알고 있었으나, 그 순간을 넘길 수가 없었다.

말로 해, 제발.

민화는 눈물로 흠뻑 젖은 얼굴을 하고 말했다.

말로 안 하는 이유가 뭐야?

그는 이를 악물며 쏘아붙였다.

제기랄, 내가 널 때리기라도 했다는 거냐?

그가 불안해하고 있다는 것을, 그가 그렇게까지 화를 낸 까닭은 싸움의 발단이 된 사소한 갈등이 아니라는 것을, 그때마다 그에게 실망하며 몇 발짝씩 뒷걸음질 쳐가는 그녀 자신이라는 것을 그녀는 알지 못했다.

마침내 어느 저녁 그녀는 말했다.

차라리 우리 헤어질까?

그는 잠시 할 말을 잃었다.

헤어진단 말을 그렇게 쉽게 하니?

어려워야 할 까닭이 있어?

그는 그녀의 뺨을 때렸다.

순간 내부에서 무너지는 무수한 감정들, 고통, 배반감, 상실에 대한 두려움을 그는 말로 표현할 수 없었다. 그가 조금만 더 책을 읽었다면, 그리고 달변가였다면, 그래서 그녀에게 애원하거나 설득하거나 비난할 수 있었다면 그렇게 했을 것이다. 그러나 그는 그럴 수 없었다.

화를 낸 다음이면 그는 그녀에게 친절을 다해 대했다. 밥을 안치고 설거지를 하고, 윤나게 방과 세면장을 청소했다. 그녀의 무반응한 입술에 입을 맞추고 차가운 몸을 안았다.

그러다 보면 차츰 민화의 화도 풀렸다. 어느 결에 그녀는 예전의 모습으로 돌아와 따뜻하게 그를 안아주었다. 부드러운 농담을 하고 잠자코 그의 머리털을 쓸어주기도 했다.

그렇게 다정한 화해를 한 주말이 지났을 때, 그는 낮은 울음소리를 듣고 새벽잠에서 깨었다. 켜켜이 쌓인 두꺼운 솜이불 같은 잠을 필사적으로 밀어낸 끝에 그는 가까스로 몸을 일으켰다. 어둠 속에서 민화는 돌아누워 있었다. 그는 그녀의 얼굴 쪽으로 손을 뻗었다. 눈언저리가 젖어 있었다.

왜 그래?

목을 다듬으며 그가 물었다. 민화는 대답하지 않았다.

안 자는 거 알아. 왜 우는 거야?

꿈을 꿨어.

그녀의 음성은 조용했으며, 코가 막혀 있었다.

무슨 꿈?

별거 아니야.

말해봐.

그녀는 소리를 죽여 웃었다. 흐느낌 같은 웃음이었다.

별거 아니라니까?

그는 참을성 있게 기다렸다.

그녀는 여전히 돌아누운 채, 마치 어둠 속의 사물을 서툰 손
길로 더듬듯 천천히 자신의 꿈을 되짚어가기 시작했다.

내가 죽어서 강기슭에 누워 있었어…… 죽었다는 걸 그냥
알아. 죽어서 엎어져 있는 내 모습이 보여. 그 모습을 보면서
나는 강둑을 따라 걸어갔어…… 바람이 불고 있었어. 부드럽
고, 향긋한 바람이었어. 기분이 썩 나쁘지 않았어.

그는 책상다리를 하고 앉았다. 어둠에 익숙해진 그의 눈에
그녀의 몸의 가냘픈 선이 고스란히 들어왔다.

그래서 슬펐니, 네가 죽어서?

아니, 나쁘지 않았다니까? 아주 밝았어. 모든 것이 선명하
게 햇빛 아래에서 빛나고 있었어…… 그렇게 강둑을 따라 걸
어가다가, 맑은 물 아래 잠겨 있는 돌들을 봤어. ……옥색, 살
구색, 연초록색, 자주색 돌들이, 조금씩 먹을 섞어서 낸 것처
럼 부드러운 빛깔들을 하고 강바닥에서 반짝거리고 있었어.

민화는 잠시 말을 끊었다.

……거기서 짙은 청색 돌을 봤어. 눈동자처럼 반짝거리는…… 마치 눈물 묻은 눈동자처럼 맑은 광채가 나는…… 파랗다 못해 짙은 먹빛이 도는 돌이었어.

군살이라고는 조금도 없는, 모든 군더더기가 빠져나가버린 민화의 옆얼굴의 선이 어둑한 방 안에서 조용한 빛을 발했다.

물속으로 손을 뻗어 그걸 주우려고 하는데, 그때 갑자기 깨달은 거야, 내가 죽었다는 걸. 갑자기, 살아나야겠다는 생각이 들었어. 살아나서 저 파란 돌을 건지고 싶었어. 다시 살아야겠다고 결심하니까 눈물이 났어. 다시…… 돌아와야만 한다는 게.

그들은 다시 다투었다. 그는 다시 무엇인가를 던졌다. 민화는 울었다. 울면서 "이렇게는 도저히 함께 살 수가 없어"라고 소리쳤다. 그는 다시 그녀를 때렸다. 그녀는 계속해서 우는 대신 벽에 자신의 이마를 짓찧었다. 그녀는 처음으로 욕을 했다. 한 번도 거친 말을 쓴 적이 없었던 그녀의 입에서 뿜어져 나오는 포효가 격렬했으므로 그는 당황했다.

개새끼야, 나를 왜 때려? 네가 내 아버지니? 내가 네 물건이니? 난 지금이라도 딴 남자하고 연애도 할 수 있고, 잘 수도 있어, 알아?

그녀의 울부짖는 소리가 그의 가슴을 도려냈다. 그녀는 온몸의 힘을 쥐어짜서 소리치고 있었다. 양말을 신지 않은 발의 발가락들은 긴장으로 오그라들었고, 주먹은 무엇인가를 으스러뜨릴 듯 굳게 쥐어진 채 자신의 가슴을 짓누르고 있었다.

며칠이 지난 뒤에야 민화는 다시 다정해졌다. 나란히 벽에 기대어 앉아 그는 텔레비전을 보고, 그녀는 책을 읽고 있었다. 광고 화면이 시작되었을 때 그녀가 나직이 말했다.

우리, 이제 다시는 싸우지 말자.

그는 고개를 돌려 그녀를 보았다. 그녀의 얼굴은 부쩍 초췌해져 있었다.

응?

그녀는 그의 눈을 피하며 힘없이 동의를 구했다. 그녀의 얼굴에는 한때 그를·그토록 설레게 했던 광채와 생기가 사라지고 없었다.

그는 텔레비전을 껐다. 그녀의 무릎을 베고 누웠다. 그녀의 힘없는 손길이 자신의 머리카락을 어루만지는 대로 놓아둔 채 주말 저녁의 혼곤한 잠을 청했다.

그 후 그는 다시 그녀를 때리지 못했다. 불끈 손이 올라올 때마다 그녀의 일그러진 얼굴, 전혀 다른 사람처럼 터져 나오던 목쉰 음성이 떠올라 그를 괴롭혔기 때문이다. 그러나 다툼과 화해의 반복은 여전히 계속되었다. 민화가 마음을 닫는 기간이 차츰 길어졌으며, 화해의 시간은 점점 짧아졌다.

그로서는 인정하기 어려운 일이었으나, 민화는 더 이상 그를 사랑하지 않았다.

그녀는 한 마리의 꿈틀거리는 바퀴벌레를 바라보듯이 그를 보며 망설이고 있었던 것은 아닐까. 완전히 돌아서버리는 것이 거의 그를 죽이는 것과 같이 잔인한 일임을 어렴풋이 알고 있었으므로, 다만 바라만 보고 있었던 것일까.

황사 바람이 서울을 휩쓸고 지나가는 동안 그는 눈병을 앓았다. 핏발 선 눈으로 책을 가지러 회사에 돌아올 때마다 서실장은 "이 친구, 눈이 더 무서워졌네"라고 혀를 끌끌 찼다.

병원에 가보지그래?

병원 갈 틈이 어디 있습니까.

그는 무뚝뚝하게 대꾸했다.

틈을 내서 가면 될 거 아닌가. 잘하는 안과를 내가 알고 있는데.

그러나 그에게는 잠시 약국에 들를 틈밖에 없었다. 약을 조제해 먹자 졸음이 쏟아져, 질주하는 오토바이의 핸들을 잡은 채 감기려 하는 눈을 부릅떠야 했다.

배달을 마치고 사무실로 돌아오자 사장이 그를 불렀다. 사장은 짙은 청색 브이넥 셔츠를 입고, 검은 야구 모자를 눌러쓴 채 담배를 피우고 있었다.

병원에 갔다 왔나?

약국에 다녀왔습니다.

사장은 주머니에서 만 원권 지폐를 석 장 꺼냈다.

아닙니다, 괜찮습니다.

손사래를 치는 그의 남방 앞주머니에 사장은 지폐를 구겨 넣었다.

배달이 좀 늦어져도 좋으니까, 악화되기 전에 내일 병원에 가봐.

그는 퇴근길에 제과점에 들렀다. 사장이 준 돈으로 민화가 좋아하는 팥빵과 작은 케이크를 샀다. 그러나 민화는 돌아와 있지 않았다. 회사에 전화를 하자 대뜸 민화가 받았다.

오늘은 밤샘이야.

그녀가 말했다.

펑크 난 원고가 있어서 기자가 새로 만들 때까지 기다려야 돼.

민화의 음성은 지쳐 있었다. 민화는 그가 눈병에 걸린 것을 알고 있을까. 그들은 이즈음 거의 얼굴을 제대로 마주해본 적도 없었다.

그날 밤 그는 이불도 깔지 않은 차가운 방에 엎드려 정신없이 잠들었다. 다음날 새벽에 눈을 떠 입었던 옷 그대로 출근할 때까지 민화는 돌아오지 않았다.

오후에 마침 민화의 회사 쪽으로 배달 일정이 잡혀 있었다. 그는 책 상자 한구석에 조심스럽게 케이크 상자를 넣어서 갔다.

무지막지한 졸음만을 주었을 뿐 약에는 조금의 약효도 없었다. 그는 여전히 핏발 선 눈으로 민화가 일하는 사무실에 들어섰다. 그녀는 자리에 없었다. 민화의 회사에서 유일하게 그와의 관계를 아는 미스 노를 복도로 불러내어 케이크를 건네주었다.

이 친구는 어딜 갔습니까?

미스 노는 뜻밖의 대답을 했다. 민화가 아파서 일찍 퇴근을 했다는 것이었다.

며칠 전부터 감기기가 있었는데…… 밤샘을 하고 몸살이 난 모양이에요. 얼굴이 백지장처럼 질렸더라구요. 기획부 윤 대리님이 차로 집까지 바래다줬으니까 괜찮을 거예요.

배달을 할 곳이 아직 남아 있었지만, 그는 자취방을 향하여 오토바이를 달렸다.

그는 자책과 연민을 함께 느꼈다. 민화를 탓할 일이 아니었다. 그녀가 감기 기운이 있었는지조차 그는 전혀 알지 못하고 있었다. 민화의 잦은 야근 때문에 거의 그녀의 얼굴을 제대로 살필 겨를이 없었다고는 하지만 이건 좀 심했다. 체력이 약하기는 하지만 좀처럼 잔병치레를 하지 않던 그녀였는데, 조퇴까지 했다면 상당히 좋지 않은 상태인 모양이었다.

자취방으로 들어가는 골목 어귀에 난데없는 컨테이너가 길을 막고 있었다. 그는 골목 바깥쪽에 오토바이를 세운 뒤 뛰다시피 걸어갔다. 이미 한 손에는 방 열쇠를 꺼내 쥔 채였다.

자취방의 바깥문은 빠끔히 열려 있었다. 그는 눈살을 찌푸렸다. 혼자 있는 한밤에도 세면장이 있는 바깥쪽 문의 단속을 허술하게 하는 그녀를 그는 늘 못마땅하게 여기곤 했었다.

막 세면장에 발을 들여놓으려던 그는 방문 앞에 놓인 남자 구두 한 켤레를 보았다. 반질반질 윤을 낸, 이백팔십 밀리미터 쯤의 검은 구두가 민화의 단화 옆에 놓여 있었다. 그는 세면장에 들어가지 않은 채 멈추어 섰다.

웃음소리 때문이었다.

누구의 것인지 알 수 없을 만큼 자연스럽게 섞인 남녀의 웃음소리가 문틈으로 나직하게 들려왔다.

바늘 떨어지는 소리도 들릴 것 같은 적요가 어둑신한 세면장을 채우고 있었다. 웃음소리는 한없이 다정하고 나직하여, 그 적요를 깨뜨리기보다는 더욱 깊고 완전하게 만들고 있었다. 간간이 침묵이 깔렸고, 침묵이 끝나면 웃음소리가 다시 시작되었다. 말소리는 더욱 나직해 제대로 들리지 않았다.

이 구두의 주인은 민화를 바래다주었다는 윤대리라는 자일 것이다. 바래다준 답례로 그녀는 차나 과일을 대접하며 잠깐 담소를 나누고 있는 것이리라.

그는 그 웃음소리에 실린 더없는 호의와 친밀함을, 조용한 기쁨에 겨운 생기를 거듭 확인하며 떨고 있었다. 그것은 그가 그녀의 몸을 쓰다듬거나 간지럽힐 때 그녀의 입과 코에서 흘러나오던, 신음도 웃음도 아닌 나직한 탄성과 어딘가 닮은 데가 있었다.

그는 발소리를 죽여 주인집 마당을 빠져나왔다. 마치 스펀지를 딛는 듯이 그의 발바닥에는 감각이 없었다.

그는 골목 아래에 주차해놓은 오토바이를 끌고 비탈진 옆 골목으로 들어갔다. 점심때 반으로 갈라서 씹고 두었던 껌을 마저 씹기 시작했다.

오 분쯤 뒤 한 키 큰 남자가 골목을 걸어 내려왔다. 민화의 회사 직원들이 입는 남색 점퍼 안주머니에서 자동차 열쇠를 꺼내어 꽂는 남자는 언젠가 그의 책을 받아준 적이 있었다. 오른쪽 턱 언저리에 동전만 한 팥죽색 점이 있는 것이 흠이지만, 얼굴이 희고 입가에 장난기가 어려 있어 제법 호감을 주는 인상이었다.

특별할 것이 없는 동작으로 남자는 안전벨트를 매고, 시동을 건 뒤 좁은 골목을 능숙하게 빠져나갔다.

가슴에 불이 탄다는 말의 의미를 그는 그날 저녁 깨달았다. 그 불의 힘으로 그는 저녁 여덟 시까지 신들린 듯이 배달을 끝냈다. 바로 퇴근하겠다는 이야기를 하기 위해 그는 공중전화 부스로 들어가 사무실로 전화를 했다.

눈이 어떤데 그래? 병원에서 뭐래? 안 좋은 병이래?

서실장이 전화선 저쪽에서 소리쳤다. 전화 한 통 없이 제시간에 회사로 돌아오지 않은 그의 행동에 놀란 듯했다. 사 년 동안 한 번도 없었던 일이었다.

괜찮습니다.

그는 긍정도 부정도 아닌 대답을 했다.

죄송합니다, 괜찮습니다.

전화의 감이 먼 것도 아닌데 서실장은 다급하게 고함을 질렀다.

알았어, 잘 쉬어봐. 사장님한테는 내가 잘 말해둘 테니까. 내일 아침에는 나올 수 있겠나?

물론입니다.

온갖 상상이 만화경처럼 어지럽게 돌아가고 있는 머릿속의 한 부분을 도려내버리기 위하여, 그는 전속력으로 밤거리를 내달렸다. 온몸이 불덩이처럼 뜨거웠다. 정수리가 활활 타오르고 있었다.

그는 방문턱 아래에 놓인 민화의 낯익은 단화를 보았다. 몇 시간 전까지 낯선 남자 구두가 놓여 있었던 자리는 비어 있었다.

아팠다면서?

방에 들어서자 민화는 벽에 기대어 책을 읽고 있었다. 이불을 무릎에 덮은 채였고, 얼굴은 평소보다 창백했다. 그의 질문에 그녀는 약간 놀란 듯했다.

오늘 회사에 왔었어?

그래.

노진주 씨가 그래?

응.

많이 나아졌어. 그냥 몸살이야.

그녀는 무릎걸음으로 요를 펴고 베개를 나란히 놓았다. 그는 그녀가 읽고 있던 책의 표지를 힐끗 보았다. 언젠가도 한번 본 적이 있는 대입 영문법 책이었다.

예전에 그는 그 책을 두고 왜 공부를 하느냐고 물었었다.

대학에 가려고.

민화는 대답했었다.

세상에 영원한 게 하나도 없다면서, 대학은 왜 가?

그는 어쩐지 그녀가 공부하는 것이 마땅치 않아 은근히 화를 냈고, 그녀는 무안하다는 듯 웃었었다.

다들 변하는데 나라고 변하지 않겠어? 그냥 이렇게 꼼지락 꼼지락 움직여보는 거야…… 어떻게 될지 잘은 몰라. 그냥 움직여보는 거야.

그가 씻고 돌아왔을 때 민화는 벽 쪽으로 돌아누운 채 잠들어 있었다.

그는 떨리는 팔을 뻗어 이불을 나누어 덮었다.

그의 상상이 모두 잘못된 것이었다면, 그는 상상만으로 민화에게 용서받을 수 없는 짓을 저지른 것이다. 그녀는 과로 때문에 아팠고, 조퇴를 했던 것뿐이다. 집까지 바래다준 사람과 잠깐 이야기를 나누었을 뿐이다.

하지만.

어둠을 노려보며 그는 생각했다.

그가 특별히 그녀와 맞는 사람이어서 민화에게 끌렸다고 볼 수는 없는 일이었다. 그녀의 진지한 눈길, 또렷하게 다물려 있는 입술의 선, 어딘가 모르게 사람을 도발하는 웃음이 반드시 그에게만 노출된 것은 아니다. 눈이 있는 사람이라면 모두 그녀를 볼 것이고, 코가 있는 사람이라면 그녀의 체취를 맡을 것이다. 민화와 함께 거리를 걸을 때 남자들은 모두 그녀를 눈여겨본다. 민화의 얼굴이 전혀 예쁘지 않은데도 그렇다.

민화는 또한 모든 것에서 좋은 점을 발견해낸다. 그녀가 알았던 모든 남자들에게서 각기 다른, 사소한 매력들을 발견해낼 수 있었으리라. 또한 그녀는 대담하고 분방한 사고방식을 가지고 있다. 그를 처음 만나 함께 살게 되기까지 그녀가 단 한 번이라도, 처녀들이 갖기 쉬운 경계심을 그에게 보인 일이 있었던가. 마치 물이 흘러가듯이 모든 것이 순조롭기만 하지 않았던가.

일주일쯤 뒤 그는 한 잡지사 옆 건물의 주방용품점에서 칼 한 자루를 샀다. '구십 퍼센트 세일, 점포 정리'라는, 흰 도화지에 붉은 매직으로 쓴 글씨들을 보며 무심히 오토바이 쪽으로 걸어가던 참이었다. 칼집이 있는 과도 한 묶음이 눈에 띄었다. 칼집을 벗기자 새 칼 특유의 예리한 광택이 그의 눈을 아리게 했다. 그는 흥정하지 않은 채 돈을 지불한 뒤 점퍼 안주머니에 그것을 넣었다.

그날따라 물량이 적어 배달이 일찍 끝났다. 회사로 돌아오자 우편물 분류도 이미 끝나 있었다. 다음날의 물량 역시 형편없이 적어 그 없이 세 사람이 해치웠다는 것이었다.

이런 날도 있네, 진짜 불경기가 오고 있나 봐.

박양은 기뻐하는 대신 걱정스러운 표정을 지었다.

대포 한잔하지요?

갑자기 빨라진 퇴근 시간에 당황한 사람은 박양뿐만이 아니었다. 서실장은 눈으로는 그를 보며, 그러나 말은 사장에게 하며 사람 좋은 너털웃음을 웃었다.

모두 실내 포장마차로 향하는 것을, 그는 피곤하다는 한마디로 돌아섰다.

좀 쉬고 싶습니다.

피로와 고통으로 그의 얼굴은 일그러져 있었다. 넉살 좋은 서실장이었지만 그를 더 이상 붙잡지 않았다.

늦봄의 물컹물컹한 바람을 들이마시며 그는 퇴근길의 도로를 달렸다. 시든 꽃과 과일이 무더기로 썩어가는 것 같은 들큼한 냄새에 그는 구역질을 할 것 같았다.

골목으로 접어드는 대로변에 이르렀을 때 그는 편의점에서 담배를 사고 나오는 윤대리를 보았다. 그는 시계를 확인했다. 저녁 여덟 시였다.

왜 이 시간에, 이 동네에 저 사람이 있을까.

이번에는 머리가 끓어오르는 것이 아니라 냉정해진 마음으로 그는 윤대리의 모습을 살폈다. 불빛 밝은 편의점의 문을 열고 나온 윤대리는 담뱃갑의 포장 비닐을 벗겨 아무 데나 내던졌다. 계단 아래에서 담배 한 대를 피워 물고는 일전에 본 적이 있는 자주색 승용차에 몸을 실었다.

이쪽에 집이 있거나, 다른 아는 사람이 있을 수도 있다.

그는 연신 고개를 주억거리며, 이를 악문 채 집으로 향했다.

세면장 문은 언제나처럼 열려 있었다. 그는 방문을 열기 위해 손을 뻗었으나, 이내 뒷걸음질을 쳤다.

그날 밤 그는 처음으로 혼자 술집에 들어갔다. 이상하게도 잔을 비울수록 그의 머리는 더욱 차갑게 깨어갔다.

새벽부터 비가 몹시 내렸다.

그는 모자 달린 우비를 입고 그 위에 헬멧을 썼으나, 얼굴을 때린 차가운 빗줄기는 목을 타고 흘러내려 가슴과 등을 적셨다. 목적지에 다다를 때마다 그는 일단 오토바이를 세워놓고, 헬멧과 우비의 모자를 벗고, 흠뻑 젖은 얼굴을 손바닥으로 훔치며 책 상자를 열었다. 그 안에 넣어둔 마른 수건으로 손을 닦은 뒤 배달해야 할 책 뭉치를 들고 건물 안으로 뛰어 들어갔다. 책이 젖어서는 안 되기 때문이다.

실내의 공기는 평안하고 적요하였다. 비와 바람과 달리는 차들, 미끄러운 도로와는 전혀 다른 세계였다. 모든 것이 보송보송하게 말라 있었다. 아무도 젖은 옷을 입고 있지 않았다.

그날분의 배달을 마친 뒤 그는 지난 보름간 줄곧 그렇게 해왔던 대로 자취방을 향해 달렸다. 그녀가 아직 돌아오지 않았거나, 그녀의 단화만 놓여 있거나 한 것을 세면장에서 확인한 뒤 그는 다시 사무실로 달려가곤 했다.

이즈음 그의 명치께에는 마치 나름의 생명을 가진 것 같은 고통이 꿈틀거리고 있었다. 마치 그 부근에 화살을 맞은 짐승처럼, 밤마다 그는 동굴같이 캄캄한 자취방으로 비틀거리며 들어섰다. 마치 남과 같이 돌아누워 잠든 민화의 등을 보며, 그는 씻지도 않은 채 모로 웅크려 누워 뒤척였다.

처음에는 "어디가 아픈가"고 물어주던 박양과 서실장은 이즈음 그를 잠자코 바라보기만 했다. 서실장의 눈에 스쳐 가는 경계와 반감을 그는 못 본 척했다.

범죄형이야, 그렇게 생각하지 않나? 저 째진 눈깔 보라구.

그는 언젠가 서실장이 박양에게 했다는 말을 상기했다. 서실장은 자신의 판단을 재차 확인하며 그의 얼굴에 새겨진 뜨겁고도 서늘한 살의의 흔적을 살피고 있었을 것이다.

윤대리가 담배를 사던 편의점의 유리창에 빗줄기가 어지럽게 뒤엉키고 있었다. 하늘도 보도블록도, 우산을 받고 있는 사람들의 얼굴도 모두 잿빛이었다. 진창의 흙탕물을 사방으로 튀기며, 그는 어떻게 보면 차가우며 어떻게 보면 고통에 지질린, 그러나 다르게 보면 거의 무감각해 보이는 얼굴로 오토바이의 속력을 냈다. 비는 쉴 새 없이 그의 목줄기를 타고 가슴과 배로 흘러내렸다.

그는 세면장 한켠에 세워진 두 개의 우산을 보았다. 물방울 무늬의 우산은 민화의 것이었고, 그 옆에 진초록색 남자용 우산이 기대어 있었다. 우산 꼭지들에서 흘러나온 빗물이 서로 엉키며 세면장 바닥을 타고 수챗구멍까지 뻗어 나가 있었다.

그는 조용히 손을 뻗었다. 단호하게 방문을 열어젖혔다.

그녀는 벌거벗은 몸을 동그랗게 말아 국부와 젖가슴을 가렸다. 그가 과도를 치켜들었을 때 그녀는 가냘픈 비명을 질렀다. 그는 그녀의 국부를 향해 칼을 휘둘렀다. 한 번, 두 번, 세 번. 한 번도 써보지 않았던 날카로운 칼날이 민화의 살을 헤집었다. 마침내 정신이 들었을 때 방바닥과 그녀의 아랫도리는 피투성이가 되어 있었다. 함께 있었던 윤대리는 진작 달아나고 만 뒤였다.

그는 전신을 떨며 민화의 인중에 귀를 댔다. 가느다란 숨이 새어 나왔다. 그는 자신의 우비를 벗어 그녀의 몸을 감쌌다. 우비 아래의 흰 다리로 선홍색 핏방울이 떨어졌다. 그녀를 업고 빗속을 내달렸다. 그녀의 몸을 앞으로 안은 채 오토바이의 시동을 걸었다.

응급실 침대에 민화를 내려놓자마자 그는 간호사를 향해 짐승 같은 울음을 터뜨렸다.

살려주십시오.

제발 살려주십시오.

목숨만 살려주십시오!

간호사는 그의 흠뻑 젖은 몸과 목울음에, 우비 아래 드러난 민화의 참혹한 아랫도리에 아연했다.

그는 자신을 죽여달라고 고함을 질렀다. 주먹으로 가슴을 치고 머리를 콘크리트 기둥에 짓이겼다. 굵은 눈물이 그의 젖은 뺨을 타고 쏟아져 내렸다.

그가 눈을 떴을 때는 다음날 새벽이었다.

그는 응급실 침대에 누워 있었다. 진정제의 약효 탓인지 몸에 힘이 없었으며, 마음은 평온하게 가라앉아 있었다. 지난 달포간의 자신의 광태가 급히 돌린 필름처럼 아득하게 머리를 스쳐 갔다. 결코 그 달포 이전의 자신으로 돌아갈 수 없으리라는 것을 그는 어렴풋이 깨달았다.

민화는 상처 봉합 수술을 마치고 입원실의 침대에 누워 있었다. 피를 많이 흘린 탓에 그녀의 얼굴은 더욱 파리해졌다. 의식을 잃은 상태에서도 고통받는 듯 힘주어 눈을 감고 있는 그녀의 얼굴을, 그는 자신의 링거 병을 든 채 서름서름한 눈으로 내려다보았다.

상처는 무려 열일곱 군데였다. 의사도 혀를 내둘렀다고 했다. 다행히 그녀는 무사했다. 허벅지로 국부를 가렸기 때문에 대부분의 상처는 허벅지에 났으며, 그가 모질게 깊이 찌르지 못했기 때문에 치명적인 상처는 없었다.

민화는 오후에 의식을 차렸다. 그녀는 그에게 형사적인 조치를 시도하지 않았다.

제가 그런 거예요.

누가 이런 짓을 했느냐는 의사와 간호사의 질문에 그녀는 오히려 담담한 어조로 말했다고 했다.

자기 몸을 열일곱 번 찔렀다는 말입니까?

그래요. 정말이에요.

그녀는 금방이라도 허물어질 것 같은 미소를 지은 채 의사의 얼굴을 올려다보았다고, 옆 환자의 보호자라는 사십대 초반의 아낙이 그에게 일러주었다. 자신도 믿기지 않는다는 듯, 아낙의 눈은 사뭇 진지하게 그의 얼굴을 탐색하고 있었다.

그는 민화의 회사로 전화해 미스 노에게 입원 사실을 알렸다. 그저 입원했다고만, 큰 병이 아니라고만 했으므로 미스 노는 퇴근길에 꽃까지 사 들고 명랑한 얼굴로 찾아왔다. 전말을 안 뒤 미스 노의 얼굴은 희끗하게 질렸다. 복도까지 배웅 나온 그에게 미스 노는 말했다.

참, 독하기도 한 분이시군요.

몹시 화를 낼 줄 알았는데, 미스 노의 질책은 그쯤으로 끝났다.

저 애…… 원래 남자관계가 복잡했어요. 자기 좋다는 사람한테는 쉽게 마음을 줘버려요. 태식 씨 같은 남자는 위험할 수도 있다고 진작부터 생각했었어요.

미스 노는 두꺼운 화장 때문에 오히려 깊이 패어 보이는 주름을 입가에 짓고 있었다. 직업적인 웃음이랄까, 웃음의 기운은 전혀 없이 입으로만 웃는 웃음이었다.

회사에는 말 안 나도록 제가 잘 이야기해놓을게요. 상처가 저만해서 다행이에요.

그는 다음날부터 일을 다시 시작했다. 퇴근길에 입원실을 찾으면 민화는 깊이 잠들어 있었다. 어떻게 구했는지 알 수 없는 대입 수험서 몇 권이 그녀의 베개맡에 흩어져 있었다. 그는 그 책들을 쏘아보며 우두커니 서 있다가 빈 자취방으로 돌아가곤 하였다.

언젠가 격한 다툼을 할 때 민화는 그에게 울면서 소리쳤었다.

당신 얼굴, 당신 얼굴이 어떤지 당신은 보지 못하니까, 그게 얼마나 추하게 일그러져 있는지 보지 못하니까. 그 눈…… 그 입술, 그 이빨에서 뚝뚝 흘러넘치는 증오가 얼마나 당신을 남처럼 만드는지, 당신은 모르니까.

정말로 정이 떨어진다는 듯이 그녀는 체머리를 떨었었다.

그랬다. 그는 민화의 애정이 식어가는 과정을 보았다. 그가 가장 견딜 수 없었던 것은 그 과정을 똑똑히 목격하면서도 그것을 저지할 수 없는 자신의 무기력이었다. 그는 그녀를 이해할 수 없었다. 그가 무엇을 그렇게까지 잘못했단 말인가? 얼마나 큰 잘못에 대한 벌로 그녀는 그를 더 이상 사랑하지 않는 것인가?

그러나 이제 병원에서 그는 그녀를 이해했다. 잠들어 있는 그녀의 까칠한 얼굴을 매일 밤 대하는 동안 그의 몸속에서 불타던 분노와 증오는 차츰 사그라들었으며, 애정 역시 천천히 식어갔다.

이 주간의 입원을 마치고 민화는 퇴원했다. 퇴원하던 토요일 아침 그녀는 처음으로 그와 눈을 맞추었다. 핼쑥하던 그녀의 얼굴은 꽤 좋아졌다. 그러나 눈빛과 입가에는 헤아릴 수 없는 쓸쓸함이, 마치 늙은 사람의 그것 같은 체념이 깃들여 있었다.

어디로 가지?

그녀는 물었다.

나, 이제 어디로 가?

그것은 아마, 그들이 함께 사는 일이 지속될 것인가에 대한 질문이었을 것이다.

순간 그가 확연히 깨달은 것은 자신이 그녀를 더 이상 사랑하고 있지 않다는 것이었다. 더 이상 그는 그녀와 함께 살 수 없었다. 그녀의 살을 안고 입을 맞출 수 없었다. 같은 찌개를 떠먹고 얼굴을 마주 볼 수 없었다.

그녀는 그에게 삶과 같았다. 그를 매혹하고 잠시 기쁨을 주었으나 동시에 그를 배반하였다. 다만 머물다 지나갔을 뿐, 결코 그의 손아귀에 붙잡혀주지 않았다. 보람이나 좋은 추억조차도 남겨주지 않았다. 환멸에 가까운 쓴맛만이 그의 혀끝에 남아 있었다.

그는 택시로 민화를 방까지 바래다준 뒤, 자신의 몇 안 되는 옷가지와 살림살이를 챙겨 나왔다.

사장의 문간방에는 이미 다른 학생이 하숙을 들었다. 그에게는 이제 갈 곳이 없었다. 그는 일주일간 사무실 소파에서 새우잠을 잤다. 그러나 계속해서 사무실 신세를 질 수는 없는 일이었다. 싼값의 잘 곳을 구하던 차에, 주간 정보지를 통해 이 고시원의 전화번호를 알아냈다.

마음에 드십니까? 이 방밖에는 남은 게 없는데요.

이십대 후반으로 보이는 고시원의 총무는 한 손에는 볼펜을, 다른 손에는 두툼한 수험서를 든 채 십호실 앞 복도에 서 있었다. 그는 굵은 전선으로 비스듬히 잘린 창밖 풍경에서 수 분간 눈을 떼지 않고 있었다.

……좋습니다.

그는 갈라진 목소리로 대답했다. 그는 바지 주머니에서 만 원권 지폐들을 꺼내 세기 시작했다. 그의 손등은 더러웠고, 손톱마다 새카만 때가 끼어 있었다.

　여기가 좋겠습니다.

4

　누에 집 같은 방들의 문틈으로 불빛이 새어 나온다. 복도에 설치된 에어컨디셔너의 바람을 쐬려고 문을 열어놓은 방도 더러 있다. 펼쳐져 있는 묵직한 사전들, 뜨겁게 느껴지는 백열 스탠드, 그 앞에 반바지 차림으로 앉아 티셔츠 반소매를 어깨까지 걸어 올리고 있는 수험생들의 뒷모습들을 지나 그는 복도의 끝 방을 향해 걸어간다.

　그는 불을 켜지 않는다. 불을 켜지 않아도 십호실은 충분히 밝다. 그날 그날 세면장에서 빨아 입는 티셔츠와 면바지가 잘 마르도록 옷걸이에 펼쳐 걸어놓은 뒤, 그는 하이테크 의자에 걸터앉는다. 러닝셔츠와 팬티 바람으로 그는 창밖의 불빛을, 어둠 때문에 형상이 보이지 않는 산 쪽을 바라본다.

　그는 일어난다. 젖은 솜뭉치 같은 다리를 이끌고 블라인드로 다가간다. 금방이라도 몸으로 깨뜨리고 뛰쳐나갈 듯 거친 동작으로 아귀가 잘 맞지 않는 창문을 연다. 열대야의 밤공기 속으로 그는 머리와 상체를 내민다. 몸이 훌쩍 가벼워지는 순간, 알 수 없는 강한 힘이 뒤에서부터 그의 몸을 창문 밖으로 밀어내려 한다. 그때 그의 눈에는 아무것도 보이지 않는다. 움찔 놀라며 창문에서 물러선 뒤에야 소로의 불빛들과 행인들의 정수리가 보인다.

그는 의자로 돌아와 앉는다.

그는 그 의자에 앉아 민화에 대한 생각을 해본 일이 없다. 이따금 그는 배달 중에 그녀를 보는데, 이상하게도 별다른 감정이 생기지 않는다. 그녀의 몸매가 허약하며 안색이 나쁜 평범한 여자라는 것을 담담하게 느낄 뿐이다. 마치 생경한 타인에게 잠시 눈길이 머무는 것처럼 그는 그녀를 본다.

이즈음 서실장이 그에게 커피 아닌 다른 것을 마시기를 권할 때 그는 얼빠진 듯이 미소를 짓는다. 그때마다 서실장은 당혹스러워한다.

서실장은 결코 그의 표정에서 무엇인가를 찾아내지 못할 것이다. 그의 눈에는 어떤 기억도, 미래에 대한 계획도 없다. 오로지 그 찰나 눈에 비치는 것들만이 그의 텅 빈 눈동자에 들어와 담길 뿐이다. 마치 공기가 새어 나오듯이 그는 웃으며, 자신이 웃었다는 것도 깨닫지 못한다.

그가 민화에게 저지른 일을 서실장이 안다면 서실장의 살찐 뺨은 하얗게 질릴 것이다. 약간은 비굴하며 약간은 초탈한 듯하며 또 약간은 음울한 미소를 지으며 박양의 팔을 질벅거릴 것이다.

거봐, 내가 뭐랬어? 무서운 놈이라고 했잖어?

그러나 서실장은 그 일을 알지 못한다. 앞으로 그의 앞에 펼쳐질 어떤 무섭고 가혹한 일을 혼자서 예감하고 있다는 듯, 비밀스러운 눈으로 그의 안색을 살피며 커피를 타줄 뿐이다.

그가 오토바이에 실을 책들을 두 팔 가득 안고 사무실 문을 나설 때, 서실장은 한쪽 팔을 자신의 책상에 고인 채 다른 쪽 팔을 잠깐 쳐들고는 특유의 장난기 어린 인사를 던진다.

오늘도 무사히.

사람들은 서실장을 좋아한다. 인간미 때문이라고 한다. 그역시 서실장의 인간미라는 것을 느낀다. 다만 그가 다른 사람들과 다른 점은 그 인간미에 감동하지 않는다는 것뿐이다. 서실장의 인간미뿐 아니다. 예전에 어렴풋이나마 느끼고 있었던 삶의 생기를 그는 잊었다. 강물이 빛나거나, 바람이 유쾌하거나, 도심을 질주할 때 가슴이 툭 트이거나 하는 감정도 느끼지 못한다.

그가 건네는 책을 받아 들 때 사람들의 눈은 차츰 서실장을 닮아간다. 불분명한 공포가 어린 눈이다. 그들이 움찔거리며 물러설 때 그들이 보는 것이 무엇인지 그는 알지 못한다.

때때로 그는 자신의 앞에 얼씬거리는 행인들의 몸뚱이를 갈아버리고 싶은 충동을 느낀다. 마주 오는 승용차의 앞 범퍼를 향해 반인반수의 몸을 던지고 싶을 때도 있다. 그러나 그는 그렇게 하지 않는다. 그의 무감각한 내면은 그 충동을 마치 남의 것인 듯이 멀찌감치 바라보고만 있다.

그렇게 멀찌감치 자신의 내면에서 물러서서 그는 하이테크 의자에 앉아 있다. 밤이 깊었다. 고시원은 고요하다. 복제 테이프를 팔던 리어카도 철수했다.

재미있는 책을 읽다 보면 모든 것이 사라지고 책과 읽는 사람만 남듯이, 그는 오로지 혼자서 세계와 마주해 있다. 그 순간 세계는 광활하지도 복잡하지도 불가해하지도 않다. 손아귀에 잡히는 말랑말랑한 육체처럼 세계는 그를 응시하고 있다.

마음만 먹으면 금방이라도 창에서 뛰어내릴 수 있다는 것을 그는 알고 있다. 그를 망설이게 하는 것은 아무것도 없다. 그가 이곳에 남아서 하고 싶은 일은 아무것도 없다.

누가 그의 안에서 아무것도 없다고 말하고 있는 것일까. 그는 망연히 자신의 안에서 들려오는 소리에 귀를 기울인다. 누가 고함을 지르며 접시와 책 들을 던져댔을까. 끓어오르는 욕망에 몸을 맡겼던 사람, 열에 들떠 과도를 가슴에 품고 뒤척였던 사람, 미친 듯이 울부짖으며 칼날을 휘둘렀던 사람은 누구였을까. 그 사람은 그에게 너무 낯설다. 차마 자신이었다고 말할 수가 없다.

그 사람이 누구인지, 그 사람을 묵묵히 바라보고 있는 이 또 다른 사람은 누구인지 그는 모른다. 그들이 누구인지 알아내지 못한 채 그는 그들의 모습을 묵묵히 바라본다. 그렇게 묵묵히 바라보는 그 사람을 다시 한 발짝 물러서서 바라본다. 그, 다시 바라보는 그 사람을 더 물러서서 바라본다.

양파 껍질을 벗기는 것과 거의 흡사한 그 작업이, 그가 이곳에 와서 여름 내내 해온 유일한 일이다. 마침내 양파 껍질을 다 벗기고 나면 아무것도 없을 것이다. 아무것도 남지 않을 때, 더 이상 벗길 것이 없는 순간이 왔을 때 그는 창을 열고 뛰어내릴 것이다. 살아오면서 줄곧 그래왔듯이, 그는 결코 주저하지 않을 것이다.

5

그러던 어느 날 그는 비에 젖어서 돌아왔다. 늦은 밤이었다. 상고머리의 총무는 총무실의 책상 위에 두툼한 법전을 펼쳐놓은 채 꾸벅꾸벅 졸고 있었다. 그는 젖은 구두를 벗어서 신장에 들여놓았다. 고시원에 비치된 더러운 슬리퍼들 가운데 한 켤레를 젖은 발에 꿰어 신었다. 어둡고 좁다란 복도의 끝까지 걸어가, 십호실의 문고리에 열쇠를 꽂았다.

그는 지쳐 있었다. 뼈마디 하나하나가 삭아서 흘러내리는 것 같은 피로였다. 손잡이를 돌려 문을 열기 전에 그는 수초간 베니어판 문에 이마와 상체를 기대고 서 있었다.

그는 어둑한 방에 들어섰다. 문을 잠갔다. 현관에서 짰음에도 빗물이 떨어지는 우비를 옷걸이에 걸었다. 불을 켜지 않은 채 블라인드를 끝까지 올렸다.

창밖에는 행인들이 우산을 받으며 걷고 있었다. 리어카의 복제 테이프들 위에 비닐을 덮어놓은 이십대 초반의 청년이 우비를 입은 채 젖은 담배를 피우고 있었다. 습기 찬 스피커는 코 먹은 소리 같은 음악을 흘려 내보내고 있었다.

주유소에 승합차 한 대가 들어왔다. 한 청년이 비를 맞으며 차를 향해 뛰어갔다. 청년은 빗물에 미끄러질 것을 염려한 탓인지 롤러스케이트화 대신 운동화를 신고 있었다.

안녕히 가십시오.

머리에 떨어지는 빗줄기를 손바닥으로 어설프게 가린 채 청년이 외치는 입 모양이 보였다.

우산을 받은 행인들의 발길이 성기어졌다. 복제 테이프를 파는 리어카가 철수했다. 주유소의 아르바이트 청년 둘이 빗줄기를 바라보며 다리를 꼬고 앉아 있는 것을, 몇 개비의 담배를 연달아 피우며 젖은 바닥으로 꽁초를 던지는 모습을 지켜보면서 그는 서 있었다.

네온사인들은 하나둘 꺼졌다. 빈 소로에 떨어지는 빗줄기들이 주유소의 불빛을 받아 반짝거렸다. 비는 소로를 적시고, 주유소의 구식 전광판을 적시고, 리어카가 놓여 있던 편의점 앞의 우묵한 빈터를 적셨다.

마침내 그는 창문으로부터 돌아섰다. 그리고 빗방울이 전선에 맺혀 있는 것을 보았다.

아니, 정확히 말하자면 그는 빗방울이 전선에 맺혀 있는 그림자를 보았다. 어두운 방의 흰 벽지는 창문을 통하여 새어 들어온 불빛으로 음음히 밝혀져 있었다. 그 흰 벽지 위로, 굵은 먹선처럼 확대된 전선의 그림자가 그어져 있었다. 거기 매달려 있던 검고 섬세한 빗방울들의 그림자가 소리 없이 흘러내리다가 이내 떨어지곤 하였다. 창문에도 빗방울들이 빗금을 긋고 있었는데, 그 그림자들은 마치 무수한 가는 붓들이 부드럽게 스쳤다가는 곧 지워지며, 다시 가볍게 스쳐 가는 것처럼 보였다.

그는 그 벽지에 비친 자신의 단단한 그림자를 보았다. 그 검은 몸을 가로지르는 전선을 보았다. 거기에서 흘러내리는, 꿈 같기도 하고 눈물 같기도 한 빗방울들을 보았다.

그의 입술이 떨렸다.

크고 작은 그의 혈관들이 소리 내어 흐르기 시작했다. 맑은 수액 같은 빗물이 수없는 실핏줄들을 타고 일제히 차올라왔다. 빗물은 그의 허기진 내장을 적시고, 단단히 굳은 근육들을 적시고, 움푹 팬 눈두덩과 뺨을, 떨고 있는 입술을 적셨다.

그는 눈을 감았다. 델 것 같은 눈물이 굴러떨어졌다. 입술과 턱을 적신 그 눈물은 억센 힘줄이 드러난 목줄기를 타고 내려가 러닝셔츠로 번졌다. 바로 그 순간으로 인하여 그의 삶이 바뀌었으나, 그는 아직까지 그 변화를 실감하지 못한 채 무수한 그림자들의 춤추는 곡선 가운데 우뚝 서 있었다.

붉은 꽃 속에서

1

무슨 꽃이 가장 예쁘니?

일곱 살의 그가 소곤소곤 묻자 네 살 난 윤이는 고개를 쳐들고 경내를 둘러보았다. 대중방 앞마당은 물론 법당들의 처마 사이마다 수백 송이의 연등들이 열을 맞춰 걸려 있었다. 꽃자줏빛 등이 많았고, 보랏빛을 띤 선홍색 등도 있었으며, 색이 밝아 거의 분홍색에 가까운 것들도 있었다. 마음을 정했는지 윤이의 눈이 빛났다.

저거, 누나.

윤이의 손가락이 가리킨 것은 소담한 흰 꽃에 밝은 초록빛 잎사귀들이 받쳐진 한 무리의 지등들이었다. 코가 흘러내린 윤이의 윗입술을 꼬깃꼬깃한 가제 수건으로 닦아주며 그는 물었다.

저기 저, 하얀 꽃 말야?

듣고 있는 줄 몰랐는데, 옆에 서 있던 어머니가 나무라듯 잘라 말했다.

그건 영가등이야.

영가등이라니요, 라고 묻는 대신 동그랗게 눈을 올려 뜨는 그에게 어머니는 여전히 꾸짖는 말씨로 대답했다.

죽은 사람들한테 달어주는 등이야.

그제야 그는 윤이가 가리킨 꽃들이 명부전 앞에만 하얗게 걸려 있는 것을 알았다.

누나, 저거.

윤이는 그의 손을 제법 세게 이끌며 그쪽으로 걸어 나가려 했다.

안 돼. 저건 따주는 게 아니야.

저거어.

보채는 소리가 높아졌다. 윤이의 고집 센 손목을 끌어당기느라 애먹는 그의 등짝을 작은오빠가 소리 내어 때렸다.

뭐 하고 있어? 엄마 벌써 저기 가시잖아.

기어이 울기 시작하는 윤이를 억지로 끌며 그는 황황히 걸음을 재촉했다.

가자…… 제발 좀 가자.

곧추서 있으려는 윤이의 발이 끌리며 흙먼지를 일으켰다. 이마에 흉하게 천(川) 자를 그린 윤이를 얼렀다가 화냈다가 애원하는 사이, 그는 연신 고개를 돌려보곤 하는 것으로 식구들의 뒷모습을 놓치지 않으려 애썼다.

너 땜에 엄마 잃어버리겠다!

그의 매몰찬 외침에 윤이가 조금씩 걸음을 떼기 시작했을 때는 이미 식구들의 모습이 인파에 묻힌 뒤였다.

줄 선 사람들이 많아 조금 있다 가자고 했던 아기 부처님 목욕시키는 곳이 생각났다. 그쪽으로 걸음을 서둘렀다. 여전히 십여 명의 사람들이 늘어서 있었다. 어머니와 두 오빠는 보이지 않았다.

오전에 들어갔던 대웅전 계단을 다시 올랐다. 수십 개의 신발들을 헤치고 댓돌 앞에 섰다. 낯선 아주머니들과 할머니, 아저씨 들이 좌복 위에서 절을 하거나 무엇인가를 중얼대고 있었다. 정오께에 국수를 타다 먹었던 보리수 그늘에는 낯선 아이들이 서로의 소매를 밀치며 장난질을 치고 있었다.

이제 완전히 투정을 그친 윤이는 얼굴이 희끗하게 질린 채 그가 이끄는 대로 인형처럼 몸을 움직이고 있었다. 명부전 앞을 지날 때에도 소원했던 하얀 등들을 말끄러미 올려다보았을 뿐이다.

해가 기울고 있었다. 머리 위의 붉은 꽃등들이 드리운 그늘을 받아 사람들의 얼굴은 저마다 발그레했다. 염주를 목에 걸고 더러 연등 앞에서 합장을 하는 이들, 간혹 화려한 등산 조끼에 등산화 차림이 눈에 띄는 이들의 틈에 두 아이는 서 있었다.

괜찮아.

윤이의 얼굴을 보니 입술이 비죽거리며 금방이라도 울음을 터뜨릴 것 같았다.

괜찮아, 찾을 수 있을 거야.

뒤쪽에서 탄성이 들려왔다. 불이 켜지는 것이다. 사닥다리를 짚은 청년들과 젊은 스님들이 한 등 한 등 촛불을 밝히고 있었다. 안에서 빛이 스며 나오는 색색의 등들은 생시 같지 않게 아름다웠다.

그러나 그는 기쁜 줄을 몰랐다. 더 어두워지기 전에 여기를 나가야겠다는 생각이 퍼뜩 들었다. 그는 윤이를 끌고 조심조심 가파른 돌층계를 밟아 내려갔다. 일주문 밖까지 철사 줄로 이어진 수백 등의 청사초롱 속에도 알전구들이 켜져 있었다. 푸르고 붉게 스며 나오는 불빛들이 그들의 걸음에 맞추어 어지럼쳤다. 윤이가 작은 소리로 울기 시작했다.

울지 마.

윤이의 울음이 차츰 커졌다.

제발 좀, 울지 말아.

그는 윤이의 손목을 거머잡고 달리기 시작했다. 눈두덩을 연신 주먹으로 문지르면서도 윤이는 용케 쫓아왔다. 길 양옆으로 늘어선 좌판들 사이를 두 아이는 숨가쁘게 달음박질쳤다. 호박엿과 잔치국수와 찰떡 냄새들이 뒤섞였다. 플라스틱 바구니를 내밀고 앉아 있는 다리 없는 걸인들, 기타를 퉁기는 맹인들에 걸려 윤이가 넘어질까 봐 그는 윤이의 손목을 바짝 끌어다 잡았다. 멀리 법당에서 들려오는 목탁 소리, 카세트테이프들을 파는 리어카에서 흘러나오는 법문 소리와 산꾀꼬리 소리, 엿장수의 가위 소리, 아이들, 할머니들, 아주머니들과 연인들이 웃으며 부르는 소리가 그의 머리를 흔들어댔다.

붉은 꽃을 본 것은 그때였다.

예닐곱 살 어린애의 몸집만 한 붉은 연등이 허공에서 흔들리고 있었다. 마치 나름의 생명을 가진 것처럼 그것은 고요히 앞으로 흘러갔다. 뜀박질을 멈추며 그는 숨을 할딱거렸다. 한 사미니가 그것을 들고 나아가고 있었다. 사미니가 가는 방향으로 그는 고개를 빼어보았다. 긴 연등 행렬의 끝이 보였다.

식구들을 찾는다는 생각을 일순 잊은 채, 그는 홀린 듯 윤이의 팔을 끌고 그 커다란 꽃을 향해 나아갔다. '석가모니불'을 합창하며 수백 명의 사람들이 느린 행진을 하고 있었다. 저마다 크고 작은 붉은 연등 안에 불을 켜든 그들의 옷은 가난했으며, 얼굴은 저마다 엄숙하였다.

그는 사미니의 상기된 얼굴을 보았다. 열여섯 살이나 열일곱 살쯤? 그가 보았던 그 또래의 어떤 소녀보다 위엄 있는 얼굴로 사미니는 연회색 두루마기를 날리며 걷고 있었다. 조금의 두려움도 없이 나아가는 것 같은 그 걸음걸이에 그는 눈을 감았다. 붉은 등의 내부에서 새어 나오던 빛이 그의 망막에 화인처럼 찍혀 있었다.

번쩍 뺨에 불이 나는 바람에 그는 눈을 떴다. 고여 있던 눈물이 뺨을 타고 흘러내렸다.

망할 것! 어미 속을 이렇게 썩여?

어머니의 노기 띤 얼굴이 체머리를 떨고 있었다.

울긴 뭘 잘했다고 울어!

옆에서 거드는 작은오빠의 목소리가 매몰찼다. 터울이 많이 져 어렵기만 한 큰오빠는 팔짱을 낀 채 마땅찮다는 듯 그를 내려다보고 있었다. 그의 눈물이 어머니의 꾸지람 때문에 흘러내린 게 아니라는 것을 그들은 알지 못했다.

이 어린것이, 얼마나 놀랐을까.

어머니가 윤이의 얼굴에 뺨을 비비는 동안 작은오빠가 그의 등짝을 세차게 때렸다. 그래도 분이 안 풀리는지 머리를 옆으로 밀어, 그의 몸이 하마터면 중심을 잃고 넘어질 뻔하였다.

그만해둬라.

어머니의 엄한 음성이 그의 목덜미로 떨어졌다. 작은오빠는 주먹을 쥐어 그의 얼굴 앞으로 흔들어 보인 뒤 앞장서 걸어갔다. 연등 행렬은 모퉁이를 돌아 멀어지고 있었다. 아직 눈물이 고인 눈으로 그가 돌아보았을 때, 일주문 안쪽은 노을이 든 것처럼 환했다.

2

그의 식구들은 서향의 한옥집에서 살았다. 오빠들이 학교에 가고 어머니가 시장통의 이불집에 나가면 윤이와 그만 남았다. 오후가 될 때까지 안방과 툇마루에는 볕이 들지 않았으므로, 아침을 먹고 나면 동쪽으로 난 뒤안으로 나가는 것이 그들의 일과였다.

윤이가 한쪽에서 흙장난을 하는 동안 그는 작대기로 흙바닥에 연등을 그렸다. 잎사귀 세 장을 먼저 받치고 한 잎 한 잎 그려 올라가 커다란 꽃봉오리를 만들었다. 이따금 윤이가 곁에 다가와서 쪼그려 앉아 물었다.

누나, 뭐 그려?

그때마다 그는 으응, 하고 건성으로 대답해주었다. 아직 점심때가 되려면 멀었고, 흙바닥에 연등 그리기는 아무래도 성에 차지 않았다.

잠깐 있어봐.

그는 뒤안을 돌아 나와 큰오빠와 작은오빠가 쓰는 건넌방으로 들어갔다. 작은오빠의 책상 서랍에서 조심스럽게 팔레트와 붓, 스케치북을 꺼냈다. 부엌에서 양은 대접을 가져다 물을 떠놓고 툇마루에 앉았다.

그는 팔레트에 붉은 물감을 풀었다.

이 빛깔이 아니야.

그는 푸른빛을 조금 섞어보았다.

이 빛깔도 아닌데.

몇 번 실패하고 나니 완전하지는 않지만 마음에 드는 색이 나왔다.

그는 스케치북에서 도화지를 조심스럽게 뜯어냈다. 숨을 들이쉰 뒤 정성스럽게 꽃을 그렸다. 첫 송이는 그럭저럭 되었고, 다음 것은 오히려 망쳤다. 세번째 꽃이 그중 괜찮아 보였지만 마음에 꼭 들지는 않았다. 물기가 마르도록 도화지 석 장을 나란히 펼쳐놓은 뒤, 붓과 팔레트와 물감 물이 담긴 대접을 들고 부엌으로 갔다.

작은오빠에게 들키지 않도록 말끔히 씻느라고 시간을 좀 지체했다. 건넌방 책상 서랍을 열고 감쪽같이 있던 자리에 놓고 돌아오자, 툇마루에 있어야 할 그림들이 없었다.

윤아!

대답이 들리지 않았다.

아이 참, 윤아! 누가 갖고 가랬어?

그가 숨을 쌔근거리며 뒤안으로 돌아 나갔을 때, 윤이는 담 너머로 드는 오전의 마지막 햇살을 향해 도화지를 펼쳐 들고 있었다. 도화지 뒷면으로 스며드는 햇빛을 받아, 그가 그린 붉은 꽃은 마치 안쪽에 불을 켠 듯 은은했다.

……누나, 절꽃!

희고 종종한 이를 드러내며 윤이가 웃었다. 화를 내려던 그는 머쓱해져 윤이 곁으로 다가갔다. 걸쭉한 콧물이 윤이의 윗입술에 흘러 있었다. 콧물만 닦아주면 하얗게 예뻐지는 아우의 얼굴을 향해 그는 손을 내밀었다. 그가 볼을 쓸어내리려 하는 찰나, 윤이의 얼굴에서 별안간 웃음이 걷혔다.

어제 일 때문인가.

그는 얼른 손을 빼 뒷짐을 졌다. 윤이의 겁먹은 눈과 입술 모양을 내려다보았다.

어제 아침 내내 윤이는 그에게 솜사탕을 먹고 싶다고 떼를 썼다. 초파일날 절 앞에서 어머니가 사줬던 솜사탕을 어디 가서 구해 오란 말인가. 더군다나 무엇이든 요구하거나 주장한다는 것은 그들 형제에게 금기와 같았다. 언젠가 한번, 빨아먹는 아이스크림을 먹고 싶다고 말했다가 그는 작은오빠에게 빰을 맞은 일이 있다. 그의 코에서 덥고 찝찔한 피가 흐르자 오빠는 그의 머리를 뒤로 젖혔다. "가만있어" 하고는 수건에 물을 적셔 피를 닦아냈다.

그만하라니까, 없는 걸 어디서 갖다달라고 하니?

윤이는 숫제 발을 구르고 있었다.

누나 미워. 저리 가.

그는 정말로 윤이가 미워졌다.

누난 뭐, 먹고 싶은 게 없어서 가만있는 줄 아니?

누나 저리 가!

그가 그때 윤이를 때린 까닭은, 물론 윤이가 밉기도 했지만, 때릴 만큼 미워서는 아니었다. 다만 자신도 동생에게 한 번쯤 따끔하게 혼을 내줘야 하는 거 아닌가 하는 생각이었다. 그래서 "누나 말이 말 같지 않니?" 하고, 작은오빠의 어조를 흉내내 짐짓 매몰차게 꾸짖으며 윤이의 볼을 쳤던 것이다.

윤이의 칭얼거림이 멎었다. 그는 숨을 죽였다. 무시무시한 울음이 윤이의 몸뚱아리에서 터져 나왔다. 그 얼굴과 울음소리에 새겨진 배신감과 공포를 그는 똑똑히 읽었다. 그는, 그가 언제나 그랬듯이 윤이 역시 말없이 고개를 수그릴 줄 알았다.

아픔을 참으며 가만있을 줄만 알았다. 그렇게 악을 쓰며 울어 댈 줄은 몰랐다.

미안해 윤아.

당황한 그는 윤이 앞에 무릎을 꿇었다. 눈물이 날 것 같았다.

응? 누나가 잘못했어.

누나가 정말 잘못했어.

사줄게, 윤아. 내일은 꼭 사줄게.

영원히 계속될 것 같던 십여 분이 지난 뒤 윤이는 울음을 그쳤다. 그는 비척비척 뒷걸음질을 쳐서 툇마루로 올라갔다. 윤이의 뺨이 그의 손과 부딪혔던 보드라운 감각이 아직 손바닥에 남아 있었다. 눈에 들어오지 않는 그림책을 펼쳐놓고 그는 숨을 죽인 채 엎드렸다.

삼십여 분쯤이 흐른 뒤, 조용히 앉아 놀던 윤이는 아이답게 흔적 없이 그를 불렀다. 누나, 하는 윤이의 나직한 음성이 들려온 순간 그는 숨을 몰아쉬었다.

그렇게 잊어준 줄로만 그는 여기고 있었다.

······절꽃!

어찌할 줄 몰라 뒷짐을 지고 있는 그를 향해 윤이가 그림을 가리키며 다시 외쳤다. 언제 겁먹어 있었느냐는 듯 새로 반짝이는 얼굴이었다.

그는 두 발을 모아 무릎을 안고 윤이 옆에 나란히 앉았다. 윤이의 한 손에 반쯤 구겨진 채 들린 그림을 그는 햇빛을 향해 들어 올렸다.

그래, 절꽃에 불 켜졌네?

윤이가 가만히 그를 불렀다.

누나.

왜?

우리 또 언제 절에 가?

내년에.

몇 밤 자면 내년이야?

그는 대답했다.

아주 많이.

3

이듬해가 되어 그의 식구들은 연등회에 갔다. 지난해에는 대중방 앞의 붉은 등 아래에서 식구들의 이름과 생년이 차례로 적힌 쪽지를 올려다보았는데, 이번에는 명부전 앞의 흰 등 아래 섰다. 어머니의 화장기 없이 까칠한 뺨이 보일 듯 말 듯 떨렸다. 멀찌감치 선 큰오빠와 작은오빠의 표정도 숙연했다.

내 동생이 어디서 왔어요?

윤이가 태어난 것은 그가 네 살 때였다. 여섯 살이 될 때까지 그는 그 물음을 입에 달고 다녔다. 덕분에 작은오빠에게 쥐어박히곤 하여 마침내는 입에 담지 않게 되었으나 그 의문만은 풀리지 않았다. 어머니의 둥그런 뱃속에 담겨 있었던 거라고 했지만, 그렇다면 거기 담기기 전에는 어디 있었나? 어디에서 저 강아지풀 같은 동생이 생겨나서 배냇내를 온 집에 퍼뜨리는 것인지, 네발로 기어 다니며 울고 웃고 무슨 말인가를 웅얼거리는 것인지 그는 이해할 수 없었다. 그리고 이제 그는 역시 이해할 수 없었다.

내 동생이 어디로 갔어요?

지난가을 모든 식구가 울었지만, 앞집 할머니도 손수건으로 콧등을 찍었지만 그는 울지 않았다. 다만 윤이가 어디로 갔는지 알고 싶을 뿐이었다.

윤이는 옆집을 헐어놓은 공사장에서 놀다가 녹슨 못을 밟았다. 이틀 낮과 밤 동안 의식을 놓았고, 그렇게 많은 주사를 맞고도 깨어나지 못했다. 제대로 윤이를 보지 못한 책임을 물으며 작은오빠는 그의 등짝과 허리를 때렸다. 그러나 작은오빠보다 호되게 꾸짖을 줄 알았던 어머니는 오히려 "선이는 그냥 놔둬라"라고만 했다.

앞집 할머니는 그에게 윤이가 극락으로 갔다고 했다.

극락이 어디 있어요?

아주 멀지만 가까운 곳이라고, 할머니는 어쩐지 자신 없는 목소리로 대답했다.

올봄 학교에 들어간 그가 예쁘장한 얼굴의 담임 선생님에게 묻자, 선생님은 잠시 생각에 잠겼다가 "네 마음속에 살아 있잖니"라고 대답했다. 그 말은 옳지 않았다. 그의 마음에 있는 윤이의 얼굴은 만져볼 수 없었고 결코 살아 있지도 않았다.

윤이의 이름이 적힌 흰 꽃등 아래에서 어머니는 세 번 합장했다. 명부전에 신을 벗고 들어간 어머니는 오뚜기처럼 엎어졌다 일어나곤 하는 긴 절을 시작했다.

어머니는 또 삼백스물네 번의 절을 하는 게다. 윤이가 사라진 뒤 매일 아침 절에 다니기 시작한 어머니는 사람의 고민이 백여덟 가지라서 백여덟 번의 절이 있다고, 당신은 그것을 세 번 하는 거라고 말한 적이 있었다. 그렇다면, 한 번 절할 때마다 한 가지씩의 고민이 삼분지 일씩 없어지는 걸까. 그러나 절을 마치고 나오는 어머니의 얼굴은 여전히 초췌했고 그늘져 있었다. 땀인지 눈물인지 모르게 젖은 얼굴을 손바닥으로 씻으며 어머니는 굽 낮은 구두를 꿰어 신었다.

떠난 사람 욕만 했지, 정작 나헌테 있는 생명은 지킬 줄 몰랐어요.

어머니가 앞집 할머니에게 탄식처럼 중얼거리는 소리를 그는 들은 적이 있다.

쟤들 아빠 떠난 뒤루, 작은놈은 사나워져 제 누이 괴롭히는 게 일이구, 잘 먹지두 못하는 막둥이는 파랗게 여위어만 가는 걸 알면서두.

저녁이 들며 연등마다 불이 밝혀졌다. 극락 같은 색색의 꽃들 아래로 발그레한 얼굴의 사람들이 오갔다. 다리가 아파왔다. 심우도가 그려진 대웅전 흙벽에 그는 기대어 앉았다. 수십 송이의 흰 연등 아래 섰는 식구들의 키가 훌쩍 커 보였다. 어머니는 연신 입술을 달싹거리며, 두 손바닥을 마주 문지르며 연등을 향해 고개를 수그리곤 했다. 하얀 등의 불빛이 사춘기의 두 오빠의 얼굴을 해쓱하게 물들였다.

4

책가방을 메고 신주머니를 들고, 그는 학교에 가는 대신 절까지 걸어갔다. 윤이의 흰 등을 한 번 더 보고 싶어서였다. 그러나 그가 대중방 앞마당에서 본 것은 종이 꽃잎과 잎사귀 들을 남김없이 뜯어낸 철사 틀들이 수북이 쌓인 더미뿐이었다.

할머니.

쓰레받기와 빗자루를 들고 지나던 늙은 보살에게 그는 물었다.

연등이 다 어디 갔어요?

보살은 무뚝뚝하게 대답했다.

다 뜯어서 태웠지.

내년에 다시 달 건데요?

내년엔 또 몇 달 동안 새로 만들어서, 저 틀에 붙여서 다는 거 아니냐.

그는 초라한 반라의 몸으로 누워 있는 아기 부처를 보았다. 바가지는 습기 한 점 없이 말라 있었다. 무수한 흰 양초들이 밝혀졌던 대웅전 앞 촛대들은 검게 그을린 채 비어 있었다.

그는 일주문을 나섰다. 겹겹이 늘어서 있던 좌판들은 없었다. 음악 소리도 호박엿 냄새도 없었다. 길바닥에 나뒹구는 크고 작은 쓰레기들 위로 초여름의 햇살이 묵묵히 고여 있었다.

5

화선지에 먹으로 이름을 쓴 뒤 그는 교정의 느티나무를 보았다. 중학교에 들어와 이 교실의 창가 자리에 처음 앉던 날부터 그에게는 그 나무를 바라보는 버릇이 생겼다. 수업 시간에도, 쉬는 시간이나 점심시간에도 그는 틈날 때마다 나무를 곁눈질했다. 해가 나거나 바람이 불거나, 널찍한 잎사귀에 빗발이 후두두 떨어지거나, 나무는 늘 그 자리에 다르면서도 같은 모습으로 서 있었다.

이날은 창으로 환하게 해가 들었다. 그는 책상에 놓인 화선지를 들어 창 쪽으로 펼쳐보았다. 도화지와 달리 올올이 미세한 틈들이 있어 정오의 햇빛이 고스란히 투과해 들어왔다. 그는 소리 없이 웃었다.

톡톡, 그의 책상을 두들기는 소리에 그는 얼른 화선지를 내려놓았다. 검은 뿔테 안경 뒤로 젊은 미술 선생의 눈이 웃고 있었다. 짝 아이의 얼굴을 흘깃 보니, 벌써 입술이 이 센티쯤 앞으로 나와 있었다.

지난 미술 시간에는 수채 풍경화를 그렸다. 스케치북과

그림 도구를 챙겨 들고 그는 아이들과 함께 운동장으로 나갔다. 무엇을 그릴까, 생각 끝에 그는 운동장을 둘러싼 한식 담장을 그렸다. 하나하나의 기와들을 모두 다른 색으로 칠했다. 맑은 노랑, 맑은 파랑, 맑은 빨강, 맑은 초록을 스펙트럼처럼 배열했다. 그것들이 어우러지며 마치 비 온 뒤의 시야처럼 청량한 느낌이 들어, 그의 얼굴에 미소가 떠올랐다.

애는, 어디 저 담장이 이런 색깔이니?

벤치 옆에 앉아 있던 짝 아이가 면박을 주었다. 마침 가까운 벤치에서 자판기 커피를 마시고 있던 미술 선생이 다가왔는데, 턱을 쥐고 서 있다가 고개를 끄덕여주고 갔다.

계속 그렇게 해봐라.

입을 뾰죽하게 내민 짝 아이를 향해 그는 잠자코 웃었다.

이게 어딜 봐서 잘 그렸다니? 색깔도 온통 틀리게 그렸는데.

미술 시간이면 비스킷이며 자판기 커피를 교탁 위에 올려다놓곤 하던 짝 아이는 제법 심각하게 그의 그림을 쏘아보았었다.

그날 밤 늦게, 그는 오래전 윤이와 함께 지냈으며 이제 혼자 쓰는 작은방의 문을 열고 나왔다. 부엌에서 물을 떠와 붓을 씻었다. 붉은 물감을 찍어 화선지에 꽃을 그렸다. 군대 간 큰오빠가 물려준 스탠드의 불빛에 비춰 보아가며 한 장 한 장 그려가다가, 약간만 먹을 섞으면 붉은빛이 그윽해지겠다는 생각을 했다. 벼루를 꺼내 먹을 갈다가, 이런 향이 나는 향수는 없을까 하고 궁금해했다. 잠이 부족해 까끌까끌해진 혓바닥을 침으로 적시며 그는 꽃을 그렸다. 이따금씩 먹 묻은 손으로 턱을 괸 채 어두운 천장을 올려다보기도 했다.

6

이번 연등회를 보구 나면 또 볼 날이 있으려나. 잘하면 두세 번이나 보려나.

대중방에서 함께 연등을 만들던 앞집 할머니의 말에 어머니가 대답했다.

이렇게 정정하신데, 백 살까지는 보셔야죠.

고개를 수그린 어머니의 목소리는 가라앉아 있었다. 화를 낼 때면 이마까지 붉던 어머니의 얼굴, 카랑카랑하게 높아지던 젊은 음성은 다 어디로 갔을까. 붉은 종이를 만져 빨갛게 물든 손가락으로 그는 흘러내린 단발머리를 쓸어 넘겼다.

망령스럽게, 백 살은 무슨…… 허지만 어쨌든, 이왕 간다면 초파일 즈음에 가면 좋겠어. 따뜻허고 밝은 날에, 그냥 잠자듯이.

그거 알어? 하고 할머니는 숨을 탁 놓았다.

우리 손주들은 내 옆에 오려구를 안 해. 이상헌 냄새가 난다구…… 왜, 노인 냄새 있잖은가. 나두 어릴 땐 그게 싫어 도망

다니군 했었지.

이제 보니 할머니의 얼굴은 거무레한 저승꽃으로 덮였고, 목과 손은 구겨진 은박지처럼 쪼글쪼글했다.

정말 나헌테서 살비듬 냄새가 나?

어머니는 고개를 들고 손사래를 쳤다.

무슨 말씀이셔요. 할머니같이 정갈헌 노인이 어디 계시다구.

할머니에게서 엷게 날아오는 분명한 살비듬 냄새를 맡으며, 그는 완성한 등을 조심스럽게 밀쳐놓았다. 새로 홍보랏빛 꽃잎을 말기 시작했다.

할머니 말씀을 들으니 부끄럽네요. 앞으로 몇 번이나 더 초파일을 볼까, 생각허니까 다 알던 일이지만 무상허게 느껴지는 게…… 여직도 마음이 덜 영글어서 그렇지요.

그때 그는 자신이 언젠가 일 년에 하루뿐인 초파일을 아쉬워했던 것을 기억했다. 하지만 일 년에 하루만 볼 수 있는 게 아니라면, 그만큼 아름답게 느껴질 수 있을까.

아름답다는 건 그렇게 어려운 것인가 보다고 그는 생각했다. 몇 달 동안 스님들과 신도들이 손가락을 빨갛게 물들여가며 등들을 만들고, 멀고 가까운 곳에서 모여든 사람들은 얼마씩의 돈을 주고 사신들의 이름을 붙이고, 마침내 수천 개의 등들이 한날한시에 켜졌다가 다음날이면 모두 불태워진다.

문득 그는 자신이 앞으로 몇 번 연등회를 볼 수 있을까 하는 생각을 했다. 그가 열네 살이니, 평균의 나이라면 오십 번쯤은 될까. 그때 그의 얼굴은 앞집 할머니처럼 쪼글쪼글하게 오그라들어 있을까. 그러나 그것은 고작 두세 번이 될 수도 있고, 어쩌면 올해의 연등회조차 오지 않을 수 있었다. 누구도 그것을 알 수 없었다. 윤이가 단 한 번의 연등회밖에 보지 못했던 것처럼.

점심 공양을 하고 오후 법회가 열리는 대적광전에 갔다. 음음한 향냄새를 맡으며 그는 어머니 곁에 나란히 좌복을 깔고 앉았다. 저마다 염주를 쥐거나 목에 건 여인네들이 법당을 가득 메우고 있었다. 앞집 할머니보다 더 늙어 보이는 비구니 큰스님의 법문은 대뜸 이렇게 시작되었다.

옛날에, 중국의 한 스님이 멀리 있는 다른 스님을 찾아갔어. 둘이서 이야기를 나누다가 날이 저물었지.

저쪽 방에 가서 주무시지요.

객스님이 인사를 하고 나갔다가, 도로 문을 열고 들어왔어. 이 객스님 하는 말이,

밖이 어둡습니다, 스님.

한데 이, 방에 있던 스님이 촛불을 켜서 건네주었다가, 객스님이 받자마자 후욱, 불어 꺼버렸어. 바로 그때, 초를 들고 섰던 객스님의 눈에서, 깨달음의 눈물이 흘러내린 거라.

그는 법당 앞쪽의 열린 문 바깥을 내다보았다. '올라가지 마시오'라는 팻말이 붙은 종루 뒤로 약수터로 통하는 숲길이

보였다. 길을 따라 우거진 갈참나무들의 그늘을 그는 보았다.

맵싸한 감각이 그의 목구멍 안쪽에 느껴졌다. 왜냐고 묻는다면 대답할 수 없겠지만, 그 스님이 눈물을 흘린 까닭을 어쩐지 알 것만 같았다. 하지만 대답할 수 없다면 안다고 할 수 있는 걸까. 더 이상 연등회를 보지 못하는 때, 그가 어디로 가는 것인지 말할 수 없다면.

7

칠월의 햇볕이 내리쬐는 느티나무를 바라보는 동안 수학 선생의 지적을 듣지 못했기 때문에 그는 교탁 앞으로 불려 나갔다.

……가정교육을 어떻게 받아먹었길래!

선생의 목소리가 높아질 때까지 그는 고개를 수그린 채 나무의 모습을 눈앞에서 찬찬히 재생해내고 있었다.

그는 오른쪽 뺨을 맞았다. 털이 숭숭 돋은 선생의 두꺼운 손은 정신이 얼얼해질 만큼 매웠다. 돌아간 얼굴을 곧추세워 그는 선생을 올려다보았다.

이거 봐라, 어딜 똑바로 쳐다봐?

그는 왼쪽 뺨을 맞았다. 다시 얼굴을 들어 선생의 눈을 올려다보았다.

이년이, 그래도!

그는 양쪽 뺨을 번갈아 맞았다. 그때마다 얼굴을 바로 들었다. 손바닥은 계속해서 날아왔다. 그가 옆으로 넘어지자, 슬리퍼 신은 선생의 발이 그의 등짝을 밟았다. 일격이 가해질 때마다 그는 고개를 곧추들어 선생의 얼굴을 쏘아보았다.

나가.

선생은 떨리는 손으로 교실 앞문을 가리켰다.

당장 나가!

그는 문을 열고 나왔다. 코피를 닦기 위해 수돗가에 갔다. 세수를 하고 나서도 수도꼭지에서 흐르는 차가운 물에 손등을 적셔두고 있었다. 이상하게 아랫배가 뜨겁다고 그는 느꼈다.

화장실에 들어갔을 때 그는 속옷이 붉게 젖은 것을 알았다. 가정 시간과 교련 시간에 여러 차례에 걸쳐 배웠으므로 언젠가 닥쳐올 것을 짐작했던 일이었다. 그러나 그는 조금 놀랐다.

그는 수돗가에 돌아와 섰다. 그동안 다시 흐른 코피를 닦아냈다. 휴지를 말아 콧구멍을 막았다. 거의 눈에 띄지 않을 만큼 다리를 절며, 실내화 바람으로 그는 운동장으로 걸어 나갔다. 둥글게 가지를 펼친 느티나무를 지나, 뙤약볕이 내리쬐는 빈 운동장을 대각선으로 건넜다.

어딜 가.

수위는 짐짓 무서운 인상을 지어 보였으나, 가까이서 그의 얼굴을 보자 놀란 듯했다.

너, 괜찮으냐?

대답하지 않은 채 그는 교문을 빠져나왔다. 코를 막았던 휴지를 뽑아보았다. 날큼한 끝까지 새빨갛게 젖어 있었다. 코피가 흘러내리는 대로 손바닥으로 닦아 교복 치마에 문지르며 그는 육교를 건넜다. 아랫도리에서 흘러내린 핏방울이 시멘트 바닥에 동전 같은 자국들을 남겼다.

8

그늘진 방 가운데 누운 그의 꿈에 연등을 든 사미니의 뒷모습이 드나들었다. 연회색 두루마기 자락이 나부꼈다. 흰 고무신이 허공에 떠서 흘러갔다. 어느 사이 그것을 신고 걷는 것은 자신이었는데, 벼랑 앞에서 어깨를 떨며 꿈에서 깨어나곤 했다. 발 하나만 내디디면 까마득한 계곡으로 떨어질 찰나였다.

그냥 앞으로 가.

누군가 속삭이는 소리를 그는 등 뒤에서 들었다.

괜찮아, 그냥 앞으로 걸어가.

어머니가 두고 간 생리대 봉투를 열어 한 개를 꺼내 가지고 그는 화장실에 갔다. 생리대를 갈고 옷을 추스른 뒤 두 쪽 귀가 떨어져 나간 거울 앞에 잠시 서 있었다. 손을 비누로 씻고 얼굴과 목에 찬물을 끼얹었다.

마당에 나가자 오후의 햇살이 들어 있었다. 그는 대문을 열었다. 아랫배에 낯선 통증을 느끼며 그는 걸어 나갔다. 지난달 할머니의 상여가 나간 앞집을 지났다. 오후만 되면 대문간에 나와 앉아 해바라기하던 할머니는 없었다. 반쯤 부러진 다리를 철사 줄로 처매었던 목제 걸상도 없었다. 칠이 벗겨진 대문 위로 오래전부터 낡아 있었던 목제 문패가 귀 맞추어 걸려 있었다.

쉬지 않고 비탈길을 올라 절에 이르렀다. 그는 대적광전의 미닫이문을 열고 들어갔다. 아무도 없었다. 연꽃 송이를 든 관음보살 앞에 그는 좌복을 깔았다. 온몸에 땀을 흘리며 한 배 한 배 세어갔다. 삼백스물네 번을 마친 뒤 그는 머리를 엎딘 채 그대로 있었다.

잠시 잠들었던 것일까.

찢어지는 듯한 어린아이의 울음소리에 그는 눈을 떴다. 법당 귀퉁이에 쌓인 좌복들 위로 땀에 젖은 좌복을 포개놓고 문을 열었다. 댓돌 위의 단화를 꿰어 신는 무릎이 오한 든 것처럼 떨려왔다.

돌층계를 채 다 내려가기 전 아직 울음을 그치지 않은 여자아이가 보였다. 네 살이나 다섯 살쯤? 머리를 양 갈래로 묶고 분홍색 멜빵 치마를 입었다.

엄마가 어디 멀리 간 줄 알았구나? 바로 요 앞에 있었는데.

얼굴이 흰 젊은 여인이 여자아이를 끌어안아준 뒤 손목을 잡고 보리수 그늘로 걸어갔다.

대웅전 쪽으로 가려고 돌아섰을 때 그는 동자승과 마주쳤다. 일고여덟 살쯤 되었을까. 짙은 눈썹 아래 커다란 눈이 옆

으로 찢어져 있었다. 눈여겨보지 않고 스쳐 가는 참에 동승이
물었다.

아까 그 애, 왜 울었어요?

응?

생각에 잠겨 있던 그가 놀라 되물었다.

아까 그 애, 왜 울었어요?

동승의 큰 눈에는 근심과 놀람이 어려 있었다. 그러고 보니
나직이 숨을 몰아쉬는 것이, 그가 그랬던 것처럼 울음소리를
듣고 달려 나온 모양이었다.

과일 소반을 들고 올라오던 예의 늙은 보살이 그를 대신해
대꾸해주었다.

제 엄마 찾아 울었는데, 이제 찾았단다.

그는 무릎을 짚어가며 계단을 올랐다. 무심코 그가 돌아보
았을 때, 동승은 여전히 근심이 지워지지 않은 옆얼굴로 그 자
리에 서 있었다.

9

나무들이 바라보는 쪽은 언제나 햇빛이 드는 쪽이다. 운동
장의 저 나무는 밝은 곳에서 자란 덕분에 둥글고 의젓한 모양
새로 가지를 뻗었지만, 그늘에 선 나무들의 가지는 예외 없이
간절하게 휘어 있다. 어떤 나무는 빛 속에서 태어나고 어떤 나

무는 그늘에서 태어나나. 하지만 어쨌거나, 그들의 잎사귀는 똑같이 푸르다. 그들의 잎사귀는 햇빛을 향해 고스란히 펼쳐진다.

10

주무세요?

아니다, 하는 가라앉은 목소리와 함께 안방에 불이 켜졌다. 그는 문을 열고 들어가 어머니의 베개맡에 무릎을 꿇었다. 방금 자리에 누웠었는지, 몸을 일으켜 앉은 어머니의 눈에는 잠기운이 없었다.

고요했다. 건넌방에서 작은오빠가 틀어놓은 일어 회화 테이프 소리만이 밤의 정적을 타고 울려오고 있었다. 작년에 입대했다가 올봄에 병가 제대한 작은오빠는 오랜 늑막염 치료 끝에 서서히 체력을 회복해가는 중이었다. 부리부리한 눈에 사나운 말씨, 툭하면 손찌검을 하던 성질은 거짓말처럼 누그러졌다. 오후의 초가을 햇볕을 맞으며 툇마루에 웅크리고 앉아 멍하니 담장만 바라보고 있는 날이 많았다. 무엇을 물으면 고갯짓 정도로만 대답하던 작은오빠가 이즈음 회화 공부를 시작한 것을 식구들은 다행으로 여기고 있었다.

며칠 전 툇마루에서 작은오빠가 나직이 선아, 하고 불렀을 때 그는 자신의 귀를 의심했다. 그렇게 다정한 음성이 작은오빠의 입에서 발음된 것을 믿을 수 없어서였다.

고등학교 간다고, 공부하기 힘들지?

힘은 무슨, 공부를 제대로 안 하는걸.

그때 그는 작은오빠의 더부룩한 머리털과 웅크린 어깨를 보았다. 힘없이 늘어뜨린 손목과 다듬지 않은 때 묻은 발톱을 보았다. 언제 이 사람이 그의 얼굴을 때렸던가. 욕설을 내뱉고 피 흘린 코를 거칠게 닦아냈던가. 혼자서 잘 노는 윤이의 볼기를 걷어차곤 했던가.

······힘들기론 오빠가 더 힘들어 보여.

그 말을 그는 입술 밖으로 꺼내놓지 않았다.

무슨 일이냐.

어머니의 눈이 맑다고 그는 생각했다. 다락 옆 선반에 놓인 관음보살상과 백팔 알의 염주, 천수경 따위를 물끄러미 건너다보다가 그는 고개를 떨구었다. 또렷한 목소리로 그는 말했다.

저, 머리 깎고 싶어요.

그는 다시 고쳐 말했다.

산에 들어가고 싶어요.

수분의 숨죽인 침묵이 흘렀을 때 어머니가 그의 두 손을 잡았다. 앞으로 수그린 어머니의 가슴께에서 오래 고인 물냄새가 났다.

······진심이냐?

어머니의 음성은 낮게 떨려 나오고 있었다. 그가 고개를 들자, 뜻밖에도 어머니의 얼굴은 슬퍼하거나 놀라지 않은 것처럼 보였다.

네.

어머니는 말이 없었다. 그의 얼굴을 보는 어머니의 눈에는 한 가지가 아닌 표정들이 스쳐 가고 있어, 무엇을 생각하는지 헤아릴 수 없었다.

그의 손을 쥔 손아귀에 힘을 주었다 놓으며 어머니는 말했다.

내일, 날 밝는 대로 큰스님을 뵈러 가자.

어머니의 미지근하고 주름진 감촉이 남아 있는 두 손을 그는 무릎 위에 반듯이 겹쳐보았다.

건너가 자거라.

밤새 그의 설익은 꿈은 작은 소리에 놀라 조각나곤 했다. 까마득한 낭떠러지에 서 있는 그의 등을 누군가 떠밀었다.

괜찮다. 앞으로 가라.

앞으로 걸어가.

그 단호한, 그래서 서운하게 느껴졌던 손길은 어머니의 것이었을까. 사이사이 깨어보면 누군가 마당가에서 빨래하는 것 같은 물소리가 환청처럼 스며 들어왔다.

새벽에야 그는 그 피로한 잠에서 깨어났다. 묵직한 눈꺼풀을 비비며 툇마루에 나가보니 어머니가 젖은 옷가지를 널고 있었다. 그의 교복과 흰 카바 양말들, 집에서 입던 면바지와 노란 티셔츠였다.

제 빨래를 왜 하셨어요, 하고 물으려던 그는 얼른 숨을 삼켰다. 하복 치마 위로 빨래집게를 집던 어머니가 거짓말처럼 눈을 훔쳤기 때문이다.

11

웬 찰밥이에요?

큰오빠가 묻는 말에 어머니는 잠자코 웃었다. 큰오빠는 지난겨울에 제대해 바로 복학했다. 사 학년을 마치기 전에 취직하고 말 거라며 새벽부터 밤까지 도서관에 틀어박혀 지내고 있었다.

오늘이, 무척 좋은 날이라서 했다.

입이 짧아진 작은오빠가 몇 번씩 숟가락을 놓아가며 어렵사리 밥상을 물리자, 어머니는 설거지 그릇들을 쌓아둔 채 그의 손을 잡고 집을 나섰다.

이마와 뺨에 저승꽃이 핀 큰스님 앞에서 희끗한 파마머리의 어머니는 평소보다 작고 느리막한 말씨로 어렵사리 말을 이어갔다.

벌써 난방이 들어오는지 장판 바닥이 따스했다. 어머니의 곁에 꿇어앉은 그를 머리끝부터 발끝까지 훑어보았을 뿐 큰스님은 말이 없었다. 이 절은 속가가 너무 가까우니 도반 스님이 있는 암자로 보내겠다는 한마디가 있었을 뿐이었다. 칼칼하게 끝이 갈라지는 목소리로 큰스님은 말했다.

일주문까지 배웅해드리고 오너라.

큰스님의 입에서 씁쓸한 쑥냄새가 풍겨왔다.

일주문 앞에서 어머니는 그에게 머리 숙여 합장했다.

열심히 공부해서, 성불하세요.

그가 짐작했던 대로, 모퉁이를 돌아갈 때까지 어머니는 뒤돌아보지 않았다.

12

일 분만.

도량석이 들려오기 시작했을 때 그는 돌아누웠다. 사형 스님이 돌고 있을 어두운 경내의 풍경이 눈앞에 일렁거렸다. 먹빛 하늘과 별들과 언 동치미 조각 같은 하현달, 검은 나뭇가지들과 아직 눈이 녹지 않은 희끗한 석등들이 그의 감은 눈 위로 선득하게 쏟아져 내렸다.

일 분만 더.

옆에 누워 있던 상행자가 이불 개는 기척을 들으며 그는 억지로 몸을 일으켰다. 옷을 챙겨 입고 장지문을 열자, 온몸의 세포들이 오소소 오그라들며 이불 속의 훈기를 원하는 것을 느꼈다.

대웅전은 입김이 선명히 보일 만큼 추웠다. 문에서 가장 가까운, 바람이 장지문 사이로 힘차게 밀려 들어오는 자리에 앉아 그는 새벽 예불을 드렸다. 운판은 날짐승들을 위한 것, 목어는 바다의 중생에게 들려주는 것, 종소리는 지옥의 중생을 위한 것이라고 그는 들었다. 종소리가 울리는 동안이나마 지옥불에서 신음하던 이들이 잠시 고통을 쉰다고 했다.

아래 큰절의 깊은 대종 소리가 울려오자, 그것을 받은 이 골짝 암자들의 소종 소리가 여러 방향에서 고요히 겹쳐졌다. 종의 울림이 거의 사라지려 하는 찰나 다시 그 위로 울려오는 소리를 들을 때마다 그는 간절한 마음이 되었다. 마치 자신이 불길이나 유황 냄새 나는 물에서 잠시 건져내어진 것처럼 참았던 숨을 내쉬었다.

새벽 예불문은 다 외었고 반야심경은 입산 전에 외었지만 신묘장구 대다라니는 아직 군데군데 함께 외지 않으면 기억나지 않는 부분이 있었다. 중간중간 토막 난 기억을 견고히 하려 애쓰며 그는 따라 외었다. 천수경을 외는 동안은 추위가 심해질 때마다 절을 하여 몸에 훈기를 지폈다.

예불이 끝나자마자 서둘러 공양간으로 들어갔다. 커다란 대야에 받아놓은 물의 윗면에 살얼음이 앉아 있었다. 그 물을 바가지로 퍼 쌀을 씻으니 차가운 기운이 열 발가락 끝까지 저릿하게 뻗쳐왔다.

그가 다시 그 쥐를 본 것은 그때였다. 그것이 똑같은 쥐인지는 확실하지 않았다. 다만 그 시간이면 늘 보이곤 하므로 같은 녀석이려니 할 뿐이었다.

쥐라는 것이 꼬리만 보이지 않으면 예쁜 짐승이라는 것을 그는 이곳에 와서 알았다. 눈은 총기 있게 반짝거렸고, 까만 몸뚱아리는 가련해 보일 만큼 작았다. 간밤 그가 문 옆에 숨겨 놓고 간 사과 반쪽을, 촉이 약한 백열구 불빛 아래에서 쥐는 갉아 먹고 있었다. 바지런히 사각거리는 이빨 소리를 들으며 그는 마치 어린 아우를 대하듯 다정한 눈으로 쥐를 건너다보았다.

두툼한 목도리에 파카를 입은 공양주 보살과 법당 정리를 마친 상행자가 함께 들어온 순간 쥐의 이빨 소리가 멎었다. 잠시 후 돌아보니 녀석의 모습은 보이지 않았다. 그는 재빨리 문 쪽으로 갔다. 갉아 먹다 남은 사과를 반닫이 뒤쪽으로 숨겼다.

도통 말이 없는 공양주 보살이 그가 솥에 채워놓은 물의 양을 가늠했다. 속가 나이가 그보다 꼭 열 살 많은 상행자는 절도 있는 손동작으로 광 속의 재료들을 꺼내 버섯으로 다시를 낸 된장국을 끓이기 시작했다. 그는 상행자가 시키는 대로 김을 참기름과 소금에 잰 뒤 육 등분씩을 했다. 커다란 찜통째 국을 가져가기만 하면 되도록 채비해놓고 나물과 김치를 큼직한 그릇들에 덜어놓자 세 사람의 바쁜 손길이 잠시 한가해졌다.

밥 뜸 드는 냄새가 부엌 가득 번져 있었다. 아궁이 앞에 쪼그려 앉아 빨갛게 튼 손을 장작불에 비춰 보다 말고 그는 물었다.

오늘은, 고구마를 삶아서 지대방에 갖다 놓을까요?

그럴까요?

다 쓴 그릇들을 가지런히 정리해 반닫이에 넣으며 상행자는 조금 웃었다. 예쁘장한 얼굴에 어울리지 않는 미운 치열이 드러났다. 그 때문인지 상행자는 잘 웃지 않았다. 차라리 활짝 웃는다면 그 치열이 눈에 띄지도 않을 만큼 고와 보이지 않을까 하고 그는 생각하곤 했다. 참을성이 많은 상행자를 그는 늘 부러워했다. 잠을 잘 못 이기고, 뜨거운 것 만지기를 겁내고, 일끝이 그다지 말끔하지 않은 그가 따라가려면 멀었다는 생각이 들 때마다 부끄러움을 느끼곤 했다.

듣는 것만으로 몸을 에어오는 것 같은 바람 소리가 공양간 문을 두들겼다. 지도로 보면 그가 살던 곳보다 훨씬 남쪽이지만, 큰 산자락에 묻힌 이 암자의 겨울은 매서웠다.

가을이 좋았다고 그는 생각했다. 얇게 썬 애호박으로 전을 부쳐 지대방에 갖다드리면 젊은 스님들이 활짝 웃으며 좋아했었다. 맑은 날 냇가에 나가 은사 스님 적삼이며 두루마기 빨기도 좋았다. 밥 뜸 드는 동안 공양간 앞에 나가 있으면, 둥글게 가지를 펼친 물든 활엽수들이 새벽의 박명 속에 고요했다.

그는 반뼘쯤 문을 열어보았다. 동이 트려면 아직 멀었다. 뼈대를 드러낸 나무들이 어둠 속에서 침묵하며 서 있었다. 치켜깎은 그의 검은 머리 속으로 얼음 바늘 같은 산바람이 파고들었다.

13

왜 이렇게 까치가 울어요?

새벽 예불이 끝나도록 걷히지 않은 졸음을 걷어내려 눈을 비비며 그가 상행자에게 말을 건넸다. 상행자는 떡국 떡 한 주먹을 냄비에 더 넣고 국자로 저었다.

까치 운다고 반가운 사람 오는 거, 아직 못 봤어요.

상행자는 평상시와 똑같이 가만가만, 그러나 고향의 억센 억양이 드러나는 말씨로 대답했다.

반가울 사람이 있기는 하우?

공양주 보살이 따끔하게 한마디 했다. 스물세 살에 남편을 잃었다는, 약간 등이 굽고 다리를 저는 보살은 이따금 저녁 예불 때 눈물을 흘릴 때가 있었다. 그녀는 '관세음보살'을 빨리 발음해 언제나 '간심보살, 간심보살'로 넘어가곤 했는데, 그 부르던 음성이 종내 흐느낌으로 끝을 맺는 것이었다. 그러나 예불이 끝나면 언제 그랬냐는 듯 쌀쌀하고 말 없는 얼굴로 돌아가 있곤 했다.

그날 저녁 과연 누군가 오기는 했다. 분명히 처음 보는 얼굴의 젊은 여자였는데, 어쩐지 어디선가 본 듯한 인상이었다. 짤막한 머리에 화장기 없는 피부, 군더더기 없는 표정이 그의 마음에 들었다. 여자는 서울에 있는 미술 대학의 대학원생이라고 했다. 원주 스님과 알음알음이 있는 사이라 잠시 지내러 온 거라고 했다.

다음날 오전 그에게 먼저 말을 걸어온 쪽은 그 여자였다. 고단했던지 여자는 새벽 예불에 나오지 않았었다.

밤새 비가 내리는 줄 알았는데, 이렇게 햇빛이 환해요.

여자는 객실 뒤편의 냇가를 가리키며 웃었다.

지금 보니까, 그게 다 저 계곡물 소리였나 봐요.

그러고 보니 이즈음 날이 풀리면서 계곡물이 소리를 내기 시작했다. 그는 대답 대신 들고 있던 소쿠리에서 삶은 고구마 몇 개를 꺼내 여자에게 건네었다.

그 뒤로도 이따금 그는 객실 마루에 앉아 있는 여자의 모습을 보았다. 아직 때 이른 봄볕을 받으며 은사 스님이 시킨 대로 먹을 갈다 말고 묵향을 맡아볼 때, 후원에서 음식 소반을 들고 와 고무신을 벗고 툇마루에 올라설 때, 조용히 그를 따라오는 시선을 느꼈다.

여자는 동양화를 한다고 했다. 장지문을 열어놓은 여자의 방에서는 물감 냄새와 먹냄새가 은은하게 흘러나왔다. 여자가 객실에 묵는 동안, 그에게는 잠들기 전에 손가락을 어둠 속에서 붓질하듯 달싹거리는 버릇이 생겼다. 여자의 쾌활하고 자유로워 보이는 걸음걸이를 몰래 흉내 내어보기도 했다.

산문에 목련 잎눈이 터지기 시작하고 바람에 촉촉한 흙냄새가 실리던 날 여자는 떠났다. 가기 전에 그에게 화선지 두루마리 하나를 건네었다. 사시 공양을 마치고 설거지까지 끝내놓고야 그는 짬이 났다. 아무도 없는 행자실에서 그림을 풀어본 순간 그의 숨이 멈추었다.

치켜 깎은 머리의 소녀가 툇마루에 앉아 있었다. 자신의 몸뚱이만 한 굵기의 나무 기둥에 상체를 기댄 채 약간 위쪽의 먼 곳을 바라다보고 있었다. 여자아이의 눈에 깃들인 것은 멍한 백일몽 같기도 했고, 알 수 없는 그리움 같기도 했다. 그것은 은사 스님과 원주 스님이 외출한 뒤, 후원의 일을 마치고, 다릴 옷들 다리고 쓸 마당 다 쓸고 나서 그가 오후 시간을 보내곤 하던 자세였다.

두루마리를 앞섶에 품은 채 그는 뒤꼍을 서성거렸다. 그날 저녁 은사 스님 방의 군불을 때다 말고, 아궁이 속으로 그것을 밀어 넣었다.

14

지금 아무도 안 계신데요.

먼 길을 걸어온 기색이 완연한 낯선 비구니 스님에게 그는 말했다. 젊은 스님들은 아래 큰절에서 여름 안거를 마친 뒤 만행을 떠났고, 마침 은사 스님은 서울에 가 있었다. 공양주 보살은 얼마 전부터 도진 무릎 관절염 치료를 받는다며 아래 읍의 아우네에 머물고 있었다.

원주 스님은 상행자님이랑 읍내 나가셨다가 금방 오실 때 됐어요.

한 시간만 기다리면 버스가 있을 텐데, 이렇게 먼 길을 걸어왔을까. 챙 넓은 밀짚모자를 쓰고도 스님의 얼굴은 검게 그을려 있었다. 모자와 걸망을 벗어 객실 마루에 올려놓은 뒤 스님은 절 뒤쪽의 산세를 향해 먼 시선을 두었다.

옥수수 삶으려고 물 얹었는데, 좀 드릴까요?

아닙니다. 찬물이나 한잔 주세요.

그는 서둘러 공양간에 들어갔다. 주전자에 담긴 물은 너무 미지근했다. 수도꼭지를 틀어 찬 지하수를 받았다. 대접을 들고 나가보니 스님은 자신의 걸망 옆에 편한 자세로 걸터앉아 있었다.

고마워요.

스물예닐곱 살이나 되었을까. 스님들의 속가 나이는 늘 추측하기가 어려웠다. 코와 입이 오목조목 작은 반면 큼직한 눈매가 형형한 스님의 앞에서 그는 어쩐지 마음이 설레었다.

스님이 단숨에 물을 들이켜는 것을 보고 그는 대접을 받아들었다.

더 드릴까요?

아닙니다. 괜찮습니다.

그는 물이 끓기를 기다려 옥수수를 얹었다. 들큼하게 옥수수 익어가는 냄새를 맡으며 문턱에 앉아 오후 늦게부터 일기 시작한 바람을 쐬었다. 땀이 맺혔던 맨머리가 서늘하게 식어가는 것을 느꼈다. 두 달 전 그는 첫 삭발을 받았다. 두 개의 삭도로 깎이고 석석 소리와 함께 다듬어진 맨머리를 찬물에 씻어냈다. 그 다음날부터는 아침 공양을 마치고 나면 은사 스님의 방에서 초발심자경문을 배웠고, 저녁의 자유 시간이면 행자실에서 옥편을 찾아가며 한자를 익혔다.

맛있는 음식으로 봉양해도 이 몸은 부서질 것이요
부드러운 옷으로 감싸도 목숨은 끝이 있는 것

적삼 속으로 스며드는 부드러운 바람을 느끼며 그는 가만가만 발심수행장을 입속으로 외어보았다.

절하는 무릎이 얼음이 되어도 따뜻한 불을 그리지 않으며
주린 배 끊어질 듯해도 먹을 것을 구하지 않는다

소쿠리에 옥수수를 담아 가지고 나왔을 때 스님은 보이지 않았다. 걸망도 밀짚모자도 안 보였다.

대웅전에 스님이 없는 것을 확인한 뒤 명부전 댓돌이 비어 있는 것을 보았다. 가장 높이 있는 산신각으로 오르다 말고 층계에서 돌아보자, 먼 산길을 타고 까마득히 멀어져가는 밀짚모자가 보였다.

그는 느린 걸음으로 층계를 내려왔다. 스님이 앉았던 객실 툇마루에 걸터앉아보았다. 소쿠리를 끌어다가 아직 뜨거운 옥수수염을 만지작거렸다.

뭐가 마음에 안 들었을까.

팔월 하순의 뙤약볕이 조금씩 기울어가고 있었다. 일찍 나

온 풀벌레 소리가 지척에서 들려왔다.

그냥, 마음 가는 대로 간 건가.

밀짚모자 아래 형형히 빛나던 스님의 눈을 생각하자 그의
마음은 허전해졌다.

일껏 여기까지 걸어와놓고서는.

그는 일어섰다. 객실 앞 채마밭에 심어진 새파란 채소들을
내려다보았다.

저녁 공양 때 된장국을 끓이려면, 아욱을 뜯어놔야지.

그러나 그는 생각에 잠긴 채 일주문 쪽으로 발을 옮겼다.

내처 문밖으로 걸어 나갔다. 둥실둥실 멀어져가던 밀짚모
자처럼 그의 푸르스름한 머리도 흘러갔다. 삼십 분쯤 더 흘러
가다가 문득 멈추었다.

일주문과 버스 다니는 길의 중간쯤에서 그는 서 있었다. 어
느 쪽을 돌아보아도 암자도, 큰길도 보이지 않았다. 정수리 위
에서 매미 울음이 쏟아져 내렸다. 무성하게 웃자란 풀들과 산
열매들의 냄새가 코를 찔렀다. 이마를 닦으려 들어 올린 그의
손끝이 가늘게 떨고 있었다.

15

저 위 토굴에 계시던 노스님이 입적하셨대요.

상행자가 조용히 말했다.

어느 스님이요?

왜, 지난번 초파일 때 오셨던, 우리 노스님 도반이시라는.

아, 혜조 스님.

그는 잠시 입술을 다물었다. 여든은 족히 되어 보이던, 주장자를 짚고 걷던 그 비구니 노스님은 평생을 선방에서 늙었다고 했다. 삼십 년쯤 전엔 장좌불와를 이태간 했다던가. 이제 공동생활을 할 기력이 없어지자 이 암자와 비교적 가까운 토굴에서 혼자 정진하고 있다고 했었다.

젊었을 때 분심들을 내라구. 늙어 힘 없으면 공부도 안 돼.

젊은 스님들을 만나면 타이르곤 한다던 노스님이었다.

어디서 왔어?

지난 초파일 전날, 그 노스님이 날카로운 음성으로 물었을 때 그는 서울에서……라고 말끝을 흐렸다. 더듬더듬 그는 덧붙였다.

그전에 어디서 왔는지는 잘 모릅니다.

앞니 두 개에 백금이 둘려진 노스님은 표정 하나 변하지 않은 채 주장자를 땅바닥에 두들겼다.

잘 기억해두라구. 행자 때 발심, 행자 때 공덕으루다 평생을 파먹고 살 테니.

삼십 촉 백열전구를 머리 뒤로 등져, 저녁 찬을 담는 상행자의 흰 얼굴은 물감을 입힌 것처럼 그늘져 있었다. 내일쯤 큰비가 오려는지 종일 흐린 날이었다.

……돌아가신 뒤 사나흘은 아무도 몰랐던 모양이에요. 아

래 큰절에서 떡 공양을 해서 마침 가져갔는데 앉은 채로 입적
해 계셨답니다. 옆에 쪽지하고 돈을 뒀대요. 얼마 안 되지만
다비식 비용에 보태 쓰라고…… 그게 전 재산이었나 봐요.

다비식이 언제래요?

내일이래요.

행자님 수계식 받고 나서요?

미소를 지으며 상행자는 고개를 끄덕였다.

다음날 그는 아래 큰절로 다비식을 보러 갔다. 큰절 사람들
과 그의 암자 사람들 외에는 참석한 이들이 없었다. 평생 수좌
로 지낸 스님이니 신도도 없었다.

새벽부터 제법 굵은 가을비가 뿌려, 다비장으로 오르는 황
톳길은 고무신이 들러붙어 자꾸만 벗겨졌다. 장작도 잘 타지
않았다. 거사들이 한 번씩 석유를 부어주면 타는 시늉을 하다
말 뿐이었다. 예닐곱 차례 석유가 부어지는 동안 빗발이 거세
어졌다. 마치 물과 불이 허공에서 적수가 되지 않는 싸움을 벌
이고 있는 것 같았다. 가냘픈 불길이 돋워질 때마다 염불 소리
가 높아졌다.

살아서는 속가의 반연을 끊고, 죽어서는 육신도 태워 산중
에 뿌리는 게 중이다.

처음 그가 암자에 들어와 삼배했을 때 은사 스님이 했던 말
이었다. 입산하려는 이들에게 늘 똑같이 들려주곤 한다는 말
이었다.

그게 싫으면 언제라도 돌아가거라.

그는 가슴에 두 손을 모아 붙인 채 불꽃을 바라보고 있었다. 굵은 빗물 줄기가 눈으로 흘러내릴 때마다 그는 눈꺼풀을 껌벅거렸다. 장작 연기도, 석유 냄새도, 몸 타는 냄새도 모두 빗물에 삼켜졌다.

논두렁을 베고 죽을 각오가 돼 있어야 진짜 중이야.

스물 남짓한 승려들의 옷이 진한 먹빛으로 젖어갔다. 그의 옆자리는 비어 있었다. 이날 이른 새벽 상행자는 다락에 넣어두었던 속복을 꺼내 갈아입고, 공양간의 우산 하나를 받쳐 들고 홀로 산문을 나갔다.

16

걷어 올린 팔뚝에서 마른 쑥 연기가 피어올랐다. 마침내 불꽃이 살갗으로 타들어가는 동안 그는 어깨를 움찔하지 않기 위해 힘을 주었다. 선명한 연비 자국이 새겨진 팔뚝 위로 잿빛 승복 소매를 덮었다.

그는 아래 큰절에서 첫 동안거를 지냈다. 보름마다 삭발과 목욕을 준비하는 욕두 소임을 맡았다. 뜨거운 물을 받아 구참 스님들의 삭발을 도우면서, 삭도 날의 높낮이를 섬세하게 조절하여 쓰는 법을 익혔다.

가부좌를 틀고 앉아 있는 동안 그는 그의 몸속에 미처 상상 못 했던 많은 기억들이 들어 있었던 것을 알게 되었다. 모든 감정에 육체가 있다는 것도 알게 되었다. 후회나 슬픔, 분노는 물론 사소하고 자질구레해 보이는 감정들에까지 구체적인 생김새와 감각이 있었다.

신기한 것은, 순서 없이 떠오르는 그 기억들 속에서 어떤 감정이 솟아났을 때 그것을 잠자코 들여다보고 있자면, 그래서 그 감각과 생김새를 찬찬히 헤아리고 나면 어느 사이 그것이 사라져 있곤 한다는 것이었다. 사라지고 난 밝고 빈 마음속에서 그는 잠시 쉬었다. 다시 기억이나 감정이 솟으면 그것을 들여다보았고, 사라지고 나면 다시 쉬었다. 선방에서 나와 잠시 경내를 걸을 때면 보이고 들리는 것들이 폭우에 씻긴 듯 또렷해져 있곤 했다.

해제일 오전 걸망을 메고 산문을 나서는 스님들의 뒷모습을 멀찌감치 바라보다가 그는 암자로 돌아왔다. 초파일이 올 때까지 그는 아침저녁으로 간경을 했다. 행자 시절부터 어깨너머로 배운 붓글씨를 써보기도 했다. 막히는 대목을 들고 은사 스님을 찾았을 때 은사 스님은 그에게 물었다.

강원에 들어가고 싶으냐?

그는 정색을 했다.

제 마음공부가 너무 부족해요.

오후에는 연등들을 만들었다. 붉은 꽃잎 하나를 말아 모양을 만들 때마다 그것이 살아 있는 한 목숨 같다는 생각을 했다. 흰 꽃잎들은 동쪽 뒷결에 들던 햇살의 선명한 분말들 같았고, 윤이의 토실한 뺨의 감촉 같았다.

연등회 날 그는 뜻밖의 사람들을 보았다. 어머니와 큰오빠, 그리고 낯선 젊은 여자였다. 그가 다가가자 어머니가 먼저, 큰오빠가 나중에 머리를 숙이고 손을 모았다. 어머니의 가마 근처는 완전히 하얗게 세어 있었다. 그는 허리를 깊이 숙여 합장했다. 은행에 들어갔다는 큰오빠는 넥타이를 맨 반소매 와이셔츠 차림에 양복 상의를 팔에 걸치고 있었다. 큰오빠의 옆에 선 여자는 그의 결제 중에 식을 올린 같은 은행 동료라고 했다. 작은오빠는 고시 준비를 시작해 오지 못했다고 했다.

작은오빠 건강은요.

이제 다 괜찮습니다.

경어를 어색해하는 듯 큰오빠의 말끝이 낮아졌다.

우리 걱정은 마세요, 스님.

그때까지 묵묵히 서 있던 어머니가 말했다. 눈웃음을 지으며 여자가 고개를 끄덕여 보였다. 치렁한 머리칼에서 향긋한 냄새가 났다. 멋쩍게 웃으며 큰오빠가 말했다.

구월이면 큰아이가 생겨요.

그러고 보니 여자의 얇은 원피스가 아랫배께에서 조금 부풀어 있는 것처럼 보였다.

저녁에 연등 행렬이 있었다. 커다란 등에 불을 켜 들고 그는 스님들의 끝에 섰다. 서른 명쯤 되는 신도들이 조촐하게 옆과 뒤를 따랐다. 아래 큰절에 닿을 때까지 그는 주위를 둘러보지 않았다.

석가모니불. 석가모니불.

무릎을 절며 뒤따라오는 공양주 보살의 굵은 합창 소리가
그의 고막을 울렸다.

17

새벽의 정적을 깨는 큰절의 도량석을 받아 그는 목탁을 두
드렸다. 캄캄한 산자락에 흩어진 암자들에서 목탁 소리들이
이어 울려왔다. 그의 또렷한 음성이 별들과 무성한 나무들과
검은 하늘에 박혔다. 경내의 방들이 하나둘 하얗게 밝혀졌다.

하안거가 보름 앞으로 다가왔을 때 서울 절의 큰스님이 그
의 은사 스님을 찾아왔다. 언젠가 그가 대적광전 돌층계에서
본 적 있는 동자승과 함께였다. 동승은 그사이 제법 키가 자랐
으나, 여전히 앳된 얼굴에 큰 눈이 옆으로 치켜들었다.

오후의 햇빛이 따뜻한 물처럼 스며든 지대방에서 그는 동
승에게 차와 다식을 주었다. 동승은 유과를 좋아해, 목각 접시
에 내놓는 대로 날름날름 모두 입속에 넣었다.

그대로, 가만있어봐.

그는 먹을 갈아 동승의 얼굴을 동그랗게 그렸다. 머리와 어
깨 뒤로 보랏빛 쑥부쟁이 꽃을 여남은 송이 곁들여주었다.

이게 저예요?

그림을 받아 들며 동자승은 소리 내어 웃었다.

그들이 돌아간 뒤 그는 결제가 시작되기 전까지 그림을 그렸다. 먹물 든 적삼을 입은 어린아이의 둥근 얼굴 옆으로 암자 주변에서 철 따라 피는 들꽃들을 그려 넣었다. 먹과 물감을 섞어 여러 색을 낸 하나하나의 꽃 속에서, 저마다 다른 표정으로 웃고 있는 동자승의 얼굴들에서, 해를 향해 화선지를 들어 올리지 않은 채로도 빛이 새어 나오도록 하려는 것이었다.

그때마다 그는 실패했다.

18

용담이 그 지등의 불을 불어 껐을 때, 서울 큰스님의 법문과 달리 덕산은 눈물을 흘리지 않았다. 대신 기뻐하며 큰절을 했다. 그 불꽃이 꺼진 순간 그의 마음에 어떤 불이 켜졌을까. 어두우나 밝으나 오롯이 거기 있었던, 늘 거기 있었던 마음 한자리를 알았을까.

19

불빛은 제가 불빛인 줄을 알았을까. 붉은 꽃 속에 제가 밝혀져 있었던 것을 알았을까.

20

네번째 겨울 안거를 마치고 암자에서 열흘을 보낸 뒤 그는 걸망을 메고 떠났다. 일찌감치 빨아 널어놓았던 걸망에는 풀 먹인 가사와 발우, 속옷과 양말을 담았다.

아직 늦은 겨울의 청랭한 빛이 드는 아침이었다. 산문에서 그는 자목련 한 그루를 보았다. 아직 잎사귀도 꽃도 없는 앙상한 나목이었다. 오래전 상행자와 함께 장을 보러 읍내에 오르내릴 때마다 그는 그 나무를 올려다보곤 했었다. 꼭 한 번, 밝은 봄날, 반쯤 열린 꽃들 속에서 스며 나오는 빛을 본 적이 있었다. 저런 빛깔의 목련도 있었나, 의아해하며 떨어진 붉은 꽃잎 하나를 주워 코끝에 대어보았었다.

두 달간의 만행에서 돌아오던 저녁, 산문을 들어서던 그는 다시 그 나무를 보았다. 그가 보지 못한 사이 꽃은 피었다가 시들었다. 떨어진 자취도 남아 있지 않았다. 검푸른 잎사귀들이 소리 없이 흔들리는 동안, 그는 묵묵히 그 아래 서 있었다.

아홉 개의 이야기

첫사랑

그 아침에도 소녀는 소년의 등에 매달려 자전거를 타고 섬에 다녀오는 길이다. 철제 뒷좌석 위에는 아무것도 깔려 있지 않다. 자전거가 덜컹거릴 때마다 소녀의 앙상한 엉덩이가 아프다.

아파?

응.

많이 아파?

아니.

많이 아프면 아프다고 그래.

조금밖에 안 아파.

그들은 조금씩 흔들리며 해안도로를 나아간다. 그들이 섬에 다녀오는 것은 이날로 사흘째다. 소녀의 자전거 연습 때문이다. 이백 미터 길이의 폭 좁은 다리로 연결된 섬에는 큰 차들이 다니지 않는다. 기껏해야 경운기나 오토바이뿐이다. 그전에 그들은 만을 끼고 도는 이 해안도로에서 자전거 연습을 했는데, 소녀는 잘 나가다가도 큰 차가 앞이나 뒤에서 나타나기만 하면 느닷없이 균형을 잃곤 했었다.

이날 섬에서 소녀는 마침내 잡아주는 이 없이, 손잡이가 몹시 흔들리긴 했지만, 페달을 힘차게 밟아가며, 처음부터 끝까지 혼자서 수백 미터를 달렸다. 소년은 숨차게 소녀의 자전거를 뒤따라 달리며 외쳤다.

잘했어!

잘했어!

아주 잘했어!

소녀는 소년의 고함이 점점 멀어지는 게 미안해 뒤를 돌아보고 싶었지만, 돌아보면 넘어지고 말 것 같아 계속 앞만 보고 달렸다. 그러다가 문득 뒤돌아보았을 때 소년은 키가 팔뚝만큼 아득하게 줄어들어, 헉헉대며, 여름날의 비포장도로를 달려오고 있었다.

그들은 해안도로에서 왼쪽으로 틀어 비포장도로로 들어선다. 그 길은 논두렁을 따라 나 있다. 볕이 뜨겁다. 마른 모래알들이 먼지를 날린다. 트럭 한 대가 경적을 울리며 그들을 뒤따라 비포장도로로 들어선다. 길을 꽉 채울 만큼 너비가 큰 트럭이다.

어디로 비켜야 하나.

트럭은 바싹 뒤를 쫓아온다. 길은 울퉁불퉁하다. 자전거를 멈출 짬이 없다. 길 바깥쪽은 깊은 논두렁이다.

꼭 잡아.

조심해.

걱정 마.

소년은 어깨와 다리에 바짝 힘을 준다. 최대한 자전거를 길 끝에 둔다. 논두렁으로 곤두박질치지 않을 만큼 간격을 두느라고 신경을 곤두세운다. 트럭이 그들의 옆을, 그들의 속력보다 빠르게, 그러나 아주 빠르지는 않게 스쳐 지나간다.

트럭이 완전히 지나갔을 때 소년은 한숨을 내쉰다. 페달을 세차게 굴러 길 가운데로 나아간다. 그는 아까 트럭을 피하는 동안, 길가에 뻗어 내려와 있던 가시나무 덩굴에 소녀의 발등이 깊이 찔린 것을, 그 뒤로도 계속 자전거가 나아가는 바람에 세 줄기의 빗금이 그어지고 피가 흐르기 시작한 것을 모른다. 소녀가 입술을 물고 아픔을 참고 있었던 것을 모른다.

한참 있다가 소녀는 그만 가자고 한다. 소년은 자전거를 멈춘다. 소녀의 발등에 난 상처와 피를 본다. 절름절름 뒷좌석에서 내려서며 소녀는 웃는다.

괜찮아.

어떻게 된 거야!

소년은 버럭 화를 낸다. 소녀에게가 아니라 자신한테다. 정말 화가 나 이마까지 새빨개졌다. 금방 울음을 터뜨릴 것 같다.

괜찮아, 네 잘못이 아니야.

젠장, 젠장할.

소년이 제 가슴을 두들긴다.

미안해. 정말 미안해. 어떡하지? 어떡해!

집에 가서 약 바르면 되지.

말은 그렇게 하면서도 못내 쓰라리고 아파, 소녀의 눈에는 송글송글한 눈물이, 발등에는 붉은 핏방울이 맺혔다.

며칠 뒤 소녀는 여름 동안 머물렀던 그 바닷가 마을을 떠나 자신이 살던 도시로 돌아갔다. 가을 학기가 끝나고서는 더 큰 도시로 옮겨 갔다. 그 뒤 다시 소년을 만나지 못했다.

서른 살이 되던 겨울, 어느 저녁 그 여자는 세면대에서 발을 씻다 말고 갑자기 손을 멈춘다. 상처는 진작 아물어 흔적도 남아 있지 않다. 다만 그 가시덩굴이 날카롭게 그녀의 발을 찔러 올 때 입술을 악물었던 그날의 햇빛, 눈이 아리도록 바다와 논배미와 비포장도로의 모래 먼지 위로 차올랐던 햇빛이 그녀의 차가운 발등 깊숙이 박힌다.

바람

아직 어두울 때 그녀는 떠났다.

조심스럽게 문을 닫은 뒤 열쇠를 돌리다 말고 그녀는 뒤를 돌아보았다. 쌀쌀한 복도의 눈 없는 어둠이 그녀를 노려보고 있었다. 계절이 바뀌고 있었다. 그녀는 외투를 벗었다. 가방에서 스웨터를 꺼내 셔츠 위에 겹쳐 입은 뒤 다시 외투를 걸쳤다.

그 건물에 세든 사람들은 모두 잠들어 있었다. 불빛이 문틈으로 새어 나오는 방은 없었다. 복도 끝 비상계단의 촉(燭) 약한 알전구 불빛만이 희미하게 흔들리고 있었다. 그 빛을 향해 그녀는 걸어갔다. 바깥은 더 추울 것이다, 라고 그녀는 생각했다. 따스한 이불과 식어버린 차를, 무수히 밑줄 그어놓은 책들을, 뒤척이는 밤들과 김 서린 거울 속의 응시를 그녀는 떠났다.

　낡은 건물의 현관을 빠져나오자마자 그녀는 놀란 듯 멈춰
섰다. 바람 때문이었다. 좋지 않은 계절을 택했다, 라고 그녀
는 중얼거렸다. 캄캄한 도로변을 따라 큰 보폭으로 걸어갔다.
한발짝을 내밀 때마다 그녀는 망설였다. 구둣발이 땅을 디딜
때마다 두려움과 후회가 함께 밟혔다.

　모든 창문이 어두웠다. 방금 감은 그녀의 머리카락이 흐트
러지며 지느러미처럼 허공을 헤엄쳐 다녔다. 한산한 차도를
따라 차들이 질주해 갔다. 그녀가 숨을 들이쉴 때마다 어둠이
코로, 입으로, 목구멍으로 삼켜졌다. 그녀는 계속해서 걸어갔
다. 흰 입김이 불꽃처럼 너울거렸다. 그 속으로 그녀의 얼굴이
지워졌다. 낡은 스카프가 바람에 쓸려갔다. 외투가, 여윈 몸뚱
이가 바람 속으로 풀어졌다. 점점이, 흔적 없이 흩어졌다.

　그 뒤 그녀를 다시 본 사람은 없었다.

푸른 산

이따금 그녀는 같은 꿈을 꾸었다. 나지막한 슬레이트 집들이 밀집한 산기슭을 헤매는 꿈이었다. 그녀가 가려고 하는 곳은 푸른 봉우리였다. 회청색 비구름들로 둘러싸인 그곳은 깎아지른 듯 높았다. 그러나 높고 가파른 것은 괜찮았다. 문제는 아무리 헤매어도 그쪽으로 가는 길을 찾을 수 없는 것이었다.

안경을 벗어놓은 것처럼 시야가 흐릿했다. 어찌 됐든 위쪽으로 오르기만 하면 될 테지만, 미로처럼 얽힌 골목은 한결같이 막다른 길로 이어졌다. 사위는 고요했다. 목이 말랐다. 소떼를 몰고 가는 노인, 더러운 옷가지를 걸친 소년들이 벽 사이를 흐르듯 걷다가 사라졌다. 문이 없는 집들이었다. 누구 없어요? 담벼락을 두드리며 외치면 갈라진 자신의 목소리만 되돌아왔다.

푸른 산의 꼭대기에는 비가 내렸다. 회청색 구름장들이 알알이 빛나는 빗방울로 흩어졌다. 그곳을 향해 고개를 뒤로 꺾은 채 그녀는 골목 속에서 옴쭉달싹할 수 없었다. 날아서 갈 수만 있다면…… 그러다가 타는 듯한 갈증을 느끼며 꿈에서 깨어나는 것이었다.

꿈뿐 아니라 생시에서도 그녀는 이따금 그 산을 보았다. 서울이 산으로 둘러싸인 도시인지라 어디서건 북한산과 관악산 줄기를 볼 수 있었는데, 그 윤곽선 위로 거대하게 솟은 그 산이 서울을 굽어보고 있을 때가 있었다. 운무에 가려 봉우리가 보이지 않는 푸른 산. 청남빛 산허리와 그 계곡의 깊고 짙은 그늘을 올려다보느라 그녀는 하던 일을 멈추고 우두커니 제자리에 서 있곤 하였다.

달빛

서늘한 손이 이마를 어루만진 듯해 여자는 잠에서 깨어났
다. 창밖 숲을 적신 뒤 숲 그늘을 묻혀가지고 들어온 달빛이
파랗게 그들의 베갯머리를 물들이고 있었다. 남자가 잠결에
몸을 뒤척이더니 팔을 뻗어왔다. 여자가 몸을 일으켜 앉은 탓
에, 남자의 손은 빈 이부자리 위에 힘없이 얹혔다. 달빛이 밝
아, 그의 감긴 속눈썹, 어린아이처럼 벌어진 입술이 고요히 드
러났다.

여자는 허리를 수그렸다. 남자가 잠결에 쓸쓸해질까 봐, 그
손등에 얼굴을 가만히 쓸었다.

어깨뼈

사람의 몸에서 가장 정신적인 곳이 어디냐고 누군가 물은 적이 있지. 그때 나는 어깨라고 대답했어. 쓸쓸한 사람은 어깨만 보면 알 수 있잖아. 긴장하면 딱딱하게 굳고 두려우면 움츠러들고 당당할 때면 활짝 넓어지는 게 어깨지.

당신을 만나기 전, 목덜미와 어깨 사이가 쪼개질 듯 저려올 때면, 내 손으로 그 자리를 짚어 주무르면서 생각하곤 했어. 이 손이 햇빛이었으면. 나직한 오월의 바람 소리였으면.

처음으로 당신과 나란히 포도(鋪道)를 걸을 때였지. 길이 갑자기 좁아져서 우리 상반신이 바싹 가까워졌지. 기억나? 당신의 마른 어깨와 내 마른 어깨가 부딪친 순간. 외로운 흰 뼈들이 달그랑, 먼 풍경(風磬) 소리를 낸 순간.

자유

　새벽녘 꿈에 여자는 낯선 밤길을 혼자 걷고 있었다. 수천의 흰 팔을 펼쳐 벌린 나목들 위로 사금파리 같은 별들이 빛났다. 처음에 좁다랗던 길의 폭은 나아갈수록 성큼성큼 넓어졌다. 고개를 들고 사위를 둘러보면 아무도 없었다.

　여자는 남자를 찾지 않았다. 소리를 내어 부르지도 않았다. 그 길은 혼자서 가는 길이었다. 남자는 처음부터 여자의 곁에 없었으며 앞으로도 없을 것이었다. 그 사실이 너무도 당연하여 여자는 조금의 그리움도 느끼지 않았다. 오히려 자신의 옆에 아무도 없다는 사실을 확실히 하기 위해 두 팔을 들어 옆으로 길게 뻗어보기까지 했다. 자신을 둘러싼 거대한 밤의 공간에 여자는 감동했다. 어두운 겨울 흙으로부터 메마른 나무 뿌리들을 거슬러 오르는 물소리가 여자의 귓바퀴를 타고 돌았다.

  새벽 창이 박명으로 파르스름하게 밝혀졌을 때 여자는 눈을 떴다. 고요히 곁에 누운 남자를 보았을 때 여자를 당혹스럽게 한 것은 그 낯선 꿈의 서늘함이 아니라, 별 환한 그 길 위에서 자신이 느꼈던 자유였다.

목소리

사람이 죽을 때 가장 마지막까지 남아 있는 감각은 청각이라고 남자는 들었다. 볼 수도 냄새 맡을 수도 고통을 느낄 수도 없는 마지막 순간까지 이승의 소리들은 귓전에 머물 것이다. 아무것도 보지 못하는 태중에서 소리부터 듣게 되는 것과 같이.

남자는 얼굴보다 목소리가 아름다운 여자와 함께 살았다. 어둠 속에서 여자가 속삭이는 음성을 듣다가 잠들곤 했다. 여자가 나직이 노래를 흥얼거릴 때면 하던 일을 멈추고 눈을 감았다.

남자가 여자의 목소리를 좋아한다고, 연필 같아서 그렇다고 했을 때 여자는 강아지풀 같은 웃음을 터뜨렸다.

그게 대체 무슨 말이야?

여자의 목소리가 깊은 밤 종이 위에서 사각거리는 연필 소리 같다는 말을 남자는 하지 않았다.

남자의 유일한 염려는, 여자의 목소리가 그보다 먼저 지상에서 사라지는 것이다.

서쪽의 숲

그녀와 그는 숲이 가까운 이층집에 세들어 살았다. 여름밤
에는 멀리서 산뻐꾸기가 울었고, 봄이면 계곡을 따라 흰 산벚
꽃 잎들이 물살의 모양대로 흘렀다. 저녁이 내릴 때쯤 그들은
숲으로 걸어 나가곤 했다. 숲은 서쪽으로 펼쳐져, 무성한 나
무들의 잎사귀들이 저녁 역광을 받으며 이리저리 몸을 뒤집
었다.

그들이 그 집을 떠나던 초가을 아침, 이삿짐을 내던 그녀에
게 이웃집 여자가 다가왔다. 얼굴만 익을 뿐 인사한 적 없던
창백한 얼굴의 중년 여자였다. 여자는 두 손 가득 파랗게 담겨
있던 대추알들을 그녀의 두 손에 부어주었다.

어디로 가세요?

도회로 가요.

멀리 가시네요.

그렇게 멀지는 않아요.

그녀는 여자를 향해 활짝 웃었다. 여자는 부끄러운 듯 빈손을 치맛자락에 닦으며 뒤돌아섰다. 대추알을 불룩하게 넣은 그녀의 호주머니에서 향긋한 냄새가 났다.

그들이 그곳을 떠난 뒤 깊은 가을이 왔다.

어느 저녁 그들은 슬리퍼를 꿰어 신고 뒷베란다로 나갔다. 서쪽으로 난 창 너머로 해가 지고 있었다. 먼 고층 빌딩들의 유리창이 붉게 빛났다. 가까운 상가 건물 아래로 자동차와 행인 들이 오갔다. 어디선가 사이렌 소리가 이명처럼 울려왔다.

그들은 두 겹의 창문을 열었다. 창틀 옆 선반의 말라붙은 대추알들 가운데 하나씩을 골라 입에 넣었다. 들큼한 열매의 즙을 삼키는 동안, 그들은 아무 말도 꺼내지 않았다.

세월

그녀는 그의 손을 잡고 걸었다. 수차례 모퉁이를 돌고 비탈을 오르는 동안, 세상은 어두워지고 하나둘 먼 데서 불빛이 밝혀졌다. 그녀는 그에게 물었다.

우리, 어디로 가고 있는지 알고 있는 거야?

난 널 따라오고 있었어.

우물 속처럼 깊은 음성으로 그가 대답한다. 그의 야윈 손은 땀에 젖었고, 안경알 속의 눈은 어렴풋이 눈물에 흐렸다.

나도 네가 알고 있는 줄 알았어.

문득 놀란 듯하던 그의 얼굴이, 앓다 나온 아이처럼 이내 쓸쓸해진다. 괜찮아, 하고 그녀는 말한다.

내 어깨를 좀 안아봐.

그가 그녀의 어깨를 안았을 때 그녀는 안다. 키가 크지도 등짝이 넓지도 않은 이 사내, 수십억 사람들 가운데 그저 한 사람, 태어나지 않았을 수도 있는, 어디쯤 존재하는지조차 모르고 살아갈 수 있었던 사내의 품에, 그녀가 일생 동안 찾아 헤매온 온기가 다 들어 있었던 것을 안다.

돌아가자.

팔을 풀며 그가 말한다. 그녀는 묻는다.

돌아가는 길을 모르잖아?

그래, 몰라.

그럼 돌아갈 수 없는 거잖아.

그의 손이 외투 주머니 속으로 숨는다. 어깨가 조용히 소스라친다. 그가 묻는다.

넌 무섭지 않아?

무서워.

난 네가 무서워하고 있는 줄 몰랐어.

괜찮아. 곧 밤이 될 테니까.

그는 침묵한다. 침묵 속으로 박명이 스며든다. 땅거미가 내리면서 하늘과 땅이 한 몸으로 푸르러, 어느 순간부턴가 경계를 알 수 없어졌다. 젊은 그의 머리털이 희끗희끗 세어온 것을 그녀는 안다. 그의 이마에 깊숙한 고랑이 패기 시작한 것을 안다.

아주 어두워지면……

그가 말한다.

아주 어두워져서 아무것도 안 보이고 안 만져지고 안 들리면, 꿈속같이 고요해지면, 그 캄캄한 곳에서, 그때……

그는 말을 끊는다.

그때?

그때 무서워하거나 쓸쓸해하지 말아. 내가 있다는 걸 잊지 말아.

그녀는 불쑥 화가 난 시늉을 한다.

왜 그런 말을 해. 너나 잊지 말아.

그의 얼굴이 어둠에 묻힌다. 그의 입술이 보이지 않는다. 그의 목소리가 잦아든다.

더 어두워졌어.

계속 어두워질 건가 봐.

우린 계속 이렇게 걸어가면 되는 건가?

멀리서 깜박이던 불빛들이 더 멀어져갔다. 전생에서처럼 아득하게 그의 숨소리가 들려왔다. 그들의 어깨는 구부정했고 발걸음은 더뎠다. 흰 날갯죽지 같은 그의 머리털이 어둠 속에 어른거렸다. 축축하게 땀에 젖은 손, 그의 손을 잡고 그녀는 걸었다.

흰 꽃

그때까지 내가 욕망해온 것은 햇빛뿐이었습니다. 오랜 병석에서 처음으로 몸을 일으킨 한 사나이가 있다면, 기름진 음식이나 여자의 부드러운 육체보다 먼저 그가 갈망하는 것이 무엇일까요. 햇빛일 것이라고 나는 생각하고 있었습니다.

　너는 언제나 그렇게 배고픈 얼굴이로구나, 라고 옛 스승이 나에게 탓하듯 말한 일이 있었습니다. 그때 스승의 눈은 평소처럼 형형하게 안광을 번쩍이는 대신 물끄러미 창 너머의 먼 산머리를 바라보고 있었습니다. 그 허기지지도 포만하지도 않은 쓸쓸한 눈길이 내 움푹 팬 뺨을 비껴 지나가는 것을, 나는 잠자코 고개를 떨구는 것으로 외면하였습니다.

　거리에서 옛 친구와 마주쳤을 때 그의 입에서 처음 터져 나오는 한마디가 "왜 이렇게 말랐는가"인 적이 종종 있었습니다. 용케 두 사람 모두 시간이 있어 골목 입구의 밥집을 찾아 들었을 때, 아귀아귀 볼따귀를 부풀리며 밥숟가락을 밀어 넣는 내 모습을 바라보는 친구의 얼굴은 어쩐지 그 스승과 닮았습니다. 그 석연찮은 눈매며 무엇인가를 말하려는 듯한 입매가 마땅치 않아서 나는 넋 없는 농담들을 지껄이거나, 기껏 최근에 읽은 책의 비평 따위를 늘어놓으며 목줄기의 핏줄을 세우곤 했습니다. 자신의 웃음소리를 들으면서 웃는 사람의 마음이란 참 형편없습니다. 음조 높은 웃음을 중간에 끊고 도로 입속에 넣어 우물거리며, 나는 예의 스승의 앞에서처럼 잠자코 시선을 돌려버리곤 하였습니다.

내가 종종 음식 앞에서 염오감을 느끼곤 했던 까닭은 무엇이었을까요. 비어 있는 위장의 소화액을 샛노랗게 게우고 싶은 마음이었습니다. 붉은 내장들을 줄줄이 토해낸 뒤, 할 수만 있다면 양말 속 뒤집듯이 항문까지 고스란히 뒤집어져버리고 싶은 충동을 느끼곤 했습니다. 그렇게 한 끼 두 끼 식사를 미루다가 허기가 지면 보통 사람들이 먹는 양의 두세 배를 미련스럽게 폭식하곤 하였지요. 이마를 닦으며 밥상을 물리고 나면 숨 쉬기 곤란할 만큼의 포만감과 함께 또다시 욕지기가 치밀곤 하였습니다.

어째서였을까요. 좋은 직장도 돈도 연애도, 크고 작은 일상사들에 대한 건강한 애착과 욕망까지도 나에게는 그렇듯 욕지기만을 불러일으키는 성찬(盛饌) 같은 것이었습니다. 나태했기 때문인지, 조그만 구속과 권위도 못 견뎌 하는 체질 탓이었는지, 세상의 모든 길과 도착 지점들을 지레 알고 있다고 생각한 젊은 자만 탓이었는지, 그 온갖 음식들을 합해놓아도 충족시킬 수 없을 만큼 허기가 컸던 까닭인지는 알 수 없습니다. 지방 국립 대학의 국문과를 졸업한 뒤 서울에 처음 올라왔을 때 얼마간 몸담았던 잡지사의 머리 희끗한 주간은 술좌석에서 나에게 "니힐이야, 니힐…… 알고 보면 자네 니힐은 순전히 건강 탓이라고!" 하고 소리쳤었지요.

그 잡지사를 나온 뒤 방송국으로, 편집 대행사로 두어 차례 직장을 옮겨다니면서 일 중독자가 되어 주말과 밤시간을 반납하기도 하고, 정기 적금을 꼬박꼬박 부어보기도 하고, 소줏집에서, 단란주점에서, 지루한 점심과 야식 시간에서까지 좌중이 웃다 못해 눈물을 훔치도록 너스레를 떨어보기도 하였습니다만, 그 왁자한 순간들에마저 한편에서 살아 몸을 비틀고 있는 욕지기와, 만성적인 위경련 때마다 맞아온 주사 자국으로 거의 언제나 뻐근해 있던 둔부만은 어쩌지 못하였습니다.

다만 끈질기게 햇빛을 욕망해왔습니다. 어두운 층층계를 오르내릴 때, 가등 없는 골목의 끝에서 대문 열쇠를 꽂을 때, 뒤축이 닳은 구두를 끌고 지하도를 나설 때에, 상상 속의 햇빛이란 얼마나 눈이 부시던지요. 출퇴근길이나 외근 중에 보던 서울의 햇빛과는 비할 수 없는 밝기로 상상 속의 햇빛은 찬란히 번쩍이고 있었습니다.

그러던 어느 날의 새벽녘입니다. 열두 덩이의 태양이 폭 넓은 강의 물살을 에워싸며 떠오르는 꿈을 꾸었습니다. 일출 무렵의 해는 붉은빛이어야 할 텐데, 그날 꿈에서 본 해들은 마치 정오의 그것처럼 투명하고 강한 빛을 뿜어내고 있었습니다. 하얗게 눈이 멀어버린 착각에 놀라 상체를 일으켰을 때 두꺼운 유리창 밖에는 늦은 겨울비가 내리고 있었습니다.

탁상시계는 아침 여섯 시 언저리를 가리키고 있었습니다. 비좁은 자취방의 내부는 저물녘처럼 어둑신하고 습기 찼습니다만, 열두 개의 태양이 쏘아대던 빛의 잔상이 그적까지도 각막을 얼얼하게 하고 있었습니다. 만성의 숙취로 몇 달째 묵지근하던 관자놀이에, 과도(果刀)의 예리한 끝부분 같은 빛살들이 아릿한 금을 그었습니다. 치통을 앓는 사람처럼 어금니를 악문 채 그 잔상을 곱씹으며, 나는 낡은 솜이불 속에 웅크리고 앉아 아침을 기다렸습니다.

내가 제주도로 떠난 것은 그로부터 한 달 뒤의 일이고, 그 사나이를 본 것은 북제주군의 세화(細花)라는 소읍에 월세방을 얻어 두 달을 지내고 난 뒤 돌아오던 완도행 페리호에서의 일입니다.

*

헐렁한 흰 양복을 입은 중키의 사내는 늙고 주름진 얼굴을 하고 있었습니다. 아무리 젊게 보아도 오십대 초반은 되어 보였습니다. 고생 탓에 나이보다 늙어버린 얼굴이라고 가정하더라도, 어찌 됐든 중년이 지난 사내가 흰 재킷과 흰 바지에 흰 양말, 흰 구두까지 차려입은 모습을 보기란 쉬운 일이 아닙니다. 드문 유전 때문인지 혹은 염색을 한 것인지 그의 머리털은 새치 한 올 없이 검었으며, 챙 넓은 중절모가 그 위에 얹혀 있었습니다. 역시 얼룩 한 점 없는 흰 중절모였습니다.

사내의 모습은 첫눈에도 이국적으로 보였습니다. 우선 양복의 깃이 유행에 비해 눈에 띄게 넓었습니다. 넥타이 역시 칠십년대풍의 넓고 화려한 것이었습니다. 그의 양복은 재질이 좋은 감으로 만든 새것이었으나, 흰빛 때문인지 어딘가 춥고 가난해 보였습니다. 아마도 그 양복 속에 들어 있는 사내의 몸뚱이가 깡말라 있었기 때문일 것입니다. 검게 그을린 그의 야윈 얼굴은 머리끝부터 발끝까지 흰 그의 옷차림과 대비를 이루고 있었습니다.

사내는 혼자였습니다. 그 나이 또래의 중년 남녀들은 너 나 할 것 없이 여러 칸의 선실들을 차지한 채 격렬하게 춤추며 노래하고 있었으므로, 혼자라는 것만으로도 사내의 모습은 눈에 띄었습니다. 그러나 사내의 표정이 아니었다면 그가 혼자라는 것을 미처 알아채지 못할 수도 있었겠지요. 그의 까칠하고 주름진 얼굴 가운데 유일하게 윤이 나는 부분은 검고 또렷한 눈이었는데, 그 시선에 어려 있는 망연함이랄까, 깊은 우물의 수면에 비친 숲 그늘 같은 음영이 그에게 일행이 없다는 것을, 그리고 상당히 오랫동안 여행해오고 있다는 것을 표지판의 굵은 글씨처럼 드러내주고 있었습니다.

제주에서 완도까지의 이 짧은 여정이 그의 여행의 시작이 아닌 것은 분명했습니다. 제주도를 삼박 사일쯤 둘러보고 돌아가는 사람도 아닐 것이었습니다. 일본이거나, 어쩌면 그보다 먼 나라에서 고국의 뭍을 향해 나아가는 길인 듯했습니다. 유행에 맞지 않는 양복 차림도 차림이거니와, 같은 배에 탄 사람들의 행동을 서름서름하게 바라보는 기색이, 그가 장기간 타국에 머물러 있었으리라는 심증을 굳게 하는 것이었습니다.

그의 옷매무새가 청결하고 새것이기는 하나 결코 부유해 보이지 않는 것과 같이, 그의 표정은 고즈넉하고 침착하였으나 지성적이지는 않았습니다. 그을린 이마의 고랑들이며 눈가에 새겨진 잔주름들이 사내의 내력을 낱낱의 그늘 속에 품어두고 있었습니다. 그는 아마도 몸으로 살아온 사람일 것입니다. 큼직하고 거친 손과 그 위에 울끈불끈 드러난 핏줄들이 그것을 말해주고 있었습니다. 그의 육체는 말술과 노동, 몸싸움들의 틈바구니에서 성장하고 이력이 붙어 늙어왔을 것입니다. 온갖 자랑과 수치, 기쁨과 가난의 역사가 사내의 과묵한 혀뿌리 아래 저장되어 있었을 것입니다.

가장 인상적인 것은 그의 고즈넉한 얼굴에 담긴 숨길 수 없는 설렘이었습니다. 그의 눈길은 선실 복도의 창밖에 빛나는 봄바다의 물살을 따라 천천히 춤추고 있었습니다. 그 춤추는 설렘을 지그시 입술 사이로 머금어 잠근 채, 그 떠나갈 듯 요란한 배 안에서 사내는 가장 단단한 침묵을 지키고 있었습니다.

　어쩌면 사내는 목돈을 벌어 귀향하는 중이었는지 모릅니다. 그의 귀에는 이날 젊은 선원들이 승객들을 향해 거칠게 질러대는 고함 소리, 수학여행을 마치고 돌아가는 배에 올라 눈에 보이는 모든 것을 신기해하며 몰려다니는 소년들의 웃음, 선실마다 터져 나오는 모국어로 된 유행가 하나하나가 자신의 마음속의 축제를 장식하여주는 아련한 폭죽 소리들로 들렸을지 모릅니다. 그것은 너무도 귀하여, 섣불리 누구와 함께 나누고 싶지 않을 만큼 고요하고 평화로운 축제였을 것입니다.

*

　나와 그 사내는 어두운 선실 복도의 널찍한 동쪽 창 앞에 한 시간 가까이 나란히 서 있었습니다.

　온돌식 선실들은 요란스러운 중년의 관광단들이 차지해버린 탓에, 나는 시간을 보낼 만한 조용한 곳을 찾아 일층, 이층 갑판과 객실 복도를 전전하다가 마침내 이 한적한 장소를 발견하였습니다. 내가 막 이 어두운 복도에 들어섰을 때, 선창의 햇빛을 역광으로 받은 사내의 깡마른 뒷모습은 적요하여 얼핏 종교적인 인상마저 주고 있었습니다. 발소리를 죽이며 창 쪽으로 걸어간 내가 창틀에 배낭을 내려놓으며 미안하다는 표시로 고개를 꾸벅하자, 사내는 '괜찮습니다'라는 말 대신 자신의 흰 가죽 가방을 부드럽게 자신의 몸 쪽으로 당기는 시늉을 해 보였을 뿐이었습니다.

악을 쓰는 유행가 소리들이 마치 먼 잔칫집에서인 듯 아스라이 울려와, 그 장소의 정적은 더욱 고적하게 느껴졌습니다. 긴 복도 저편의 어두운 창 너머로는 서쪽 바다가 짙은 푸른빛으로 일렁이고 있었고, 배의 오른편 바다를 고스란히 투과해 보여주는 이편의 창으로는 오전의 햇빛이 찬란했습니다. 페리호의 빠른 속력에 맞추어 바다가 제 몸살을 하얗게 가르는 것을, 세화(細花)에서 보낸 지난 두 달이 알알의 물거품으로 영글었다가는 다시 터뜨려지곤 하는 모습을 나는 보고 있었습니다.

우체국에서 이불 짐까지 서울로 부쳐버린 탓에 얇은 점퍼 차림으로 밤을 지새운 뒤 제주시로 향하는 첫 완행버스를 탄 것이 바로 이날 아침의 일이었습니다. 제주시로 접어드는 국도를 따라 벚꽃이 만개해 있었지요. 함지를 이고 꽃가지 아래를 지나가는 아낙, 버스를 기다리는 찌푸린 얼굴의 청년들, 커피 잔과 보온병을 색색의 보자기에 싸 든 다방 여자들을 보았습니다. 아프지 않은 사람들의 머리 위로 꽃은 피고, 그 꽃가지마다 봄 햇빛은 어지럽게 내려앉고 있었습니다.

여객선 터미널 가는 길을 물어물어 국내선 대합실로 갔으나, 완도행 페리호는 어쩐 일인지 국제선 터미널에서 탈 수 있다고 하여 일 킬로미터를 봄날의 햇빛 속에서 더 걸어야 했지요. 햇빛이 내 머릿속과 내장, 무수한 혈관들과 딱딱한 뼈의 속까지 그득그득 채워, 나는 마치 한 덩이의 뭉쳐진 빛이 되어 그 거리를 걸어가고 있는 것 같았습니다. 이층 월세방에서 멀리 내다보이던 검고 희고 푸르던 바다, 명사와 어간 들만 겨우 알아들을 수 있던 제주 토박이말, 이따금 들러서 담소를 나누곤 했던 닭집 주인 여자의 야무진 얼굴과 목소리가 두서없이 눈과 귀에 밟혔습니다.

연고도 없는 그곳에서 두 달 동안 무엇을 했느냐구요. 아무것도 하지 않았습니다. 헐한 밥집을 골라 하루 두 끼를 사 먹고, 밤과 낮을 가리지 않고 아무 때나 잠을 자고, 발이 닿는 대로 걸어 다녔습니다. 봄날의 제주는 온통 노란빛이더군요. 개나리 빛이 곱다고 하나 유채꽃만큼 투명하지는 않아서, 나란히 피어 있는 모습을 비교해보면 그 채도의 차이를 알 수 있었습니다. 그 찬연한 유채밭이 야생으로 피어 있는 골목과 기생화산과 바닷가 언덕들을 헤매어 다녔습니다. 그곳에서 내가 한 일은 그것이 전부입니다.

다만 이상한 일은, 그 무의미한 일들만을 한 달 남짓 반복하고 나자 생각지 못했던 것들이 내 눈에 보이기 시작한 것입니다. 그것을 어떻게 설명할 수 있을까요.

돌담 너머 텃밭에 오종종 늘어서 있는 흰 파꽃들, 책가방을 메고 방파제 길을 따라 걸어가는 교복 입은 소년의 둥근 어깨, 닷새마다 월세방 건너편의 너른 밭둑길에 늘어서는 장터, 그곳의 때 묻은 천막들 아래에 좌판을 펼친 아낙들은 얼마나 정다운 말씨로 나를 '아가씨'라고 부르는지, 장 입구에서 굽고 있는 중국식 호떡의 들큼한 냄새, 뽕짝 테이프를 틀어놓고 가위며 칼, 농기구를 파는 사내의 유창한 휘파람…… 바람 부는 날이면 뭉클뭉클한 흰 구름이 빠르게 흘러가는 방향을 따라 자전거 페달을 밟아대는 열두어 살의 소녀들이며, 구부정한 걸음걸이로 온종일 신작로 가의 밭을 매는 주인집 노파의 노란 머릿수건까지, 이적까지 경험하지 못했던 또렷한 감각들이 내 눈과 코와 귀와 살갗을 뚫고 몸속으로 헤엄쳐 들어오기 시작하였습니다.

유전자의 일부가 바뀐 사람처럼, 마치 유전자 속에 그 봄날 제주의 햇빛이 들어와 박혀버린 것처럼 말입니다, 나는 그곳에서 시시때때로 얼빠진 듯이 히죽거리거나, 길을 가다가 까닭 없는 눈물을 흘리거나, 슈퍼마켓이며 식당이며 차부에서 처음 만난 아낙들과 다정한 담소를 나누곤 하였습니다. 내 몸속에 그토록 맑고 화려한 웃음이 숨어 있었던 것을 그때까지 알지 못했다는 듯 말입니다.

*

한 시간째 서 있는 동안 그 자리에 찾아든 사람들은 모두 여섯이 되었습니다. 콜라 캔 한 개씩을 다정히 들고 타박타박 걸어온 두 고교생은 선실 벽에 나란히 기대어 앉아 말끄러미 창문을 올려다보고 있었고, 어쩐지 부부라는 느낌은 들지 않는 중년 남녀가 뒤이어 나타났습니다. 그들은 술에 취해 있어서, 널찍한 창문의 중간 부분에 부딪치듯 기대어 서서는 이마며 볼을 차가운 창유리에 함부로 비벼대었습니다.

남자가 몸을 가누지 못하는 데 비해 여자는 침착한 편이었기 때문에 처음에는 남자만 술을 마신 것처럼 보였는데, 자세히 살펴보니 여자의 몸 역시 술기운에 풀려 몹시 방심한 자세로 창문에 기대어 서 있는 것을 알 수 있었습니다.

마흔한두 살쯤? 여자는 윤기 없는 파마머리를 한 갈래로 묶고 있었고, 흰 블라우스에 검은 통바지, 보풀이 주렁주렁 매달린 검은 카디건을 걸치고 있었습니다. 화장기 없는 얼굴의 턱이며 뺨에 살이 제법 붙었지만, 기본적인 윤곽으로 미루어 젊었을 때는 제법 아름다운 여인이었으리라 짐작되었습니다. 그러나 내가 그녀를 유심히 바라본 것은 다른 까닭이 아니라, 그녀의 귓가에 꽂힌 검은 실핀에 꽃 같은 흰 리본이 매달려 있었기 때문이었습니다.

*

모두 말이 없었습니다. 페리호는 부드럽게 흔들리며 바다 위를 나아가고 있었습니다. 파도 소리도, 갈매기 소리도 두꺼운 유리창에 가려 들리지 않았습니다. 복도 저편의 떠나갈 듯한 노랫소리만이 아득히 울려오고 있었습니다.

그 침묵을 깬 것은 아까부터 나란히 앉아 하염없이 선창을 올려다보고 있던 소년들입니다.

춘천고등학교 학생들이라 했지요. 배가 출발한 지 얼마 되지 않아 나는 잠시 갑판에 나가보았는데, 육지 사람들을 오랜만에 만나자 어쩐지 반가운 생각이 들어 한 녀석을 붙잡고 어느 학교에서 왔느냐고 물어보았었습니다. 자그마한 키에 또랑또랑한 얼굴을 한 녀석은 깍듯한 표준말로 춘천고등학교 일 학년에 재학 중이며 삼박 사일의 수학여행을 마치고 돌아가는 길이라고 대답하더니, '어디에서 오셨는가' '왜 혼자인가' '제주도에는 얼마나 있었는가' 등등의 질문을 쉬지 않고 열거하였었습니다.

이곳에 앉아 있는 녀석들은 그 또래에 비하여 수줍은 성격인 듯했습니다. 지척에 있는 친구를 부를 때에도 짐짓 인상을 쓰며 고함을 지르거나, 풋된 사내다움을 과시하기 위하여 말끝마다 쾌활한 욕설을 섞어 쓰지 않았습니다. 녀석들의 얼굴에는 조숙함과 아이다움이 부끄럽게 뒤섞여 있어서, 어느 순간에는 영락없이 세상살이에 지친 어른의 표정이 되었다가, 다른 한순간에는 철부지 어린아이 같은 웃음을 천진하게 머금곤 하였습니다.

바다는 참 무섭다…… 아무도 없고.

안경 쓴 아이가 속삭이듯 상고머리 아이에게 말했습니다.

난 그런 게 좋다.

상고머리 아이는 빈약한 어깨를 힘주어 펴 보이며 대꾸하였습니다. 말씨는 제법 당돌했지만, 주위 사람들이 들을까 저어하여 잔뜩 목소리를 낮추고 있었습니다.

그런 게 뭐가 좋으냐?

난 말야, 살다 보면 결국은 나밖에 안 남을 것 같거든.

치기 어린 어조로 내뱉으며, 상고머리의 녀석은 길쭉한 입술을 비틀어 비죽이 웃었습니다. 은으로 땜질한 어금니가 얼핏 반짝였습니다.

……그래도 난 그런 게 좋아.

*

중년의 취한 여자가, 저거, 나비 아니야?라고 취한 남자에게 외친 것은 그때입니다.

취한 남자뿐 아니라 두 소년과 나, 흰 양복의 사내까지 여자의 간절한 손끝이 가리킨 방향으로 고개를 돌렸습니다. 그곳에서는 배의 후미가 파도를 헤치면서 하얀 포말을 일으키고 있을 뿐이었습니다. 거기 나비가 있을 리 없었고, 부서지는 흰 거품들의 무리도 꽃밭일 리 없었습니다.

참, 이 바다 한가운데에 무슨 나비가 있겠어요?

취한 남자가 응수하자 여자는 "아니야, 분명히 봤는데……틀림없이 있었는데……"라고 중얼거리며 실눈으로 웃었습니다. 넋 빠진 듯이 웃고 있는 여자의 얼굴이 일견 희극적으로 보였습니다. 마치 우는 여자를 달래듯이 남자는 웃고 있는 여자의 어깨를 두어 차례 토닥였습니다. 여자는 여전히 넋 빠진 얼굴로, 아니야, 저기 분명히 있었어……라고 되뇌었습니다.

웃는 것도 찡그리는 것도 아닌 입술 가에 미세한 경련이 일었습니다.

이어 여자는 쪼그려 앉아 토하기 시작했습니다. 자신의 몸도 가누지 못하던 취한 남자가 당황하여 여자의 등을 두들기는 시늉을 하더니, 일행에게서 휴지를 가져오겠다며 여자의 곁을 떠났습니다. 선실 벽을 짚으며 걸어 나가는 남자의 걸음걸이가 위태위태했습니다.

여자는 몹시 고통스러운 얼굴로 자신의 입을 틀어막고 있었습니다. 휴지나 손수건을 가지고 있지 않은 소년들과 나는 엉거주춤한 자세로 여자를 내려다보고 있었습니다. 흰 양복의 사내가 양복 앞 호주머니에서 손수건을 꺼낸 것은 그때입니다. 짙은 회색 바탕에 역시 흰 물방울무늬가 화려하게 수놓아진 그 손수건을, 사내는 붉고 노란 내용물이 묻은 여자의 뺨을 가리키며 여자에게 내밀었습니다. 한 손으로 입을 가리고 있던 여자는 다른 한 손으로 그것을 받아 들며 일어섰는데, 어쩌면 좋을까, 사내의 가슴팍에 얼굴을 묻으며 남은 내용물을 와락 토해내고 말았습니다.

허허……

그것이 무슨 표정이었을까요. 처음으로 잔잔한 미소 아닌 다른 표정이, 주의 깊게 살피지 않으면 여전히 덤덤하다고 생각될지도 모를 만큼 미미한 진동이 그의 얼굴을 스쳐 지나갔습니다. 딱히 연민이랄 수도 당혹감이랄 수도 너그러움이랄 수도 없는, 여하튼 참으로 쓸쓸한 표정이었다는 말밖에는 찾을 수 없겠습니다.

어쩔까, 하얀 옷을……

입가를 닦으면서 여자는 울부짖듯이 외쳤습니다.

나는 사내를 도와 여자의 늘어진 몸을 벽에 기대어놓았습니다. 여자의 몸은 생각보다 퍽 무거웠습니다.

어쩔까…… 이렇게 새하얀 옷을, 어쩔까……

무엇인가에 저항하듯이 여자는 몸을 떨며 같은 말을 반복하고 있었습니다.

망쳐버렸네…… 내가 다 망쳐버렸어……

사내는 흐느끼는 여자의 목을 뒤로 젖히고 어깨를 반듯이 펴서 안정을 취하게 한 다음 여자의 얼굴을 손수건으로 닦았습니다. 내가 여자의 몸을 잡고 있는 동안 말없이 자신의 몸에 묻은 토사물을 닦아내는 사내의 품은 사뭇 침착하고 능숙하여, 많은 일을 겪어본 사람이라는 인상을 주는 것이었습니다.

취한 사내가 두루마리 휴지를 물에 적셔 가져왔을 때는 이미 여자가 몸가짐을 수습한 뒤였습니다.

왜 이러셔요, 왜…… 이기지도 못하는 술을 마셔갖고.

그럴 처지도 아닌 듯한 취한 남자가 자신의 이마를 거칠게 손바닥으로 문지르며 여자를 나무랐습니다.

내가 저 하얀 옷을 다…… 어쩔까…… 망쳐버렸어……

그것이 가장 절망적인 일이라는 것처럼 여자가 쥐어짜듯 소리쳤습니다.

그때 흰 양복의 사내는 좀 전에 취한 남자가 그랬던 것처럼 차가운 창유리에 이마를 붙이고 서 있었습니다. 이거 죄송하게 되었습니다,라는 취한 남자의 혀 꼬부라진 인사말에 사내는 움찔 놀라며 고개를 돌렸습니다.

어째서였을까요. 처음에 내가 보았던 설렘과 잔잔한 미소가 가시고 없는 사내의 얼굴은 한층 피로하고 늙어 보였습니다.

괜찮습니다.

사내가 대답했습니다. 그의 음성은 칼칼하게 쉬어 있었습니다.

내가 썩어빠진 년이야…… 세상에, 저렇게 하얀 옷을…… 내가 복 없어 빌어먹을 년이야……

여자의 흐느낌이 점점 높아졌습니다.

자신의 더럽혀진 양복이 여자를 더 흥분시킨다고 생각한 탓이었을까요. 사내는 흰 가죽 가방을 어깨에 메더니 갑판으로 통하는 문을 향해 성큼성큼 걸음을 옮겼습니다.

뒷모습이 앞모습보다 많은 것을 보여줄 때가 있지요. 표정과 제스처로 숨길 수 있는 것들을 뒷모습은 고스란히 노출시킵니다. 사내의 깡마른 어깨가 어서 이곳을 빠져나가기 위해 앞으로 수그려져 있는 것을, 보폭이 큰 그의 걸음걸이가 단호한 가운데 쓸쓸하게 앞으로 나아가고 있는 것을 나는 보았습니다.

……내가 죽일 년이라서…… 내가 죄가 많아서……

땀과 눈물과 남은 토사물로 얼룩진 여자의 얼굴을 남자가 젖은 휴지로 닦는 동안, 나는 여자의 머리카락에 꽂힌 흰 무명 리본을 내려다보았습니다.

사흘을 꽂거나 사십구 일을 꽂거나 일 년을 꽂거나, 여인들의 머리에 꽂힌 상장은 언제나 깨끗합니다. 아침에 머리를 빗을 때마다 새 무명 리본으로 바꾸어 달기 때문입니다. 그 리본들을 모아두었다가 탈상을 할 때 상복과 함께 태우지요. 아마 저 취한 여인의 반닫이 서랍 안에는 저렇게 생긴 무명천 조각들이 차곡차곡 채워져 있거나, 앞으로 채워질 것입니다.

그때 왜 갑자기 생빈눌 생각이 났을까요.

송빈막(松殯幕)이라고도 부른다는 생빈눌에 대한 이야기를 들려준 사람은 세화리의 주인집 노파였습니다. 일 미터 사십 센티미터 정도의 키에 하얗게 센 눈썹의 숱이 많고 눈이 부리부리하던 그녀는 "사삼 때 그 사람 총살 맞아 죽고 사 형제를 나 혼자서……"를 시작으로 한 시간이고 두 시간이고 자신의 생애를 들려줄 수 있는 사람이었습니다. 거의 남자처럼 느껴지는 강인하고 무뚝뚝한 얼굴에 갑자기 눈물을 글썽이며 "내가, 눈물로 세수함서 살아온 사람"이라고 탄식한 적도 있습니다. 잠시 침묵을 지킨 뒤 주름진 뺨으로 흘러내린 눈물을 과연 두 손바닥으로 세수하듯 닦고 난 그녀는, 좀 전보다 더욱 정정해진 목소리로 "행상 하나 머리에 이고…… 조선 천지 방방곡곡을……" 하는 방랑기를 반이나 간신히 알아들을 만한 심한 사투리로 이야기하였었습니다.

그녀와 함께 장을 보러 농협 구판장으로 가던 길입니다. 자신의 친척이 운영하는 전파사에 텔레비전 수리를 부탁한 뒤 내처 그 골목으로 질러가자는 그녀를 따라 뙤약볕 내리쬐는 골목을 걷고 있었습니다. "여기 이 벽이 사삼 때 사람들이 줄줄이 서서 총 맞던 데⋯⋯" "저 팽나무 밑이 사람들 모아놓던 데⋯⋯"라고 이곳저곳을 가리키더니 "하나도 안 변했지, 다 변했다고들 해도⋯⋯ 오십 년이 지났어도 안 변할 것은 정말로 안 변하는 거야⋯⋯"라며 혀를 차다가, 그녀는 나에게 생빈눌이 무엇인지 설명해주었습니다.

제주도의 장례는 대체로 오일장이지만 여름철에는 삼일장이고, 상주가 배를 타고 나갔거나 육지에 가 있을 때는 칠일장을 치릅니다. 그런데 그 기일 안에 마땅한 택일이 나오지 않으면 육지의 초분(草墳)과 같은 생빈눌을 만들게 된다는 것입니다. 그만큼 택일을 중시했고, 좋은 날 받기가 어려웠던 때의 일입니다.

"먼저 땅에다 돌자갈을 깔고, 그 위에다 관을 놓는 거야. 사방에 날솔잎을 쌓아서 쥐나 벌레 같은 것들이 못 들어오게 하고⋯⋯ 비를 맞으면 안 되니까 주저리를 씌워 덮는 거지."

지아비가 숨지고 꼭 팔 년이 지난 사월, 스물한 살의 나이에 폐병으로 세상을 떠난 맏아들을 위해 그는 골목 저편 뒷숲에 생빈눌을 마련하였다는 것입니다. 거기서 택일을 기다리며 자식의 젊은 몸뚱이가 썩어가는 냄새를 맡았다고 했습니다. ·

"사람이 오죽이나 복이 없었으면 땅에 들어갈 날짜 하나 얻지 못했겠나⋯⋯"

가까스로 줄거리만을 알아들을 수 있는 그녀의 사투리 속에서, 생빈눌이라는 낯선 단어는 마치 붉은 흙을 파헤쳐 산 목숨을 파묻는 행위인 듯 섬뜩하게 느껴졌습니다. 이야기를 마친 뒤 노파는 핏기 없는 입술을 잠시 열어 쯧 하고 입맛을 다셨습니다. 주름진 눈가로 저승꽃들이 거뭇거뭇 번져 있었습니다.

*

이마가 길고, 위를 올려다볼 때마다 그 여드름투성이의 이마에 굵은 주름살이 잡히는 상고머리 소년이 나지막한 목소리로 친구에게 물었습니다.

너 어제 술 많이 마시더라.

글쎄, 아무리 마셔도 안 취하더라. 처음이라서 그랬나 봐.

안경 쓴 소년이 대답했습니다. 젖살 같은 뽀얀 뺨에, 턱이 겹칠 듯 말 듯 통통한 얼굴이었습니다.

나는 취하더라.

취해보니까 어떻더냐?

목이 마르더라.

그것뿐이야?

힘도 세어지고, 미닫이문도 쾅쾅 닫아지더라.

그것뿐이야?

세상이 다 내 주먹 안에서 울고 있는 것 같더라.

······병신. 나는 잠만 오더라.

소년들은 저희들끼리 어깨를 툭툭 치며 웃었습니다. 한참을 낄낄대다가 그들은 갑자기 심각한 얼굴이 되었습니다. 그들은 중년 남녀의 모습을 힐끗 살폈습니다. 중년 남녀는 아까까지 소년들이 앉아 있었던 자리에 나란히 주저앉아 제각기 다른 쪽으로 얼굴을 돌린 채 생각에 잠겨 있었습니다. 마치 속을 파내고 표정 없는 유리 눈을 박아놓은 박제 껍질들 같았습니다. 나는 아까부터 한기가 느껴져서 힘주어 팔짱을 긴 채 소년들 옆에 서 있었습니다. 마치 일행처럼 여겨지는 네 사람의 모습이 배의 움직임을 따라 조용히 일렁였습니다. 흰 양복의 사내가 서 있던 자리가 마치 식구가 빠진 자리처럼 횅하니 비어 보였습니다.

상고머리 소년이 시계를 보더니 가자, 하고 심드렁하게 말하였습니다. 그러잖아도 이 장소에 모인 어른들이 풍기는 적막한 분위기에 질려 있었다는 듯이, 안경 쓴 소년이 앞장서서 이층 선실로 통하는 층층계를 향해 걸어갔습니다. 첫걸음은 제법 기세가 좋았지만, 역시 올 때와 마찬가지로 수줍은 걸음걸이였습니다. 청바지 호주머니에 두 손을 찌르고 뒤를 따르는 상고머리 소년의 뒷모습은 좁고 마른 어깨 때문인지 다소 울적해 보였습니다.

······우리도 인제 가야지요······ 다들 기다리겠어요.

취한 남자가 여자에게 말했습니다.

어디로 가요?

갑자기 꿈에서 깨어난 듯 두 눈을 크게 뜨고 여자가 되물었습니다. 또렷하고 성마른 음성이었습니다.

소년들의 앳된 뒷모습이 층층계 사이로 사라져가는 것을 잠자코 올려다보다가, 뜬눈의 잠에서 채 깨어나지 못한 두 남녀의 망연한 얼굴을 내려다보다가, 나 역시 복도 문을 열고 갑판으로 나갔습니다.

*

가도 가도 바다뿐일 것 같더니 마침내 첫 섬이 나타났습니다. 그 섬의 이름이 청산도라지요. 섬과 섬들의 사이를 미끄러져 가며 쪽빛 하늘을 보았습니다. 봄날의 다도해는 아름답기도 하더군요.

흰나비라구요.

내 아버지와 어머니는 금실 좋은 부부였습니다. 유별나게 사이 좋게 지내는 모습을 보인 적도 없지만, 싸우는 모습을 보인 일 역시 없었습니다. 꼭 한 번, 일곱 살 즈음에, 나직한 음성으로 다투는 소리를 잠결에 들은 일이 있습니다.

아버지가 돌아가시자 어머니는 머리에 흰 무명 리본 핀을 꽂았습니다. 그때 여덟 살이었던 나는 아버지가 흰나비가 되어서 어머니의 머리 위에 날아와 앉아 있다는 엉뚱한 상상을 하였습니다. 아버지는 그렇게 조용한 사람이었습니다. 마치 냄새도 색깔도 없는 공기와 같아서 집에 있어도 그것을 모를 때가 종종 있었습니다. 다소곳이 날개를 접고 비를 피하는 나비처럼, 여느 아버지들처럼 호통 한번 칠 줄 모르는 이였습니다.

일 년 후 어머니는 그동안 모아두었던 수백 개의 흰 리본 핀들을 모두 꺼내 상복과 함께 불태웠습니다. 뜨거운 불길 속으로 퍼덕이며 날아드는 흰나비 떼를 본 것만 같아 나는 엉금 엉금 뒷걸음질을 쳤었습니다.

어머니가 돌아가신 것은 내가 대학 졸업반일 때입니다. 거울 앞에서 흰 리본 핀을 꽂으면서, 날개를 접은 어머니가 내 머리 위에 내려와 앉았다는 생각을 했던가요, 잊고 있었던가요. 위암 판정을 받고 수술실에 들어갔으나 수술도 받지 않은 채 갈라놓은 배만 도로 봉합받고 나온 어머니는, 병이 그만큼 커질 때까지 연두색 소화제 두 알씩을 식후마다 먹어왔을 뿐이었습니다.

나는 사십구 일 만에 흰 리본들을 태웠습니다. 순식간에 그 무명천들이 불티가 되어 사라지는 것을 들여다보면서, 후에 나는 누구의 머리에 나비가 되어서 내려앉게 될까 하고 생각하였습니다. 느닷없이 아이를 낳고 싶다고, 어머니처럼 얼굴이 달떡 같은 계집아이를 피 흘리며 낳고 싶다고 나는 생각하였던가요.

육지가 가까워짐에 따라 선실에서 갑판으로 나오는 사람들이 늘어갔습니다. 갑판이 혼잡해지자, 저마다 메가폰을 든 젊은 선원들이 승객들을 선실 복도로 밀어 넣었습니다. 곧 닻을 내릴 모양이었습니다. 꾸역꾸역 선실에서 빠져나온 사람들이 복도를 따라 길게 줄을 서서 문이 열리기만을 기다리고 있었습니다.

마침내 배가 멈추었습니다. 나는 꽤 앞에 줄을 서 있었던 까닭에 일찍 배에서 내릴 수 있었습니다. 육지에 첫발을 디딘 뒤 나는 뒤돌아보았습니다. 완도항의 드넓은 콘크리트 선착장으로 수많은 승객들은 아직도 급경사진 층층계를 통하여 내려오고 있었고, 그 왼편으로는 화물들이 하역되고 있었습니다.

출구를 향하여 걸어가다가 나는 그 사내를 보았습니다.

흰 양복을 입은 사내는 두 방울머리 소녀의 어깨를 부둥켜안고 있었습니다. 페리호가 토악질하듯 뱉어내는 사람들의 음성과 여기저기서 터져 나오는 거친 고함 소리, 멀고 가까운 뱃고동 소리 들은 잠시 그들의 머리 위에서 정지하여버린 듯했습니다.

어린 소녀들이 얼마나 힘차게 달음박질을 해왔던 것인지, 그들의 보호자로 보이는 뚱뚱한 남자 하나가 한참 뒤에야 잰걸음으로 다가와 사내를 굳게 포옹하였습니다. 사내는 양팔에 한 아이씩 목을 안은 채 뚱뚱한 사내와 인사말을 나누며 짐들이 하역되기를 기다리고 있었습니다. 여행 가방이며, 나무 상자늘이며, 보자기로 싼 것들까지 짐이 꽤 많았습니다.

초등학교 육 학년과 중학교 이 학년쯤? 자매로 보이는 소녀들은 체크무늬의 깨끗하고 수수한 원피스에 하얀 면양말을 접어 신고 있었습니다. 소녀들의 얼굴은 저항 없는 기쁨으로 빛나고 있었습니다. 사내도 입술을 다문 채 미소 짓고 있었습니다. 너무 오래 외로웠기 때문에 경직된 뺨의 각질을 뚫고 웃음을 터뜨릴 수가 없는 듯이, 사내의 주름진 얼굴은 연신 불안정하게 실룩이고 있었습니다. 뭍에 내려선 사내의 나이는 신기하게도 사십대 중반 이상으로는 보이지 않았습니다.

짐들을 하나씩 둘씩 겨드랑이에 끼고 양손에 들고, 그들은 출구를 향하여 걷기 시작하였습니다. 수학여행에서 돌아가는 소년들의 행렬이 거대한 물살처럼 그들 옆으로 흘러가고 있었습니다. 두 딸들이 그를 올려다보며 자꾸만 무엇인가를 묻고는 수줍은 듯이, 얼마간 서름서름한 듯이 웃고 있었습니다. 뚱뚱한 사내는 허공에다가 무언가 손짓으로 그림을 그리며 설명을 하고 있는 듯했습니다. 아내는 보이지 않았습니다.

*

내가 가장 처음 본 육지의 풍경은 장어를 널고 있던 어촌 여자의 모습이었습니다. 공용 터미널 가는 길을 묻자 삼십대 초반의 여자는 저쪽이오, 저쪽으로 쭈욱…… 하고 둘둘 소매를 걷어 올린 팔로 먼 데를 가리켰습니다. 목청이 기차 화통처럼 시원스러운 여자였습니다.

제주도에는 진달래가 거의 피지 않지요. 나는 봄 들어 처음으로 진달래를 보았습니다. 떠날 때 이 땅은 겨울이더니, 잠깐 사이에 천지가 봄볕으로 따사로웠습니다. 사십 년 전 봄, 세화리 주인집 노파의 젊은 아들이 솔잎 주저리 밑에 반듯이 뉘어지던 날이 이만큼 밝았을까요. 바다를 오른편으로 끼고 걸어가는 동안 찝찔한 바람은 몇 번씩이나 내 모자를 떨어뜨렸고, 모자를 줍기 위해 허리를 굽힐 때마다 길가에 핀 흰씀바귀꽃들을 보았습니다.

그다지 신기할 것 없는 우연의 힘으로 나는 그 여자를 다시 만났습니다. 차표를 끊고 근처 서점에서 신문을 산 뒤 터미널 옆에 있는 음식점에 들어갔을 때입니다. 일고여덟 명의 손님들이 어두컴컴한 식당의 중앙에 있는 긴 탁자를 차지하고 있었는데, 그 속에 예의 중년 남녀가 있었습니다. 그들 일행은 긴 침묵의 사이사이에 넋두리 같은 몇 마디를 들릴 듯 말 듯하게 이어가고 있었습니다.

콱 죽어버리고 싶기야 허겠지.

새끼들 보구라두 살어야 허는 거야.

그럼…… 산 사람은 살어야 쓰지.

그것이 어떤 여행이었든, 장기간의 여행이 끝난 뒤 식당에 둘러앉은 일행은 대체로 말이 없습니다. 여행을 시작하던 때의 크고 작은 흥분과 두려움 들은 더 이상 남아 있지 않지요. 그저 각자의 피로를 견디며 말없이 밥을 먹는 것입니다. 뜨거운 밥을 후후 불며 깔깔한 혓바닥으로 반찬을 삼킵니다. 아스피린 가루를 풀어놓은 것 같은 공기를 들이마시며, 혓바늘 돋은 입속에 굴러다니는 밥알의 생경한 감촉을 느끼며 함께 견디는 것입니다. 마치 산다는 일이 오랫동안 그래왔다는 듯이,

아무도 과장되게 웃거나 짜증 내거나 농을 던지거나 분위기를 바꾸어보려 하지 않습니다. 젓가락을 들었다 놓는 소리, 후루룩 국 넘어가는 소리, 깍두기나 열무김치를 씹는 소리 들만이 누구의 것인지 알 수 없게 조용히 섞일 뿐입니다.

그 조용한 일행에게 등을 돌린 채 나 역시 깔깔한 밥알들을 삼키고 있었습니다. 나는 욕지기를 느끼지 않았습니다. 대신 햇빛을 보고 있었습니다. 선착장에서 소녀들을 안고 있던 사내의 흰 양복에 부서지던 햇빛이었습니다.

그 순간에는 그 광경이 그다지 눈부시다고 생각하지 않았었는데, 어두운 밥집에서 묵묵히 밥을 먹는 동안 그 햇빛이 차츰차츰 밝아져, 이제 그 속에서 사내와 소녀들의 모습을 식별해낼 수 없을 만큼 환하여지는 것이었습니다. 열두 덩이의 태양을 합해놓은 빛이 그만큼 밝았을까요. 세상의 가장 밝은 것들이란 그렇듯 다시 볼 수 없는 기억 속에만 있는 것이었을까요.

식사를 마친 일행은 주섬주섬 여장을 챙기고 계산을 한 뒤 자리를 털고 일어났습니다. 취기가 가신 걸음걸이로 차일을 젖히며 일행을 뒤따라 나가는 여자의 뒷모습을 보면서, 나는 빈 밥공기에 찬물을 따랐습니다. 떨어진 꽃잎 같은 흰 밥풀 몇 점이 어두운 수면으로 둥실둥실 떠올랐습니다.

철길을 흐르는 강

1

이렇게 적요한 밤이었지.

한약 달이는 냄새같이 씁쓸하고 거무죽죽한 어둠이 인적 없는 골목에 자욱이 가라앉아 있었지. 고르지 않게 시멘트가 발라진 길바닥을 통해 크고 작은 발소리들이 아득하게 울려오곤 했지.

내 더러운 손가락들은 발갛게 곱아 있었지. 두 귓바퀴는 얼음칼로 도려내어지는 것 같았지. 맞은편에 늘어선 이층짜리 서민 연립 주택들은 들창마다 달맞이꽃처럼 노란 백열등을 밝히고 있었고, 빼곡이 어깨를 맞댄 슬래브 지붕들 위로 푸르게 지질린 달이 보였지.

도시의 뒷골목에서 달그림자를 본 적 있어?

당신은 어린 시절을 줄곧 고향의 강가에서 지냈으니, 철든 뒤 서울에서 그것을 보았다 해도 애써 눈여겨보지 않았을지 모르겠군. 언젠가, 당신이 아니더라도, 달그늘 보기를 좋아하는 사람을 만나 그렇게 막막한 이야기를 나누어보고 싶어.

무수한 불빛을 받아 여러 겹으로 교차된 사물들의 그림자를 보면서 그 사람도 나처럼 서 있었겠지. 달이 드리우는 아련하고 따뜻한 그늘을 그 사이에서 문득 발견해낼 때까지, 그 사람은 그 길에서 무엇을 하고 있었을까. 웃고 있었을까. 울음을 참는 일을 방금 체념한 찰나였을까. 그 밤에 그 사람은 몇 살이었을까. 몇 번째로 이 세상에 다시 태어나고 있었을까.

나는 열세 살이었어. 죽은 어머니의 장롱 서랍을 정리하던 그해 이른 봄날 내 예닐곱 살 적 색바랜 내의를 발견하고는 새끼 뱀의 허물을 밟은 것처럼 진저리 쳤던 때가 처음이었으며, 그 겨울 초입의 밤에 두번째로 다시 태어나고 있다고 느끼고 있었지.

이제부터 새 목숨으로 살아가야 할 몇십 년의 시간은 지나치게 길게 느껴졌지. 그동안에도 대체 몇 번을 더 되태어나야 할지 짐작할 수 없었어. 그러기 위하여 그때마다 다시 죽어야 할 일이 막막하고 두려워서, 이미 희끗희끗 헐기 시작한 입술 안쪽을 떡니로 악물고 있었지.

골목은 길고 어두웠지. 버려진 화불 상사의 판자떼기를 뜯어다가 개구멍을 막은 블록 담장이 있었고, 그 담장 안쪽에는 연립 주택이, 바깥으로는 경인선 철길이 나란히 서쪽을 향해 뻗어 나가 있었지. 주황빛 나트륨 외등은 띄엄띄엄 셋이 서 있었을 뿐인데, 그나마 담 바깥에서 철길 쪽으로 고개를 수그리고 있었지.

　나는 그중 불이 깜박이지 않고 가물거리지도 않는 두번째 가등 아래에 앉곤 했어. 차가운 담장에 등을 기대고 연립 주택을 향해 앉아 있자면 음울한 시선 같은 불빛이 내 어깨를 감싸안으며 그림자를 호리호리하게 드리워주는 것을 볼 수 있었지. 어머니가 입었던 두툼한 국방색 오버코트는 발육이 더딘 내 몸뚱이가 두 개는 너끈히 들어갈 만큼 컸으니, 외투를 입고 있었다기보다 외투 속에 웅크리고 있었다는 편이 어울렸을까.

　그곳은 내 집이었어.

　지나간 여름과 가을의 숱한 밤, 술에 취한 아버지가 의붓어머니를 향해 양은 냄비와 재떨이와 쟁반 따위를 던진 뒤 급기야 연탄 부지깽이를 치켜들고 맨발로 마당을 뛰어다니던 밤마다, 때로 비가 뿌리거나 혹은 하늘 가득 먹구름장이 뭉클거리고 있거나, 살얼음 부스러기 같은 별들이 금방이라도 쏟아져 내릴 듯 무성하게 돋았거나, 그곳은 내 집이었지.

　나는 책을 외투 안에 품고 허리 높이로 어깨를 낮춘 채 양철 대문을 빠져나오곤 했지. 말이 서투르거나 걸음이 서투른 의붓동생들은 새된 울음을 터뜨리며 아버지의 바짓자락에 매달리곤 했지만 정작 맏이인 나는 상관하지 않았어. 긴 골목을 달음박질쳐 와 그 연립 주택촌 앞에서 펼치는 책은 숙제하다가 귀퉁이를 접어둔 교과서이기도 했고, 성인물과 아동물이 뒤죽박죽으로 섞인 학급 문고에서 빼내 온 세로쓰기 번역 소설들이기도 했지.

사각거리는 소리를 내며 책장을 넘길 때마다 골목의 어둠도, 먼 데서 들려오던 식구들의 악다구니도 잦아들어갔지. 그 찬란한 정적을 잊을 수 있을까. 세계가 숨을 멈추면서 나에게로 쓰러져 안겨왔어. 나의 작고 어두운 집은 어느 사이에 눈부신 광채를 발하고 있었고, 언제부터 어깨와 턱이 추위에 떨기 시작했는지도 모르는 채 나는 거기 앉아 있었어.

이따금 책에서 눈을 들 때마다 음험하게 눈앞에서 술렁이던 어둠, 서늘한 별들, 지상의 적막한 불빛들, 느닷없이 튀어나와 등줄기를 서늘하게 하던 도둑고양이들의 인광(燐光)을 잊을 수 없어. 마지막으로 내 새들을 철길 끝에 묻고 돌아온 밤, 이빨 날카로운 바람이 목덜미를 억세게 물어뜯던 바로 그 밤, 파랗게 독 오른 내 눈을 처음으로 어루만져주었던 달그림자를 잊을 수 없어.

2

뱀 지나간 자국처럼 길게 금이 벌어진 콘크리트 난간을 주먹으로 짚으며 그녀는 복도의 끝까지 걸어갔다. 그녀는 지쳐 있었다. 서울 외곽에 위치한 사무실을 나와 이 항구 도시의 주택가에 이르려면 시내버스와 국철과 마을버스를 차례로 갈아

타야 했고, 두 시간 가까운 그 퇴근길이 끝날 즈음이면 그녀의 사지는 무른 밀반죽처럼 녹녹해져 있게 마련이었다.

이듬해 안으로 재개발된다는 소문이 도는 이 다세대 주택은 그녀가 이사 오던 이태 전부터 이미 낡아 있었으며, 그녀가 사는 동안 더욱 급격하게 낡아오고 있었다. 그때부터 부슬부슬 떨어지고 있었던 난간의 하늘색 페인트는 이제 처음의 색깔을 알아볼 수 없을 만큼 바래 있었다. 손이 닿지 않는 회랑의 모서리에는 먼지 낀 빈 거미집들이 을씨년스러운 흰 머리채를 흔들어대고 있었다.

그녀는 현관 앞에 널브러진 신문들을 무성의한 발놀림으로 밀쳐냈다. 몇 달 전부터 사절의 의사를 표해왔을뿐더러 펼쳐보거나 집에 들여놓은 일도 없는 신문들이었다. 방금 배달된 모습 그대로 반듯하게 접힌 채 빳빳한 천연색 간지를 갈피에 끼운 그것들은, 젊은 배달원의 의미 없는 집념을 보여준다기보다는, 이 후락한 복도의 끝에 가장 어울리는 쓸쓸한 풍경을 만들어주고 있었다. 무릎께의 높이까지 방만하게 언덕을 쌓아가고 있는 신문 더미를 그녀는 무미한 눈길로 바라보았다.

그는 오늘도 돌아오지 않았다.

철제 현관문을 열고 들어선 그녀는 사람의 훈기가 들지 않은 집 안의 공기를 향해 낮은 한숨을 뱉었다. 어떤 울부짖음이 가슴을 찢고 뛰쳐나올 것 같았으나, 여러 번 우려낸 뒤끝에 푸른 기운이 희미해진 찻물처럼 그녀의 한숨에는 풀기가 빠져 있었다.

몇 시나 되었을까.

싱크대 옆에 걸린 손바닥만 한 벽시계는 건전지가 닳아 점점 느려져가고 있었다. 앞으로도 계속해서 느려져갈 것이었다. 무기력한 시침과 분침은 터무니없이 두 시 오 분을 가리키고 있었다. 그녀는 그 시계에 초침이 없는 것이 다행이라는 생각을 하고 있었다. 방금 살 속에서 끄집어낸 실핏줄 같은 초침 하나가, 일 초의 시간을 건너가기 위하여 수분간 주저하며 떨고 있는 광경을 보아야 한다면 그닥 달갑지 않은 일이었다.

그녀는 먼지를 뒤집어쓴 검은색 단벌 구두를 벗었다. 제때 굽을 갈지 않은 구두는 통굽까지 비스듬하게 닳아, 대리석 같은 미끄러운 재질의 바닥에서는 쇳조각이 긁히는 소리를 내며 그녀의 몸을 휘청거리게 했다. 마지막으로 구두 수선소에 간 것이 이른 봄이었으니 반년도 더 된 일이다. 그때 그녀의 구두를 받아 든 사십대 초반의 사내는 과장스럽게 혀를 차며 충고했었다.

원, 아무리 바빠도 구두 뒤축은 들여다보고 살아야지. 굽이 다 닳아 없어지고 통굽까지 이렇게 미끌미끌해지도록 도대체 뭘 하고 다녔소? 자빠져서 뒤통수 깨지기 딱 좋게 되었구만.

그녀는 싱크대 옆에 가방을 내려놓았다. 방문을 열고 장판 바닥에 외투를 벗어던졌다. 형광등을 커지 않은 채 그 외투 위에 모로 누웠다. 깜박 잠이 들 뻔했으나, 방바닥이 차가웠으므로 이내 몸을 일으켰다.

세면장 천장에 매달린 육십 촉짜리 백열등의 불빛은 지나치게 밝아 흡사 정육점의 그것처럼 역겹게 느껴졌다. 손과 얼굴을 씻은 뒤 그녀는 그의 칫솔을 집어 들고 잇몸과 입천장을 문지르기 시작했다. 그에게는 보건 상식과는 무관하게 가로 방향으로 힘주어 칫솔질을 하는 습관이 있었으므로, 새로 산 칫솔도 며칠 안 가서 수세미 솔처럼 망가져버리곤 하였다. 그가 떠난 다음날 칫솔 통에서 그의 망가진 칫솔을 발견했을 때 그녀는 소리를 죽여 웃었다. 치약을 묻히지 않은 그것으로 그녀는 오랫동안 양치질을 했다. 그의 타액과 치약 거품이 채 씻기지 않아 칫솔에서는 비릿하고 다정한 맛이 났었다.

이제는 그 맛도 닳아버렸다.

그녀는 낮은 소리로 투덜대며, 젖은 발을 구르듯이 수건에 닦았다. 안방으로 들어서서 형광등의 스위치를 올리자 두 평 남짓한 방은 수초간 진저리를 친 뒤 얌전한 모습을 드러냈다.

방은 하루 사이에 더 좁아진 듯했다. 더러는 책꽂이에 꽂히고 더러는 바닥에 널린 책들은 어림잡아 삼사백 권쯤 되었는데, 마치 발을 가진 생물처럼 한 걸음씩 가운데의 빈자리를 향해 접근해 들어오고 있었다. 이제 그녀가 간신히 다리를 펴고 누울 수 있을 만큼의 공간이 기름한 타원형을 그리고 있을 뿐이었다.

그녀는 내던져뒀던 외투를 책꽂이 옆의 대못에 걸었다. 방 가운데 남은 자리에 담요를 편 뒤 그 위에 책상다리를 하고 앉아, 자신의 뺨을 짐짓 세차게 때려 보이는 천연덕스러운 광대처럼 얼굴에 로션을 발랐다. 화장품 용기 속의 흰 유액 역시 서서히 바닥을 드러내고 있었다.

그녀는 지난밤에 읽다가 접어두었던 책을 펼쳤으나 두 페이지를 넘기기 전에 덮어버렸다. 얼굴을 무릎 사이에 묻고 그녀는 잠시 생각에 잠겼다. 속옷 바람인 그녀의 깡마른 팔다리에 닭껍질 같은 소름이 돋아 있었다. 세숫물에 젖은 짧은 머리카락 두어 가닥이 생기 없는 뺨으로 흘러내렸다.

그녀는 문득 고개를 들었다. 마치 실신하여 병원 침대로 옮겨졌다가 방금 의식을 회복한 사람처럼 멍한 눈으로 사방을 두리번거렸다. 다급히 일어서려 했던 그녀는 이내 주머니칼처럼 몸을 접었다. 습관적인 현기증이 가신 뒤 다시 허리를 폈다.

그녀는 대못에 걸린 외투의 허리께를 더듬었다. 토큰들과 전철 정액권, 까먹고 남은 귤껍질과 휴지 뭉치 따위를 꺼내기 위해 호주머니를 뒤집었을 때, 모가지가 부러진 새들이 일제히 푸른 깃털들을 흩뿌리며 장판 바닥에 나뒹구는 것을 보았다.

3

그즈음 내가 외투에 담아 가지고 다니던 죽은 박새들 이야기 해줄까.

그것들의 싸늘한 날갯죽지와 부드러운 가슴 털을 호주머니

속에서 만지작거리며 나는 학교에 가고, 저녁 거리를 쏘다니고, 가등 아래에서 책을 읽었지. 내 때 묻은 손아귀에서 서서히 썩어가던 조그만 얼굴들, 유리구슬 같은 안구의 만질만질한 감촉이 아직도 생생해.

처음 새를 발견한 것은 그해 늦여름의 일이었어.

항구에 연한 차량 기지를 향해 매끄럽게 호(弧)를 그리며 뻗어간 철길이 하오의 햇빛에 반짝거리고 있었지. 월말고사를 치른 날이어서 학교가 일찍 파했지만 난 집에 들어가고 싶지 않았어. 대신 그 철길을 가로질러 걷고 싶어졌지. 일요일 새벽이면 어머니 혼자서 성당으로 가곤 하던 길이었어. 나는 그때마다 따라가고 싶어 했지만 어머니는 꼭 한 번, 미사가 없는 평일 오후에 동행을 허락했을 뿐이었지.

한풀 꺾인 뙤약볕이라곤 하지만 점심을 거른 터라 한 발 내디딜 때마다 머리가 어찔거렸어. 양 겨드랑이에 까닭 모를 신열이 지피는 것을 느끼며 나는 발걸음을 재촉했어. 지난 봄날 그 길을 어머니와 나란히 걸었던 것을 기억하면서.

보도블록의 틈새마다 푸릇한 어린 싹이 돋아나 있던 그 봄날, 물오른 개나리 가지는 비명 같은 노란 꽃망울들을 무더기로 토해내고 있었지. 어머니는 노점에서 산 풀빵 오백 원어치를 내 손에 안겨주었어. 팥고물에 입천장을 데어서 절절매는 내 어깨에 손을 얹고 걸어가다가 어머니는 문득 생각난 듯 말했어.

……거기서는 꽃이 지고 있겠구나.

거기가 어딘데 엄마, 라고 묻는 일 따위는 난 하지 않았어. 그곳이 어머니의 고향이라는 것쯤은 귀에 못이 박히도록 들어서 알고 있었지. 그곳에서는 겨울에도 꽃이 핀다고 했어. 진눈깨비가 날리는 십이월에도 노란 민들레가 어깨를 움츠리고 있다고 했지. 산비탈의 마른풀 더미를 들춰보면 쑥부쟁이 꽃들이 새파랗게 얼굴을 쳐들고 있다고 했지.

꽃이 지면……

입속에서 풀빵을 우물거리며 나는 천연덕스럽게 물었어.

……겨울 꽃이 지면, 봄 꽃이 피는 거지요?

어머니는 나를 내려다보고는 힘없이 웃었어. 이루 말할 수 없을 만큼 따뜻하고 지치고 슬픈, 익숙한 웃음이었어.

우리 거기로 가요, 엄마.

대답 대신 어머니는 보도블록에 한쪽 무릎을 꿇었지. 손톱으로 내 가르마를 매만져준 뒤 입술을 내 귀에 대고 속삭였어. 단내 나는 입김이 귓속을 간지럽혀서 나는 목을 어깨 속으로 파묻으며 웃었어.

……그러자꾸나.

이제 나는 혼자서 철길을 건너, 끈끈한 땀으로 오금을 적시며 성당을 향해 걸어가고 있었지. 단물 빠진 고깃점처럼 질긴 기억을 풀빵 대신 씹으면서.

고적한 성당 안뜰에 다다랐을 때 내 몸은 비를 맞은 것처럼 땀에 젖어 있었어. 본당 앞에서 나는 망설였어. 내 나이로 감당하기 어려운 염오감이 뱃속에서부터 틀어 올라오고 있었어.

그 봄날 어머니는 외투 호주머니에 손을 찔러 넣은 채 얇은 어깨로 본당 현관의 유리문을 밀고 들어갔었지. 캄캄한 복도 가장자리에 놓인 나무 탁자 옆으로 다가가서야 어머니는 호주머니에서 손을 뺐어. 꽃 핀 것처럼 빨긋빨긋하게 등이 벌어진 손이었지. 탁자에 놓인 주보 한 장을 집어 든 어머니는 그 손등으로 이마를 짚으며 한 줄 한 줄 읽어 내려갔지. 이윽고 미사실에 들어서는 어머니의 뒷모습은 허깨비처럼 야위어 있었어. 성수대에 손을 적신 뒤, 어머니는 정갈한 구둣소리를 내며 팔각 석기둥 옆의 구석 자리로 걸어가 앉았어.

처음으로 맛본 성소(聖所)의 고요에 잔뜩 위축된 나는 깨금발로 뒤따라가 어머니의 옆자리에 앉았지. 소매 끝이 나무 걸상에 스치는 소리도 어마어마한 반향을 울리는 곳이더군. 높다란 천장에 매달린 유리 장식과 햇빛 찬연한 스테인드글라스를 올려다보며 나는 오래 기다렸어. 어머니가 고개를 들기를. 그만 가자, 라고 속삭이며 내 머리에 손을 얹기를.

그러나 어머니는 고개를 드는 대신 손바닥으로 입을 틀어막았지. 그리고는 세차게 어깨를 떨며 흐느끼기 시작했어.

처음 목으로 울었을 때, 당신은 몇 살이었어?

난 그날의 일을 생각하면 목구멍이 아파. 마음보다 먼저 몸이 기억하는 일도 있는가 봐. 내가 당신을 기억할 때면 온몸의 구석구석이 저리고 손가락 뼈마디, 목덜미의 솜털 끝까지 아파오는 것처럼.

어머니의 어깨를 조심스럽게 두드려보는 내 손도, 마침내 내 입 밖으로 새어 나온 신음도, 처음으로 경험하는 목울음도 어머니의 흐느낌을 멈출 수 없었지. 거꾸로 철봉에 매달린 것처럼 모든 사물이 아뜩하게 흔들리고 있었어.

그 이른 봄날 오후 내 목구멍 속에서 벌집처럼 웅웅거리던 낯선 뜨거움을 상기하면서, 여전히 열세 살인 채로 여름을 맞은 나는 복받쳐 오르는 염오감을 눌러 삼키며 본당 입구를 쏘아보고 있었지. 안으로 들어가는 대신 이를 악물며 뒤돌아서려던 찰나였어.

단단한 돌주먹으로 두꺼운 현관의 유리문을 내리치는 것 같은 소리가 들렸어.

소리를 지를 참도 없었어. 회색과 흰색의 깃털 몇 점을 날리며 돌층계참으로 박새는 떨어졌어.

일직선으로 추락한 새는 두어 번 날갯죽지를 힘 있게 움직여보았지만 날지 못했지. 목이 부러진 것 같았어. 나는 새가 머리를 박은 두꺼운 유리문의 윗부분을 올려다보았어. 푸르른 버드나무 숲의 그림자가 눈부시게 비쳐 있더군.

꼬리 깃털의 가장자리에 엷은 청회색이 도는, 어린 내 주먹으로 감싸 안으면 가득 찰 만큼 자그마한 새였어.

어떻게 해야 할지 알 수 없었어. 본당 안으로 뛰어 들어갔지만 복도에는 무시무시한 어둠뿐이었지. 비어 있는 안뜰을 지나 사무국의 유리창을 통해 내부를 들여다보았지. 이십대 후반과 삼십대 중반으로 보이는 여자 둘이 보였어. 창문을 두드릴까? 용기가 나지 않았어.

나는 새가 떨어진 자리로 돌아갔어. 새는 아직 거기 배를 드러낸 채 누워 있었어. 기적적으로 몸뚱이를 뒤집기를, 쮸삐이 쮸삐이 울며 죽지를 치기를 빌며 나는 그것을 들여다보았지. 조금 전의 일이 아무것도 아니었던 것처럼 층계참을 박차고 솟구쳐 오르기를.

그런 일은 일어나지 않았지. 나는 다시 사무국으로 달려갔어. 여전히 용기가 나지 않았어.

서성거리며, 그녀들이 나를 먼저 발견해주기를 바라며 창문에 매달렸다가 다시 박새가 있던 자리로 달려가는 일을 서너 번 반복했을까. 되돌아갈 때마다 새는 불의의 습격을 받은 어린아이처럼 그 자리에 반듯이 누워 있었어. 이따금씩 시도해보는 날갯짓은 차츰 힘을 잃고 있었고 횟수도 줄어갔어. 정확하게 초점을 맞추고 있던 까맣고 조그만 눈이 서서히 흐려지고, 눈 주위의 근육이 미세하게 떨기 시작하는 것을 똑똑히 볼 수 있었어.

나는 결국 사무국의 문을 두들겼어. 문을 열고 나온 젊은 여자는 내 안절부절못하는 모습을 의아한 듯 내려다보더군.

이, 이쪽으로 와보세요.

더듬대며 나는 소리쳤지.

새, 새가 유…… 유리문에 부딪혔어요.

여자는 심각하면서도 얼마간은 흥미로워하는 얼굴로 나를 내려다보았지.

……그게 말이다.

살집이 제법 붙은 뺨을 억지로 찡그려 보이며 여자는 침착하게 대답했어.

자주 있는 일이란다.

난감함을 표하는 미소가 그녀의 얼굴에 어렸어.

우리가 치료할 수도 없고…… 치료한다 해도 키울 수도 없는 일이지 않겠니?

나는 잠자코 그녀의 얼굴을 올려다보고 있었어. 그 여자의 음성은 꾸밈없이 솔직하게 느껴졌으므로 거부감이 들지는 않았어.

가만 놔두는 수밖에 없어. 늘 그렇게 부딪히곤 하는걸, 그때마다 우리가 어떻게 조치를 취할 수 있겠니?

목구멍을 비집고 나오려 하는 고함을 짐짓 어른스럽게 혀뿌리로 누르며 나는 고개를 끄덕였지. 늦은 오후의 햇빛을 받은 버드나무 숲이 안뜰 가운데로 널따란 그늘을 드리우고 있었어.

나는 다시 새에게로 갔지. 회청색 날갯죽지는 아직 희미하게 떨고 있었어.

땅거미가 깔릴 때까지도 새는 죽지 않았어. 부드러운 가슴살이 보일 듯 말 듯 들먹거리던 깃이 완전히 멎은 것은 이미 사위가 캄캄해진 뒤였지. 나는 오줌 한번 누러 가지 않은 채 그것을 지켜보고 있었어.

떨리는 손으로 죽은 새를 들어 올려 호주머니에 집어넣었어. 아직 따뜻했어. 습기 찬 밤바람이 불어왔어. 세차게 눈물을 닦는 바람에 까끌까끌하게 살이 일어난 뺨 위로 새로운 눈물이 흐르고, 그 눈물이 마른 자리에 다시 새로운 눈물이 흐르곤 했지.

새의 시체가 썩어갈 때까지 나는 그것을 가지고 다녔어. 새의 온기가 사라지고 나자 이번에는 내 손의 온기가 그 싸늘한 새에게 옮겨졌고, 마침내 내 손이 새인지 새가 내 손인지 알 수 없어졌지. 더 이상 가지고 다닐 수 없을 만큼 시체가 부패했을 때에야 그것을 철길 끝의 흙 둔덕에 묻었어.

그 후부터 나는 저물녘마다 성당의 그 자리에 가 앉아 있곤 했고, 일주일에 한 번, 혹은 열흘에 한 번꼴로 새로운 새의 죽음을 보았어.

4

눈을 뜨기 전에 그녀는 망설였다. 만일 내 눈이 하얗게 멀어버렸다면. 이미 잠에서 깨어난 자신의 육체를 머리끝에서 발끝까지 차례차례 감각하며 그녀는 눈뜨기를 주저하고 있었다. 만일 눈이 멀어 있다면 그녀는 당황하고 싶지 않았다. 태어날 때부터 눈멀었던 사람처럼 태연히 손을 더듬어 이불을 개키고 세수를 하리라.

어느 날 아침에, 당신이 잠에서 깨었을 때……

떠나기 전날 밤 그는 그녀에게 물었었다.

……만약 당신 눈이 하얗게 멀어 있다면.

잠긴 음성이었다. 러닝셔츠 바람의 그는 그녀에게 등을 돌리고 앉아 담배를 피우고 있었으므로 여윈 척추뼈의 윤곽이 유난히 도드라져 보였다.

그때 뭐가 가장 보고 싶어지겠어?

그녀는 그가 그 일요일 오후 내내 꾸린 큼직한 여행용 배낭을 끌어다가 문턱 옆에 옮겨놓은 뒤, 대답 대신 손을 뻗어 그의 마른 어깨에 얹었었다.

글쎄, 당신은?

담배를 비벼 끄는 그의 얼굴은 진지했다. 숱 많은 수염의 뿌리 때문에 푸른빛을 띤 턱과 뺨을 그녀는 손등으로 찬찬히 쓸어내렸다.

내 고향의 가을 강기슭…… 거기 무수히 번쩍이던 물살.

슬그머니 그에게서 물러난 그녀는 책꽂이에 등을 기대고 앉아 눈을 감았다. 삼 년 가까이 몸담았던 조그만 제약 회사의 영업부에 사직서를 제출하고 돌아온 전날 밤, 그는 엉망으로 취해 있었다. 함께 살아온 일 년여의 시간 동안 한 번도 본 적 없는 방심한 모습으로 딸꾹질을 하며 그는 킬킬 웃었다. 모든 게 허망하지, 빌어먹을. 혀가 굳어 불분명해진 발음으로 그는 가래침 같은 욕설을 뱉어대고 있었다. 사랑도 그래…… 세상에서 허망한 게 사랑이지. 변기를 안고 수분간 토악질을 한 뒤 세면장 바닥에 주저앉아 입술을 손등으로 훔치면서도 그는 연신 허망, 허망이라고 되뇌고 있었다.

……소 뜯기면서 큰대자로 잠들었다가 깨어나면 눈 안에 들어차던 하늘, 거기 흐르는 구름장.

그는 눈을 감고 있는 그녀에게 앉은걸음으로 다가왔다.

그리고 당신 얼굴도. 당신이 막 잠 깨고 일어나 헝클어진 머리로 비틀비틀 세면장으로 걸어가는 모습…… 새끼 고양이처럼 눈도 못 뜨고.

그는 그녀의 오른쪽 눈을 눈꺼풀 위로 쓰다듬었다. 그리고는 축축하고 차가운 입술로 눈꺼풀을 조심스럽게, 연거푸 빨았다. 그녀의 눈에서 뜻하지 않은 눈물이 흘러내렸는데, 그는 그것을 혀끝으로 핥았다. 맛있다고 말하며 그는 낮게 웃었다. 그녀는 막연히 따라 웃었다.

같이 가면 안 될까?

이미 체념하였으므로 그만큼 진심이 담기지 않은 어조로 그는 물었다. 지난 며칠 동안 여러 번 반복했던 물음이었다. 그녀는 여전히 눈을 감은 채, 마찬가지로 반복하였으되 스스로 믿지 못해온 대답을 중얼거렸다.

……영영 가는 것도 아니라면서 왜 그래.

약속한 한 달이 지나고 그만큼의 시간이 더 지났으며, 짐작대로 그는 돌아오지 않았다.

눈을 뜨자 천장의 바랜 벽지와 불 켜진 형광등이 보였다. 눈이 멀지 않았다는 것을 확인하자 그녀는 갑작스런 갈증을 느꼈다. 방문을 열고 나가 싱크대에 놓인 주전자를 치켜들고는 부리째 입을 대고 들이켰다. 차가운 물이 적시는 그녀의 내장은 텅 비어 있었다.

몇 시나 되었을까.

무의미한 일인 줄 알면서도 그녀는 약이 닳은 벽시계를 올려다보았다. 두 시 사십오 분을 가리키고 있었다.

밤일까, 새벽일까.

순간 현관 밖에서 사람의 기척이 느껴졌다. 그녀는 잠시 숨을 멈추었으나, 이어 신문 떨어지는 소리가 들리자 입술을 비틀며 쓰게 웃었다.

그녀는 잰걸음으로 걸어가 슬리퍼를 신고 현관문을 열었다. 배달원의 발소리가 충계 아래로 멀어지고 있었다. 쌀쌀한 새벽이었다. 배달원을 뒤쫓아가는 대신 그녀는 잠옷 바람으로 난간에 기대어 섰다.

회랑 아래 가로등들의 불빛이 고요하게 흔들리는 것이 보였다. 오래전에 그녀가 버리고 떠난, 그러나 아직도 그녀의 머리 위에서 집요하게 떠돌고 있는 집들이었다. 끊어질 만한 곳에서 다시 이어지곤 하여 큰 도로변까지 흘러가 있는 외등의 불빛들은 마치 작은 강물 같았다. 상고머리 신문배달원이 탄 경주용 자전거의 은색 바퀴살이 그 빛을 반사하며 어둠 속으로 미끄러져 갔다.

5

만일 내가 당신보다 먼저 죽으면 내 몸을 태워보아줘. 사리가 나올지도 몰라. 늑골과 늑골 사이에, 명치가 있던 자리를 잘 찾아봐. 거기 얹혀 있던 외로움이 뭉쳐서 독한 돌이 되어 있을 거야. 당신이 그랬지. 한번 해병은 영원한 해병이라는 우스갯소리처럼, 한번 외로운 사람은 영원히 외로운 사람이라고.

6

그녀는 이불을 개켜 키 낮은 장롱 위에 얹었다. 전날 점심 이후로 아무것도 먹지 않았지만 식욕이 느껴지지 않았다. 그의 칫솔로 양치질을 하려 하자 공복으로 인한 구역질이 치밀었다.

외투를 걸치고 어두운 현관 밖으로 나오기 전에 그녀는 뒤돌아보았다.

저절로 전등이 켜질 것 같았다. 그의 구부정한 옆모습이 세면장 문을 열고 나타날 것 같았다. 그녀 자신의 나직한 웃음소리가 안방의 책꽂이 뒤편에서부터 밀물져 올 것 같았다. 그녀는 소리 내어 문을 닫았다.

……서울도 싫지만, 이 황량한 도시는 더 견딜 수 없어.

그가 종종 혐오감을 표하곤 했던 재개발 아파트들의 불빛이 먹빛 새벽 어둠 위로 부유하고 있었다. 홀로된 어머니의 손을 잡고 그가 고향을 떠난 것은 열다섯 살 때였고, 그 후 부천 일대의 반지하 방을 떠돌며 그의 희망은 두 가지뿐이었다고 했다. 서울 시민이 되는 것과 지상으로 올라가는 것. 그녀와 처음 만났을 때 그는 어머니의 상중이었으며, 그때까지도 그들 모자의 희망은 이루어지지 않은 채였다.

내 살을 봐…… 내 살아 있는 몸을 보라구.

불 꺼진 층계를 조심스럽게 밟아 내려가며, 그녀는 그의 커렁커렁한 음성이 철사 끝처럼 귓속으로 파고드는 것을 듣고 있었다.

야근을 마치고 귀가한 그는 멋진 흑백 단편영화의 줄거리가 생각났다는 이야기를 하던 참이었다. 한때 독학으로 시나리오 공부를 한 적이 있을 만큼 영화광이었던 그는 겉옷도 벗지 않은 채 책상다리를 하고 앉아 이야기에 열을 올리기 시작했다.

……술집마다 맥주잔이 끓어넘치는 망년회 무렵의 초저녁이야. 바바리코트 차림의 평범한 중년 남자가 지하철에서 내리는 장면부터 영화는 시작해. 사내는 별안간 두 주먹으로— 펜대를 쥐는 중지에 굳은살이 두드러지고, 손등에는 푸른 힘줄이 돌출된 커다란 손이어야 해—머리를 움켜쥐며 승강장 벽면의 전면 거울 앞에서 모로 쓰러지지.

응급조치를 취하면 곧 회복될 수 있을 만큼 경미한 뇌출혈이지만, 소리를 지르는 것은 불가능해서 사내는 물고기처럼 입만 벙긋거리고 있어. 누군가 부축해준다면, 얼굴을 들여다보아준다면 입 모양으로라도 사태를 알릴 수 있으련만, 수많은 행인들은 오히려 그의 자빠진 몸뚱이를 멀찌감치 피해 지나갈 뿐이야.

머릿속에서 천천히 피를 흘리며 사내는 죽어가지. 벨 소리와 안내 방송은 간단없이 울리고, 지하철은 멈췄다가는 떠나고, 헤아릴 수 없이 많은 사람들이 어깨를 부딪치며 그의 곁을 지나 바삐 층층계를 뛰어 올라가지.

밤이 깊을수록 늙은 주정뱅이의 모습이 되어 사내는 거기 방치돼 있어. 행인들의 구둣발 소리, 웃음소리, 스쳐 가는 외투 자락 소리…… 자정을 넘겨 마침내 지하철이 끊기고 승강장은 어둠으로 덮이지. 죽음은 참을성 있게 서서히 다가와, 다음날 새벽에야 사내를 데리고 가지. 필시 술좌석에서 빠져나오지 못했으리라 짐작하며 일찍 잠자리에 든 가족에게 돌아가지 못한 채…… 그는 싸늘하게 식어가는 거야, 마치 평안한 잠처럼.

그는 마치 그 잠을 자신의 몸으로 경험해보려는 듯 비장한 얼굴이 되어 눈을 감았다. 앉은 채로 잠이 든 것이 아닌가 싶었을 때에야 그는 다시 입을 떼었다.

……사람을 냉혹하고 비정하게 만드는 것은 아주 간단해. 몇십 년이 걸릴 것 같지? 최소한 오륙 년은 걸릴 것 같지? 그렇지 않아. 이삼 년이면, 빠르면 육 개월이면…… 사람에 따라

서는 집중적으로 두세 달이면 끝나.

어떻게 하느냐면, 그를 바쁘게 하는 거야. 당장이라도 수십 년 동안의 잠에 곯아떨어지고 싶어 할 만큼 피로하게 하고, 그러나 쉬고 싶을 때 쉬지 못하게 하는 거야. 쉬더라도 고통스러울 만큼 아주 조금만 쉬게 하고, 깨어 있는 시간 동안 끊임없이 굴욕당하게 하고, 자신을 미워하게 하는 거야.

그렇게 수백만의 불행을 만들어내는 도시, 수백만의 피로한 인간들을 뱉어내는 도시에 대한 영화야. 제목은 '서울의 겨울'이라고 붙이겠어. 겨울뿐인 도시…… 내가 목숨을 걸고 사랑하려 했던 도시를 위한 영화야.

그의 얼굴이 어두워졌다. 충혈된 눈에 알 수 없는 열기를 띤 채 그는 그녀의 눈을 들여다보았다.

……구원은 없어. 이곳에 구원은 없다구. 모르겠어?

이건 미친 짓이야, 하고 덧붙이는 그의 눈에 거짓말 같은 습기가 맺혀 있었다.

떠나기 전에는 없어…… 이곳에서 구원을 바란다는 게 미친 짓이었어.

그는 그녀의 어깨를 붙들었다. 같이 가자, 라고 그는 들뜬 목소리로 속삭였다.

내 살을 봐, 내 머리털을 봐. 아직 살아 있어…… 살아서 돌아가기를 원하고 있어. 내 몸은 콘크리트로 지어지지 않았어. 당신 몸도 마찬가지야. 나와 똑같은 따뜻한 살로 이루어져 있어. 따뜻한 피가 흐르고 있다구. 더 이상 이곳에서 뭘 바라지?

이곳이 준 게 뭐가 있어? 밑 없는 갈증, 탕진, 굴욕, 상처, 환멸, 그 밖에 대체 뭐가 있었어? 언제까지 이곳의 비루한 각본에다 몸뚱이를 구겨 넣으면서 살아가야 해?

내리막길을 걷는데도 그녀의 상체는 가파른 언덕배기를 오르는 사람처럼 수그려져 있었다. 그녀의 입가에는 흰 버짐이 피었고, 깊은 눈두덩 속의 눈은 침울하게 번쩍였다. 해쓱한 하현달이 그녀의 뒤를 따라오고 있었다. 새벽바람이 뺨을 깎을 때마다 그녀의 머릿속은 빗물에 씻긴 사금파리처럼 투명해졌다.

전철역으로 나가는 첫 마을버스가 출발하려 하고 있었다. 그녀는 달리지 않았다. 정류장의 푯대까지 천천히 걸어가, 버스가 떠나는 것을 묵묵히 지켜보며 서 있었다.

7

언제나처럼 책 읽기를 멈추고 집으로 돌아갔을 때 싸움은 그쳐 있었어. 아버지는 거칠게 펌프질을 하여 세숫물을 받고 있었지. 살금살금 마당가로 돌아가려는 나를 향해 아버지는 아직 취기에 젖은 목소리로 호령했어.

꼴 보기 싫다고 했지 않으냐?

전부터 아버지는 늘 어머니의 외투를 못마땅하게 여겨서, 내가 그것을 입은 모습만 보면 얼굴이 딱딱하게 굳어지곤 했었어.

당장 벗어라.

예에, 하고 입속에서 대답을 흐리며 얼른 방으로 들어가려
는데 어깨를 붙잡히고 말았지.

혀를 집어넣어라.

아버지는 침착하게, 억센 손바닥으로 내 양쪽 뺨을 차례로
때린 뒤 강제로 외투를 벗겼어. 그때 책과 함께 내 새들이 바
닥에 나뒹굴었지.

나는 경기(驚氣)를 했던 것일까. 이제 기억할 수 있는 것은
처음 듣는 계집애의 목쉰 고함 소리뿐이야. 그 사이사이 튀김
기름처럼 역하게 끓어오르던 거친 욕설뿐이야.

내 몸 어디에 그런 소리들이 숨어 있었던 걸까.

젖은 마당을 구르며, 발을 씻느라 추리닝 바지를 걷어 올린
아버지의 장딴지를 이빨로 물어뜯으며 난 봤어. 아버지가 검
은 비닐봉지에 황황히 쓸어 담던 내 새들의 얼굴을, 반들거리
는 검은 눈들을.

내 눈이었지. 내 죽은 얼굴이었어.

봉지째 그것들을 빼앗아 들고 철길 끝의 둔덕을 향해 달려
갔지. 겨드랑이에 날개가 돋친 것 같았어. 허공을 박차고 달리
는 것 같았지. 언 땅을 맨손으로 헤치고 마지막으로 새를 묻으
며 나는 눈물 따위 흘리지 않았어. 집이 있는 골목을 향해, 어
두운 하늘을 향해, 빌어먹게도 어깨를 덜덜 떨고 있는 나 자신
을 향해 짐승처럼 욕설을 퍼부었지.

흙 묻은 손으로 이마의 식은땀을 닦으며 연립 주택촌 앞에
돌아와 섰지. 신(神)이 오른 것 같던 좀 전의 열기 대신 죽음
같은 피로가 몰려오고 있었어. 그 적요하던 밤, 맑은 빗물 같
은 별빛들이 골목의 어둠을 흥건하게 적시던 밤. 달그림자를
처음으로 보았던 그 밤이었어.

8

감색 교복 차림의 앳된 고등학생들이 일제히 통학 버스에
서 내리고 있었다. 새벽 장을 봐 오는 아낙의 양손에는 실한
파와 마늘이 가득했으며, 그 틈에서 기다란 갈치의 은빛 비늘
이 번쩍이고 있었다.

항구가 가까워질수록 거리의 모습은 차츰 빈한해졌다. 가
로수와 담장 밑을 들여다보면 어김없이 간밤 취객이 게워놓
은 밀떡 같은 토사물들을 볼 수 있었다.

하나둘 셔터를 올리는 후락한 점포들을 보면서 그녀는 걸
었다. 그녀가 살았던 동네가 가까워지면서 차츰 눈에 익은 간
판들이 나타나기 시작했다. 철물점, 목공소, 정육점, 가스집,
방앗간, 청과물 가게, 카뷰레터집.

아버지의 수제화점 앞에 이르러 그녀는 걸음을 멈추었다.
셔터가 내려진 수제화점의 간판은 마치 오래전에 처분된 점
포처럼 추레했다.

말린 생선들처럼 사방의 벽에 거꾸로 매달린 수십 켤레의 구두에 둘러싸여, 젊은 아버지는 동그란 삼발이 의자에 앉아 구두를 만들고 있곤 했었다. 능숙한 손놀림으로 못을 박고 풀질을 하고 밑창을 두들길 때, 마치 청년처럼 진지한 옆얼굴에 오후의 햇빛이 비끼는 그때만큼은 그는 아름다워 보였었다.

명절 때나 되어 들를 때마다 아버지와 의붓어머니는 한 해 다르게 늙어가는 음울한 얼굴로 그녀를 맞곤 했다. 지난 추석 아버지는 오랜만에 술에 취해 있었다.

조그마할 때부터 하도 책을 끼고 살아서…… 네 엄만 네가 굉장한 사람이 될 거라고 장담하곤 했더랬다.

얼마 전에 새로 도배를 해 니스 냄새가 꽉 찬 안방은 채광이 나빠 한낮인데도 저녁나절 같았다. 아버지의 공허한 눈길이 가닿은 어둑어둑한 방구석은 비어 있었다. 악쓰고 부수고 사랑할 힘을 소진해버린 늙은 부부는 이제 서로가 알지 못하는 자신의 기억을 향해 제각각의 시선을 고정한 채 말없이 어깨를 맞대고 앉아 있었다. 술기운에 꼬부라진 혀를 애써 움직이며 아버지는 연신 고개를 주억거렸다.

아무도 가르쳐주지 않았는데 혼자서 글을 깨쳤더랬다…… 네 엄마의 유일한 자랑거리였어.

옥상 이야기 해줄까. 스물넷, 스물다섯 살을 기억하려 할 때마다 마치 거대한 빛 덩어리처럼 내 망막에 들어차는 곳. 회사 일로 마침 근처를 지나던 지난여름, 별다른 뜻이나 기대 없이 그곳에 올라가보았었지.

사람은 자신이 가장 고통받은 곳을 사랑하게 마련이라고 하지. 가장 고통받은 곳이라고는 말할 수 없겠지만, 어두운 층 층계의 끝에 기다리고 있는 묵직한 철문을 열고 눈부신 옥상 의 콘크리트 바닥에 발을 내려놓았을 때, 비로소 내가 그곳을 잊지 못하고 있었다는 것을 알았어.

늘 기대앉곤 했던 굴뚝 아래에 앉아 가로수를 보았지. 몹시 키가 커서 사층 건물의 옥상에까지 음음한 그늘을 덮어주던 플라타너스였어. 내가 떠나기 직전에 윗부분이 깡뚱하게 베 어졌었는데, 그동안 부지런히 자라 예전만은 못하나마 꽤 울 창한 가지들을 겹겹이 펼쳐놓고 있었어. 어린아이의 얼굴만 한 그 잎사귀들 위로 소낙비가 퍼부을 때면 도심의 모든 소리 가 멈춘 것 같았었지.

햇볕이 끈적거렸고 바람은 잤어. 나는 눈을 가늘게 떴어. 살 갗이 그을리는 것을 느끼며 변함없는 하늘을, 건너편 건물들 을, 이웃한 건물들의 옥상과 지붕을 둘러보았어. 몸이 아픈 시 늉을 하기 싫어 몰래 아프려고 올라와 있던 곳, 간혹 울고 난 뒤 얼굴의 흔적이 지워질 때까지 시간을 죽이던 곳이었지. 그때 바라보던 풍경 그대로였어. 분명히 달리고 있는데도 언제나 정지한 것처럼 보이던 자동차들, 행인들, 뜬눈으로 꾸었던 흉하고 길한 꿈들.

그 건물의 삼층에 세 들어 있던, 복음서를 내는 출판사가 내 첫 직장이었어. 실무자는 나 하나였고, 야근은 물론 일요일 특근까지 빈번한 영세 업체였지. 거기서 처음 눈을 앓았었어.

누구를 탓할 수 있었을까. 종일 깨알 같은 활자들을 교정보는 데다, 출퇴근길이건 집에서건 졸음으로 고개가 앞으로 꺾일 때까지 책을 읽었어. 잠시도 책 없이 견딜 수 없는 갈증이 있었어. 난 마치 알코올이나 부탄가스 따위에 중독된 사람처럼 보였을지도 몰라. 여전히 죽은 새를 호주머니에 담고 다니는 등 굽은 계집애의 얼굴로, 무차별적이고 우울한 독서에 빠져 있었어. 내가 애정을 느낄 수 있었던 유일한 행위였지. 어리어리한 취기를 즐기며 쏘다니는 밤거리만큼이나 나를 자유롭게 해주었어.

처음 눈을 앓기 시작했을 때는 황사 바람 때문이라고만 생각했었어. 흰 교정지의 여백을 들여다보고 있자면 생리적인 눈물이 질금질금 고이는 일이 잦아졌어. 오래 참다가 직장 근처의 안과를 찾았을 때 삼십대 초반의 의사는 무감동하게 내 눈을 들여다보았어.

그럼 쉬십시오. 그 외에 정확한 이유는 없습니다.

책을 보아야 하는 직업이라고 해명하자 의사는 잘라 대답했어. 의사의 흰 가운과, 옆에 나란히 서 있는 두 간호원의 캡과 원피스의 흰빛 때문에 내 눈에서는 수분 전부터 생리적인 눈물이 흐르고 있었지.

밝은 것을 볼 수 없는 것이었어. 특히 흰 것을 보면 안구가 무엇인가에 찔리는 듯한 통증이 느껴졌어. 새벽에 눈을 뜨면 눈물이 함께 고였어. 정류장에서 버스를 기다리고 있자면 떠오르는 아침 햇빛에 얼굴이 젖곤 했어. 밤이 되면 증세가 더 심해졌지. 전등을 꺼도 남은 빛 때문에 눈이 시렸고, 커튼을 치고 누우면 그 올올의 사이로 골목에 선 외등 빛의 입자들이 새어 들어와 내 감은 눈을 할퀴었어.

회사를 그만둘 수는 없었으므로 책 읽기를 멈추었지. 퇴근하자마자 창문의 커튼을 내린 뒤 어둠 속에서 몸을 더듬어 움직이며 나는 절망했어. 머릿속에 아무것도 남아 있지 않은 것 같은 공허감에 사로잡히는가 하면, 온갖 단어와 문장 들이 내 몸뚱이를 우글우글 기어 다니는 듯한 느낌이 나를 미치게 만들었지. 그러나 그보다 견디기 힘들었던 건 이대로 정말 눈이 멀어버리는 것 아닌가 하는 두려움이었어. 기어이 사직서를 낸 것은 수건을 여러 겹으로 접어 얼굴을 덮고 누워 밤새 몸부림치고 난 다음날이었어.

사무실에 두고 쓰던 탁상 달력이며 칫솔 통이며 카디건 따위를 챙겨 가지고 나와 옥상에 올라갔었어. 눈에 보이는 모든 것이 안통(眼痛) 때문에 흔들리고 있었지만, 나는 발을 뗄 수 없었어.

웃지 말아. 당신의 영화 이야기를 듣고 나서 문득 생각해보았었어. 그렇게 간단한 거라면, 나도 그 옥상에 대한 것을 만들어보고 싶다고.

그곳에서 뜬눈으로 꾸었던 꿈들을 일일이 재생시켜 보여줄 필요는 없겠지. 그 옥상의 모습과, 옥상에서 내려다본 풍경, 도시의 희부연 하늘, 먼 산의 푸른 윤곽만 보여주면 돼. 남루한 짐 꾸러미를 옆구리에 끼고 손바닥으로 눈을 가린 채 서 있는 못생긴 여자의 모습도 넣어야지. 여름이면 요란하게 냉각수를 뿜어내곤 하던 커다란 물탱크도, 키 큰 플라타너스들의 찬란한 잎사귀들도 넣어야 해.

살구살 같은 봄이 터질 듯 무르익던 그 새벽 고향으로 떠나는 첫 기차에 오르는 대신 철길에 머리를 던진 어머니나, 석 달도 되지 않아 젊은 의붓어머니와 나어린 의붓동생들을 데리고 들어온 아버지의 모습을 보여줄 필요는 없어. 여상을 마친 내가 집을 나가 야간 대학에 다니겠다고 했을 때, 다른 누군가의 얼굴을 내 얼굴 위로 보는 듯한 표정으로 나를 응시하던 아버지의 눈길은 더더욱 필요하지 않아.

다만 꼭 한 장면만은 넣고 싶어. 그곳이 무슨 강이라고, 물에 뛰어드는 사람처럼 철길 가장자리에 가지런히 벗어둔 어머니의 흰 구두. 아버지가 직접 만든 새 구두였지.

그 이른 새벽 두부 장수가 흔들어대던 기운찬 요령 소리를 아직 기억해. 그날따라 나는 왜 일찍부터 깨어 있었던 것일까. 마당에는 아직 어둠이 깔려 있었고, 대문을 훌쩍 나서는 어머니의 뒷모습을 보며 나는 툇마루 끝에 앉아 있었지. 요 앞에 두부 사러 가면서 새 구두는 왜 신은 것일까, 도로 감기려고 하는 눈꺼풀을 손등으로 문지르며 의아해하고 있었지.

그 춤추는 듯한 요령 소리를 들려줄 필요는 없어. 평상시와 똑같이 허전허전한 걸음걸이로 대문을 빠져나간 어머니의 뒷모습도 필요없어. 그저 그 구두만, 흰 밑창 가득 햇빛이 물여울처럼 번지는 구두 한 켤레만 보여주는 거야.

아무것도 들쑤시거나 캐어내서는 안 돼. 들쑤시고 캐어내지 않은 그 뜨거운 불길들이 어느 사이에 열기와 숨막히는 황 냄새를 버리고 순연한 빛 덩이로 떠오르도록 하는 거지. 고통이 뷰파인더와 내 몸뚱이를 관통해 맑은 슬픔이 되는 절차를 잠자코 바라보기만 하는 거야. 지금 내가 당신을 생각하는 격렬한 마음이 차츰 슬퍼지고, 애절해지고, 자신도 모르는 사이 성스러워져서, 어느덧 당신으로부터 묵묵히 떠나갈 것처럼. ……표제는 '나의 옥상'이라고 붙이고 싶어.

10

살얼음이 덮인 비포장 인도에서 그녀는 보기 좋게 미끄러졌다. 그녀는 흙바닥에 주저앉은 채로 구두를 벗어 통굽이 닳은 바닥을 들여다보았다.

그녀는 구두를 다시 꿰어 신은 뒤 옆에 서 있던 전신주를 붙들고 일어섰다. 넘어지는 바람에 발뒤꿈치의 피부가 까졌

으며, 인대가 늘어났는지 똑바로 서기가 힘들었다. 두툼한 손
가방은 지난밤 회사에서 가져온 일거리들과 읽다 만 책으로
묵직했다. 어깨가 쑤셔왔으므로 그녀는 가방을 가슴에 끌어
안았다.

심호흡을 한 뒤 그녀는 걷기 시작했다. 다시 걸음을 멈춘 것
은 동편의 연립 주택촌 위로 떠오르는 해를 보았을 때였다. 부
신 눈으로 그녀는 핏물처럼 번져 있는 아침노을을 올려다보
았다. 해 뜰 무렵마다 눈을 가늘게 뜨는 것은 눈을 앓은 뒤부
터 생긴 습관이었다.

잠시 멈춘 만큼 그녀의 걸음은 빨라져 있었으며, 앞으로 나
아갈수록 더욱 빨라져갔다. 뚜걱뚜걱 나아가는 그녀의 발소
리 옆으로 오랜 기억 같은 키 큰 나트륨등들이 시린 듯 주황빛
눈을 껌벅이고 있었다.

11

당신이 처음 내 고향을 물었을 때 나는 망설이다가 대답했
지. 내 고향은 철길이라고. 기찻길 옆 캄캄한 오막살이에서 어
머니는 나를 배어 낳았다고. 이따금씩 기찻길을 따라 정처 없
이 걸어가는 꿈을 꾸다가 잠에서 깨어나곤 한다고 말했지. 당
신은 하얗게 웃었어.

내가 살던 골목과 철길 사이에는 비스러진 블록 담이 있고,

담이 무너진 자리를 막은 얇은 판자에는 가느다란 세로줄의 틈이 있지. 한쪽 눈을 감고 그 틈으로 내다보면 가까이에는 노란 장다리꽃들이 피어 있고, 내가 사랑하는 봄날의 철길은 그 너머에 있어. 어느 날 아침 눈멀어버린 내가 가장 그리워할 풍경이 그것일까.

만일 죽기 전에 단 세 시간의 자유가 허락된다면 그 지상의 세 시간을 온전히 그곳에서 쓰고 싶다는 생각을 한 적이 있어. 철길 위에 길게 누워, 내 유년의 투명한 햇빛을 폭포수처럼 맞으면서…… 나에게 희망이란 고작 그런 것이었지.

당신 가슴에 강이 흐른다는 것처럼 내 가슴에 철길이 그어져 있다고 하면, 수없이 당신을 안았어도 끝내 그 강을 안지 못했다고 말한다면 당신은 다시 하얗게 웃을까. 모두 떠나거나 죽었지만 나는 남았다면. 남아서 견디는 편을 택했다면.

12

그녀는 철길 위로 넘실거리며 다가오는 강줄기를 바라보고 있었다. 둥글고 단단한 몸체를 번득이는 화물 열차와 검게 변색된 썩은 침목들, 버려진 기왓장 같은 버팀쇠와 녹슨 나사못들을 거대한 입술로 핥으며 덮쳐오는 강의 몸살은 미끈미끈한 옥색이었다.

먼 대도시에서부터 산과 동굴과 습지를 가로질러 온 선로의 끝은 이 후락한 항구 도시의 차량 기지를 통과하여 한 채의 무덤 같은 반구형의 흙 둔덕 속으로 파고들어 있었다. 둔덕 위에는 모서리가 닳은 굵은 침목들이 함부로 나뒹굴고 있었으며, 그 거친 표면으로 푸른 핏자국 같은 페인트와 샛노란 페인트가 번갈아 빗금을 그리고 있었다. 창백한 여뀌와 마른 강아지풀, 잎만 남은 실국화가 침목들을 에워싼 채 바람에 흔들렸다.

그녀는 그 철길의 무덤 위에 앉아 있었다. 레일 사이에서 썩어가고 있던 침목들의 나뭇결은 강물의 긴 혀가 스쳐 갈 때마다 정교한 무늬로 되살아났다. 장의차 같은 화물 열차의 견고한 몸들이 서서히 강에 용해되고 있었다. 이제 곧 이 둔덕까지 강이 범람해올 것이다. 그녀는 눈을 감았다. 오래전에 불렀던 노래를 태연스럽게 흥얼거리기 시작했다.

꿈길밖에
길이 없어
꿈길로 가니

한기가 들어와 팔짱을 끼려 하자 외투 아래의 가슴께부터 그녀의 몸뚱이가 비어 있었다. 놀라 목덜미를 감싸 쥐자 그곳도 비어 있었다. 얼굴을 만지기 위해 손을 들어 올렸다. 손이 있어야 할 자리가 투명하게 비쳐 보였다. 비어 있는 외투 자락 속에서 무엇인가 꿈틀거리는가 싶더니 작고 꼬물꼬물한 것들이 안간힘을 다하여 기어 나왔다. 모가지가 부러진 박새들이었다. 그녀는 나직한 목소리로, 여전히 천연덕스럽게 노래를 불렀다.

꿈길 따라
그 임을
만나러 가니

물살이 그녀의 몸을 덮쳤다. 거품 위로 몸뚱이가 치솟았다. 옥색의 물결이 코로, 귀로, 눈으로 흘러들었다. 이상하게 숨이 막히지 않았다. 그때에야 그녀는 강이라고 생각했던 것이 먹구름장 같은 거대한 새 떼였던 것을 알았다. 새 떼의 울부짖음이 고막을 찢었다. 참다못해 소리치려 입을 벌린 순간, 젖은 새 새끼들이 일제히 목구멍을 비집고 뛰쳐 날아갔다.

13

먼 심장 박동 소리 같은 햇빛이 정박한 선박들 위로 흩어지고 있었다. 철길 끝 침목들을 에워싼 마른 잡초들의 군락이 불붙은 듯 그 빛을 되쏘았다. 날카로운 철창살로 만든 쪽문을 밀치며 마침내 차량 기지를 빠져나갈 때까지, 그녀는 걸음을 멈추거나 뒤돌아보지 않았다.

빛을 향해 가는 식물의 춤

강지희

(문학평론가)

1. 외로운 흰 뼈들

중국의 주목받는 젊은 예술가 티엔샤오레이(田曉磊)의 영상 작품 「춘추(春秋)」를 장악하고 있는 것은 흰 색상과 뻗어나가는 뼈의 형상이다. 온몸을 둥글게 만 채 엎드린 자의 등에서 손과 팔의 가느다란 흰 뼈들이 돋아나 생장해 나무의 형상을 이룬다. 무성하게 뻗어나간 뼈는 가을을 맞아 바람에 나뭇잎이 떨어지듯 바닥으로 떨어지고, 그 해골 위에서는 다시 아기의 울음소리와 함께 통통한 아이의 팔이 자라난다. 삼 분가량의 짧은 영상이지만 이 속에서 살과 뼈, 탄생과 죽음은 구분되기보다 긴밀하게 서로 얽히며 무한한 반복 속에 놓여 있다. 그러나 이 영상을 인상적으로 만드는 것은 계절이 순환하듯 무연하고 순한 흐름이 아닌 듯하다. 오히려 생명과 죽음이 서로의 경계를 넘어설 때 무언가 부서지고 꺾이는 탈인간화된 느낌이 어딘가 서늘하게 남는다. 생명이 물질로 되돌아갈 때 숨이 끊어지는 기척과, 다시 태어날 때 내는 가느다란 울음소리가 품은 선연함이 묘하게도 닮았기 때문일까. 생명보다는 물질에 가까울 흰 뼈가 왕성하게 계속 가지를 뻗어나가듯 자라나는 모습이 아름다우면서도 기괴하기 때문일까.

한강의 소설은 약하고 연한 살성과 물질인 뼈로 이루어진 인간이 어떤 존재일 수 있는지에 대한 탐구다. 두번째 소설집에는 아홉 편의 쓸쓸한 연애시를 모아놓은 듯한 단편 「아홉 개의 이야기」가 있고, 이 안의 '어깨뼈'라는 장에서 화자는 사람의 몸에서 가장 정신적인 곳이 어깨라고 말한다. 처음으로 당신과 나란히 걸을 때 길이 좁아지면서 당신의 마른 어깨와 내 마른 어깨가 부딪친 순간을 그는 "외로운 흰 뼈들이 달그랑, 먼 풍경(風磬) 소리를 낸 순간"(p. 300)이라 표현한다. 훼손되지 않고 생생하게 살아 있는 짐승에게서 우리가 뼈를 볼 수는 없다. 그렇기에 뼈는 인간 역시 모든 생물들처럼 영원할 수 없고 언젠가 죽음이라는 물질의 세계로 반납될 것을 알리는 증표이지만, 한강이 '흰 뼈'를 말할 때 그것은 영원히 바닥으로 떨어지지 않는 눈송이처럼 훼손될 수 없는 인간 안의 어떤 것을 상기시킨다. 세계는 어두운 환영에 불과할지 모르지만 인간 안에는 외로운 흰 뼈들이 조용히 자리한 채 빛나고 있다는 것을, 그것들이 예기치 못한 때에 서로 부딪치며 아름다운 소리를 내는 순간이 올 것을 그는 믿는다.

그런데 무엇을 통해 믿을 수 있단 말인가. 한강의 소설에서 반복해서 말해지는 명제는 삶은 끔찍한 비극으로 붕괴되곤 한다는 것, 그럼에도 불구하고 삶의 바닥에는 어떤 끈덕진 힘이 자리하고 있어 인간은 다시 밝은 쪽으로 나아간다는 것이다. 떨어져 내리던 인간이 어느 순간 방향을 꺾어 날아오를 때, 그 비상이 품고 있는 미약한 빛에 대해서 한강은 이렇게 쓴 바 있다.

> 그 길은 눈이나 서리 대신 연하고 끈덕진 연둣빛 봄풀들로 덮여 있을지도 모른다. 문득 팔락이며 날아가는 흰나비가 그녀의 눈길을 잡아채고, 떨며 번민하는 혼 같은 그 날갯짓을 따라 그녀가 몇 걸음 더 나아가게 될지도 모른다. 그제야 주변의 모든 나무들이 무엇인가에 사로잡힌 듯 되살아나고 있다는 사실을, 숨막히는 낯선 향기를 뿜고 있다는 사실을, 더 무성해지기 위해 위로, 허공으로, 밝은 쪽으로 타오르고 있다는 사실을 깨달을지도 모른다.
>
> (『흰』, 문학동네, 2017, p. 107)

세상 어떤 것에도 오염되지 않은 순하고 맑은 것들을 모아 그 안에 깃든 치유의 힘을 믿으며 씌어진 글이 있다면 『흰』일 것이다. 그 안에 담긴 글 중에서도 이 인용문은 한강이 그간 생의 의지를 담은 빛과 관련된 원형적인 이미지들이 압축되어 드러나고 있다. 그것은 "연하고 끈덕진 연둣빛 봄풀들"이자 "팔락이며 날아가는 흰나비"이고, "무성해지기 위해 위로, 허공으로, 밝은 쪽으로 타오르"는 나무들이다. 그녀에게 생의 감각은 끈덕지지만 가볍게 위로 솟구치는 식물의 이미지로 구성된다. 거기에는 어떤 관념이나 추상도 깃들어 있지 않다. 빛을 향하는 식물의 향일성(向日性)은 구원을 갈망하며 손을 뻗어야 할 외부의 것이 아니라, 본래 자신 안에 품고 있던 빛을 발견하는 것이라 믿게 만든다.

그러므로 『채식주의자』(창비, 2007)의 끄트머리에 이르러 정신병원에 갇힌 영혜가 물구나무서서 몸에서 잎사귀가 자라고, 손에서 뿌리가 돋고, 사타구니에서 꽃이 피어나는 꿈에 젖은 채 서서히 생명을 놓아갈 때, 역설적으로 그녀는 무엇에도 오염되지 않은 선명하고 생생한 삶으로 넘어가는 중이라고 할 수 있다. 『채식주의자』는 영혜의 언니가 "활활 타오르는 도로변의 나무들을, 무수한 짐승들처럼 몸을 일으켜 일렁이는 초록빛의 불꽃들"을 응시하는 지점에서 소설이 마무리된다. 그 나무들이 몸을 일으키는 짐승들로, 일렁이는 불꽃으로 묘사되고 있다는 것은 한강 소설 속 식물성을 설명하는 데 중요한 지표다. 한강 소설의 식물성은 정주하거나 수동적으로 외부 환경에 순응하는 존재 방식과 연결되지 않는다. 식물성을 지닌 소설 속 인물들은 자신을 짓누르는 폭력과 고통의 세계를 고요하지만 격렬하게 거부하면서, 구속받지 않는 새로운 생을 열망하는 내적인 투쟁 중이다. 그렇게 한강 소설의 주인공은 남성성과 동물성, 여성성과 식물성을 등치시키는 이분법을 깨고 '날카로운 가슴'을 통해 "식물성 속에 내재하는 육식성을 상징하는 몸"을 드러내며(김미현), "짐승의 운명과 식물에의 꿈을 한 몸에 지닌 슬픈 존재의 숙명"(황도경)을 살아간다. 한강의 두번째 소설집『내 여자의 열매』에는 핏빛 세계 안에서 죽음과 삶을 가로지르는 깨끗한 흰빛에의 욕망이, 춤을 추듯 상승하며 새로운 삶으로 도약하는 식물성의 씨앗들이 고스란히 담겨 있다. 그리고 이후에 그것들은『채식주의자』로,『희랍어 시간』(문학동네, 2011)으로,『소년이 온다』(창비, 2014)로 서서히 펼쳐졌다.

2. 동박새의 붉은 핏속에서

한강 소설에서 붉은색은 피비린내가 나는 슬픔의 색이다. 그것은 일견 식물성과 대립되는 육식하는 동물성의 세계를 상징하는 색처럼 느껴지지만, 실은 살아가면서 피할 수 없는 이별과 죽음으로 인해 더 이상 곁에 없는 존재들을 둘러싼 정조를 상기시키는 쓸쓸함의 색상이라고 해야 더 정확할 것이다.

이 소설집에서 「철길을 흐르는 강」과 「해질녘에 개들은 어떤 기분일까」는 이런 붉은색이 장악하는 세계 속에 포획된 고통을 드러낸다 할 수 있다. 「철길을 흐르는 강」에서 고단하고 무기력한 시간을 견뎌내야 하는 여자의 현재를 잘 보여주는 것은 "먼지를 뒤집어쓴 검은색 단벌 구두"와 "지나치게 밝아 흡사 정육점의 그것처럼 역겹게 느껴"지는 육십 촉짜리 백열등 불빛이다(pp. 346~47). 여자의 발은 어디로 떠날 수 없이 무겁고 남루하며, 그녀를 둘러싸고 있는 빛은 아련하고 따뜻하게 드리우는 달빛이나 햇볕과 다른 거친 인공의 빛이다. 함께 살던 당신이 떠나간 자리에서 망연하게 또 관성적으로 생활을 지속하는 여자의 시간 속에 수시로 끼어드는 것은 어린 시절에 대한 회상이다. 늦여름 겨울에도 꽃이 핀다는 고향을 그리워하는 어머니와 함께 갔던 성당에서 어머니가 세차게 어깨를 떨며 흐느끼고 있을 때 현관의 유리문을 내리치듯 부딪치며 박새가 추락한다. 스스로를 보호하지 못한 박새의 추락은 어머니의 운명을 예견한 듯 보이는데, 그녀는 죽은 박새를 호주머니에 넣고 썩어갈 때까지 지니고 다니는 방식으로 어머니의 운명을 살고자 한다. 이 애도를 가로막는 것은 아버지다. 죽은 어머니의 외투를 못마땅해하던 아버지가 여자의 뺨을 때리며 그 외투를 벗기는 순간, 책과 함께 새들이 바닥에 뒹군다. 이때 "아버지가 검은 비닐봉지에 황황히 쓸어 담던 내 새"(p. 364)들의 얼굴과 반들거리는 검은 눈들은 여자의 죽은 얼굴과 눈으로 나타난다. 제대로 애도되는 대신 그렇게 다시 한번 죽음을 모욕당한 죽은 새들을 철길 끝에 묻고 돌아오면서 여자의 성장은 강제로 이루어진다. 그날 밤, 그녀는 "이빨 날카로운 바람이 목덜미를 억세게 물어뜯"는 걸 느끼며, 이제 육식성의 세계에서 자신 역시 "파랗게 독 오른" 눈을 한 짐승으로 살아가야 하리라는 것을 직감한다(p. 344). 열세 살, 죽은 어머니의 장롱 서랍을 정리하면서 "새끼 뱀의 허물을 밟은 것처럼 진저리"(p. 342) 치며 두번째로 다시 태어나는 순간은 곧 어머니와 결별한 채 아버지가 관장하는 핏빛 세계로 진입했음을 재확인하는 순간이다. 이 핏빛 세계는 때로 근원적인 외로움의 색상으로 나타나기도 한다. 석양이 남기는 쓸쓸한 분위기가 소설 전체를 압도하는 「해질녘에 개들은 어떤 기분일까」에서 엄마는 감정을 거칠게만 표현할 줄 아는 무책임한 남편과의 생활을 견디지 못하고 몰래 떠나버린다. 이후 광기에 사로잡힌 아빠와 떠도는 생활은 어린 아이에게 해질녘 개들이 느끼는 기분으로 은유된다. 그것은 개들이 지닌 "어둠 속에서 하얗게 빛나는 들짐승 같은 이빨들"(p. 49)처럼 잔인하면서도, 길바닥에 묶인 채 목청껏 짖어대다 갑자기 눈시울을 경련하며 꼬리를 숨기는 개처럼 처연한 무엇이다. 해질녘 들개들이 보이는 날 선 처연함처럼 생은 그리 쉽게 부드럽고 순해지지 않는다. 아버지의 손에 죽을 수도 있었던 순간을 통과하며 아이는 체념하듯 끝내 길들여지지 않을 생을 받아들인다.

그런 세계 속에서 본다는 것은 희열을 주는 감각이 아니라, 괴로움으로 남아 있을 수밖에 없다. 보고 싶은 것은 이 붉은 세계가 아닌 다른 곳에 있는 것이다. 그래서 「철길을 흐르는 강」의 여자는 어느 날부터 "흰 것을 보면 안구가 무엇인가에 찔리는 듯한 통증"(p. 369)을 느끼며 밝은 것을 보지 못한다. 함께 살던 남자는 그런 그녀에게 '어느 날 아침에 당신이 잠에서 깨었을 때 눈이 하얗게 멀어 있다면 뭐가 가장 보고 싶을지' 자꾸만 묻는다. 머뭇거리던 여자와 달리 고향의 가을 강기슭에 무수히 번쩍이던 물살을 보고 싶다던 남자는 머지않아 바쁘게 몰아치는 생활이 주는 만연한 피로와 환멸을 견디지 못하고 황량한 도시를 떠난다. 그에게 잠에서 깨어 눈도 못 뜬 채 새끼고양이처럼 움직이는 여자는 사랑스러운 존재였지만, 혐오스러운 "재개발 아파트들의 불빛"(p. 360)들이 창밖으로 부유하는 도시의 지하 방에서 느끼는 염오까지 다 덮지는 못했다.

이 소설집에서 붉은빛의 세계를 떠나 자유로워지는 존재들은 주로 어머니다. 「해질녘에 개들은 어떤 기분일까」의 엄마가 지긋지긋하던 생활을 피해 자신을 자두꽃처럼 바라봐주던 청년과 하얗게 웃을 수 있는 세계로 떠나버린 것처럼, 「철길을 흐르는 강」에서 봄이 무르익던 새벽에 어머니는 그녀가 그리워하던 고향의 꽃이 떨어져 내리듯 철길에 몸을 던진다. 이 죽음은 표면적으로는 분명 비극이지만, 어머니는 물에 뛰어들듯 흰 구두를 벗어두었다. 화자는 어머니의 마지막 순간을 영화로 상상하면서 어머니의 뒷모습이 아니라 그 구두를, "흰 밑창 가득 햇빛이 물여울처럼 번지는 구두 한 켤레"를 보여주고 싶어 한다. 그에게 어머니는 잔인한 세계에서 서서히 무너지는 대신, 문득 자유로운 꿈길로 날아간 사람이다. 뜨거운 불길이 이는 세계에서 "순연한 빛 덩이"의 세계로, 질척이는 고통으로부터 "맑은 슬픔"으로 넘어간 사람이다(p. 371). 그래서 여자가 "내 고향은 철길"(p. 372)이라 말할 때 그 말은 이 세상 무엇에도 집착하거나 머물지 않는 유랑에의 꿈을 담은 채 흰빛의 세계로 향한다. 그곳은 하얗게 웃던 당신의 세계이기도 하고, 투명한 햇빛을 폭포수처럼 맞던 유년 시절이기도 하며, 무엇보다 고향에 피던 꽃을 그리워하는 어머니의 세계다.

그러나 이 흰빛으로의 도약은 너무 아름답지만 때로 죽음에 이르는 길을 표상하지 않는가. 「붉은 꽃 속에서」는 그 흰빛에의 유혹을 뒤로하고 이곳에서 살아가는 일에 대해 말하는 소설이다. 어린 시절 초파일을 회상하며 시작하는 이 소설에서 화자의 네 살 난 동생 윤이는 하얀 꽃처럼 피어 있는 영가등을 예쁘다고 가리키며 갖고 싶어 한다. 그리고 이듬해 윤이는 허무한 죽음으로 그 '하얀 꽃'의 세계로 떠나버린다. 그 죽음은 화자의 마음속에 고요하게 잠재되어 있다가 고등학교 진학을 앞둔 어느 날 머리를 깎고 산에 들어가도록 만드는 하나의 계기가 된다. 이 선택은 몇몇 평자들에 의해 속세의 인연을 끊고 현실을 부정하며 초월해버리는 이야기로 종종 오인되기도 했다. 하지만 이 소설에서 어머니는 앞의 두 소설과는 다르게 흰빛의 세계로 날아가듯 떠나버리는 대신 견디며 서있다. 시종일관 어린 자식의 죽음도 딸아이의 출가에 대한 결심도 헤아릴 수 없는 표정으로 담담하게 받아들이던 어머니는 화자의 꿈속에서 등을 떠미는 존재로 나타닌다. "괜찮다. 앞으로 가라. 앞으로 걸어가"(p. 269)라는 어머니의 단호한 목소리와 떠미는 손길은 그 앞을 까마득한 낭떠러지로 보는 게 삶을 두려워하는 화자의 환영일 뿐임을, 화자의 출가가 흰 꽃의 세계로 쉬이 도약해버리지 않고 견디며 계속 걸어가는 일이라는 것을 이해하는 듯 보인다.

이 소설에서 작가는 보이는 것들을 괴로워하며 눈병을 앓기보다 이제 눈앞에 나타나는 것들에 흔들리지 않고자 하는 것 같다. 그래서 옛날 중국 스님의 일화—밤이 어둡다는 객스님의 말에 촛불을 켜서 건네주었다가 그가 받자마자 후욱 불어 꺼버렸고, 그 순간 객스님은 깨달음의 눈물을 흘렸다는—가 서사 속에 들어설 필요가 있었을 것이다. 동양화를 그리는 여자가 자신을 그려 건네주고 간 두루마리를 불 속에 던지는 것도 일시적으로 눈앞에 보이는 것에 미혹되지 않겠다는 의지였을 것이다. 그래서 첫 동안거를 지내는 동안 화자는 초월하여 너울거리는 정신이 아니라, 자신을 담고 있으며 또한 이 세계에 붙들고 있는 몸을 깨닫는다. 그는 "몸속에 미처 상상 못 했던 많은 기억들"이 있었다는 사실과 함께 감정의 육체와 감각들을 알아가면서 단단해진다. 그렇게 그는 "햇살의 선명한 분말들" 같은 흰 꽃잎이 아니라, "살아 있는 한 목숨" 같은 '붉은 꽃 속에' 밝혀 있는 불빛으로 온전히 자리한다(pp. 283~84). 세속을 떠나서라도 붉은 꽃—생의 세계 속에 머무르자 하는 의지는 온통 허공에 떠다니는 빛으로 가득한 연등제처럼 순연한 아름다움으로 빛난다.

이 세 편의 소설들에서 인간은 작은 동박새처럼 쉽게 파괴될 수 있는 연약한 존재다. 그러나 인물들은 그 동박새가 아무 이유 없이 피를 흘려야 하는 핏빛 세계를 격렬하게 증오하면서도, 그 붉음도 꽃이 될 수 있음을 믿으며 그 붉은 꽃의 세계 속에 머무르고자 한다. 보고 싶지 않은 것들 속에서 눈을 앓아가면서도 아름다운 예술의 영상을 꿈꾸고, 불꽃이 꺼진 순간 어두우나 밝으나 늘 오롯이 거기 있었던 마음 한 자리를 알아차린다. 한강은 미학주의자인가. 분명 그렇다. 하지만 그는 초파일에 걸린 연등들에 홀리면서도 그것이 순간에 머무는 환영에 불과하다는 것을 알아차린 채 슬퍼하는 미학주의자다. "아름답다는 건 그렇게 어려운 것인가 보다"(「붉은 꽃 속에서」)라는 읊조림이 『희랍어 시간』의 "칼레파 타 칼라(아름다움은 아름다운/어려운/고결한 것이다)"는 말의 탐구를 낳았고, 이제는 쓰이지 않는 희랍어를 배우고 가르치며 서서히 눈이 멀어가는 남자를 그려내도록 만들었다. 죽음과 소멸은 영원하고 아름다운 이데아의 세계에 닿을 수 없다는 것을 알면서도, 누군가의 손을 빌리고 그 기척과 온기에 기대서만이 살아갈 수 있는 인간이라는 존재를 붙들도록 했다.

3. 존재의 흰 숨결

그렇게 생동하는 인간의 몸 쪽으로 조금 더 기울어진 채 삶의 의지를 말하는 소설들이 「아기 부처」와 「흰 꽃」이다. 그중 「아기 부처」는 「붉은 꽃 속에서」에서 펼쳐지는 불교의 세계, 담담히 삶의 모든 불행에 맞선 어머니를 소설의 주요 유전자로서 공유하는 또 다른 단편이다. 그러나 이 소설은 불교라는 종교가 품고 있을 추상적인 의미들을 조금 멀리 밀어두고, 세속화된 구체적인 삶의 자리로 깊숙이 들어와 한 여자의 내면에서 벌어지는 삶의 투쟁을 그려나간다. 그리고 이 투쟁하는 마음은 화자의 꿈속에서 아기 부처의 얼굴로 나타난다.

유명 앵커를 남편으로 두고 있는 일러스트 작가인 화자는 아름다운 목소리를 가진 한 여자로부터 남편과 만나고 있다는 전화를 받기 전날, 처음으로 아기 부처의 꿈을 꾼다. 약수를 뜨는 작은 동굴 속에 진흙으로 빚어진 아기 부처는, 자신의 손으로 주물러서 얼굴을 만들어내야 하는 존재다. 그런데 꿈속에서 처음으로 들여다본 그 얼굴은 "눈꼬리가 위로 찢어진 데다 음흉하게 입꼬리를 들어"(p. 104) 올리고 있다. 그 불길했던 얼굴 형상이 예고라도 한 것처럼 화자는 남편이 지난 몇 달간 숨겨온 외도를 알게 되고, 서서히 분노에 사로잡힌다. 완벽주의에 예민한 성격인 남편은 중학교 때 집에 난 불로 얼굴과 손을 제외하고 붉게 일그러진 몸을 가지고 있었다. '나'는 사랑이 아니라 자신에게 그 몸을 보여주었던 용기와 신뢰로 결혼을 결심했지만 결혼 생활은 한참 전부터 무너져가는 중이다.

서로 깊은 소통을 포기한 채 표면적으로만 이어져가고 있는 남편과의 생활이 갖는 의미는 북한산 등산로를 타다 한 남자를 마주쳤을 때 폭발하듯 분명해진다. 화자는 기껏해야 스무 살 남짓한 남자의 "눈부시게 흰 몸"(p. 129)에서 강렬한 촉

각적 열망을 느낀다. 그 매끄러운 살갗에 젖가슴을 비비고 싶고, 자신의 매끄러운 몸이 그 몸에 스치는 느낌, 부드러운 살끼리 찰지게 문질러지는 느낌을 그는 갈망한다. 한강 소설에서 〈채식주의자〉 연작 안에 포함된 「몽고반점」을 제외하고 성욕이나 성애에 대한 표현은 지극히 드문 편이다. 그러나 이때 몸에 대해 일어나는 원초적인 욕망은 성욕과는 다소 다른 지점에 놓인다고 해야 맞을 것 같다. 「몽고반점」에서 상대의 몸이 아니라 그 몸을 뒤덮은 꽃의 그림이 여자의 몸을 흥분으로 적신 것처럼, 「아기 부처」의 '나'에게 찾아온 갈망은 눈부시게 흰 무언가를 통해 분열되고 찢긴 삶에 숨결을 불어넣으며 다시 태어나고 싶다는 근원적인 갈망이다. 이 갈망 직후에 찾아온 남편의 셔츠를 찢고 그의 추한 몸뚱이를 햇빛 아래고스란히 발가벗기고 싶다는 파괴적인 충동은 반대편에 놓인 갈망의 성격을 더 분명히 한다. 이때 화자는 벼랑 밑에서 "무섭도록 둔탁한 초록색"의 나무들이 "거대한 육식 동물처럼 대지를 집어삼키"(p. 130)듯 다가오는 것을, 집에 들어서서도 "마치 보이지 않는 짐승의 흡반이 그 지진 자리에 달라붙어 의식을 빨아들이는 것"(p. 132)을 느낀다. 이 몸부림과 같은 고통은 남편의 뾰족한 성미와 그의 외도라는 구체적인 원인을 가지고 있는 것처럼 보이지만, 그에 앞서 살아간다는 것은 필연적으로 폭력적인 짐승의 세계 속에 뒤섞이는 일임을 깨닫는 어두운 직감과 맞닿아 있다. 생의 이 모든 괴로움은 대체 어디에서 오는 것일까 묻고, 그것이 남편의 몸을 뒤덮은 흉터처럼 "다만 한 겹 얇은 살갗일 뿐"(p. 134)임을 알면서도 그 끔찍함을 넘어설 수 없다는 한계 앞에 절망은 반복된다. 이 절망은 소거할 수 있는 구체적인 원인을 바탕으로 한 것이 아니라, 삶이라는 껍데기를 지닌 한 떨쳐낼 수 없는 근본적인 불협화음 같은 것이다.

그러므로 구원은 남편이 찾은 새로운 사랑이 어떻게 흘러갈 것인지에 달려 있지 않다. '나'가 뾰족한 것들에 민감해지고 말라가면서 감내하고 있는 모욕과 어딘가 균열이 가고 허물어진 얼굴은 자신의 어떤 능동적 움직임에 의해 쉽게 변할 수 없는 삶 자체를 은유한다. 다시 나타난 꿈속의 아기 부처 얼굴은 음산하게 웃고 있을뿐더러 흙으로 힘차게 덮고 신발로 아무리 밟아도 빈정대듯 다시 입꼬리를 치켜든 채 되살아난다. 이때 그를 내리꽂는 것은 연하고 순한 빛이 아닌, "무수한 창(槍) 같은 빛살"(p. 148)이다. 이 반대편에 어머니가 묵묵한 인내로 삼천 장씩 베끼며 그리는 불화가 놓인다. 불화 속 관음의 고요하기만 한 얼굴은 곧 속내 깊은 표정에 조용한 웃음이 어리는 강인한 어머니의 얼굴이다. 풍을 맞았다 일어나 다시 걷게 된 어머니의 불화는 무한한 반복 속에서 붓놀림이 점점 가벼워지고 자유로워진다. 어머니가 도달한 그 무연한 자리는 정신을 단련하고 생각을 거듭함으로써 초월하여 갈 수 있는 곳이 아니라, 몸의 반복되는 움직임 끝에 몸이 시키는 대로 저절로 이르는 자리다. 그 움직임을 닮아가며 생각을 비워내는 화자의 꿈속에서 어느 순간 아기 부처의 얼굴은 사라진다. 손으로 주무르듯 애써 뭔가를 만들고자 하지 않고, 쏟아져 내리는 눈과 비를 온몸으로 맞듯 모든 절망을 있는 그대로 겪어내면서 여자는 비로소 아기 부처로부터 자유로워지는 것이다. 소설의 마지막에 이르러 "겨울에는 견뎠고, 봄에는 기쁘다"(p. 174)는 이 간명한 문장은 삶의 의지가 아닌, 불현듯 찾아드는 청량한 삶의 감각을 고스란히 담고 있어 아름답다. 이는 화자의 도덕적인 승리도, 종교로 초월하는 관념도, 정교한 논리로 만든 결론도 아니다. 천진난만한 한 아이처럼 지극히 단순하고 말갛게, 직관적으로 다다른 어떤 자리다. 그곳에 쏟아지는 빛이 있다면 「노랑무늬영원」의 "한없이 깊고 밝고 가벼운 빛"과 같을 것이다. 신비하지 않은 "대낮 안에" 서서 그 모든 빛을 겪고 견딘 후에야 찾아드는 가벼운 빛 속에서 인간은 작고 투명한 새 손이 돋아나듯 서서히 회복해간다.

그 근원적인 회복에 대한 믿음이 「흰 꽃」을 낳았다. 이 소설은 "욕망해온 것은 햇빛뿐"(p. 313)이며 "종종 음식 앞에서 염오감을 느끼곤"(p. 314) 하는 여자가 화자로 등장하고, 그가 생의 또렷한 감각들이 들어오는 순간을 맞이한다는 점에서 한강 소설의 인장을 고스란히 담고 있기도 하지만, 이전과는 죽음을 다루는 방식이 달라졌다는 점에서 더 주목하게 되는 소설이다. 소설은 북제주군의 소읍에서 두 달을 지내고 난 뒤 돌아오던 화자가 완도행 페리보트에서 마주하게 되는 사람들을 묘사하는 방식으로 이어진다. 항선하고 있는 짧은 시간 동안에 거리를 둔 채 말없이 바라보는 방식으로 다루고 있기에,

『내 여자의 열매』 안에서 가장 사건과 감정이 절제되어 있는 소설이기도 하다. 그와 함께 항선한 사람들 중에는 상을 치른 지 얼마 되지 않은 듯한 중년의 남녀가 있다. 귓가에 아직 흰 무명 리본 핀이 매달려 있는 그 중년 여자는 바다 한가운데서 나비의 환영을 보고 망연자실하며, 급기야는 흰 양복의 사내를 향해 구토하고 자신이 다 망쳐버렸다며 울기 시작한다. 이 모습을 보던 화자는 불현듯 '송빈막(松殯幕)'이라고도 부른다는 '생빈눌'에 대한 이야기를 떠올린다.

4·3 사건 때 남편이 총에 맞아 죽고 사 형제를 혼자 키워낸 자신의 생애를 언제든 들려주곤 하던 세화리의 주인집 노파는, 화자와 함께 장을 보러 가던 길에 4·3 사건을 떠올리며 오십 년이 지나도 변하지 않는 것들을 곱씹으면서 생빈눌에 대해 설명해줬던 것이다. 기일 안에 마땅한 택일이 나오지 않으면 육지의 초분과 같은 생빈눌을 만들게 되는데, 노파는 지아비가 숨지고 꼭 팔 년이 지난 사월 스물한 살의 나이에 폐병으로 세상을 떠난 맏아들을 위해 생빈눌을 마련해야 했다. 거기서 택일을 기다리며 자식의 젊은 몸뚱이가 썩어가는 냄새를 맡아야 했다는 그 서럽고 섬뜩한 사연은 여러 겹으로 둘러진 채 전달된다. 그 겹에는 작가의 고심이 읽힌다. 제주 4·3 사건을 비롯해 거듭 애도되어야 할, 그러나 끝내 애도를 그칠 수 없을 죽음들에 대해 어떻게 이야기할 것인가. 어떤 예의 바른 애도도 그 죽음을 가장 가까이에서 처절하게 겪어내야 할 당사자들에게 미치지 못할 것임을 헤아리듯이, 소설은 죽음을

만들어낸 어떤 사건에 가까이 가 파헤쳐 들어가는 대신, 거듭 무명천을 싸듯 하얀 이미지들을 덮어간다. 그 죽음을 감싸는 무명천은 수학여행을 다녀오는 소년들의 해맑은 대화와 웃음이기도 하고, 아버지가 돌아가셨을 때 어머니가 꽂았던 흰 무명 리본 핀과 어머니가 돌아가셨을 때 화자가 꽂았던 흰 리본 핀이기도 하며, "어머니처럼 얼굴이 달떡 같은 계집아이"(p. 334)를 낳고 싶다는 생각, 흰 양복을 입은 사내의 점잖은 단정함과 하선한 후 그에게 달려온 두 딸과의 포옹 장면 등이 조각조각 모여 만들어진 것이다.

이윽고 터미널 옆 음식점에서 다시 만난 중년 남녀의 "산 사람은 살아야 쓰지"(p. 337)라는 나지막한 대화와 함께 말없이 밥을 먹을 때, 곁에서 깔깔한 밥알들을 삼키며 화자는 더 이상 욕지기를 느끼지 않는다. 무슨 일이 벌어지지는 않았다. 그저 어두운 밥집에서 묵묵히 밥을 먹는 동안 선착장에서 소녀들을 안고 있던 사내의 흰 양복에 부서지던 햇빛의 기억은 차츰 밝아졌을 뿐이다. 그런데 이 햇빛은 선박에서 흐느끼던 중년 여자가 견뎌내는 죽음을, 세화리 주인집 노파가 오래전부터 안고 살아왔을 죽음을, 화자 역시 부대끼며 살아온 죽음을 환히 밝힌다. 그 빛이 "떨어진 꽃잎 같은 흰 밥풀"(p. 338)로 이어질 때 앙금이 가라앉은 것처럼 맑아지는 애도의 마음은, 『소년이 온다』에서 먹는다는 것엔 치욕스러운 데가 있다던 괴로운 마음을 부드럽게 쓰다듬으며 동호의 무덤 앞에 밝혀진 초를 응시하는 마지막 시선으로 연결된다. 그리고 어린 동호가 엄마의 손목을 밝은 쪽으로 힘껏 끌어당기도록 한다. 또 그 흰 밥풀은 허공에 멈춰 있는 눈 한 송이로 현현하며, 「눈 한 송이가 녹는 동안」에서 잃어버린 사람들을 떠올릴 때마다 자신이 그 고통의 바깥에 있다는 사실이 무섭도록 생생해 희곡을 완성하지 못하는 주인공의 시간을 끌어안는다. '생빈눌'의 '생'이라는 글자는 살 생(生) 자를 쓴다. 그래서인지 생빈눌이라는 단어는 죽었지만 죽지 못한, 외로운 죽음으로 미처 이승을 떠나지 못한 혼들을 떠올리게 만든다. 그 죽음이 눈부시게 환한 빛으로 덮이는 순간이란 "눈 한 송이가 녹지 않는 동안"처럼 불가능한, 꿈결 같은 찰나일 수밖에 없을 것이다. 그것은 곧 사그라들 약한 숨결에 가까울 것이다. 그러나 흰 공기에 담긴 밥에서 김이 피어 올라오는 것을 가만히 보고 있을 때 "무엇인가 영원히 지나가버렸다고/지금도 영원히/지나가버리고 있다고"(시 「어느 늦은 저녁 나는」, 『서랍에 저녁을 넣어 두었다』, 문학과지성사, 2013) 느끼는 것처럼, 밥과 같이 범상한 일상 속에도 스며들어 있는 소멸의 기운은 놀랍게도 영원을 상기시키지 않는가. 도처에 소멸이 자리해 있기에 역설적으로 인간은 영원을 떠올리며 살아간다. '지금'과 '영원'이라는 시간성이 무언가 사라져버리는 감각 안에서만 마주하게 되는 것이라면, 소멸하는 무엇도 실은 사라지지 않는 것이 아닐까. 그래서 한강은 절망하는 대신 소멸해가는 존재들의 흰 숨결을 두 손으로 받아안는 것 같다. 깨끗한 흰 밥풀이 흰 나비처럼 치유의 빛을 담고 날아오르는 드물고 귀한 순간이 오기를 기다리며.

4. 식물의 춤

모든 인간은 붉은 피의 세계와 흰 숨결이 느껴지는 빛의 세계 사이에서 길항하며 살아가겠지만, 한강 소설 속 여성 인물들에게는 특별한 데가 있다. 그들은 체념하며 포기하지도 격렬하게 싸우지도 않은 채 고요하게 자리해 있는데, 누구보다 강하고 생동하는 욕망 속에 있다는 느낌이 들기 때문이다.

「어느 날 그는」은 전선의 빗방울이 떨어지려는 그 찰나의 순간을 전체 서사의 시간으로 잡아, 한 남자가 한 여자를 특별한 존재로 발견하며 사랑에 빠졌다가 그 사랑이 처참하게 끝나는 종말까지를 다루는 소설이다. 소설은 빗방울이 중력에 저항할 수 없는 것처럼, 어떤 사랑도 시간의 힘을 이길 수 없음을 드러내려는 것 같다. 그 중력의 무게는 그를 절망하게 하지만 또 그로 인해 마지막 장면에 이르면 남자의 혈관들은 소리 내어 흐르기 시작하며, 삶은 다시 깨어난다. 여기에도 어떤 감흥이 어리지만 이 소설을 읽으면서 더 마음이 쓰이고 오래 기억에 남는 것은 '이민화'라는 인물이 지닌 독특한 활력 쪽인 것 같다.

그녀는 보잘것없는 것에서도 아름다운 구석을 찾아내고 기뻐할 줄 아는 섬세한 시선을 지닌 여자이며, 좋아하게 된 남자를 망설임 없이 반지하 자취방으로 들여 동거를 시작할 수 있는 계산 없는 여자다. 금방 데친 버섯처럼 연하고 말랑말랑한 몸으로 사랑을 나누고, 아무런 저항 없이 부드럽고 평화로운 표정으로 잠을 자는 여자다. 그런데 신기하게도 민화를 보면서 자신이 가진 것들을 쉬이 내어주며 남자의 요구에 따르는 전형적인 여성상, 순응적이고 순애보적인 여성상을 떠올리게 되지는 않는다. 민화는 태양이 오십억 년 후에 없어진다는 말에 "그믐달처럼 파르스름하게" 여윈 얼굴로 쓸쓸해하지만, "날 사랑해?"라는 남자의 집착 어린 질문을 받을 때면 담담한 어조로 "현재까지는"이라고 잘라 대답하는 사람이다(p. 207). 민화는 자신을 찾아든 사랑에 충실하지만, 그 사랑은 현재에 잠시 머무르는 것이지 그것에 기대어 영원을 꿈꾸지는 않는다. 남자에게는 이해하기 힘든 사소한 말들, 열띤 애정을 확인할 수 없는 무연한 태도, 어떤 관계든 지속하고 간직하려 하는 노력이 없는 무심함은 여자에게는 삶에 대한 조용한 열의와 자유를 지켜나가는 중요한 방식이다. 그래서 그와의 관계가 어긋나기 시작할 때, 그녀는 사랑이 식었음을 숨기지 않는다. 그러나 이런 모습은 이기적으로 보이기보다는, 무엇에도 구속되지 않는 자유로 다가온다. 그녀는 언제든 홀연히 떠날 수 있기에 인연을 맺는 데 두려움이 없고, 자신을 스쳐가는 지금의 시간 속에서 더없이 충만한 존재다. 무심함이 주는 투명함은 힘이 세다.

이처럼 다른 존재 방식을 끝까지 밀고 나간 자리에 「내 여자의 열매」가 놓인다. 이 소설의 출발점에서 화자는 남자로 설정되어 있다. 처음 아내의 마른 몸에 생긴 "갓난아이의 손바닥만 한 연푸른 피멍"(p. 10)에서 시작된 변화는 점점 온몸으로 번져나가 많은 것을 바꾸어버린다. 아내의 우울과 두 사람의 다른 성향은 여기저기서 암시된다. 그녀는 상계동 아파트에 사는 일을 두고 "인구 칠십만이 모여 산다는 거기서 천천히 말라죽을 것 같"(p. 17)다고 말해왔고, 그는 반대로 언제나 번화가 가까운 곳에서만 자취방을 얻곤 했다. 세상 끝까지 가길 원하며 "떠나서 피를 갈고 싶어"(p. 18)라고 말하는 아내의 꿈을, 남자는 어린아이같이 비현실적이고 낭만적인 몽상이었으리라고 쉽게 재단해버린다. 사실 그들의 시작부터 남자의 몰이해가 자리하고 있었다. 마치 어딘가 먼 곳을 헤매고 있는 듯한 비밀스러운 아내의 표정을 그는 멋대로 외로움으로 해석했고, 평생을 외롭게 산 자신을 이해할 수 있는 단초로 받아들이며 고백했다. 그때 쓸쓸하다 못해 차가운 옆얼굴로 먼 곳을 응시하다 평생을 정착하지 않고 살고 싶다고 대답한 아내의 진의를 주인공은 끝내 이해하지 못한다. 아내는 결혼한 뒤 베란다에 식물들이 죽어 오직 메마른 흙과 화분들만 남은 상태에서 답답함을 호소하지만, 화자는 자신의 짧고 아슬아슬한 행복을 함부로 깨뜨리는 예민함으로 받아들이며 두 손바닥 가득 받은 빗물을 아내의 얼굴에 끼얹는다. 그는 자신의 지난 삼 년간의 결혼 생활을 "모든 것이 저당히 덥허진 욕조의 온수처럼"(p. 25) 가장 따뜻하고 평화로운 시간으로 기억하지만, 그것은 지극히 일방적인 이기적 감상에 불과할 뿐이다. 차츰 말수를 잃어가고 햇빛만을 갈망하며 살갗 전체에 푸른 피멍이 들기 시작하던 아내는 남자가 출장으로부터 돌아온 어느 날, 식물로 변해 있다.

> 나는 홀린 듯이 싱크대로 달려갔다. 플라스틱 대야에 넘치도록 물을 받았다. 내 잰걸음에 맞추어 흔들리는 물을 왈칵왈칵 거실바닥에 쏟으며 베란다로 돌아왔다. 그것을 아내의 가슴에 끼얹은 순간, 그녀의 몸이 거대한 식물의 잎사귀처럼 파들거리며 살아났다. 다시 한번 물을 받아와 아내의 머리에 끼얹었다. 춤추듯이 아내의 머리카락이 솟구쳐 올라왔다. 아내의 번득이는 초록빛 몸이 내 물세례 속에서 청신하게 피어나는 것을 보며 나는 체머리를 떨었다.
> 내 아내가 저만큼 아름다웠던 적은 없었다. (p. 30)

아내에게 트라우마가 된, 남편이 얼굴에 빗물을 끼얹었던 행위는 완전히 다른 맥락 속에서 다시 한번 반복된다. 그녀가 인간이었을 때 그 행위는 그저 모욕적인 폭력에 불과했지만, 마지막 요청에 따라 남편이 물을 끼얹었을 때 그것은 생의 에너지로 충만한 다른 존재로 변이하는 결정적인 순간을 만든다. 그 물을 받아 청신하게 피어나는 아내의 "번득이는 초록빛 몸"은 압도적으로 아름답다. 하지만 그 아름다움은 남편을 위한 것이 아닌, 남편을 소외시키는 아름다움이다. 이는 처음 연두색 피멍이 든 아내가 알몸이 되었을 때부터 예고되었던 어떤 것이다. 마르고 또 푸르게 변한 그녀의 알몸에서 남자는 "욕망을 느낄 수 없"(p. 13)다. 여자는 자신의 욕망이 무화되는 지점에 이르기를 원했던 것이 아니라, 남자로부터 대상화

되고 욕망되는 몸으로부터 벗어나고 싶다는 욕망을 실현하기 위해 능동적으로 식물로 변한다. 여자의 식물로의 변이는 외부 환경으로부터 위축되어 자신을 보호하고 정주하려는 것이 아니라, 옷을 벗고 자신의 알몸을 무방비 상태로 드러낸 채 밝은 햇빛을 향해 한없이 뻗어가며 놓인 자리에서 이탈하고자 한다. 식물로 변한 아내는 생생해진다. 식물이 되었을 때 그녀의 "만세 부르듯 치켜올리고 있"는 두 팔, "반들반들"해진 얼굴, "싱그러운 들풀 줄기의 윤기가" 흐르는 머리카락, "희미하게 반짝"이는 두 눈에 대한 묘사에는 강인한 활력이 넘쳐흐른다(p. 29). 아내의 머리카락은 비로소 자유의 춤을 추는 것처럼 보이고, 그 솟구쳐 올라간 머리카락의 형상은 메두사를 상기시키기까지 한다.

동물과 식물의 세계가 각각 산문과 시의 세계로 등치되는 지점이 있다면, 식물이 실어(失語)의 세계 속에 놓여 있기 때문일지 모른다. 소설의 시작점에 등장했던 "모란은 잘린 혀 같은 꽃이파리들을 뚝뚝 뱉어대고"(p. 9)라는 묘사처럼, "새파란 입술 속에서 퇴화된 혀가 수초처럼 흔들"(p. 29)리며 신음에 가까운 외마디로 물을 요구한 것을 마지막으로 아내는 침묵의 세계로 접어든다. 그러나 그것은 표면적인 층위에서의 변모일 뿐이고, 소설은 그때부터 서사를 장악해온 남편의 목소리를 뒤로하고 어머니를 호명하며 흘러나오는 아내의 목소리로 채워진다. 이때 햇빛에서 어머니의 살내를 느끼는 여자는 생각이 점점 사라지고 바람과 햇빛과 물만으로 살 수 있는 몸에 적응해가면서 어머니-자연mother nature으로 회귀하는 것처럼 느껴진다. 그러나 여자가 식물로 변하는 순간의 역동성은 지구상의 생명체들과 문화를 대립되는 것으로 전제하는 에코 페미니즘으로 이 소설을 독해하는 것을 단호하게 거부하는 어떤 것이다.

인간에서 식물로 변하겠다는 불가능한 꿈. 그것은 분명 현실의 세계가 아니라 감각에 맞닿아 있는 너머의 세계, 신화의 세계 속에서나 가능한 일이다. 그러나 현실적이고 이성적인 것이란 한 사회의 질서와 기준들에 부합한다는 의미가 아닌가. 그 규범들에서 벗어나기 위해서는 결국에 언어의 이전이나 이후의 세계로 나아갈 수밖에 없다. 그녀는 식물이 되지 않고는 더 이상 살아갈 수가 없었기 때문에, 존재하기 위해서, 『채식주의자』의 영혜처럼 미쳐버리지 않기 위해서, 계속해서 빛을 향해 나아가기 위해서 식물이 되었다. 그 새로운 존재 방식은 세속적인 현실을 손쉽게 초월해버리는 것이 아니라 현실 속에서 어떤 면들을 끝까지 거부하며, 치열하고 고요한 내적인 투쟁 안에 자리하는 것이다.

페미니즘 리부트의 시대가 펼쳐진 2018년에 『내 여자의 열매』를 다시 읽는 일은 이 식물의 저항성을 다시 바라보는 일일 수밖에 없겠다. 동물성과 식물성을 구분하여 남성과 여성이라는 젠더와 직결시키는 것은 가장 위험한 독해가 될 수도 있다. 자칫 익숙한 가해와 피해의 이분법을 반복함으로써 그 구조로부터 벗어날 수 없게 만들기 때문이다. 소설 속에서 파들거리며 살아나는 식물은 동물적인 활력으로 우리를 매혹시키지만, 그 혼종성이 지닌 힘은 메두사의 여성괴물적 속성을 끝까지 유지하기보다 '내 여자의 열매'가 되어 남자의 입안에서 음미되는 것도 사실이다. 이 지점에서 한강의 소설은 남성과 반목하고 충돌하는 대신, 다른 방식의 강함으로 향한다. 식물로의 변신은 생태계의 피라미드 안에서 싸우는 것이 아니라, 그 피라미드에서 빠져나오는 것이다. 그것은 상대에게 받은 상처에 매몰되거나 화해하며 포용하는 대신, 상대의 방식으로는 더 이상 어떤 상처도 입힐 수 없는 존재로 변하는 일이다. 들뢰즈가 읽어내는 스피노자의 윤리학에 따르면, 이는 무능력한 슬픈 정념이 아니라 즐거운 정념의 극한에 도달해서 그로부터 자유롭고 능동적인 감정으로 이행하는 일이기도 하다. 「어느 날 그는」의 민화가 지닌 청량한 무심함, 「내 여자의 열매」의 아내가 식물이 되는 순간의 춤은 고요하지만 즐거운 정념을 담은 채 빛난다. 곧 스러질 것처럼 연약하지만 압도적으로 아름다운 그녀들의 존재는, 이제 남자와 여자 사이에 놓인 칼을 넘어 "해독할 수 없는 사랑과 고통의 목소리를 향해, 희끗한 빛과 체온이 있는 쪽을 향해"(「흰」, p. 33) 갈 것이다. "어둠을 안고 타오르는 텅 빈 흰 불꽃들"(「흰」, p. 79)처럼 그 안에 생명과 재생과 부활을 품은 채로. 무엇에도 파괴되지 않고.

작가의 말

1

열여섯 살이었다. 토요일 수업이 끝난 뒤 운동장 가의 긴의자에 혼자 앉아 있었다. 햇볕이 내리쬐는 봄날 오후였다. 날이 저물도록 아무것도 하지 않고, 아무 생각도 하지 않고, 나는 운동장을 향해 눈을 뜨고 있었다. 가방을 멘 아이들이 멀리서 오가다가 차츰 인적이 드물어졌다. 문득 정신이 들어보면 한 시간, 두 시간이 훌쩍 지나가 있곤 했다. 그때, 그 햇빛 아래에서 나는 무엇을 보고 있었을까.

2

스물네 살의 추석 밤이었다. 달을 보려고 혼자 대문에 나갔다. 처음 직장에 다니며, 잠을 네다섯 시간으로 줄이는 대신 도둑글을 쓰던 때였다. 소원을 빌어야지. 희끗한 달을 올려다보면서 나는 뭔가 바랄 만한 것을 생각해보려고 했다.

그냥, 이 마음을 잃지 않게만.

그리고는 더 빌 것이 없었다.

순간순간 차고 깨끗한 물처럼 정수리부터 적셔오던 충일, '그것'과 바로 잇닿아 있다는 선명한 확신. 이제는 글을 쓸 때 간혹, 일상 속에서는 아주 가끔 만날 뿐인 그 마음이, 그때에는 눈을 뜨면 늘 그 자리에 있었다. 밥을 먹을 때나 걸을 때나 사람을 만날 때나, 그 마음은 그 자리에 있었다.

3

등단한 지 올해로 칠 년째에 접어든다.

한 사람이 살아 있는 동안 그의 세포들은 끊임없이 죽고 새로 만들어지는 일을 되풀이한다. 그렇게 체세포가 모두 바뀌는 데 칠 년의 주기가 걸린다고 들었다. 칠 년 동안, 내 세포들이 새것이 되었다. 내 눈과 귀와 코와 입술, 내장과 살갗과 근육 들이 소리 없이 몸을 바꾸었다.

4

오 년 만에 두번째 소설집을 묶는다. 첫 소설집에 실린 소설들은 구십삼년 시월부터 구십사년 시월까지, 모두 만 일 년 동안 휘몰아치듯 씌어진 것들이었다. 그에 비하면 이 책은 긴 시간에 걸쳐져 있는 셈이다.

처음에는 시간의 순서대로, 다음에는 그것과 무관하게 작품들을 배열하며 읽어 내려갔다. 워낙 띄엄띄엄 한 편씩 쓴 것들이라, 이 시기에 이런 식으로 한두 편쯤 더 써놓았더라면 좋았을걸, 하는 아쉬움도 느꼈다. 다만 머무르지는 않았다는 것으로 부끄러운 위안을 삼아보았다. 나라는 고정된 존재가 따로 있는 것이 아니라, 흐르는 물과 같이 변화하는 과정이 바로 나라는 평범한 진리를 가만히 들여다보았다.

5

그랬다. 어리석게도 나는 이 책이 이대로 내 이력이라는 생각을 했었다. 내가 쓴 '내' 책이라고. 하지만 그 '나'라는 게 뭘까. 운동장 가에 날이 저물도록 앉아 있었던 아이, 대문 앞에 엉거주춤 서서 달을 올려다봤던 스물네 살 난 여자애는 누구였을까. 이 한 편 한 편의 소설들을 썼던 사람은 누구였을까.

한 번쯤, 그녀들을 다시 만나보고 싶다.

6

나는 때로 다쳤다. 집착했고 욕망했고 스스로를 미워하기도 했다. 그러면서 부끄러움을 배웠고, 점점 낮아졌고 작아졌고, 그래서 그 가난한 마음으로 삶을 조금씩 더 이해하게 되었던 것 같다. 오래, 깊숙이 들여다보려 애썼던 것 같다.

그러는 동안 글쓰기는 나에게 존재하는 방식이었다. 숨 쉴 통로였다. 때로 기적처럼, 때로는 태연한 걸음걸이로 내 귀를 끌고 갔다. 나무들과 햇빛과 공기, 어둠과 불 켜진 창들, 죽어간 것들과 살아 꿈틀거리는 것들 속에서 모든 것이 생생했다. 그보다 더 생생할 수 없었다.

7

곁에 있어준 따뜻한 이들에게 고맙다.

이천년 이른 봄

韓 江

첫 창작집을 낸 뒤 칠 년여 동안, 그사이 첫 장편소설을 삼 년간 쓰기도 하며, 제법 긴 간격을 두고 써갔던 단편들이다. 첫 단편집을 묶고 나면 그것이 매듭이 되어 다음 단편집이 변화한다고들 말한다. 이 소설들을 다시 읽으며 그 말을 실감했다. 이 책에서, 나는 나아가고 있다. 조금씩 몸을 뒤채이며 달팽이처럼 전진하고 있다, 그가 낼 수 있는 최대치 속도와 힘으로.

소설들의 배열을 바꾸었고, 몇몇 표현들을 손보았다. 이 책의 개정판을, 첫 소설집과 세번째 소설집의 사이에 나란히 놓아둘 수 있도록 도와주신 모든 분들께 머리 숙여 감사드린다. 표지에 사진을 싣게 해주신 이정진 작가님께도 감사드린다.

2018년 가을, 서울에서
한 강

수록 작품 발표 지면